Am eigenen Leib

Karin Franke

Am eigenen Leib

Richies erster Fall

Bibliografische Information der Deutschen Nationalbibliothek:
Die Deutsche Nationalbibliothek verzeichnet diese Publikation in der Deutschen Nationalbibliografie; detaillierte bibliografische Daten sind im Internet über http://dnb.dnb.de abrufbar.

© 2015 Karin Franke

Illustration: Ralf B. Franke ArtPhotograph

Herstellung und Verlag: BoD – Books on Demand, Norderstedt

ISBN: 978-3-7386-3453-2

1

„Kennt ihr den schon? Geht ein Mann zum Arzt und sagt …"
Bruno Stegemann versuchte einen angemessen interessierten Gesichtsausdruck aufzusetzen, während er unauffällig auf die Zeiger seiner Uhr schielte. Gut, elf vorbei, er konnte sich verabschieden, ohne die anderen vor den Kopf zu stoßen.
So sehr er normalerweise diese Herrenabende liebte, heute wollte er einfach nur nach Hause und in sein Bett. Margret hatte eine ausnehmend schlechte Nacht gehabt, wie eigentlich jeden Tag in dieser Woche, dazu der Prozess, der sich nun schon über Wochen hinzog – er sehnte sich nach Ruhe und Schlaf.
„Seid mir nicht böse, aber ich muss los", sagte er, nachdem das brüllende Gelächter verklungen war.
„Schon?", Kurt, der dem Alkohol bereits mehr als genug zugesprochen hatte, erhob sich schwankend. „Ich wollte gerade eine neue Runde für uns bestellen."
„Nein, lass mal, ich muss wirklich gehen."
„Du siehst müde aus", Maria, die einzige Frau in der Runde musterte ihn prüfend. „Harte Woche gehabt?"
„Mehr als das", er winkte ab, als er merkte, dass sie weiter nachfragen wollte. „Ich rufe dich morgen an."
Nachdem er seinen Deckel beglichen und die Tür der Schänke hinter sich geschlossen hatte, blieb er unschlüssig stehen. Obwohl erst Mitte März, war der Tag mit Temperaturen um achtzehn Grad sehr mild gewesen und auch zum Abend hin hatte es sich nur mäßig abgekühlt. Nach der abgestandenen Kneipenluft fand er den Gedanken an einen nächtlichen Spaziergang verlockend.
Aber dann musste er morgen früh erst das Auto holen, bevor er mit Margret zum Einkaufen fahren konnte. Und er hatte extra nur ein Bier getrunken! Nein, er verwarf die Idee und setzte sich in Richtung Parkplatz in Bewegung.
Wieder einmal ärgerte er sich über die spärliche Beleuchtung, die ihn dazu zwang, sich langsam und vorsichtig über die holprige, mit tiefen Furchen durchzogene Erde zu tasten. Verdammt, konnten die nicht endlich mal einen vernünftigen Belag aufbringen lassen, statt jedes Jahr diesen dämlichen Schotter aufzufüllen, der spätestens zum Winter hin schon wieder viel zu tief ins Erdreich eingedrungen war, um den Boden auszugleichen!

Und natürlich stand sein Auto ausgerechnet heute in der letzten Reihe. Und die Taschenlampe lag wohlbehalten im Handschuhfach.

Zu allem Ärger stolperte er jetzt auch noch über eine Bodenwelle und sein linker Fuß versank in einem Matschloch, das er in der Dunkelheit nicht hatte rechtzeitig erkennen können. Leise vor sich hin schimpfend befreite er seinen Schuh aus dem zähen Schlamm, während er bereits fühlen konnte, wie sich seine Socke voll Wasser sog. Dieser sogenannte Parkplatz war wirklich das Letzte!

Er hatte sich dem Mercedes bis auf wenige Schritte genähert und zog bereits den Schlüssel aus der Tasche, als er das Geräusch hinter sich hörte. In diesem Moment durchzuckte ihn die jähe Erkenntnis, dass er die ganze Zeit über nicht der einzige Auslöser des knirschenden Kieses gewesen war. Zu spät, ein Arm legte sich um seinen Hals und er wurde ruckartig nach hinten gezogen. Er fuchtelte mit den Armen, um nicht das Gleichgewicht zu verlieren, an Gegenwehr oder gar Hilferufe dachte er nicht.

Eine Hand presste sich auf seinen Mund und erst jetzt begriff er, dass er gerade das Opfer eines Überfalls wurde. Sein Herz begann zu rasen, Panik stieg in ihm auf, die ihn vollkommen lähmte.

Er verspürte einen heftigen Schlag gegen den Kopf, und während er das Bewusstsein verlor, hörte er noch seinen eigenen, dumpfen Aufprall.

2

Katharina

Es war schon neun Uhr vorbei, als mein Mann mit verquollenen Augen in der Küchentür erschien.

„Na, ist wohl sehr spät geworden, gestern?", neckte ich ihn.

„Ich glaube eher, das letzte Bier war schlecht", grummelte er und ließ sich auf den Küchenstuhl fallen. „Bitte nur trockenes Brot für mich."

Während ich zwei Scheiben in den Toaster fallen ließ, wandte ich mich ab, damit er mein Grinsen nicht sehen konnte. Es war immer dasselbe, jedes Mal nach seinem Herrenabend litt er ausgiebig. Bestimmt würde gleich auch wieder der obligatorische Satz fallen.

„Nie wieder", stöhnte er da auch schon. „Bei unserem nächsten Treffen trinke ich nicht so viel, das kannst du mir glauben."

Da sie sich nur alle vier Wochen trafen, war der gute Vorsatz bis dahin bekanntermaßen vergessen. Ob ich mir vielleicht mal die Videokamera meines Pflegesohns ausleihen sollte, um diese sich immer wieder abspielende Szene aufzuzeichnen? Nein, zwecklos, er würde bestimmt nicht daraus lernen.

„Hier", ich reichte ihm die bereitstehenden Medikamente und ein Glas Wasser.

Gehorsam schluckte er das Magenmittel und begann in kleinen Happen zu essen, nicht ohne dabei ständig kummervoll das Gesicht zu verziehen, als wäre jeder Bissen eine einzige Quälerei. Ach ja, Männer!

Das Telefon klingelte und ich ging in die Diele, um den Anruf entgegen zu nehmen.

„Ich bin nicht da!", rief Manfred mir zu.

„Kann ich Manni sprechen?", kam es zur gleichen Zeit aus dem Hörer. „Es ist wirklich dringend, sonst würde ich nicht stören."

„Sekunde." Maria war die einzige Frau bei dem Freitagabendstammtisch. Ihr und ihrem Mann hatte damals die Kneipe gehört und nach seinem Tod war sie wie selbstverständlich in den Kreis integriert worden. Wenn sie direkt am Morgen nach dem großen Besäufnis unbedingt meinen Mann sprechen wollte, musste etwas Wichtiges passiert sein.

„Hier, es ist Maria." Ich hielt Manfred auffordernd den Hörer hin.

Stirnrunzelnd griff er danach. „Ja?"

Ich konnte zwar ihre aufgeregte Stimme hören, aber nicht verstehen, was sie sagte. Ich sah nur, dass mein Mann noch etwas bleicher wurde, als er vorher schon gewesen war.

„Ich komme sofort." Er schob seinen Teller, auf dem noch die angebissene Toastscheibe lag, von sich und stand auf. „Der Richter ist überfallen worden, direkt, nachdem er sich von uns verabschiedet hatte. Es muss hinten auf dem Parkplatz passiert sein, kein Mensch hat etwas davon mitbekommen. Ich fahre jetzt sofort ins Krankenhaus."
„Geht es ihm so schlecht?" Ich mochte den Mann nicht sonderlich, weil er seine Gesprächspartner, mich eingeschlossen, immer von oben herab behandelte, unnahbar und gleichzeitig überheblich, das traf seine Art wohl am besten. Trotzdem war mir der Schreck in die Glieder gefahren. Es war doch immer etwas anderes, wenn man denjenigen kannte, dem das passierte, als wenn man nur davon in der Zeitung las.
„Was?" Manfred schien mich gar nicht gehört zu haben.
„Stirbt er?", fragte ich unverblümt.
„Nein, um Gottes willen. Ihm geht es den Umständen entsprechend gut."
Und warum musst du dann sofort an sein Bett eilen, wollte ich fragen, sagte aber stattdessen: „Denk dran, um eins ist die Taufe."
„Das schaffe ich leicht." Er griff nach der Schmerztablette und dem Wasserglas. „Sei du bitte so lieb und schaue nach Margret. Eines von Carmens Kindern liegt mit Fieber im Bett, deshalb kann sie sich nicht um ihre Mutter kümmern. Die Arme weiß bestimmt nicht aus noch ein."
Ade, du schöner Frühlingstag. Ich hatte eigentlich die Mußestunden für einen ersten Ausflug in den Garten nutzen wollen, um die Beete vom Laub des Herbstes zu befreien.
„Könnte nicht vielleicht Maria …?" Ich sah ihn hoffnungsvoll an. Er wusste schließlich, wie ich zu den Stegemanns stand.
„Die muss heute ihre Enkelkinder hüten." Manfred schüttelte den Kopf. „Außerdem habe ich schon zugesagt, dass du rüber gehst."
Ohne auf eine Antwort von mir zu warten, verließ er die Küche. Zwei Minuten später hörte ich seine Autoschlüssel klimpern, dann fiel die Haustür ins Schloss.
Frustriert begann ich, die Küche aufzuräumen. Das war wieder typisch für meinen Mann. Bloß nicht seine getroffenen Entscheidungen diskutieren müssen! Dabei hätte ich einiges dazu zu sagen gehabt. Was war mit den anderen vom Stammtisch? War wirklich nicht einer von ihnen in der Lage, Margret zu besuchen und zu trösten? Angeblich waren sie doch alle die besten Freunde.
Ich dagegen hatte weder mit Bruno noch mit Margret regelmäßigen Kontakt, man traf sich gelegentlich auf Partys, das war es aber auch schon. Ich wurde einfach nicht warm mit ihnen und ich glaube, das beruhte auf Ge-

genseitigkeit. Deshalb war ich auch überhaupt nicht böse, dass Manfred meistens allein in ihr Haus eingeladen wurde.
Und jetzt sollte ausgerechnet ich sie trösten! Kaum zu Ende gedacht bekam ich ein schlechtes Gewissen. Natürlich war die Frau nervig, aber andererseits hing sie sehr an ihrem Mann und der Überfall musste sie sehr mitgenommen haben. Und da saß sie nun allein zu Hause und konnte ihn noch nicht einmal ohne Hilfe besuchen.
Also machte ich mich, nachdem ich für uns beide einen Eintopf aus dem Tiefkühlfach geholt hatte – meine kleine Rache an Manfred, der diesen nicht mochte – mit dem Fahrrad auf den Weg.
Erst zwei Stunden später, mittlerweile war es fast zwölf, hielt ich wieder vor unserer Garage. Jetzt war an Gartenarbeit nicht mehr zu denken, in einer Stunde musste ich in der Kirche sein.
Gerade als ich das Tor öffnete, sagte eine Stimme hinter mir: „Hast du schon gehört? Der Richter ist überfallen worden und liegt im Krankenhaus."
„Richie, hast du mich erschreckt!", wütend funkelte ich ihn an. „Wie oft soll ich dir noch sagen, dass du dich beizeiten melden sollst."
„Tschuldige", kam es kleinlaut zurück. „In der Aufregung habe ich das echt vergessen."
„Außerdem kenne ich die Neuigkeit bereits, ich komme direkt von Margret."
„Und, wie verpackt sie es?"
„Na wie wohl? Sie ist am Boden zerstört. Angeblich darf sie ihn nicht besuchen und malt sich jetzt das Schlimmste aus. Ich wollte gleich mal bei Carmen nachfragen, was das soll. Manfred ist doch auch hingefahren."
„Den Anruf kannst du dir schenken", Richie lachte, „Ich bin die ganze Zeit bei ihr gewesen und weiß alles. Der Richter will nicht, dass Margret sieht, wie schlecht es ihm geht. Deshalb haben die ihr irgendwelchen Stuss erzählt, warum er unbedingte Ruhe braucht.."
„Sie weiß aber doch, dass er überfallen worden ist."
„Die Verletzungen sind wohl schlimmer, als er ihr gegenüber zugegeben hat, mehr hat Carmen auch nicht erfahren. Ich bin auf dem Sprung ins Krankenhaus, um Genaueres rauszukriegen. Ich melde mich dann später bei dir."
„Heute Nachmittag gehe ich mit Elisabeth auf den Friedhof", erinnerte ich ihn, „und untersteh dich, mich bei meinem Mittagsschlaf zu stören."

„Einmal ist das passiert und sie stellt es dar, als würde ich das andauernd machen." Er plusterte sich auf, wie er es immer tat, wenn er beleidigt war und entschwebte.
Lächelnd schob ich das Fahrrad in die Garage. Das Gespräch mit Richie hatte meine bis dahin schlechte Laune wieder gehoben. Nicht zum ersten Mal war ich froh, ihn als Freund zu haben.
Während ich das Tor schloss, sah ich mich aufmerksam um. Gott sei Dank war niemand zu sehen. Ich musste unbedingt besser aufpassen, damit ich nicht irgendwann als Verrückte, die laut mit sich selbst sprach, abgestempelt wurde. Zweimal war ich schon aufgefallen und hatte mich nur mit Müh und Not herausgeredet.
Bisher wusste niemand von Richie und mir und so sollte es auch bleiben. Denn jeder normale Mensch hätte mich für verrückt erklärt, wenn ich ihm erzählen würde, dass Richie ein Geist war und ich die Einzige, die ihn sehen und hören konnte. Dabei entsprach das genau den Tatsachen.
Kennengelernt hatte ich ihn vor zwei Jahren, kurz nachdem er gestorben und Carmen wieder zurück in ihren Heimatort gezogen war. Vorher, das heißt zu seinen Lebzeiten, hatte ich nie Kontakt zu ihm gehabt. Richters Töchterlein war mit ihm durchgebrannt, weil die Eltern strikt gegen diese Beziehung gewesen waren, was ich ihnen nicht einmal verdenken konnte, denn Richie hatte damals als Kleinkrimineller die Gegend unsicher gemacht. Man munkelte sogar hinter vorgehaltener Hand, dass er ein Exsträfling gewesen wäre.
Nach der Hochzeit mit Carmen war er ‚anständig' geworden und hatte als Barmann gearbeitet, bis er schließlich auf dem Weg zur Arbeit beim Überqueren eines Zebrastreifens von einem Auto überfahren wurde und noch an Ort und Stelle verstarb.
Seine Geschichte hatte er mir nach und nach selbst erzählt, von Carmens Eltern war damals, nachdem diese verschwunden war, kein Kommentar gekommen, ihr Name wurde nicht mehr erwähnt, wer es wagte nachzufragen, erntete nur eisiges Schweigen. Selbst heute kannte keiner die Wahrheit, die Tochter war als Witwe mit zwei kleinen Kindern zurückgekehrt, damit hatte es sich.
In dieser Familie wurden Geheimnisse großgeschrieben. Das war wie mit Margrets Krankheit, keiner wusste genau, was es damit auf sich hatte, Informationen gab es immer nur sehr vage, ihr ginge es ‚den Umständen entsprechend' gut, hieß es, wenn man nachfragte.
Von Richie hatte ich erfahren, dass sie an einem seltenen Muskelleiden erkrankt war, ähnlich der Multiplen Sklerose, bei dem es aber im Gegen-

satz zu dieser einen gleichbleibend schleichenden Verlauf gab, der langsam aber sicher über den Rollstuhl zum Tod führte. Die Diagnose wurde vor fünfzehn Jahren gestellt, da war sie fünfundvierzig. Mittlerweile benötigte sie einen Rollator und war auf ständige Hilfe angewiesen. Aber weil man ja nicht darüber sprach, wusste in ihrem Bekanntenkreis niemand von diesen Einschränkungen. Margret hatte eine Putzfrau, den Pflegedienst und ihren Mann, das musste reichen.

Selbst dass der Richter mit seinen achtundfünfzig Jahren einen Antrag auf Frühpensionierung gestellt hatte, war bei seinen Freunden nicht bekannt. Dabei fand ich, das wertete ihn eher auf. Mir persönlich war er unsympathisch, aber auch ich musste zugeben, dass er seine Frau liebte und sie über alles stellte. Dieser Herrenstammtisch einmal im Monat war das Einzige, was er sich an Freizeitvergnügen gönnte, und ausgerechnet da passierte dann so was!

Na, ich war nun wirklich gespannt, was mein Mann mir erzählen würde. Wenn der Richter ihn zu sich rief, musste es sich um etwas wirklich Wichtiges handeln.

3

Richard

Meine Neugierde beflügelte mich zu einem wahrhaft rasenden Flug, sodass ich, als ich das Krankenhaus erreicht hatte, ziemlich erschöpft war – keuchen konnte ich ja nicht mehr, aber wenn es noch möglich gewesen wäre, hätte ich mich bestimmt angehört wie eine Dampflokomotive. Mein Energielevel war allerdings ziemlich gesunken, ich musste mich echt anstrengen, die vierte Etage, auf der sich die Intensivstation befand, zügig zu erreichen. Carmen hatte bei ihrem Telefongespräch mit der Klinik die Zimmernummer notiert, ich wusste also, wo der Richter lag. Gerade wollte ich mich unter der Tür durchquetschen, da wurde diese aufgerissen und ein Mann trat heraus. Mist, Peter Zwolle – ich kannte ihn aus meiner kriminellen Vergangenheit, anscheinend war er mittlerweile das Beförderungstreppchen hochgefallen – verabschiedete sich schon, keine Chance mehr für mich, Neuigkeiten zu erfahren.

Aber, kombinierte ich rasch, er würde jetzt bestimmt zurück ins Büro fahren, ich musste mich also nur an ihn dranhängen. Das war blöderweise etwas, was ich nicht gerne machte, weil ich mich dazu in ihn reinzwängen und sozusagen meine Seele mit seiner verbinden musste, sonst wäre ich einfach durch ihn hindurchgeglitten. Zum Glück war seine Seele ja noch an den Körper gefesselt und konnte sich nicht wehren.

Trotzdem zuckte er heftig zusammen und fing an zu schwanken, als würde er jeden Moment umkippen. Oh Gott, was für ein Weichei! Für mich war das Ganze viel ekliger, musste ich doch dem Ansturm seiner Gefühle und Emotionen standhalten, die sich wie eine Flut über mich ergossen.

Dann endlich fing er sich wieder und trabte los. Wie ich vermutet hatte, fuhr er direkt ins Präsidium. Kaum waren wir in seinem Zimmer angekommen, verließ ich seinen Körper – nicht ohne ihm vorher noch ein bisschen seiner Energie abzuzapfen, ich benötigte sie viel dringender als er.

„Was ist denn mit dir los", fragte der zweite, mir unbekannte Mann im Raum, der auf der einen Seite des Doppelschreibtisches saß, als Zwolle sich aufstöhnend in den Sessel auf die andere warf.

„Ich weiß auch nicht, ich glaube, ich werde krank." Er war auch richtig bleich im Gesicht - wie gesagt, ein ausgesprochenes Weichei.

Sein Kumpel schien wohl der gleichen Meinung zu sein, denn er ging gar nicht auf das Gestöhne ein, sondern fragte: „Und? Was hat der Richter gesagt?"

„Er hat nichts gesehen und nichts gehört, genau wie in den anderen Fällen.

Andere Fälle? Echt? Gab es etwa noch mehr davon?

„Und der Ablauf?"

„Ihn haben sie sich auf dem Parkplatz hinter dem Ritter gepackt, von hinten gewürgt und ihm einen Schlag verpasst, sodass er sofort das Bewusstsein verlor, mehr weiß er nicht. Zu sich gekommen ist er, genau wie die anderen, in einem Lieferwagen. Gesehen hat er rein gar nichts, der Täter war schwarz gekleidet und trug eine Halloweenmaske, das Auto war innen überall mit Plastikfolie ausgelegt, es gab nur Licht von einer Taschenlampe, die auf ihn gerichtet war", ratterte Zwolle die Fakten herunter. „Geschnappt haben die ihn gegen Viertel nach elf, der Anruf kam um fünf nach eins, er meint, er hätte da nicht lange gelegen, bis die Kollegen gekommen wären."

„Und wieder ist der eine die ganze Zeit gefahren, während der andere ihn sich vorgenommen hat?"

Was?! Hatte ich das jetzt richtig verstanden? Der Richter war zusammengeschlagen worden?

„Genau wie bei den anderen", bestätigte Zwolle. „Nur dass sie bei ihm noch härter vorgegangen sind. Die Blutungen im Darm mussten durch eine Operation gestoppt werden."

„Hat er eine Ahnung womit …?"

Der Kollege sprach nicht weiter, musste er auch nicht, auch ich hatte jetzt endlich verstanden. Der Richter war nicht nur überfallen, er war auch vergewaltigt worden!

„Nein, nur dass es kein Messer war, da ist er sich sicher. Es muss was Dickeres gewesen sein, mit scharfen Kanten, meint der Arzt."

„Gesprochen haben die Täter nicht?"

„Nein, kein Wort, wie bei den anderen."

„Hm", der Kollege, von dem ich immer noch keinen Namen wusste – warum redeten die sich eigentlich nicht mal mit Vornamen an – kratzte sich nachdenklich am Kopf. „Die legen immer mehr an Tempo zu, der letzte Fall liegt erst eine Woche zurück."

„Dazu kommt, dass der Richter nur einmal im Monat zu diesem Herrenabend geht. Das müssen die gewusst und den Überfall schon länger geplant haben." Zwolle lehnte sich auf seinem Drehsessel zurück und legte umständlich die Füße auf den Schreibtisch. „Außerdem bleibt er normalerweise viel länger und geht dann zu Fuß nach Hause. Das heißt, die rechnen sämtliche Eventualitäten schon mit ein, sonst hätten sie ihn dieses Mal verpasst.

„Verdammte Scheiße, der Chef wird sich freuen." Rotschopf – ich würde ihn so nennen, bis ich wusste, wie er hieß, kratzte sich noch ausdauernder am Kopf.

Zwolle zuckte die Achseln: „Vielleicht findet die Spurensicherung ja doch was Brauchbares. Sonst müsste man die infrage Kommenden eben beschatten lassen, notfalls auch gegen ihren Willen."

„Also war der Richter gewarnt?"

Zwolle schnaubte: „Michels ist höchstpersönlich bei ihm gewesen. Aber er hat die Sache auf die leichte Schulter genommen, sagte, er hätte nie gedacht, dass es ihn treffen könne. Er ist schon ziemlich von sich überzeugt."

Das konnte ich nur bestätigen. Damals, bevor Carmen und ich abgehauen waren, war er einmal bei mir und hatte mir Geld angeboten, damit ich sie und die Stadt verlasse. Er war sich so sicher gewesen, dass er mich kaufen konnte. Und als ich darauf nicht ansprang, hatte er mir gedroht, er würde seine Beziehungen zur Polizei spielen lassen und dafür sorgen, dass die ab jetzt immer ein Auge auf mich hätten. Und Carmen würde er so viele Lügen über mich erzählen, für die er natürlich Zeugen aufbringen könnte, ist ja klar, dass sie mich nicht mehr mit der Kneifzange anfassen würde. Schade nur, dass sie bei diesem Gespräch im Nebenraum wartete und alles mit anhörte. Das war dann nämlich der Tropfen, der das Fass zum überlaufen brachte, beziehungsweise, als sie sich zeigte und ihn zur Rede stellen wollte, setzte er ihr noch unverdrossen die Pistole auf die Brust und verlangte, dass sie zwischen mir und ihren Eltern wählen müsse. Hallo? Sie war volljährig! Klar, wie sie sich daraufhin entschied.

Naja, nach meinem Begräbnis war sie dann doch wieder zu ihnen zurückgegangen. Allerdings hatte sie schnell gemerkt, dass er der gleiche Schweinehund geblieben war. Kaum lebte sie erneut unter seinem Dach, sollte sie sich auch wieder an seine Spieregeln halten.

Mensch, sie war erwachsen und hatte mittlerweile zwei eigene Kinder!

Kathi konnte nicht verstehen, dass Margret immer nur tatenlos zusah. Sie, als Mutter, hätte regelnd eingegriffen, sagte sie mir. Tja, sie kannte eben den Richter nicht. Er war der Herrscher der Familie, er setzte die Regeln fest und das wohl schon seit seiner Heirat. Carmen und Margret waren diese Diktatur schon lange gewohnt und hatten sich damit abgefunden, die waren sogar der Ansicht, es müsste so sein, das wäre normal.

Gut, Carmen hatte ich in den Jahren unseres Zusammenlebens umgepolt, was echt nicht einfach gewesen war. Umso schwerer musste sie sich getan haben, wieder in das alte Leben zurückzukehren. Gottseidank hatte sie sich nicht wieder einwickeln lassen und war nach nur einem Monat in eine eigene Wohnung gezogen. Seitdem hatte ich sie im Auge, was auch echt gut war, denn sie neigte leider dazu, sich mit den zwielichtigsten Gestalten abzugeben – die waren nun wirklich keine Ersatzväter für meine Kinder!

Ich meine, ich war schon ein ziemlicher Draufgänger und hatte viel Mist gemacht, aber diese Typen! Carmen schien da ein bestimmter Instinkt zu fehlen, sie glaubte einfach alles, was die Kerle ihr vorlogen. Kathi sagte, sie hätte ein verkehrtes Männerbild und würde sich deshalb zu Machos hingezogen fühlen. Aber es musste doch auch normale Machos geben und nicht nur solche, die kriminell waren!

Nur gut, dass ich Kathi kennengelernt hatte, die regelnd eingreifen konnte. Durch die Beweise, an die ich ja nun mit Leichtigkeit herankam, hatte sie meine Ex schon zwei Mal vor Schlimmerem bewahrt.

Während meines kleinen Rückblicks in die Vergangenheit hatten sich Zwolle und sein Kollege ihren Computern zugewandt. Ha, vielleicht konnte ich endlich mehr herausbringen!

Doch leider tippte Ersterer nur seinen Bericht im Einfingersuchsystem – müssen die hier keine Computerschreibkurse belegen, das kann jedes Kind besser – der andere widmete sich gar einem ganz anderen Fall, es ging wohl um eine Einbruchserie.

Ich drückte mich noch eine Weile in ihrem Büro herum, bis die beiden gemeinsam zu einem verspäteten Mittagessen gingen – übrigens, der Kollege hieß Sven – dann gab ich auf und machte mich auf den Weg zu Kathi, in der Hoffnung, dass sie von Manfred auch noch ein paar Neuigkeiten erfahren hatte.

4

Katharina

Manfred telefonierte gerade und schien sichtlich erleichtert, mich zu sehen. „Hier, Burkhard will dich sprechen", er hielt mir den Hörer hin.
Der Mann meiner besten Freundin klang bedrückt, als er mich begrüßte. „Ich habe ein Problem mit Christina und hoffe darauf, dass du mich unterstützt", kam er sofort zur Sache. „Wir hatten heute Morgen einen entsetzlichen Streit, sie will nicht einsehen, dass es so nicht weitergehen kann."
„Was stört dich denn?", fragte ich zurück, obwohl ich schon glaubte zu ahnen, worum es sich bei dieser Auseinandersetzung gehandelt hatte.
„Das ist doch kein Leben! Sie opfert ihre gesamte Zeit für diesen Quatsch. Es sind fast sechs Jahre vergangen, sie muss langsam zurück in die Normalität finden."
Er musste noch ziemlich durcheinander sein, normalerweise redete er nicht so unzusammenhängend. Nur gut, dass ich wusste, was er meinte. „Wenn es aber das ist, was sie machen will?", fragte ich vorsichtig.
„Das glaubst du doch selbst nicht!" Er merkte wohl, dass er zu harsch geantwortet hatte, denn er entschuldigte sich und fuhr in wesentlich ruhigerem Ton fort: „Chris hat diese einzigartige, schriftstellerische Begabung, die kann sie doch nicht einfach wegwerfen. Es wäre viel sinnvoller, wenn sie sich auf ihre Stärke zurückbesänne und wieder anfinge, Geschichten zu schreiben. Dann würde es ihr bestimmt auch emotional besser gehen."
„Mir hat sie gesagt, die Arbeit würde ihr helfen." Ich hatte nämlich schon des Öfteren mit ihr über dieses Thema geredet, da auch mir aufgefallen war, dass Christina immer noch sehr blass, sehr mager und sehr erschöpft aussah. Doch jedes Mal hatte sie mir entgegnet, diese Tätigkeit sei eine Art Therapie für sie. Schreiben, sie war früher eine bekannte Kinderbuchautorin gewesen, das könne sie nicht mehr, ihr fehle sowohl die Inspiration als auch die Muße.
„Sie reibt sich für diese Gruppen auf", erklärte Burkhard. „Es tut ihr mit Sicherheit nicht gut, sich fast nur noch mit diesem Thema zu beschäftigen. Wie soll sie da jemals zur Ruhe kommen. Sie schläft schlecht, isst kaum etwas und leidet nach wie vor unter Albträumen. Das ist doch kein Leben!"
Nun, das sah Christina mit Sicherheit anders. Ich konnte sowohl seine als auch ihre Seite verstehen. „Was hältst du von einer begleitenden Psychotherapie?", schlug ich deshalb vor. Ein Psychologe würde bestimmt viel besser in der Lage sein, ihren Gemütszustand einzuschätzen und ihr wenn nötig die richtigen Hilfen zu geben.

Er lachte bitter: „Wenn du sie dazu bringen kannst, liebend gern. Ich kenne genug Kollegen, die ihr sofort einen Platz vermitteln könnten."
„Vielleicht würde sie sich ja darauf einlassen, wenn du ihr das Gefühl vermittelst, dass du nicht generell gegen ihr Tun bist. Ich weiß, ich weiß", kam ich Burkhard zuvor, der mich unterbrechen wollte. Angesichts seiner offensichtlichen Verzweiflung hatte ich beschlossen, völlig offen zu sein. „Du und ich sind der Meinung, dass sie sich viel zu sehr einbringt. Sie jedoch sieht in dieser Tätigkeit ihren Lebenssinn. Sie sagt, du hättest deinen Beruf, der dich über den Verlust hinweg tröstet, sie müsse sich ebenfalls beschäftigen, um überleben zu können."
„Es würde sich bestimmt irgendetwas anderes finden lassen", murmelte Burkhard. „Wie will sie je vergessen, wenn sie sich tagtäglich mit ähnlichen Verbrechen auseinandersetzt."
„Angeblich ist das das Einzige, was sie wirklich tun möchte." Ich seufzte. „Doch das Ausmaß, mit dem sie sich einbringt, kommt mir auch übertrieben vor."
„Kathi, ich kann nicht einfach dabei zusehen, wie sie sich selbst zugrunde richtet."
Also war Burkhard doch nicht der Eisenharte, als den Christina ihn geschildert hatte, der den Tod seiner Tochter längst abgeschüttelt hatte und genug Erfüllung in seinem Beruf als Arzt fand, der sein Leben lebte, ohne Rücksicht auf seine Frau.
„Vielleicht solltest du einmal mit ihr in aller Ruhe darüber sprechen, ohne ihr Vorwürfe zu machen oder gleich Entscheidungen zu verlangen. Dass sie sieht, dass du dich um sie sorgst."
Jetzt war er es, der seufzte: „Sie geht jedes Mal sofort hoch, wenn ich dieses Thema anspreche. Ich komme nicht mehr an sie heran. Deshalb dachte ich, dass du möglicherweise mehr erreichen könntest. Sie kommt doch morgen und bringt dir Lotti, da könntest du mal nachhaken."
Ups, das hatte ich völlig vergessen. „Ich kann es versuchen", erwiderte ich zögernd. „Aber versprich dir nicht zu viel davon."
„Manchmal habe ich das Gefühl, sie hasst mich", gestand er ehrlich, „weil ich in ihren Augen besser mit dem Verlust umgehen kann als sie."
Diese Aussage kam mir nun doch etwas übertrieben vor, immerhin hatten sie sich all die Jahre gegenseitig gestützt und sich so einigermaßen mit dem Geschehenen arrangiert. Nein, Chris hatte sich in meinen Augen nur zu sehr in ihrer selbstgestellten Aufgabe verbissen, sodass für nichts anderes mehr Zeit blieb.

Das versuchte ich nun Burkhard begreiflich zu machen, ein schier endloses Unterfangen. Er beharrte auf seiner Meinung.
Die Zeit lief mir davon. Also gab ich meine Bemühungen auf und versprach, mit Christina zu reden. Na, hoffentlich kam sie nicht wieder nur auf einen Sprung vorbei, wie so oft in den letzten Monaten. Sie hetzte sich wirklich zunehmend.
Ich schüttelte die trüben Gedanken ab und lief die Treppe hinauf. Man würde mich zwar oben auf der Empore nicht sehen, trotzdem kam es mir falsch vor, in Jeans und Sweatshirt zur Taufe zu erscheinen.
Manfred war ebenfalls dabei, sich umzuziehen. „Was wollte der Richter denn so Dringendes?", fragte ich, während ich mir einen Rock und eine Bluse aus dem Kleiderschrank nahm.
„Er muss einige Zeit im Krankenhaus bleiben und möchte, dass ich mich um Margret kümmere."
„Aha." Bei mir gingen bereits sämtliche Alarmleuchten an. „Und das heißt?"
„Es geht ihr sehr viel schlechter, als wir gedacht hatten", er hielt inne.
„Ich weiß, ich komme gerade von ihr." Definitiv war Margret nicht mehr in der Lage, sich selbst zu versorgen, sie konnte sich kaum noch bewegen.
„Ich habe zugesagt, dass wir sie zu uns nehmen, bis er das Krankenhaus wieder verlassen kann."
Ich spürte bereits die Wut heiß in mir aufwallen, es gelang mir jedoch relativ ruhig zu sagen: „Und wie stellst du dir das vor?"
„Naja, ich hatte gedacht, jetzt wo Justin weg ist, wäre es möglich, sie für ein, zwei Wochen aufzunehmen. Länger nicht, der Richter denkt, er ist spätestens in zehn Tagen wieder zu Hause", beeilte er sich hinzuzufügen, mied aber meinen Blick.
Dieser Blödmann! Konnten wir denn nie zur Ruhe kommen? Musste er immer und überall sofort seine Hilfe anbieten? Und ich durfte diese übertriebene Hilfsbereitschaft mit ausbaden! Ich funkelte ihn an, nicht mehr willens, mich länger zurückzuhalten: „Nach fast zwei Jahren Dauerstress haben wir endlich einmal ein bisschen Ruhe und das auch nur, weil ich die Notbremse gezogen habe. Und da knickst du wieder ein."
„Kathi! Es ist doch bloß für zwei Wochen?"
„Ach ja?", fauchte ich, mittlerweile hatte ich mich in eine allumfassende Wut hineingesteigert. „Kümmerst du dich dann freiwillig um sie oder trifft es wie immer mich?"
„Ich …"

Einmal in Fahrt war ich nicht mehr zu stoppen. „Erinnere dich bitte an deinen alten Schulfreund Ferdinand, der, nachdem seine Frau ihn rausgeschmissen hatte, nur eine Woche bei uns unterschlüpfen wollte und dann fast ein halbes Jahr hier wie in einem Hotel gelebt hat. Oder Frau Herbertz, deren Kinder die Zeit zwischen Krankenhaus und Kur nicht überbrücken wollten. Und Hans Borning und Opa Kurt nicht zu vergessen ..."
Ich musste erst einmal tief Luft holen.
„Kathi, nun sei doch nicht so", Manfred kam auf mich zu und versuchte, mich in den Arm zu nehmen.
Ich wich zurück. „Wann lernst du endlich, Nein zu sagen. Margret hat ihre Tochter Carmen und den Pflegedienst, die sich um sie kümmern können. Außerdem hat der Richter genug Geld und Einfluss, eine Kurzzeitpflege zu organisieren. Du musst langsam anfangen, zwischen falscher und echter Bedürftigkeit zu unterscheiden!"
Er nickte beschwichtigend. „Ja, Kathi, das nächste Mal denke ich ganz bestimmt an deine Worte. Nur wie gesagt, ich habe es ihm bereits versprochen." Er sah mich mit bekümmerter Miene an.
Verdammt, er wusste, dass ich nachgeben würde – wie immer. Trotzdem drehte ich mich erneut von ihm weg, als er Anstalten machte, mich zu umarmen. „Ich bin sauer, lass mich besser in Ruhe."
„Oh, wir müssen los, es ist zehn vor eins!"
Im Laufschritt jagten wir die Straße zur Kirche entlang.
„Was ist dem Richter nun eigentlich passiert?", japste ich und ließ es nun doch zu, dass er meine Hand nahm.
„Er ist niedergeschlagen und beraubt worden", keuchte Manfred. „Nichts Ernstes. Allerdings haben die Ärzte im Krankenhaus bei der Untersuchung einen möglichen Herzschaden festgestellt, dem sie weiter nachgehen wollen. Deshalb muss er noch einige Tage stationär bleiben."
Wir bogen um die Ecke und mäßigten unseren Lauf zu einer normalen Geschwindigkeit. Wie erwartet stand die gesamte Taufgesellschaft auf dem Kirchvorplatz. Der Küster, der uns ebenfalls entdeckt hatte, begann die Glocken zu läuten. Während Manfred gemessenen Schrittes auf die Anwesenden zu trat, huschte ich in den schmalen Weg, der zum Seiteneingang führte.
Punkt eins öffneten sich die Türen und ich ließ die, den Gottesdienst eröffnende Orgelmelodie ertönen. Nicht zum ersten Mal ließ ich meiner Wut hier an diesem Instrument freien Lauf.

5

Richard
Kathi lag im Bett und starrte mit offenen Augen an die Decke. Ich spürte sofort, dass sie ziemlich sauer sein musste, sie hatte diesen bestimmten Blick drauf, den ich bei ihr schon kannte. Deshalb wollte ich mich eigentlich gleich wieder verkrümeln. Doch sie hatte mich bereits entdeckt.
„Du kannst ruhig hier bleiben", seufzte sie. „Ich kann sowieso nicht schlafen, ich bin viel zu wütend."
„Soll ich erzählen oder willst du erst …?"
„Deine Schwiegermutter zieht bei uns ein", platzte sie da schon heraus, bevor ich meinen Satz noch beendet hatte.
„Was? Margret trennt sich vom Richter?" Jetzt war ich aber platt. „Das hätte ich nie von ihr erwartet. Ich dachte sie sei ihm total ergeben."
„Quatsch, sie bleibt bei uns, bis er aus dem Krankenhaus zurück ist!", fauchte Kathi. „Manfred ist wohl gerade losgefahren, sie abzuholen."
Aha, jetzt wusste ich, woher der Wind wehte. Der gute Pastor hatte sich mit seiner ewigen Nächstenliebe wieder einmal ins Fettnäpfchen gesetzt. Nein, ehrlich, ich konnte sie verstehen, er übertrieb es wirklich. Kathi und ihr Mann hatten damals, nachdem sie beinahe die Geburt ihres ersten Kindes nicht überlebt hatte, beschlossen, zusätzlich ein oder zwei Kinder zu adoptieren. Stattdessen waren sie in irgendein Programm gerutscht, dass sie zu Pflegeeltern machte. Wie und warum wusste ich nicht so genau, aber Tatsache war, dass die beiden sage und schreibe acht Pflegekinder groß gezogen hatten und Kathi jetzt immer noch sogenannte Notfälle auf Zeit aufnahm, wie den kleinen Justin, der bis gestern hier gewesen war.
Dazu kamen noch die Notlagen verschiedenster Gemeindemitglieder, denen der Pastor glaubte, helfend beistehen zu müssen – und Kathi damit natürlich auch. Dabei war sie schon fünfzig. Obwohl, ansehen tat man ihr das Alter nicht. Als ich sie vor zwei Jahren kennenlernte, hatte sie noch kein einziges graues Haar.
Allerdings wäre sie nie mein Typ gewesen, ich stand auf schlanke, langhaarige Blondinen. Kathi dagegen war mittelgroß, mittelschlank und hatte mittellanges, braunes Haar, ich hätte ihr früher keinen zweiten Blick gegönnt. Erst wenn man sie länger kannte, also mir ging es jedenfalls so, entdeckte man, dass das, was sie anziehend machte, dieser lebhafte, ständig wechselnde Gesichtsausdruck war. Kathi war wie ein offenes Buch, ihre Empfindungen spiegelten sich auf ihrem Gesicht wieder. Und da sie ein

sehr lebendiger Mensch war, immer in Bewegung, dazu noch Anteil nehmend und fröhlich – ich weiß nicht, wie ich das besser erklären soll, sie strahlte richtiggehend Wärme und Sympathie aus, und das allen Menschen gegenüber – sah man bei ihr nicht lange auf das Äußere.
„Es ist ja nicht so, als wenn ich kein Mitleid mit Margret hätte", fuhr Kathi fort. Sie setzte sich auf und schlang die Arme um ihre Knie. „Aber ich habe schon zu Manfred gesagt, wir können uns nicht um jeden kümmern, der Hilfe braucht. Bei den richtig Bedürftigen, die, die keinen haben, bin ich die Letzte, die ihnen Beistand verweigert. Aber ich sehe langsam nicht mehr ein, dass wir jedes Mal einspringen, wenn die Angehörigen zu faul sind, sich zu kümmern."
Na, das ging eindeutig zu weit. Carmen war nicht faul. Sie hatte mit ihrer Arbeit und den Kindern schließlich reichlich zu tun.
„Versteh mich bitte nicht falsch", kam sie meiner Antwort zuvor. „Ich will damit nur sagen, dass es mir so scheint, als hätten die Menschen früher mehr Verantwortungsgefühl besessen. Da war es selbstverständlich, dass man zurücksteckte und sich um kranke Familienmitglieder kümmerte."
„Heute sind die meisten Frauen ebenfalls berufstätig", erinnerte ich sie.
„Und genau damit fing das Elend an", sie kniff streitlustig die Augen zusammen. „Heutzutage geht es nur noch um Selbstverwirklichung, selbst Paare, die es sich leisten könnten, beruflich kürzerzutreten, wollen sich nicht mehr kümmern. Ich …"
„Carmen muss arbeiten gehen", verteidigte ich meine Frau. „Und sie ist alleinerziehend."
„Es war ja auch nicht auf sie gemünzt."
Wenn Kathi auf Konfrontationskurs war, was allerdings sehr selten passierte, konnte man nicht mehr vernünftig mit ihr diskutieren. Sie war dann keinem noch so guten Argument zugänglich. Deshalb führte ich sie lieber auf den Kern der Sache zurück. „Ich glaube eher, du hast ein Problem mit Manfred."
Kathi seufzte schwer. „Ich weiß. Er kann halt keine Bitte abschlagen. Und schon gar nicht von einem seiner Freunde. Dass ich es im Endeffekt ausbaden muss, sieht er nicht."
„Lass ihn doch die Arbeit machen", schlug ich vor.
„Ha! Wie denn? Er ist ständig unterwegs im Namen der Kirche", fauchte sie. „Außerdem, kannst du dir vorstellen, dass er Margret zur Toilette führt und ihr das Essen kocht? Nein, lass mal, dieses eine Mal werde ich mich noch kümmern, aber es ist wirklich das allerletzte Mal. Ich habe ihm ge-

droht, dass, wenn Derartiges wieder passieren sollte, ich für diese Zeit in Urlaub fahre. Dann kann er sehen, wie er klarkommt."

Haha, dazu war Kathi gar nicht fähig. Aber ich hütete mich, diese Worte laut auszusprechen. In der Stimmung, in der sie war, hätte sie mich wahrscheinlich rausgeschmissen. Und ich brannte darauf, ihr endlich meine Neuigkeiten mitzuteilen.

Wieder seufzte sie. „Hoffentlich ist diese Herzgeschichte nichts Ernstes. Sonst bleibt sie uns womöglich wochenlang erhalten."

„Wie, Herz? Wer?" Hatte ich da was verpasst?

„Na, der Richter", sie sah mich tadelnd an. „Der bleibt doch nur im Krankenhaus wegen des Herzleidens, das die Ärzte bei der Untersuchung entdeckt haben."

„Meine liebe Kathi", sagte ich mit so viel Würde wie möglich. „Du scheinst falsch informiert zu sein. Mein Exschwiegervater ist vergewaltigt worden. Die Verletzungen sind derart schlimm, dass er auf der Intensivstation liegt."

„Was?"

Es fehlte nicht viel und sie wäre aus dem Bett gesprungen. Nach einem lauten Luftschnappen lehnte sie sich zurück und musterte mich misstrauisch. „Das ist kein Scherz, nein?"

„Darüber mache selbst ich keine Scherze", entgegnete ich entrüstet.

„Erzähl", forderte sie mich auf und ich berichtete ihr haarklein, was ich gesehen und gehört hatte.

„Manfred hat mir gesagt, die Folgen des Überfalls wären nicht der Rede wert. Aber die Ärzte hätten eine Fehlfunktion am Herzen festgestellt, der sie nachgehen müssten." Kathi schüttelte fassungslos den Kopf. „Meinst du, er hat mich angelogen?"

„Vielleicht ist das die Version, die sie Margret verklickert haben", ich kicherte. „Die Wahrheit hätte sie umgehauen."

„Mich nicht", stellte Kathi lakonisch fest. Sie war schon wieder auf hundertachtzig.

„Oder er hat dich gar nicht belogen, sondern man hat es ihm genauso erzählt", beschwichtigte ich sie. „Die Bullen waren nämlich echt sauer, dass Bruno seiner Tochter was von schweren Verletzungen erzählt hat. Die Wahrheit weiß sie allerdings auch nicht. Die wollen das aus irgendeinem Grund geheim halten. Und pass auf, es gibt noch mehr Ungereimtheiten. Erstens: Hast du in letzter Zeit von Vergewaltigungsfällen in der Zeitung gelesen?"

Sie dachte angestrengt nach. „Nein, nicht dass ich wüsste."

„Müsstest du aber, es handelt sich hier um eine ganze Serie. Und zweitens: Der Richter war gewarnt worden. Also gab es zumindest eine ernsthafte Vermutung, dass er bedroht war. Weder Carmen noch Margret wussten davon, das hätte ich mitgekriegt. Und drittens", ich hoffte, dass wenigstens meine Stimme triumphierend klang, „liegt er tatsächlich auf der Herzintensiv, obwohl er am Darm operiert wurde, was in meinen Augen so aussieht, als wolle man die Wahrheit vertuschen."

„Hm", machte Kathi, das war alles. Wo blieben die Lobpreisungen meiner Talente? Immerhin hatte ich nicht nur die relevanten Fakten recherchiert, sondern auch super kombiniert.

„Ist ja alles schön und gut", sagte sie endlich. „Und was haben wir nun davon, dass wir mehr wissen als alle anderen?"

„Na, wir könnten zum Beispiel versuchen, das Verbrechen aufzuklären." Bis ich es aussprach, hatte ich daran keinen Gedanken verschwendet, die Neugier hatte mich dazu getrieben, herauszufinden, was dem Richter zugestoßen war. Allerdings kaum war es heraus, erschien mir die Idee wirklich gut. Gemeinsam würden Kathi und ich die Verbrecher stellen und der Polizei übergeben. He, das wäre echt spitze!

„Haha", Kathi verzog das Gesicht.

„Wir haben schon zwei Fälle zusammen gelöst", erinnerte ich sie.

„Da wussten wir genau, wonach wir suchen mussten." Hatte sie tatsächlich die Augen verdreht und verächtlich die Mundwinkel herabgezogen? „Wir kannten den Täter und die Opfer und mussten nur noch Beweise sammeln. Das hier dagegen, das ist eine Nummer zu groß für uns."

Ihr Widerspruch reizte mich derart, dass ich großspurig zurückgab: „Bei meinen Fähigkeiten wird es ein Leichtes für mich sein, den Fall zu klären."

„Dann los", sie wedelte mit der Hand. „Am besten fängst du gleich an. Ich jedenfalls werde jetzt aufstehen und zu meiner Schwiegermutter fahren. Hm", sie runzelte die Stirn. „Margret will ich nicht unbedingt begegnen. Ich denke, ich warte hinter der Garage, bis mein Mann und sie ins Haus gegangen sind, und schleiche mich dann zum Auto."

Verdammt! Als wenn dieser Kleinkram so wichtig wäre! Gut, anscheinend wollte sie mir wirklich nicht helfen. Ohne ein weiteres Wort zog ich beleidigt ab.

6

Katharina

„Hast du das in der Zeitung gelesen?", fragte Elisabeth, während sie sich langsam mit ihrem Rollator vorwärts schob.

„Was", gab ich geistesabwesend zurück. Meine Gedanken waren immer noch mit Richie beschäftigt. War ich zu grob zu ihm gewesen?

„Na, das mit diesem Asbestprozess."

„Nein, erzähl!" Dieser Aufforderung hätte es nicht bedurft. Elisabeth brannte jedes Mal, wenn wir uns trafen, darauf, mit mir die sie bewegenden Geschehnisse, die sie gelesen oder gehört hatte, zu diskutieren, wobei, ehrlich gesagt, war es eher ein Kommentieren ihrerseits. Ich brauchte nur an den richtigen Stellen ein ‚ach' oder ‚tatsächlich' einzuwerfen, dann war sie zufrieden.

„Die Firmenbosse haben ihre Arbeiter wissentlich einer hohen Asbestkonzentration ausgesetzt. Jetzt wird ihnen der Prozess gemacht. Und stell dir mal vor, auf einmal sagen die Gutachter, also, ob da wirklich bleibende Schäden entstanden sind, könne man überhaupt noch nicht entscheiden."

Ich half ihr die drei Stufen zum Gräberfeld hinab. „Verstehe ich nicht", warf ich ein, da sie stumm blieb.

„Das ist doch Irrsinn! Einerseits verbieten die in der Regierung das Rauchen in jeder Kneipe und andererseits können Übeltäter, die ihre Arbeiter über lange Zeit viel schlimmeren Umweltgiften aussetzen, noch nicht einmal wegen Körperverletzung verurteilt werden."

Ich lachte auf. Das war typisch Elisabeth. Als starke Raucherin war es ihr ein Dorn im Auge, dass sie im Restaurant nicht mehr ihrem Laster frönen durfte. Wie viele Litaneien hatte ich mir schon darüber anhören müssen! Alles, was sie irgendwie mit diesem Thema in Verbindung bringen konnte, wurde erwähnt.

„Ich verstehe nicht, dass du darüber lachen kannst!", sagte sie vorwurfsvoll. „Dass du Nichtrauchern Zigarettenqualm aussetzt, soll unter Strafe gestellt werden, die echten Straftaten aber bleiben ungesühnt."

„Sind diese Firmenbosse wirklich freigesprochen worden?" Ich sollte anfangen, regelmäßig Zeitung zu lesen, obwohl, dann könnte mir Elisabeth ja keine Neuigkeiten mehr erzählen. Und das wäre für mich genauso langweilig wie für sie.

Meine Schwiegermutter war durch eine starke Osteoporose gehandicapt. Sie konnte sich nur noch mühsam fortbewegen und war auf Hilfe angewiesen. Im Kopf war sie jedoch klar wie eh und je. Sie hatte drei verschiedene

Tageszeitungen abonniert und sah sich zusätzlich im Fernsehen jede politische Diskussion und mindestens zwei Nachrichtensendungen pro Tag an, dazu stand sie auf niveauvolle Unterhaltung und Talkshows. Seifenopern und die diversen Talentshows verabscheute sie. Bis vor Kurzem hatte sie zu allem, was sie bewegte, Leserbriefe an die Zeitungen geschrieben, es aber nun aufgegeben, weil sich dadurch, so ihre Meinung, ja doch nichts änderte. Dafür hatte sie sich einen Facebook-Account zugelegt und vertrat nun dort ihre Meinung und das anscheinend nicht einmal schlecht. Vor vierzehn Tagen hatte sie mir stolz ihre wirklich beachtliche Freundesliste gezeigt.

Trotzdem machte es ihr nach wie vor Spaß, mit mir über all das, was sie aufregte, zu diskutieren. Apropos, ich könnte sie eigentlich mal fragen …

„Nein, der Prozess läuft noch – und jetzt sag nicht, ich solle erst einmal abwarten", sie schnaubte empört, „ich denke …"

Ich hörte nur noch mit halber Aufmerksamkeit zu, wie konnte ich sie fragen, ohne ihre Neugier zu sehr zu wecken?

„Kathi!"

Ich zuckte zusammen.

„Was meinst du?"

Ups, irgendwie hatte ich den Faden ganz verloren. Wäre es nicht Elisabeth gewesen neben mir, hätte ich versucht, mich mit einer allgemeinen Floskel herauszureden. „Ich war mit meinen Gedanken abgelenkt", gestand ich. „Heute hat mich Richard angerufen und gefragt, ob ich von irgendwelchen Vergewaltigungen wüsste, die in letzter Zeit passiert seien. Er hätte da was läuten gehört."

Dass Richie ein Geist war, wusste in meinem Umfeld niemand. Ich hatte ihn als ehemaligen Kommilitonen angeführt, mit dem ich ab und zu telefonierte.

„Vergewaltigungen?" Elisabeth war stehen geblieben und dachte nach. „Da war dieser Prozess gegen den Mann, der Kinder zu sexuellen Diensten gezwungen hat, damit sie weiterreiten durften. Also das ist auch wieder so ein Ding! Der hat Bewährung bekommen, stell dir das vor! Weil er angeblich mit siebzig nicht mehr rückfällig wird. Bewährung! Und die Kinder? Was sollen die Eltern ihnen sagen? Ich …"

„Nein", unterbrach ich sie schnell, sonst hätte ich mir wieder eine endlose Litanei anhören müssen. „Ich meine so etwas wie eine Serie, die noch nicht aufgeklärt wurde."

„Wüsste ich nicht", Elisabeth schüttelte den Kopf und setzte sich langsam wieder in Bewegung. „Wo hat dein Richard das denn her?"

„Keine Ahnung", versuchte ich mich herauszureden. „Vielleicht habe ich ihn auch falsch verstanden. Ich war abgelenkt, weil Manfred gerade von seinem Besuch beim Richter wieder kam. Der ist nämlich gestern Abend überfallen worden und liegt im Krankenhaus."
„Was? Erzähl!"
Also funktionierte Facebook doch nicht perfekt.
Bis ich mit meinem Bericht fertig war, hatten wir das Grab meines Schwiegervaters erreicht und ich konnte mich allen weiteren Nachfragen entziehen. Da wir fast vier Monate nicht mehr hier gewesen waren, gab es genug für mich zu tun. Während sich Elisabeth aufatmend auf dem Sitz ihres Rollators niederließ und die Zeit nutzte, in Ruhe eine Zigarette zu rauchen, befreite ich das Reihengrab von der dicken Blätterschicht. Anschließend grub ich die mitgebrachten Stiefmütterchen in die Erde.
Zufrieden betrachtete ich mein Werk. Zum Glück hatte meine Schwiegermutter damals noch selbstständig dafür gesorgt, dass es nicht viel zu tun gab. Das schmale Rechteck wurde von einer Kiesschicht bedeckt und hatte drei kleine, kreisrunde Aussparungen, in die jeweils Blumen der Saison gepflanzt wurden. Bis vor zwei Jahren war sie allein regelmäßig zum Grab gefahren, seit es ihr schlechter ging und sie kein Auto mehr fuhr, hatte ich die Pflege übernommen, aber sie ließ es sich nicht nehmen, mich zu begleiten.
„Das reicht" Elisabeth erhob sich schnaufend, „mir wird langsam kalt."
Während ich mir unter dem Wasserkran in der Nähe die Hände wusch, setzte sie sich bereits in Bewegung. „Nur gut, dass ich mich anonym bestatten lasse", rief sie mir über die Schulter zu. „Da bleibt dir diese Arbeit erspart. Und Friedrichs Grab kündigst du dann, hörst du?"
„Ja, ich weiß Bescheid", erwiderte ich, bevor ich mir den nächsten Erguss anhören musste. Sie fand nämlich, es sei eine Zumutung, die Angehörigen mit der Pflege und den Kosten zu belasten. Und hätte ihr Mann nicht vehement auf einer Trauerfeier, einer Ruhestätte und einem Stein bestanden – er hatte diesen Willen sogar testamentarisch erfassen lassen – wäre er ebenfalls anonym beerdigt worden.
Aber ihre Gedanken waren schon weitergewandert. „Und du hast jetzt also Margret am Hals?"
„Du kennst doch Manfred", ich seufzte. „Der kann nun mal nicht Nein sagen."
„Ich an deiner Stelle würde ihn richtig mit einspannen", sie nickte bekräftigend mit dem Kopf, „damit er mal sieht, wie viel Arbeit diese Pflege macht. Vielleicht wird er dadurch endlich zurückhaltender."

„Eigentlich bin ich nicht so …"

„Das weiß ich", sie schmunzelte vor sich hin. „Ich mag Margret auch nicht."

„Das ist es nicht allein." Erst nachdem ich den Satz ausgesprochen hatte, merkte ich, dass ich ihr auf den Leim gegangen war. „Ja, gut, du hast recht, ich mag sie nicht sonderlich. Sie ist so …" Ich wusste nicht, wie ich mein Gefühl in Worte fassen sollte, bisher hatte ich nie darüber gesprochen, noch nicht einmal mit Richie.

„Leidend?", schlug Elisabeth vor. „Immer bemüht die Krankheit auszuklammern und der Welt ein tapferes Gesicht zu zeigen, aber gleichzeitig lässt sie deutlich durchblicken, wie schlecht es ihr doch geht."

Meine Schwiegermutter hatte es auf den Punkt gebracht. Ja, natürlich war Margret sehr krank und, wie ich von Richie wusste, war die Prognose ausnehmend schlecht, ihre Muskeln würden immer schwächer werden, bis sie schließlich nur noch im Bett liegen konnte, wahrscheinlich zu diesem Zeitpunkt schon an ein Beatmungsgerät angeschlossen. Was mich störte, war ihre gespielte Tapferkeit, die derart nach Anteilnahme schrie, dass man sich regelrecht schäbig vorkam, wenn man nicht versuchte, ihr in jeder nur möglichen Situation zu helfen. Und sie saß dann milde lächelnd da und ließ sich bedauern. Dabei tat sie, wie ich von Richie wusste, nichts, um gegen die Krankheit anzukämpfen.

Gut, heilen ließ sich diese nicht, aber mit Sicherheit wäre sie in der Lage gewesen, mit den entsprechenden Therapien, die die medikamentöse Behandlung begleiten sollten, den Verlauf zu verlangsamen. Laut Richie waren ihr die täglichen Übungen zum Muskelaufbau zu anstrengend. Stattdessen ließ sie sich hängen, forderte aber ständig Mitleid und Rücksichtnahme ein.

Elisabeth zum Beispiel hatte ebenfalls starke Schmerzen und konnte sich nach zwei Wirbelbrüchen kaum auf den Beinen halten. Trotzdem wäre es ihr nicht im Traum eingefallen, zu jammern oder gar um Hilfe zu bitten. Nein, sie wollte unter keinen Umständen ihr selbstständiges Leben aufgeben. Dafür hasste sie es viel zu sehr, anderen zur Last zu fallen.

„Wenn ich sie sehe, möchte ich ihr am liebsten sagen, Mensch, reiß dich zusammen", bekannte ich. „Manfred ist da wesentlich netter."

„Dein Mann ist nicht nett, der ist dämlich. Er lässt sich ausnutzen. Stegemanns haben genug Geld, eine Pflegerin zu engagieren. Und Carmen ist ja auch noch da, obwohl, bei der Mutter würde ich auch auf Abstand bleiben." Elisabeth lachte krächzend. „Dass die überhaupt hierher zurückgezogen ist und den Kontakt wieder aufgenommen hat."

Nun ja, ich konnte ihr schlecht sagen, dass der Richter höchstpersönlich kleine Brötchen gebacken, und dass Carmen sich ohne Richie derart verlassen gefühlt hatte, dass sie ohne zu zögern sein Angebot annahm und sich in die Arme der Eltern flüchtete, was dann aber, wie zu erwarten, nicht lange gut ging. Im Moment hatten sie ein relativ lockeres Verhältnis, das hieß, Carmen brachte jedes zweite Wochenende die Kinder zu Oma und Opa und genoss ihre freien Samstagabende.
Bis wir zurück am Auto waren, hatte Elisabeth die Beziehung der Stegemanns zueinander ausgiebig durchgehechelt und mir mindestens drei weitere Male geraten, Manfred in die Pflicht zu nehmen. Die Rückfahrt dagegen verlief relativ schweigend, Elisabeth war mittlerweile völlig erschöpft von ihrem Ausflug. Daher brachte ich sie nur noch zurück in ihre Wohnung und verabschiedete mich.
„Übrigens, falls du wegen deiner Vergewaltigungen recherchieren willst, versuch's mal mit dem Internet", rief sie mir hinterher, als ich mich auf den Weg zum Aufzug machte. „Dort wirst du bestimmt fündig." Clever, wie sie war, hatte sie genau gemerkt, dass meine Frage trotz der Beiläufigkeit ihres Anbringens, für mich relativ wichtig gewesen war.

7

Richard
Ich war echt sauer auf Kathi. Meine Güte, wo blieb ihr Abenteuergeist? Wir hätten es doch wenigstens versuchen können!
Also beschloss ich, allein anzufangen. Wenn ich erst genug Beweise gesammelt hatte, würde Kathi bestimmt mit einsteigen. Sie konnte gar nicht anders, dafür kannte ich sie mittlerweile gut genug.
Zuerst sah ich im Polizeipräsidium vorbei. Doch meine beiden Freunde und Helfer hatten schon Feierabend gemacht, die Rechner waren heruntergefahren, die Schreibtische bis auf ein paar Schriftstücke leer. Leider waren die Letzteren zu Stapeln zusammengefasst, sodass ich jeweils nur das oberste lesen konnte. Mit unserem Fall hatten sie nichts zu tun.
Als Nächstes machte ich mich zum zweiten Mal an diesem Tag auf ins Krankenhaus, um nach dem Schweinehund – so nannte ich meinen Schwiegervater in Gedanken immer - zu sehen. Vielleicht hatte er ja Besuch und ich würde weitere Neuigkeiten erfahren.
Er lag mit geschlossenen Augen in seinem Bett und stöhnte leise vor sich hin, sonst tat sich nichts, obwohl ich fast zwei Stunden wartete. Nicht mal ein Arzt ließ sich blicken.
Krankenhäuser machten mich immer nervös, hier war die Gefahr groß, auf andere meiner Art zu treffen. Viele Seelen nahmen nämlich nicht den direkten Weg, sondern verweilten eine Zeit an dem Ort, an dem sie gestorben waren, beziehungsweise irrten dort umher. Und da im Krankenhaus eine Menge Leute starben, musste ich vorsichtig sein, dass mich keiner bemerkte. Mit denen wollte ich jeglichen Kontakt vermeiden, weil das für mich nur in Stress ausartete.
Es gab zwei Hauptgruppen unter den Jenseitsverweigerern, da waren die, die sich ans Leben geklammert hatten und nun nicht einsehen wollten, dass sie trotzdem gestorben waren und die, die viele unerledigte Dinge zurückgelassen hatten und jetzt völlig daran verzweifelten, wie es ohne sie weitergehen sollte. Das waren die harmlosen, aber nervigen Fälle, die mir die Ohren vollheulten, wie ungerecht diese Welt doch war, und versuchten, sich auf Teufel komm raus mir anzuschließen, wenn sie mitbekamen, dass ich schon länger tot war. Brr, nee, das konnte ich gar nicht ab.
Schlimmer waren jedoch die anderen, die, die sich genau wie ich entschieden hatten, auf der Erde zu bleiben, von denen gab es allerdings nur wenige. Um die versuchte ich allerdings einen noch größeren Bogen zu machen. Denn entweder waren das wahre Jammergestalten, zu feige sich der

Unendlichkeit zu stellen, oder solche, die aufgrund ihres Lebenswandels wussten, was sie erwartete und daher lieber hier verweilten, als sich dem auszusetzen. Und die bekam man noch schlechter wieder los. Sie waren einsam und hocherfreut, wenn sie auf einen Gleichgesinnten trafen, die wollten einfach nicht verstehen, dass ich mein Ding allein durchziehen wollte. Denn ich war ganz anders als die! Ich nahm noch am Leben teil und fühlte mich wohl, so wie es war.

Klar hätte ich natürlich lieber weiter lebendig an Carmens Seite gestanden. Aber durch Kathi hatte ich immerhin genug Einfluss, um sie vor allzu dummen Entscheidungen zu bewahren. Erst, wenn ich meine Frau in sicheren Händen wusste, war ich bereit, mich dem sogenannten Leben nach dem Tod zu stellen. – Tja, so wie es aussah, würde das wohl noch eine Weile dauern.

Carmen! Vielleicht konnte ich von ihr Neuigkeiten erfahren.

Die Kinder waren schon im Bett, Oma Eva saß vor dem Fernseher – von meiner Frau keine Spur. Mist, traf sie sich etwa schon wieder mit diesem Typen? Ich hatte gedacht, da es Benjamin heute so schlecht gegangen war, dass sie ihren Vater noch nicht einmal im Krankenhaus besuchen konnte, wäre die Gefahr gebannt. Dass Eva einspringen würde, damit hatte ich nicht gerechnet.

Dabei hätte mir das klar sein müssen. Eva war so was von lieb, das gab es heute normalerweise gar nicht mehr. Eigentlich war sie keine Blutsverwandte, sondern die letzte der zahlreichen Lebensgefährtinnen meines Vaters, die am längsten bei ihm ausgehalten und ihn bis zu seinem Tod begleitet hatte. Im Gegensatz zu meinem Alten hatte sie den Kontakt zu mir nicht abgebrochen und mich und später auch Carmen unterstützt. Jetzt sprang sie, wann immer es von Nöten war, ein, um meiner Frau zu helfen.

Aber wo war Carmen? Traf sie sich etwa schon wieder mit diesem neuen Typen? Dass der Dreck am Stecken hatte, konnte man doch drei Meilen gegen den Wind riechen! Wurde sie denn nie vernünftig?

Ich suchte in sämtlichen mir bekannten Etablissements, was nicht viele waren, hier im Ort gab es gerade mal drei Anlaufstellen, die Kneipe Zum Ritter, hinter der der Richter überfallen worden war, den griechischen Imbiss und die Pizzeria. Das Chinarestaurant schloss ich von vornherein aus, das war zu teuer.

Zuletzt blieb mir nur noch die Wohnung von diesem Harry. Bisher war Carmen, soweit ich wusste, noch nie dort gewesen, aber es gab ja bekanntlich immer ein erstes Mal.

Der Typ hauste in einem schäbigen Anbau im Hinterhof eines an der Hauptstraße gelegenen Hauses. Die vor Dreck starrenden Fenster waren dunkel, aber in dem daneben liegenden Wellblechschuppen brannte Licht. Ich flutschte unter der Tür durch und stand direkt vor Harry, der gerade einen tiefen Schluck aus seiner Bierflasche nahm, dem er einen lauten Rülpser folgen ließ. Nur gut, dass ich nicht mehr riechen konnte!
„Steh da nicht rum, hilf mir lieber!" Der Zuruf kam von einem anderen Mann, der halb unter einem Porsche lag. Mir hatte dieser eine Blick genügt, die beiden waren dabei, ein gestohlenes Auto auseinanderzunehmen, hier würde ich Carmen nicht finden. Also verdrückte ich mich wieder. Morgen würde ich Kathi einen entsprechenden Tipp geben, sie hatte mittlerweile gute Kontakte zur Polizei. Und die Typen waren so dämlich, die schafften es bestimmt nicht, den Wagen innerhalb eines Tages auszuschlachten und zu entsorgen. Ha, immerhin hatte ich so einen guten Grund, mich wieder bei ihr zu melden.
Nur die Suche nach Carmen musste ich wohl oder übel aufgeben. Dabei hätte mich wirklich interessiert, was sie derart Dringendes zu erledigen hatte, dass sie dafür ihren Samstagabend opferte. Irgendwelche Freundinnen hatte sie nicht, das wusste ich.
Ob sie vielleicht ihre Mutter allein zu Hause wähnte und sich auf ihre töchterlichen Pflichten besonnen hatte? Ich beschloss, dieser letzten Spur zu folgen, danach würde ich aufgeben.
Das Haus meiner Schwiegereltern lag natürlich im besten Wohngebiet, das von vier etwas abseits gelegenen Straßen gebildet wurde. Das viktorianisch anmutende Gebäude war das letzte in einer Stichstraße, mit gepflegtem Vorgarten, in dem auf einer Rasenfläche akribisch geschnittene Buchsbäumchen in Reih und Glied ausgerichtet waren, und einer in wohl gerade angesagtem Rostrot frisch gestrichenen Fassade. Ja, der alte Schweinehund achtete stets auf Äußerlichkeiten.
Viel interessanter aber war für mich der durch die Ritzen der Rollläden schimmernde Lichtspalt. Im Wohnzimmer musste sich jemand aufhalten!
Tja, alle Geheimnisse der Stegemanns kannte ich anscheinend doch noch nicht. Vor dem zur Seite geschobenen, elektrischen Kamin hockte Carmen und blätterte in einem dicken Ordner. Hätte ich noch welche gehabt, wäre mir glatt die Spucke weggeblieben vor Staunen. Das ganze Ding war drehbar und dahinter befand sich ein großer Safe, in dem sich haufenweise Akten befanden. Auf den dreien, die davor lagen, konnte ich die beschrifteten Etiketten lesen: Urteile von 2008, 2009 und 2010. Was war das denn? Hatte der Richter sich ein eigenes Archiv angelegt?

Neugierig blickte ich Carmen über die Schulter. Den Typen auf der Seite kannte ich doch. Harry Palewska hatte bereits drei Mal gesessen, jedes Mal wegen Autodiebstahls, zuletzt war er vor etwas mehr als einem Jahr zu achtzehn Monaten verknackt worden, der stand also noch unter Bewährung und drehte bereits wieder krumme Dinger. Wie doof musste man sein.

Das schien sich Carmen auch zu denken, denn mit einem verächtlichen Schnauben knallte sie den Ordner zu. Sie sprang auf, riss den Rollladen zum Garten weiter hoch und öffnete das Fenster, dabei kramte sie schon nach ihren Zigaretten.

Ui, sie musste auf hundertachtzig sein, dass sie sich selbst hier im Haus ihrer Eltern nicht beherrschen konnte, Margret und Bruno hassten den Qualm, sie durfte nie drinnen rauchen, sondern musste dazu in den Garten gehen, selbst an Regentagen und im Winter.

Ich beobachtete, wie sie mit hastigen Zügen rauchte und die Kippe einfach aus dem Fenster warf, zu den zweien, die dort schon lagen. Hoffentlich dachte sie daran, sie mitzunehmen, Bruno kannte da kein Pardon.

Carmen ließ den Rollladen dieses Mal ganz herunter. Dann legte sie die Akten zurück in den Tresor, schloss die Tür und verstellte die Zahlen. Anschließend schob sie den Kamin wieder vor die Wand. Ein letzter prüfender Blick durchs Zimmer, sie löschte das Licht und verließ das Haus durch den Seiteneingang. Ich hörte sie unter dem Wohnzimmerfenster innehalten, gut, sie nahm die Indizien ihres Verbrechens mit.

Das war ja echt ein Ding! Von diesem Safe hatte sie mir nie erzählt. Ich musste unbedingt in den nächsten Tagen mit Kathi hierher kommen und nachsehen, die Kombination kannte ich ja nun zum Glück.

Doch bevor ich zur Tat schritt, galt es die Nacht abzuwarten. Zu blöde, ich brannte darauf, meine Neuigkeiten loszuwerden – und natürlich darauf, in den Ordnern zu stöbern. Der Schweinehund war ja ein wirklicher Schweinehund! Sich privat Akten anzulegen, das durfte der bestimmt nicht.

Na gut, würde ich die Nacht eben nutzen, um Energie zu tanken. Das war auch eines dieser Dinge, die ich erst hatte lernen müssen; auch Geister benötigten ständige Energiezufuhr, sonst wurden sie schwächer und schwächer und schließlich ins Licht gezogen.

Was es damit auf sich hatte, wusste ich nicht – wollte ich auch gar nicht wissen, zumindest nicht in nächster Zeit, noch brauchte mich Carmen und noch machte mir das Erdendasein viel zu viel Spaß.

Normalerweise brauchte ich nur einmal in der Woche einen Energieschub. Da bewegte ich mich aber nicht den ganzen Tag dermaßen hin und her wie heute. Deshalb hatte ich beschlossen vorzubauen, denn die nächsten Tage würden bestimmt ebenfalls stressig. So begab ich mich ein letztes Mal hinaus in die Nacht.

8

Katharina

Manfred kam mir schon auf der Zufahrt entgegen, als ich gerade das Gargagentor schloss. Er sah blass und abgespannt aus und die Falten in seinem Gesicht schienen sich in den letzten Stunden verdreifacht zu haben. Eigentlich hatte er sonst kaum welche, wahrscheinlich, weil sein Gesicht ziemlich rund war und seine immer leicht rötlichen Apfelbäckchen und die hinter der Nickelbrille fröhlich blitzenden Augen ihm trotz seiner arg zurückgewichenen Haarpracht das Aussehen eines Lausbuben gaben.
Jetzt war davon nichts mehr zu sehen, tatsächlich wirkte er sogar älter als seine fünfundfünfzig Jahre. All meine Wut auf ihn war vergessen, besorgt eilte ich auf ihn zu. „Was ist passiert."
Er nahm mich in die Arme und legte aufstöhnend sein Kinn auf meinen Kopf. „Nie wieder", murmelte er in mein Haar. „Ich verspreche dir, ich werde auf dich hören, es gibt bestimmt kein nächstes Mal. Mir reicht's."
„So schlimm?" Ich löste mich von ihm und sah ihn forschend und gleichzeitig erleichtert an. Meine Güte, es ging nur um unseren Hausgast, ich hatte viel Ärgeres vermutet.
„Noch schlimmer", er nahm meine Hand und zog mich Richtung Haustür. „Aber nun bist du ja Gott sei Dank da."
„Gemeinsam werden wir es schon schaffen", nickte ich. Er sollte sich bloß nicht einbilden, ich würde sämtliche Arbeiten übernehmen. Nein, da mussten wir zusammen durch.
Margret saß im Wohnzimmer auf der Couch und sah fern. Sie begrüßte mich mit einem entsagungsvollen Lächeln. „Danke, dass du dich um mich kümmern willst." Sie seufzte tief. „Leider bin ich auf ständige Hilfe angewiesen. Ich hoffe, ich falle euch nicht zu sehr zur Last."
„Das wirst du nicht", sagte ich sehr bestimmt. „In einem Pastorenhaushalt ist immer viel zu tun, da könnte es eher sein, dass du mal etwas zu kurz kommst." So, damit hatte ich gleich für geordnete Verhältnisse gesorgt „Wir werden versuchen, deiner Behinderung gerecht zu werden", fuhr ich fort, „melde dich einfach, wenn du Hilfe benötigst."
Ihre Miene hatte während meiner Ansprache von leidvoll lächelnd zu eindeutig pikiert gewechselt. „Ich möchte euch keinesfalls zur Last fallen", erwiderte sie spitz. „Vielleicht sollte ich doch besser in ein Heim gehen, obwohl", sie seufzte wieder, „Bruno wäre das gar nicht Recht. Er würde vor lauter Sorge um mich noch kränker."

Waren ihre Augen tatsächlich feucht geworden? „Natürlich bist du hier willkommen", beeilte ich mich zu sagen, „sonst hätte Manfred dir das Angebot nicht gemacht. Ich wollte dich nur vorwarnen, dass es bei uns oft drunter und drüber geht, deshalb mein Spruch, dass du dich melden sollst, wenn du Hilfe benötigst."
Ihr nun huldvolles Lächeln bestärkte mich in meiner Meinung, dass sie eine begabte Schauspielerin war. Um jeder weiteren Diskussion vorzubeugen, verzog ich mich in die Küche, um das Abendessen herzurichten.
Der Verlauf des Abends gestaltete sich schwierig. Wir saßen stumm zusammen vor dem Fernseher, nur unterbrochen von der Anstrengung Margret drei Mal zur Toilette und zurückzuführen – ‚Ich trage nur nachts Windeln, sonst bin ich ständig wund' – ihr ein zusätzliches Brot zu schmieren – ‚Ich kann immer nur wenig essen, deshalb habe ich schnell wieder Hunger' - ihr eine zweite Flasche Wasser zu holen – ‚Ich muss wegen der Medikamente ausreichend trinken' - und ihr einen heißen Kakao für eine ungestörte Nachtruhe zu kochen – ‚Das hilft mir beim Einschlafen.'
Um elf Uhr trugen Manfred und ich sie gemeinsam die Treppe hoch und verfrachteten sie in ihr Zimmer. Ich half ihr, sich für die Nacht fertigzumachen und wankte um halb zwölf todmüde ins Bett. „Na, das werden herrliche Tage", zischte ich meinem Gatten zu, „vielen Dank auch."
Seine Antwort bekam ich nicht mehr mit, ich war schon eingeschlafen.
Mit Müh und Not hatte ich Margret ausreden können, am nächsten Tag mit zur Kirche zu kommen, denn das hätte für mich bedeutet, noch früher aufzustehen. So ließen wir sie wohlversorgt mit einem Frühstückstablett in ihrem Zimmer zurück.
Umso erstaunter war ich, als ich direkt nach dem Ende des Gottesdienstes – Manfred musste noch dableiben und mit den Gemeindemitgliedern Small Talk machen – zurückkehrte, in der Erwartung mich nun ausgiebig um Margret kümmern zu müssen. Die Terrassentür stand offen und zwei Kinder spielten in unserem Garten. Gerade kam eine junge, blonde Frau heraus und rief den beiden etwas zu. Das war doch Carmen! Wie war sie ins Haus gekommen?
Betont lautstark betrat ich die Diele und erzielte den gewünschten Effekt, Richies Frau kam sogleich aus dem Wohnzimmer herbei geeilt. „Oh, Sie sind bestimmt Frau Klingenberg. Ich bin Carmen Ziliski, die Tochter der Stegemanns. Ich wollte kurz nach meiner Mutter sehen und hoffe, Sie haben nichts dagegen, dass wir uns in Ihr Wohnzimmer gesetzt haben. So können die Kinder draußen toben", sie lächelte mich an und ich konnte

verstehen, dass Richie sich damals umgehend in sie verliebt hatte, „und hinterlassen hier im Haus kein Chaos."
„Ähm", ich musste mich erst räuspern, ich war doch ziemlich perplex. „Wer hat Sie hereingelassen?" Kaum hatte ich es ausgesprochen, merkte ich, wie streng ich klang, wie bei einem Verhör. „Ich meine", beeilte ich mich zu sagen, „Ihre Mutter war allein in der oberen Etage. Und ich dachte, wir hätten das Haus gut verschlossen."
Jetzt lachte sie amüsiert auf. „Meine Mutter hat uns geöffnet." Sie trat einen Schritt auf mich zu. „Sie ist krank, aber nicht so krank, wie sie ihre Umgebung gern glauben macht", flüsterte sie. „Lassen Sie sich bloß nicht von ihr herumkommandieren."
Lautes Geschrei aus dem Garten unterbrach unser Gespräch, mit einem entschuldigenden Achselzucken verschwand Carmen. Statt ins Wohnzimmer zu gehen, begab ich mich in Manfreds Arbeitszimmer. Die geschenkte Zeit konnte ich nutzen. Ich startete den Computer und gab bei Google den Suchbegriff ‚Vergewaltigung' ein. Im Nu füllte sich der Bildschirm mit Fakten. Ich hatte gar nicht gewusst, dass es in letzter Zeit derart viele Vorfälle gegeben hatte.
Doch schon bald erkannte ich meinen Irrtum, meist handelte es sich um ein und dieselbe Geschichte, jeder Zeitungsartikel, der darüber geschrieben worden war, fand sich hier.
„Aha, schon fleißig am Recherchieren", erklang Richies Stimme so plötzlich hinter mir, dass ich zusammenzuckte. „Ich dachte, du wolltest mit der Sache nichts zu tun haben."
„Und du sollst dich nicht immer anschleichen", gab ich zurück und schaltete den Bildschirm aus.
„Lass doch mal lesen!"
„Nein, das ist vergeudete Zeit", ich schüttelte energisch den Kopf. „Vom Richter steht da noch nichts und was die anderen Fälle betrifft, ich glaube nicht, dass es Zusammenhänge gibt, die Fakten sind viel zu unterschiedlich. Du hast aber gesagt, dass dieser Polizist von ein und demselben Muster sprach, das immer wieder auftaucht. Bevor du nicht mehr Informationen hast, lohnt es sich nicht, hier weiterzumachen."
„Also hilfst du mir", frohlockte er.
„Mal sehen", brummte ich. Eigentlich hielt ich das Ganze immer noch für eine hirnverbrannte Idee.
„Du musst mir einen Gefallen tun, nein, eigentlich sind es sogar zwei", verbesserte er sich.

Oh Gott, diesen Säuselton kannte ich: „Was ist es dieses Mal?" Bestimmt ging es wie immer um Carmen. Wann würde Richie endlich akzeptieren, dass ich nicht hinter ihr her spionieren würde.

„Zum einen musst du deinen Bekannten bei den Bullen anrufen. Die sollen diesen Harry, Nachname habe ich vergessen, aber ich weiß die Adresse, hopsnehmen. Der schlachtet gerade in seiner Garage ein gestohlenes Auto aus. Wenn die sich beeilen, erwischen sie ihn bei der Arbeit. Zum Zweiten …"

„Moment", ich notierte mir die genaue Anschrift.

„Die kennen den, der ist vorbestraft."

„Woher weißt du das denn?" Bei diesem Harry musste es sich um Carmens neuen Verehrer handeln. Leider fiel sie immer auf den gleichen Typus herein: Gut aussehend, mehr Muskeln als Hirn und mit dem Gesetz in Konflikt. Allerdings hatte es bei den anderen länger gedauert, bis Richie genug Beweismaterial gesammelt hatte, um die beiden zu trennen.

„Pass auf, jetzt kommt nämlich der Hammer, der Richter …"

Es klopfte an der Tür. „Frau Klingenberg?"

Carmen sah mich mit einem verschmitzten Lächeln an. „Ich wollte mich verabschieden. Bringen Sie mich noch hinaus?"

„Lassen Sie sich nicht von meiner Mutter ausnutzen", fuhr sie fort, kaum dass wir vor das Haus getreten waren. „Meiner Meinung nach hätte sie die kurze Zeit, die mein Vater im Krankenhaus bleiben muss, zu Hause verbringen können. Der Pflegedienst kommt drei Mal am Tag und ich wäre ebenfalls regelmäßig bei ihr vorbei gefahren. Das hätte bestimmt funktioniert."

„Mein Mann ist der Ansicht, sie könne sich nicht selbst versorgen", versuchte ich zu erklären, „und Ihr Vater hat diese Befürchtungen ebenfalls geäußert."

Carmen zog die Augenbrauen hoch. „Sie ist jeden Tag allein, bis er abends von der Arbeit kommt.- Verstehen Sie mich bitte nicht falsch, ich finde es ausnehmend nett von Ihnen, dass Sie sie zu sich geholt haben. Ich möchte nur nicht, dass Sie ihrer Krankheit zu viel Raum geben. Meine Mutter neigt leider sehr zum Übertreiben."

„Das habe ich schon bemerkt", ich konnte nicht anders, ich lächelte zurück. Bisher kannte ich Carmen nur aus Richies Erzählungen. Dabei hatte ich mir wohl ein völlig falsches Bild von ihr gemacht. Obwohl ich wusste, dass sie in ihrer Ehe der Hauptverdiener gewesen war und seit seinem Tod bei einem Steuerberater arbeitete, hatte ich sie mir als schwaches Weibchen vorgestellt, das sich nur mit einem starken Mann an ihrer Seite wohlfühlte und alles dafür tat, diesen Zustand wieder herzustellen. Stattdessen präsentierte sich mir hier eine moderne, junge Frau, die sah, was sich in ihrem Umfeld tat und sich nicht davor scheute, Konflikte anzusprechen.

9

Richard
Dass mir Carmen ausgerechnet in dem Moment dazwischen funken musste, als ich die Bombe platzen lassen wollte! Und dann stand sie auch noch ewig mit Kathi vor der Tür und redete. Wollte sie der etwa ihr ganzes Leben erzählen? Jetzt rief sie doch tatsächlich noch die Kinder, um sie vorzustellen! Geht endlich!
Kaum hatte sich meine Frau verabschiedet, kam Manfred. Ich schaffte es soeben, Kathi an den Computer zu erinnern, den sie nicht ausgeschaltet hatte, dann verschwand sie mit ihrem Mann in der Küche. Ich verzog mich in den Garten. Kathi hasste es, wenn ich ihre privaten Gespräche belauschte, und hatte mir mehrfach angedroht, mich nie wieder zu beachten, wenn ich nicht Abstand hielt.
Naja, die Unterredung mit Carmen war ja wohl nicht privat zu nennen. Immerhin kannte ich sie und ihr Verhältnis zu den Eltern viel besser als Kathi. Das einzig Interessante, was ich erfahren hatte, war, dass der Schweinehund seiner Tochter wohl das Märchen von einer Gehirnerschütterung und weiteren Blessuren, die von einem Raubüberfall stammten, aufgetischt hatte, weswegen er ein paar Tage unter Beobachtung bleiben müsse. Um Margret nicht zu beunruhigen, habe er ihr das Märchen von der leichten Herzerkrankung erzählt, was auch an sämtliche Bekannten weitergegeben werden sollte. Also wusste Carmen ebenfalls nicht den wahren Grund!
Zum Glück hatte Kathi sich nichts anmerken lassen und gemurmelt, etwas Ähnliches hätte ihr Mann ebenfalls erzählt. Am liebsten wäre ich da gleich mit meinen Neuigkeiten herausgeplatzt. Aber es war besser zu warten, bis Kathi diese gebührend zu würdigen wusste.
Meine Geduld wurde auf eine harte Probe gestellt. Bis zum Mittagessen war sie nicht eine Sekunde allein. Kaum hatte Manfred den Raum verlassen, rief Margret nach ihr, damit sie ihr bei irgendeiner schrecklich wichtigen Kleinigkeit half, dann folgte sie ihr in die Küche und beobachtete die Herstellung des Mittagessens. Danach kam Kathis üblicher Mittagsschlaf an die Reihe, und da ich an ihrer Körperhaltung erkennen konnte, dass sie bereits ziemlich genervt war, wagte ich nicht, mich blicken zu lassen. Aber direkt nach dem Aufwachen würde ich mit ihr sprechen.
Leider hatten sie und ich vergessen, dass sich für den Nachmittag ihre Freundin Christina angekündigt hatte. Kathi wurde durch das Klingeln aus

ihren Träumen gerissen und bei ihrem hastigen Aufbruch kam ich wieder nicht zum Zug.

Von dem Gespräch der beiden bekam ich nicht viel zu hören, denn Christina hatte Lotti mitgebracht, den kleinen Hund ihrer Tochter, eigentlich ein ganz liebes Tier, sagte Kathi, doch wenn ich in seine Nähe kam, rastete es völlig aus und bellte ununterbrochen.

„Sie spürt dich und kann dich nicht einordnen, deshalb denkt sie, du bist eine Gefahr, vor der sie uns beschützen muss", hatte Kathi versucht, mir zu erklären. Nur schlief dieser blöde Köter an ihren Füßen in ihrem Bett und folgte ihr auch sonst auf Schritt und Tritt. Das konnte ja heiter werden. Ich wusste, was jetzt passierte. Seitdem das mit Christinas Tochter passiert war, kam sie nur noch vorbei, um Kathi den Hund aufs Auge zu drücken. Also würde Lotti hier bleiben. Scheiße!

Wie immer hielt sich Christina nicht lange auf. Direkt nach dem obligatorischen sonntäglichen Kaffeetrinken verschwand sie, den Hund natürlich zurücklassend. Allerdings entpuppte sich dieser Umstand jetzt als Vorteil für mich. Kaum hatte Kathi den Tisch abgeräumt, griff sie nach Leine und Jacke und verzog sich zu einem, wie ich hoffte, langen Spaziergang, dabei Manfreds flehenden Blicken ausweichend.

Wie ich es geahnt hatte, wanderte sie zu den brachliegenden Feldern, wo sie den Hund unbesorgt laufen lassen konnte. Ich wartete ungeduldig, bis sich Lotti weit genug entfernt hatte, dann platzte es aus mir heraus: „Der Richter hat Akten von sämtlichen Gerichtsfällen, die er bearbeitet hat und dazu noch weitere. Wir müssen unbedingt in die Wohnung und sie sichten!"

„Was?", Kathi sah mich ungläubig an.

„Wir könnten gleich noch hinfahren."

Sie runzelte verwirrt die Stirn. „Moment, ich verstehe gar nichts mehr. Woher weißt du davon?"

„Ich habe Carmen dabei beobachtet, wie sie …"

Der blöde Köter begann aufgeregt zu bellen und sie ließ mich einfach stehen und lief zu ihm hin.

„Kathi, siehst du denn nicht, wie wichtig diese Entdeckung ist?", versuchte ich es fünf Minuten später noch einmal. „Vielleicht sind diese Papiere der Schlüssel zu dem Verbrechen. Wir müssen sie uns echt ansehen."

Sie lachte mich doch tatsächlich aus! „Richie, du hast gesagt, es gibt mehrere Fälle. Wie sollen uns da die Akten des Richters weiterhelfen?"

Mist, sie hatte recht. Trotzdem, ich wollte unbedingt in diese Ordner rein gucken. Vor allem in den einen, den Carmen sich angeschaut hatte. Beim

Zuklappen hatte ich lesen können, dass es sich hierbei um einen ganz besonderen handelte. Es interessierte mich brennend zu erfahren, über wen aus dem Ort der Richter Dossiers angelegt, und natürlich, was er ausgegraben hatte. Das konnte ich Katharina allerdings nicht sagen, dafür war sie viel zu anständig. Rein aus Neugier würde sie nie auf meine Idee eingehen. Sie war schon wieder abgelenkt. Hinten am Horizont war ein anderer Hund aufgetaucht und sie rief Lotti, nahm sie an die Leine und bog in einen anderen Weg ein, der sie wieder zurück auf die Straße brachte. „Halte Abstand!", warnte sie mich, als Lotti begann, den Kopf hin und her zu drehen und prüfend zu wittern.
Ich folgte ihnen zu der nächstgelegenen, großen Wiese, die zum Glück hundefrei war.
„Ich denke, wenn du unbedingt an dem Fall weiterarbeiten willst, wird dir nichts anderes übrig bleiben, als morgen erneut ins Präsidium zu gehen", sagte Kathi, nachdem sich Lotti schnüffelnd entfernt hatte und ich damit zu ihr aufschließen konnte.
„Wir könnten trotzdem ..."
„Nein!", sie ließ mich gar nicht ausreden. „Keine Chance."
„Kathi, bitte!", jammerte ich, „vielleicht ist ja doch ..."
„Nein!", wieder unterbrach sie mich. „Außerdem bist du derjenige, der sich unbedingt in die Polizeiarbeit einmischen will. Ich habe genug anderes zu tun."
Mist, eigentlich war ich davon ausgegangen, das Thema hätte sich erledigt.
„Letztens hast du das noch anders gesehen", erinnerte ich sie.
„Wenn ich Unrecht sehe, helfe ich selbstverständlich", zischte sie.
Oje, jetzt hatte ich sie wütend gemacht.
„Der Fall deines Schwiegervaters liegt jedoch ganz anders. Die Polizei arbeitet bereits daran. Sie werden den oder die Täter schon erwischen."
„Und was war das dann mit deiner Recherche im Internet?"
„Reine Neugier. Ich habe mich nur gewundert, dass mir von diesen Fällen bisher nichts bekannt war. Vielleicht hast du dich ja verhört."
„Nein!" Hielt sie mich für blöd? „Bestimmt halten die das absichtlich unter Verschluss."
„Und keiner verplappert sich?"
Ich schenkte mir die Antwort, sie wollte mir anscheinend nicht glauben:
„Übrigens, hast du bei den Bullen wegen diesem Harry angerufen?"
„Als Manfred und Margret am Tisch saßen und ich das Mittagessen aufgetragen hatte", nickte sie. „Woher wusstest du eigentlich davon?"

„Ich habe Carmen gesucht, dachte, sie sei bei diesem Kerl und bin zuerst dorthin, stattdessen habe ich sie dabei erwischt, wie sie in Brunos Akten herumgestöbert hat", triumphierte ich. „Die hat nicht deine Hemmungen."
„Ach, ist dieser Harry ihr neuester Freund?"
„Zumindest war er auf dem besten Weg, es zu werden. Bis heute."
„Siehst du, dann hat sie zumindest einen vernünftigen Grund gehabt. Bei uns dagegen wäre es reine Neugier."
Gegen ihre Argumentation kam ich nicht an – wie immer übrigens. Kathi war stur wie ein Maulesel. Sie ließ sich nie zu Dingen überreden, von denen sie nicht hundertprozentig überzeugt war.
„Hatte Carmen dir nie von diesen Ordnern erzählt?", fragte sie jetzt.
„Nein."
Wahrscheinlich spürte sie, dass ich ziemlich sauer deswegen war, denn sie enthielt sich jeden Kommentars. Stattdessen machte sie Anstalten nach Lotti zu rufen.
„He!"
Sie hielt inne. „Ich dachte wir hätten alles geklärt? Ich bin nicht bereit, dir in irgendeiner Form zu helfen. Zumindest zurzeit nicht", schwächte sie ihre Aussage ab. „Ist an der Sache wirklich mehr dran und hat die Polizei den Fall bis dahin nicht gelöst, können wir gerne gemeinsam überlegen, ob wir die Möglichkeit haben, irgendwie daran mitzuarbeiten."
Ich sah ihr nach, wie sie sich mit Lotti entfernte. Na warte, dachte ich. Nun war mein Ehrgeiz geweckt. Ich würde nicht ruhen, bis ich genug Beweise zusammengetragen hatte, um sie zu überzeugen. Ich spürte, dass daraus ein ganz großer Fall werden konnte.

10

Katharina

Die nächsten Tage waren ziemlich hektisch. Margret, der Hund, meine anderen Verpflichtungen, ich war ehrlich gesagt froh, dass Richie sich nicht blicken ließ.

Das Leben mit Margret hatte sich einigermaßen eingespielt. Nachdem auch mein Mann erkannt hatte, dass sie zwar krank, aber nicht so pflegebedürftig war, wie sie uns vormachte, ließ er mir freie Hand. Innerhalb eines Tages war sie nicht nur in der Lage, allein zur Toilette zu gehen, sondern konnte sich sogar ihre Getränke selbst aus der Küche holen. Nur mit der Bewältigung der Treppe tat sie sich noch schwer – naja, Hauptsache Manfred und ich mussten sie nicht mehr hinauf- und hinuntertragen.

Außerdem hatte sie schnell gelernt, nicht zu versuchen, mich den ganzen Tag mit Beschlag zu belegen. Montags, mittwochs und freitags half ich am Vormittag bei der Zubereitung der Essen für die Obdachlosen, dienstags und donnerstags kamen zwischen drei und sechs meine Klavierschüler. Dazu musste ich mehrmals täglich mit dem Hund spazieren gehen, da blieb für Margret nicht viel Zeit, denn die Hausarbeit erledigte sich nicht von selbst. Unsere Tochter und der einzige noch bei uns lebende Pflegesohn würden erst in zwei Wochen, also kurz vor Ostern aus ihren Ferien zurückkehren, kurz darauf begann aber schon das neue Semester, sodass sie weder eine große Hilfe noch verfügbare Gesprächspartner für Margret sein würden.

Allerdings hoffte ich, dass wir unseren Hausgast bis dahin los geworden waren. Hieß es nicht immer, die Verweildauer im Krankenhaus hätte sich stark verkürzt?

Am Mittwoch war Manfred mit ihr zu einem kurzen Besuch zu Bruno gefahren. Er lag mittlerweile auf einer normalen Station und angeblich ging es ihm schon viel besser. Seltsam war nur, dass er immer noch nicht aufstehen durfte und weiterhin intravenös ernährt wurde.

Ich glaube, das war der Moment, in dem ich anfing, Richies Geschichte ernst zu nehmen. Bisher hatte ich seinen Worten nicht recht getraut. Vor allem, nachdem von den angeblichen Vergewaltigungen nichts im Netz zu finden war, hatte ich vermutet, dass die Langeweile ihn dazu gebracht hatte, aus einer harmlosen Geschichte eine Räuberpistole zu fabrizieren, um endlich wieder einmal etwas Aufregung und Abwechslung in sein Leben zu bringen. Dabei war er an dem, was er Leben nannte, selber schuld. Und er konnte es jederzeit beenden. Er musste nur lernen loszulassen.

Nun gut, unsere Symbiose hatte zumindest auch etwas Gutes gebracht. Mit seiner Hilfe war es mir gelungen meinen begründeten Verdacht, dass einer meiner Klavierschüler misshandelt wurde, zu bestätigen. Allerdings war nicht der Vater, wie ich vermutet hatte, der Schuldige, sondern die Mutter. Zudem stellte sich heraus, dass sie die anderen beiden Kinder und selbst ihren Mann täglich tyrannisiert und gequält hatte. Die Frau wurde wegen Körperverletzung vor Gericht gestellt und verurteilt, der Vater reichte die Scheidung ein, die Kinder erholten sich langsam wieder von der Schreckensherrschaft.

Der andere Fall war nicht ganz so spektakulär. Richie und ich überführten eine Räuberbande, die für zahlreiche Einbrüche in unserer Wohngegend verantwortlich war. Das war aber eher Zufall. Eigentlich hatte Richard nur den Freund von Carmen überwachen wollen. Dabei war er Zeuge eines Einbruchs geworden, bei dem dieser Schmiere stand und anschließend das Fluchtauto fuhr. Er verfolgte die Bande bis zu ihrem Schlupfwinkel und informierte dann mich. Ich gab die Daten an einen Freund meines Pflegesohns, der bei der Polizei arbeitete, weiter und der schickte sofort ein Einsatzkommando zu der Adresse, sodass die Typen noch mit der Beute erwischt werden konnten.

Das Misstrauen der Beamten, wie ich auf die beiden Fälle aufmerksam geworden war, erstickte ich mit der Behauptung, ich hätte beide Male Tipps von einem meiner Obdachlosen bekommen, könne aber seinen Namen nicht nennen, da er nur zu mir Vertrauen hätte. Der Trick funktionierte, mittlerweile, nachdem ich auch noch Carmens zweiten Typen, der sich als Kleindealer entpuppte, ans Messer geliefert hatte, war mein Draht zum hiesigen Polizeirevier ausnehmend gut.

Jedenfalls war ich inzwischen doch davon überzeugt, dass im Fall des Richters irgendetwas nicht so war, wie es behauptet wurde, zumal nicht ein Wort über das Verbrechen an ihm in der Zeitung gestanden hatte, was ich als sehr bedeutend empfand, schließlich wurde sonst jeder kleine Handtaschenraub erwähnt. Deshalb war ich nun ziemlich gespannt, was Richie herausgefunden hatte.

Erst am Freitag, kurz nachdem Christina den Hund abgeholt hatte – wobei es mir wieder nicht gelungen war, in Burkhards Sinn mit ihr zu sprechen, ich musste mir unbedingt etwas einfallen lassen - tauchte er auf. Ich hatte es endlich geschafft, mir Zeit für den Garten herauszuschinden und befreite gerade die Rosenbeete vom verrottenden Laub, als er sich hinter mir räusperte. Wie immer, wenn er mich so überraschte, zuckte ich erschreckt zusammen.

„Wie soll ich mich denn sonst melden?", kam er meinem üblichen Gemeckere zuvor. „Soll ich mich dir vielleicht ein Liedchen trällernd nähern?"
Ich musste lachen. „Okay, du hast recht. Obwohl, wenn ich es mir so überlege, ja, das könntest du tatsächlich machen. Oder pfeifen, damit ich weiß, dass du es bist."
„Okay." Er ließ einen dünnen, zittrigen Pfiff ertönen. „Zufrieden?"
Ich musste wieder lachen, denn es hörte sich eher an wie das Quietschen eines Rades, das dringend geölt werden musste.
„Dann eben nicht." Er klang eindeutig beleidigt.
„Doch, doch, das ist besser als gar nichts", kicherte ich.
„Interessiert es dich eigentlich, was ich erfahren habe?"
„Natürlich! Erzähl!"
Zum Glück war Richie nicht nachtragend. „Es ist genauso, wie ich es dir gesagt habe", begann er triumphierend zu berichten. „Bruno ist nur einer von insgesamt acht Fällen, die sich alle im letzten halben Jahr zugetragen haben. Und jetzt halt dich fest! Es handelt sich ausnahmslos um Richter, sowohl männliche als auch weibliche, verstreut über das gesamte Bundesgebiet."
„Es stand nie etwas in der Zeitung." Ich hatte gestern extra noch einmal nachrecherchiert.
„Die ganze Sache wird unter Verschluss gehalten. Weder Opfer noch Polizei wollen, dass die Fakten bekannt werden. Das ist ein richtig großes Ding."
„Haben sie denn einen Verdacht, wer es gewesen ist?"
„Die doch nicht!"
Ich musste ein weiteres Lachen unterdrücken. Obwohl Richie sich nach der Heirat mit Carmen in einen Normalbürger verwandelt hatte, der sich im Großen und Ganzen an die herrschenden Gesetze hielt, war sein Verhältnis zur Obrigkeit bis zuletzt ziemlich gestört gewesen.
„Immerhin haben sie erkannt, dass die Fälle zusammengehören", berichtete er nun. „Es sind nämlich jedes Mal die gleichen Vorgehensweisen. Die zwei Täter lauern ihrem Opfer draußen auf, betäuben es, verfrachten es in einen Lieferwagen, und während der eine herumfährt, wird es von dem anderen vergewaltigt. Naja, nicht … äh … persönlich. Der nimmt Gegenstände und führt die bei den Opfern ein, auf brutalste Art und Weise. Alle haben Verletzungen davon getragen, der Richter allerdings die bisher schlimmsten."
„Gibt es irgendwelche Spuren oder Zeugen?"

„Nein, das ist es ja gerade, was die Fälle so einmalig macht. Niemand hat etwas gesehen oder gehört und es gibt keine relevanten Spuren an den Opfern."
„Und was vermutet die Polizei?"
„Dass es was mit den Fällen der Richter zu tun hat."
Ich war mir sicher, hätte er noch ein Gesicht gehabt, wäre ein breites, triumphierendes Grinsen darauf zu sehen gewesen. „Das würde aber heißen, dass alle acht denselben Verbrecher verurteilt haben müssten", gab ich zu bedenken. „Ist das nicht eher unwahrscheinlich?"
„Das haben die bereits überprüft und ebenso, ob es andere Zusammenhänge, über die Opfer zum Beispiel, gibt. Bisher haben die nichts gefunden."
„Wow", ich war beeindruckt. „Du warst richtig fleißig."
„Und? Hilfst du mir jetzt?"
„Richie, je mehr ich davon höre, umso stärker bin ich der Überzeugung, dass dieser Fall eine Nummer zu groß für uns ist", gab ich zu bedenken. „Die Polizei hat nun mal ganz andere Möglichkeiten als wir."
„Lass es uns wenigstens versuchen!", drängte er. „Bitte!"
„Aber wie sollen wir überhaupt anfangen? Ich wüsste nichts, was wir tun könnten."
„Na, wir sehen uns als Erstes die Akten des Richters an."
Ich hatte es geahnt. Diese Ordner ließen ihn nicht los. Darin musste es irgendetwas geben, das er unbedingt sehen wollte. „Ich dachte, die Ermittler hätten Zusammenhänge mit den Urteilen ausgeschlossen?"
„Nee, die vermuten sie schon, sie haben nur noch nicht die richtigen gefunden. Deshalb ist es sinnvoll, dass wir uns die Papiere ansehen."
Eigentlich war ich in keinster Weise von diesem Argument überzeugt, außerdem wollte ich mit diesen Fällen nichts zu tun haben, was konnten wir schon ausrichten? Andererseits hatte ich versprochen, falls er Beweise für seine Theorie fände, ihn zu unterstützen. Was schadete es also, ihm in diesem Punkt zuzustimmen? Ich glaubte nicht, dass wir irgendetwas Relevantes entdecken würden, damit hätte sich der Fall dann für uns hoffentlich erledigt. Achtmalige Vergewaltigung! Diese Täter waren brutal und skrupellos. Bestimmt würde die Polizei alles in ihrer Macht Stehende tun, um sie zu erwischen.
„Ich habe keinen Schlüssel für das Haus", gab ich nach.
„Na, das kannst du ganz einfach geregelt kriegen." Richie hatte endlich Oberwasser. „Du bietest Margret an, ihr irgendwas daraus zu holen. Dir wird schon was einfallen."

„Hm", ich war nicht so überzeugt. Bestimmt würde sie dann mitfahren wollen. Aber einen Versuch war es wert. Da ich sowieso in einer Stunde meine Schwiegermutter zum Zahnarzt bringen musste, konnte ich auch jetzt gleich mit meiner Gartenarbeit aufhören und Margret fragen.

11

Richard

Und schon düsten wir einem neuen Abenteuer entgegen. Hatte ich es nicht gesagt? Margret waren, nachdem sie endlich eingesehen hatte, dass sie nicht mitfahren konnte, eine Menge Dinge eingefallen, die sie unbedingt benötigte und vor lauter Erleichterung hatte Kathi versprochen, ihr alles mitzubringen, die ließ sich wirklich ganz schön herum scheuchen.

Elisabeth war auch wieder in ihrem Element gewesen. Von dem Zeitpunkt, als Kathi in ihrer Wohnung angekommen war, bis zu dem Moment, wo sie sie oben in der Praxis ablieferte, hatte sie ununterbrochen geredet. Wie immer war es um Politik gegangen, das schien Elisabeths Hauptinteresse zu sein: Politiker und ihre Unfähigkeit. Dieses Mal ging es um deren Verschwendungssucht.

„Kein Unternehmen könnte sich derartige Mitarbeiter leisten", hatte sie gewettert. „Die wären alle längst pleitegegangen."

Und so war es in einem fort weitergegangen. Leuchtturmprojekte, mit denen sich die Bürgermeister Denkmäler setzten, vergessene Rechnungen in Millionenhöhe, ins unermessliche gestiegene Betriebskosten, für die wir Bürger aufkommen mussten, usw., usw.

Gut, sie hatte ja recht, aber warum regte sie sich darüber auf? Sie konnte es ja doch nicht ändern. Ich bewunderte nur Kathi, die die ganze Zeit ruhig blieb und nickte und allerhöchstens einmal hm sagte, sich aber zu keinerlei Meinungsäußerungen hinreißen ließ. Sonst hätten die beiden wahrscheinlich das Gespräch beim Zahnarzt bis zum Beginn der Behandlung noch fortgesetzt.

Denn zu unserem Glück kam Elisabeth sofort in eines der Behandlungszimmer und die Helferin teilte Kathi mit, dass sie frühestens in zwei Stunden wieder zu kommen brauchte. Blieb uns für unsere Nachforschungen genug Zeit.

Natürlich gerieten Kathi und ich uns gleich in die Haare. Sie wollte zuerst sämtliche Gegenstände zusammensuchen, die sie Margret mitbringen sollte, ich dagegen drängte darauf, zuerst den Tresor zu öffnen.

„Du klappst mir die Ordner auf und ich fange an zu lesen. In der Zwischenzeit kannst du dich um die anderen Sachen kümmern." Gegen dieses Argument kam sie nicht an.

Leider stellte ich schnell fest, dass ich ohne Kathi aufgeschmissen war. Ich konnte ja nicht selbst umblättern und der Schweinehund hatte tatsächlich

die kompletten Urteile, die sich seitenlang hinzogen, kopiert, also war ich in zehn Minuten mit der Durchsicht meiner Seiten fertig.
„Kathi!"
„Was schreist du denn so!"
Nicht, dass sie pflichtschuldigst neben mir auftauchte. Nein, sie schien sich oben im Schlafzimmer aufzuhalten und machte keinerlei Anstalten herunterzukommen.
„Bitte umblättern!"
Es gelang mir, sie zehn Minuten festzuhalten, dann stand sie energisch auf.
„So geht das nicht. Ich habe noch nicht einmal die Hälfte der Dinge zusammen, die Margret benötigt. Ich muss schauen, dass ich alles finde."
Mist, gerade wo es anfing, interessant zu werden. Damit sie nicht mitbekam, was mich am meisten interessierte, hatte ich sie hin und her gescheucht, die Seiten umzublättern. Mir reichte bei den Akten mit den Urteilen ein schnelles Überfliegen, nur bei dem Stadtordner hielt ich mich länger auf. Der war wirklich spannend. Ich wusste zum Beispiel gar nicht, dass der Vater meines Schulkumpels Lukas schon zweimal Insolvenz angemeldet hatte und gegen ihn wegen Verschleppung derselben und Betruges ermittelt worden war. Oder dass die Inge Bauer wegen schweren Diebstahls ein halbes Jahr im Knast gesessen hatte. Und hier, sieh mal einer an, der dicke Bäcker Schliependahl, der drei Geschäfte im Norden betrieb, war ein verurteilter Kinderschänder. Der hatte sich an seinen eigenen acht und zehn Jahre alten Mädchen vergangen.
Schnapp, klappte die Akte vor mir zu, ich hatte mich wohl einen Moment zu lange damit beschäftigt.
„Ich habe dir die Urteile aus den Ordnern genommen und sie auf dem Boden ausgebreitet", Kathi lächelte süffisant. „Damit wirst du eine Weile beschäftigt sein."
Gott, was war das langweilig. Und obwohl ich mir wirklich Mühe gab, gelang es mir nicht, bei der Vielzahl von Delikten den Überblick zu behalten. Die Namen und Straftaten rauschten an mir vorbei, ich hätte schon nach dem halben Durchlauf nicht mehr sagen können, um was es sich dabei alles handelte. Das Problem war, der Schweinehund hatte echt mächtig viel zu tun gehabt, außerdem war er schon alt, das hieß, ich musste mich durch Jahrzehnte kämpfen.
Endlich stand Kathi wieder neben mir. „Und? Hast du was gefunden?"
„Das Einzige, was mir aufgefallen ist, ist, dass der Richter zu allen Angeklagten viel zu gnädig war", schnaubte ich empört. „Der hat selbst im Wiederholungsfall fast immer Bewährung gegeben, kannst du dir das vor-

stellen? Wenn ich daran denke, wie er mich behandelt hat – als wäre ich der letzte Abschaum. Bei seinen Straftätern dagegen hat er stets mildernde Umstände gefunden. Ach die Armen, kein Wunder, dass sie so geworden sind, bei der Kindheit! Dieser …", ich suchte nach einem Wort, das schlimm genug war, meinen Schwiegervater zu beschreiben.

„Schweinehund", ergänzte Kathi, die mittlerweile auf dem Boden kniete und, während sie die Blätter abheftete, gerade eines der Urteile las. „Da hat er doch tatsächlich dem Opfer eine Mitschuld gegeben, weil die Frau im Hochsommer in der ersten Etage die Fenster nachts gekippt ließ und damit den Einbrechern ein leichtes Eindringen ermöglichte."

„Ich sagte dir doch, der ist viel zu human vorgegangen. So was wie abschreckende Urteile kannte der nicht." Ich versuchte, einen Blick auf Kathis Armbanduhr zu erhaschen. Ui, schon anderthalb Stunden waren vergangen und ich hatte kaum in die mir so wichtige Akte hineinschauen können. „Während du weiter einsammelst, mach mir bitte den Ordner mit den Schuldigen der näheren Umgebung wieder auf", umschrieb ich die Begierde meines Interesses. „Dann kann ich den ebenfalls noch kontrollieren."

Ich hatte tatsächlich Glück. Kathi ließ sich ohne Diskussion darauf ein. So rasch es ging, versuchte ich mir die Namen der jungen Männer einzuprägen. Damit war ich auf jeden Fall besser gegen Carmens neueste Eroberungen gewappnet und musste nicht jedes Mal endlos recherchieren. Die anderen, bis auf den Letzten, das war ja echt ein Glücksfall gewesen, hatte ich tagelang von morgens bis abends verfolgt, um herauszufinden, welchen Dreck sie am Stecken hatten, sodass mir kaum Zeit für meine Frau und die Kinder geblieben war. Dabei wollte ich doch so wenig wie möglich von ihrem Leben verpassen.

Nur noch einige wenige Seiten waren zu lesen, als Kathi mir den Ordner unter der Nase wegzog. „Wir müssen langsam los."

„Lass uns den Rest noch schnell durchblättern", forderte ich sie auf. „Das dauert höchstens fünf Minuten." Ach, hätte ich lieber darauf verzichtet, dann hätte Kathi die Urteile nie zu sehen bekommen. Doch es war schon zu spät.

„Schau mal, das ist über dich!" Interessiert begann sie zu lesen.

„Kathi, wir müssen los!"

Sie ignorierte meine Mahnung völlig. „He, du warst ja richtig gut aussehend!"

Da hatte der Schweinehund doch tatsächlich ein Foto aus der Verbrecherkartei von mir aufgetrieben! Und was für eins. Missmutig starrte ich in die

Kamera, der Dreitagebart und die Abschürfung an der Schläfe ließen mich richtig ganovenmäßig aussehen.

„Du hattest also dunkelblonde Haare und braune Augen", stellte Kathi fest, die sich ganz nah über das Foto gebeugt hatte, „richtig?"

„Hm." Was hätte ich sonst sagen sollen? Sah man ja.

„Richtig süß! Wie alt warst du da? Ach ja, einundzwanzig. Du hattest wahnsinnig Ähnlichkeit mit dem Schauspieler James Dean, findest du nicht?"

„Wer war das denn?", knurrte ich, um sie zu ärgern. Natürlich wusste ich, wer der Typ war. Eva hatte mich früher ebenfalls mit ihm verglichen und mir sogar Fotos gezeigt.

„Ich vergesse halt immer, dass du noch ziemlich jung bist", kicherte Kathi. „Trotzdem, du warst ein gut aussehender Bursche. Dir haben die Mädchen bestimmt zu Füßen gelegen."

„Klar, nur nie die richtigen. Oder glaubst du, die Normalos geben sich mit einem Knacki ab?"

„Carmen schon."

Und das war damals schon der erste Grund, warum ich mich haltlos in sie verliebt hatte. Für sie war nicht wichtig, was ich getan hatte, für sie zählte die Gegenwart. Ihr zuliebe kehrte ich meiner Welt den Rücken und wurde anständig. Für sie harrte ich nach meinem Tod weiter hier aus. Carmen war …, um sie zu beschreiben, hätte ich Dichter sein müssen. Sie war der Mittelpunkt meiner Welt gewesen, die Sonne, um die die Kinder und ich kreisten.

Kathi hatte mittlerweile erkannt, dass sie keine Antwort bekommen würde und sich wieder ihrer Arbeit zugewandt. Die letzte Akte wanderte in den Safe, sie schloss die Tür, verstellte die Nummernkombination und schob den falschen Kamin vor die Wand.

„Kommst du noch mit?"

„Ich weiß nicht." Irgendwie war es mir peinlich, dass Kathi nun mein Vorstrafenregister gesehen hatte. Bisher hatte ich es stets vermieden, darüber zu sprechen. Diebstahl, Hehlerei, Brandstiftung, gefährliche Körperverletzung – das war schließlich nicht ohne. „Der Diebstahl stimmt", platzte ich heraus. „Die Hehlerei auch, aber das mit dem Brand war ganz anders. Wir haben von dem Ladenbesitzer Geld bekommen, damit wir das Geschäft abfackeln. Nur ist das nie rausgekommen."

„Und die Körperverletzung?", fragte Kathi, während sie bereits die Tasche mit Margrets Sachen nahm und nach dem Haustürschlüssel griff.

„Der andere hatte ein Messer, ich habe mich nur gewehrt. Das blöde war, dass die zu dritt waren und ich alleine. Da haben die doch glatt behauptet, ich hätte angefangen."
„Du allein gegen drei?"
„Nur die Bullen können so dämlich sein und denen glauben."
Kathi grinste. „Langsam beginne ich, deine Aversion zu verstehen."

12

Katharina
Gut, dass Richie nicht meine Gedanken lesen konnte. Natürlich war ich anfangs ziemlich entsetzt, nachdem ich sein Strafregister gelesen hatte. Andererseits war der letzte Eintrag mit knapp einundzwanzig gewesen und ein gnädiger Richter hatte ihn trotz seiner Vorstrafen nur zu neun Monaten Haft verurteilt. Außerdem hatten die Verletzten einer Gang angehört, es traf wohl beileibe keine Unschuldigen.
Nein, ich war mir sicher, hätte er nicht kurz darauf Carmen kennengelernt, wäre er aus diesem Milieu nicht mehr herausgekommen. Wahrscheinlich war es für Richie auch nicht schlecht gewesen, dass sie später die Stadt gemeinsam verlassen hatten. Ein Neuanfang gestaltete sich in einer Umgebung, wo man niemanden kannte und nicht auf alte Kumpels oder Feinde traf, viel einfacher.
Selbstverständlich musste man trotzdem den Willen haben, sich zu ändern. Doch an Willenskraft fehlte es Richie ganz sicher nicht, das hatte ich schon des Öfteren festgestellt. Und er war eine Kämpfernatur, er gab nicht so schnell auf. Dazu kamen die Geschichte, wie ich ihn kennengelernt hatte, und der Umstand, dass ich ihn nun bereits zwei Jahre lang fast täglich erlebte. Ich wusste, wie er war und was ich an ihm hatte. Er war, trotz gewisser störender Eigenschaften, mein bester Freund, mein Vertrauter, mit dem ich alles bereden konnte und der mir half, wenn ich in Not war. Ich kannte Richie zu gut, als dass das Wissen um seine Vorstrafen meine Meinung über ihn ändern konnte.
Anscheinend hatte er gemerkt, dass sich meine Einstellung zu ihm nicht gewandelt hatte, denn er fuhr mit mir zurück zum Zahnarzt und folgte mir sogar in die Praxis. Dort nahm mich eine besorgte Zahnarzthelferin in Empfang. Meine Schwiegermutter hatte nach der vierten Spritze Kreislaufprobleme bekommen und lag noch im Behandlungsstuhl. Da sie sich vehement gegen das Herbeirufen eines Notarztes oder einen Transport ins Krankenhaus gewehrt hatte, war man nun mehr als froh, mich zu sehen und die Verantwortung an mich abgeben zu können.
Als ich eintrat, verzog Elisabeth das Gesicht zu etwas, das wohl ein Lächeln sein sollte. Nur war ihr Gesicht derart leichenblass und verschwollen, dass es eher einer Karikatur desselben glich. „Mir geht es gut", nuschelte sie und machte Anstalten aufzustehen.

„Langsam, langsam", mahnte die neben ihr stehende Helferin und stütze sie, dass sie sich hinsetzen konnte. „Jetzt warten wir erst einmal fünf Minuten, ob Ihnen wieder schlecht wird."
Es dauerte eine weitere halbe Stunde, bis ich Elisabeth endlich im Auto hatte, mittlerweile war es schon früher Nachmittag.
„Ich glaube, uns beiden würde ein kleines Nickerchen guttun", erklärte ich ihr, nachdem ich sie in ihrer Wohnung auf die Couch bugsiert hatte. „Ich rufe Manfred an, damit er sich keine Sorgen macht." Das Mittagessen für ihn und Margret hatte ich in weiser Voraussicht vorgekocht.
Anschließend legte ich mich auf die andere Seite der großen Eckcouch und schloss erschöpft die Augen. Elisabeth von der Praxis zum Auto und vom Auto in ihre Wohnung zu schleppen, war anstrengender gewesen, als ich anfangs gedacht hatte. Ihre zittrigen Beine waren kaum in der Lage gewesen, sich vorwärts zu bewegen, sodass ich fast ihr gesamtes Gewicht hatte tragen müssen, und da sie bei einer Größe von einsachtundfünfzig über siebzig Kilo wog, hatte ich Schwerstarbeit geleistet. Dazu kam noch die Sorge, ob ihr Kreislauf mitspielte, ich war fix und fertig.
Zum ersten Mal war ich richtig froh über dieses große Monstrum, das fast das halbe Wohnzimmer einnahm.
„Was willst du denn damit", hatte Manfred entsetzt gefragt, nachdem sie sich das Sofa vor zwei Jahren selbstständig bei einer Internetauktion gekauft und hatte anliefern lassen.
„Es ist schon etwas zu groß geraten", war Elisabeths lapidare Antwort gewesen, „aber so spare ich mir wenigstens die Sessel, die immer im Weg gestanden haben."
Zu mir war sie ehrlicher gewesen. „Ich habe nur den günstigen Preis gesehen. Die Größe schien mir eher nebensächlich. Ich hätte wohl doch besser nachmessen sollen."
Nun, wir hatten schließlich eine akzeptable Lösung gefunden. Außer der Schrankwand, der Couch und dem Tischchen davor, blieb nur noch der Fernsehschrank stehen, was sich ein halbes Jahr später als echter Vorteil entpuppen sollte. Da war Elisabeth dann dauerhaft auf ihren Rollator angewiesen und konnte sich im Wohnzimmer gut damit bewegen. Schlafzimmer und Küche dagegen mussten von Manfred und mir erst noch umfunktioniert werden. Wobei ich ehrlicherweise sagen sollte, dass im Endeffekt Paolo, unser einziger noch bei uns lebender Pflegesohn, die meiste Arbeit erledigte. Manfred war handwerklich gar nicht begabt, er hatte es mehr mit dem Delegieren.

Nachdem wir beide fast zwei Stunden tief und fest geschlafen hatten, fühlte sich Elisabeth besser. „Die Angst vor der Tortur, die Spritzen und das Zähneziehen, das hat mich eben umgehauen", nuschelte sie. „Jetzt geht es mir schon wieder gut."
Ich war da anderer Meinung. Sie war immer noch sehr blass und hatte sichtlich Schmerzen. Daher nötigte ich sie, auf der Couch sitzen zu bleiben und servierte ihr die Suppe, die sie bereits heute Morgen gekocht hatte, zusammen mit einer der Schmerztabletten, die die Helferin mir mitgegeben hatte, auf einem Tablett. Für mich hatte ich ebenfalls einen Teller davon warm gemacht, zusammen mit einer Scheibe Brot stillte die sämige Graupensuppe meinen ärgsten Hunger.
„Du kannst nach Hause fahren", meinte Elisabeth, nachdem ich sie anschließend zur Toilette geführt hatte. „Wenn was ist, brauche ich nur Carolin zu rufen, das hat sie mir gestern angeboten."
Das war ihre Nachbarin, eine nette, junge Frau, wirklich hilfsbereit, aber selten zu Hause. „Nein, ich bleibe bis morgen früh hier bei dir", ich schlug gleich meinen energischsten Tonfall an, da ich Elisabeth kannte. „Manfred und Margret kommen auch einen Tag ohne mich aus."
„Das ist nicht nötig", protestierte sie wie erwartet.
„Nötig vielleicht nicht, aber du musst mich schon rausschmeißen, um mich loszuwerden." Ich sammelte die leeren Teller ein und ging, ohne ihre Antwort abzuwarten, in die Küche. Im Grunde genommen war Elisabeth froh, dass ich mich entschieden hatte zu bleiben, das wusste ich ganz genau. Fünf Zähne zu verlieren, einer hatte richtiggehend herausoperiert werden müssen, war in ihrem Alter und bei ihrem schwachen Herzen kein Pappenstiel. Und gut ging es ihr immer noch nicht, das konnte ich sehen. Sie wollte mir bloß keine Umstände machen. Dabei war sie nicht nur meine Schwiegermutter, sondern ebenso eine langjährige Freundin.
Damals, als ich erst als Referendarin und später als Junglehrerin an die Wendelin-Grundschule gekommen war, hatte sie mir bereitwillig geholfen, hatte mir Tipps und Ratschläge gegeben, wenn ich wieder einmal mit einem der Ungebärdigen nicht fertig geworden war, hatte mich vor den Kollegen, denen viele meiner Methoden zu modern waren, in Schutz genommen, war meine Mentorin und bald auch meine Freundin geworden.
Ihren Sohn Manfred hatte ich erst anderthalb Jahre später auf einem unserer Schulfeste kennengelernt. Eigentlich war er nur gekommen, um seine Mutter zu einem nachträglichen Geburtstagsessen auszuführen. Wir hatten aber noch nicht einmal mit dem Aufräumen angefangen, als er plötzlich in der Tür stand und Elisabeth wollte uns nicht einfach mit der Arbeit allein

lassen. Also half Manfred tatkräftig mit. Während wir gemeinsam Stühle von der Aula in die Klassenzimmer zurückschleppten, kamen wir ins Gespräch und waren uns auf Anhieb sympathisch, sodass er mich kurzerhand einlud, mitzukommen.
Das nächste Treffen fand eine Woche später ohne seine Mutter statt. Ein Jahr später heirateten wir, elf Monate später kam unsere Tochter Kirsten zur Welt. Manfred trat die Pastorenstelle an der Heiliggeistkirche an, kurz darauf nahmen wir unser erstes Pflegekind zu uns, dem nach und nach sieben weitere folgten.
„He, was ist mit unseren Nachforschungen", riss mich Richies Stimme aus meinen Gedanken. Ich zuckte zusammen. Wie, war er etwa die ganze Zeit hier gewesen?
„Wie geht es mit uns beiden weiter?"
„Im Moment gar nicht", wisperte ich. Elisabeth war zwar alt, aber sie hörte ausnehmend gut. Das fehlte noch, dass sie Richies Anwesenheit bemerkte. „Du siehst doch, wie schlecht es ihr geht. Außerdem haben wir sowieso nichts herausgefunden, was sich zu verfolgen lohnt."
„Und was soll ich machen?"
„Keine Ahnung." Es war Freitagnachmittag. Heute und am Wochenende brauchte er bei der Polizei nicht mehr herumzuschnüffeln, die zuständigen Beamten waren im wohlverdienten Wochenende. Andere Möglichkeiten sah ich nicht. Am liebsten hätte ich ihm erklärt, dass wir uns ganz aus dem Fall heraushalten sollten, denn es war genauso gekommen, wie ich es vorausgeahnt hatte, es gab keine Anhaltspunkte, an die wir hätten anknüpfen können.
Nur war Richie viel zu stur, um das einzusehen, besonders wenn ich diejenige war, die das sagte. Nein, er musste selbst zu dieser Erkenntnis kommen.
„Ich werde nicht aufgeben", sagte er, als hätte er meine Gedanken gelesen. „Wir sehen uns morgen. Bis dahin ist mir bestimmt eine neue Strategie eingefallen."
„Kathi, dein Handy!", tönte es aus dem Wohnzimmer.
Genau im richtigen Moment, sonst hätte ich Richie wahrscheinlich doch noch gesagt, was ich von der ganzen Sache hielt.

13

Richard
Das war wieder einmal typisch Kathi. Ich verstand nicht, dass jemand einerseits so desinteressiert an wichtigen Dingen, andererseits aber für jeden da sein konnte, der in ihren Augen Hilfe brauchte. Ich meine, sie ist der Typ, der kräftig mit anpackt, wenn es erforderlich ist, sie kann sowieso nicht lange still sitzen und nichts tun. Aber sie setzt halt ihre eigenen Prioritäten.
Nun gut, würde ich eben allein weitermachen. Ich beschloss, meine Familie aufzusuchen und dort erst einmal über alles gründlich nachzudenken.
Benjamin und Annika wurden gerade gebadet. Wie immer planschten sie auf Teufel komm raus herum. Carmen war schon ganz nass, lachte aber trotzdem und spritzte ihrerseits das Wasser auf die Kinder – genau wie früher. Wie sehr wünschte ich mir, mitmachen zu können.
Sie aßen zu Abend, anschließend las Carmen Geschichten vor, ich lauschte genauso andächtig wie die zwei. Benjamin, dem bereits die Augen zufielen, wurde ins Bett gepackt, Annika durfte noch eine ihrer geliebten Bibi Blocksberg Geschichten hören.
Langsam kehrte Ruhe ein. Nachdem Carmen die Küche aufgeräumt hatte, setzte sie sich mit einem Glas Wein vor den Fernseher. Scheinbar wollte sie heute zu Hause bleiben, ich konnte aufatmen, mein Anschwärzmanöver hatte offensichtlich funktioniert.
Um eines mal klarzustellen, ich erwartete keineswegs, dass Carmen auf ewig allein blieb, sie war schließlich erst zweiunddreißig. Aber ich wollte für sie und die Kinder nicht irgendeinen daher gelaufenen Kerl, der sie bloß ausmistete und ich hatte eigentlich gedacht, dass meine Frau, nach allem, was sie mit mir mitgemacht hatte, vernünftig genug wäre, an die Zukunft zu denken. Stattdessen schleppte sie eine Niete nach der anderen an.
Dabei war sie nicht blöd. Carmen hatte nach dem Abitur ihre Ausbildung zur Steuerfachgehilfin mit der Bestnote abgeschlossen und es war für sie nie ein Problem gewesen, sofort einen Job zu finden. Während unseres Zusammenlebens hatte sie sich weitergebildet und kurz nach meinem Tod ihre Prüfung zum Steuerberater bestanden. Obwohl erst seit zwei Jahren zurück in der Stadt, war sie bereits die rechte Hand ihres Chefs. Ich verstand echt nicht, warum sie sich ihre Typen nicht aus diesem Klientel aussuchte, der eine oder andere ganz passable wäre aus meiner Sicht dabei

gewesen. Aber nein, sie stand wohl nur auf Draufgänger, die am Rande des Gesetzes lebten.

Und ich hatte immer gedacht, es wäre hauptsächlich meinem Charme zu verdanken gewesen, dass Carmen mich überhaupt eines zweiten Blickes gewürdigt hatte. Unser erstes Zusammentreffen war wie zufällig von mir arrangiert worden. Ich hatte sie schon mehrmals in meiner bevorzugten Disco in der Innenstadt zusammen mit ihren Freunden gesehen, nur hatte sie leider alle meine Anmachversuche ignoriert. Sie zum Tanzen aufzufordern war mir zu blöd, ich hing da nur der Musik wegen rum – außerdem, wahrscheinlich hätte ich mir eh einen Korb eingefangen.

Nein, ich ging wesentlich geschickter vor. Nach dem dritten Abend war ich ihr unauffällig gefolgt und hatte gesehen, wie sie allein in einen weißen Golf stieg. Also sorgte ich dafür, dass das Auto beim nächsten Mal einen Platten hatte und ich gerade vorbei schlenderte, als sie diesen entdeckte. Natürlich wechselte ich ihr, ganz Kavalier, den Reifen und sie bot mir daraufhin an, mich nach Hause zu bringen. Ich schlug ihr Angebot aus, sie musste nicht unbedingt sehen, in was für einer Drecksbude ich lebte, bat sie aber im Gegenzug um ein Treffen. Das konnte sie mir schlecht abschlagen, wenn sie nicht undankbar erscheinen wollte, wir verabredeten uns für den nächsten Abend.

Obwohl ich eigentlich nur auf eine schnelle Eroberung aus gewesen war, verliebte ich mich gleich bei diesem ersten Zusammensein unsterblich in sie. Ihr schien es ähnlich zu gehen, zumindest trafen wir uns von nun an täglich und waren nach einer Woche ein Paar.

Kurz darauf begann das Drama mit ihren Eltern. Ohne mich zu kennen, sie wohnte damals noch bei ihnen und wir trafen uns immer bei mir, begann der Richter gegen mich zu hetzen, zum Glück vergebens, Carmen hielt zu mir. Allerdings hatte ich ihr auch zügig reinen Wein eingeschenkt, was meine Vorstrafen betraf. Zum Zeitpunkt unseres Kennenlernens war ich gerade frisch aus dem Knast und nahm an einer Maßnahme des Arbeitsamtes teil, die mich qualifizieren sollte, demnächst eine Lehre anzufangen, das hieß, ich bekam immerhin so viel Geld, dass ich ihr ab und zu ein billiges Essen ausgeben konnte.

Obwohl sie noch in der Ausbildung war, verdiente sie natürlich wesentlich mehr als ich, was aber zu diesem Zeitpunkt für uns beide völlig uninteressant war. Wir waren frisch verliebt, die meiste Zeit verbrachten wir sowieso auf meinem Zimmer, das Carmen nach und nach, so gut es ging, wohnlicher gestaltete. Wir redeten, wir hatten Sex, wir redeten, mehr als diese Zweisamkeit erwarteten wir zu diesem Zeitpunkt gar nicht vom Leben.

Ja, und dann machte der Richter seinen riesengroßen Fehler, indem er versuchte, Carmen zu beeinflussen. Nachdem er ihr all meine Missetaten aufgezählt hatte, stellte er sie vor die Wahl: Entweder sie gäbe mich auf oder er schmisse sie raus. Da ging sie eben, zum Glück hatte sie da ja schon ihren Abschluss in der Tasche.

Und da wir wussten, dass er mir mit seinem Einfluss, den er nun mal hatte, das Leben ab jetzt schwer machen würde, zogen wir gleich weit genug weg. Naja, den Ausschlag gab, dass Carmen etwa zweihundert Kilometer entfernt ein gutes Jobangebot erhielt, das uns beide für den Anfang über Wasser halten würde. Ich wollte mir auf jeden Fall auch Arbeit suchen, für mich war es nur aufgrund meiner Vorgeschichte und der Tatsache, dass ich keine Ausbildung hatte, etwas schwieriger.

Dabei hatte ich sogar einen relativ guten Abschluss gemacht. Mein Alter, der selbst nur bis zur achten Klasse Hauptschule gekommen war, hatte dafür gesorgt, dass ich nach der Grundschule auf ein Gymnasium wechselte. Die ersten Jahre waren für mich problemlos, ich brauchte nichts zu tun und trieb mich gleich nach Schulschluss bis zur Schlafenszeit auf den Straßen in unserem Viertel rum, wo ich zu der angesagtesten Gang gehörte, anfangs nur als Wasserträger, später dann als vollwertiges Mitglied. Und, ganz klar, fand ich das Leben auf der Straße viel interessanter als die Schule.

Mit fünfzehn wurde ich zum ersten, mit sechzehn zum zweiten Mal erwischt, beide Male erhielt ich Bewährung und musste Sozialstunden ableisten. Da waren meine Schulnoten schon so weit den Bach runter gegangen, dass ich auf keinen Fall die Zulassung für die Oberstufe bekommen hätte. Ich ging also nach der zehnten ab, unschlüssig, wie es jetzt weitergehen sollte, um einen Ausbildungsplatz beworben hatte ich mich nicht.

Der Auftrag, den Lebensmittelmarkt abzufackeln, kam mir gelegen, ich war ständig knapp bei Kasse. Ich wohnte noch bei meinem Alten und seiner derzeitigen Freundin und erhielt daher nicht viel Stütze. Die Hälfte davon musste ich abgeben, mit dem bisschen, was übrig blieb, auszukommen, war nahezu unmöglich. Also übernahm ich zusammen mit zwei Kumpeln aus der Gang den Job.

Ich vermute, jemand hat uns damals verpfiffen, jedenfalls wurden wir drei am gleichen Tag verhaftet. Ich hatte von Anfang an den Ladenbesitzer in Verdacht, der uns betrügen wollte, es gab nämlich nur eine kleine Anzahlung im Vorhinein, den Rest der Summe hätten wir erhalten, wenn er die

Versicherungssumme ausgezahlt bekommen hatte. Leider konnten wir ihm nichts anhängen, er war ein beliebter Mitbürger, mit mehreren Leuten aus der Stadtspitze bekannt, was nutzten da unsere Beteuerungen, er wäre unser Auftraggeber gewesen.

Die dreimonatige Jugendstrafe erreichte bei mir nur eines, ich schwor mir, niemandem mehr zu vertrauen und extrem vorsichtig zu werden. Noch einmal wollte ich dorthin nicht zurück. Um meinem Vater, der mich eigentlich auf die Straße hatte setzen wollen, und meinem Bewährungshelfer, den ich an die Seite gestellt bekommen hatte, zu gefallen, nahm ich einen Job als Lagerarbeiter an. Aber natürlich traf ich mich nach wie vor mit meiner Gang und machte bei deren Aktivitäten mit. Bald hatte ich mehr Geld, als ich ausgeben konnte. Ich bestand die Führerscheinprüfung und kaufte mir einen alten Mercedes. Nun hatte sich mein Aktionsradius vervielfacht und ich scheffelte noch mehr Knete.

Dass ich dann doch erwischt wurde, lag nicht an mir. Wir waren gerade dabei einen Bruch zu machen und wurden draußen von einer anderen Gang erwartet, die uns die Beute abnehmen wollte, weil wir angeblich in ihrem Territorium gewildert hätten. Obwohl sie in der Überzahl waren, gaben wir uns nicht kampflos geschlagen. Und als der eine sein Messer zückte, er saß bereits breitbeinig auf meinem Kumpel, trat ich ihn von ihm runter und schlug so lange zu, bis er liegen blieb. Was hätte ich denn sonst tun sollen? Es gab nur die zwei Möglichkeiten: Fliehen oder Kämpfen. Und kämpfte man, musste man sichergehen, dass der andere nicht wieder aufstand, besonders, wenn er eine Waffe hatte.

Außerdem waren die anderen zu fünft und wir nur zu dritt, und weil Bernie mit seiner Wunde ausfiel und der Andi schwächer war als ich, nahm ich mir die Verbliebenen fast alleine vor. Kein Wunder, dass ich nicht mitbekam, dass die Bullen eintrafen.

Zu meinem Glück hatte die gegnerische Bande aus insgesamt sechs Mann bestanden, fünf hatten uns angegriffen, der sechste hatte, als wir miteinander beschäftigt waren, seelenruhig die Beute abtransportiert. So wurde ich nur wegen Körperverletzung verurteilt.

Kathi hatte ich lieber eine abgemilderte Version erzählt, sie war von meinem Vorstrafenregister schon geschockt genug gewesen. Und außerdem zählte doch wohl das Hier und Jetzt viel mehr. Diese Zeit hatte ich weit hinter mir gelassen.

Zu meinem Alten konnte ich damals dann nicht mehr zurück, daher suchte ich mir ein billiges Zimmer zur Miete, schließlich wollte ich nicht, dass irgendjemand von meinem Bankschließfach erfuhr. Wenn ich erst die Bewährungszeit hinter mir hatte und diese beknackte Maßnahme beim Arbeitsamt, dann würde ich endlich wieder leben können, wie es mir gefiel.

Tja, aber kurz darauf traf ich Carmen und damit kehrte sich alles um. Plötzlich war sie mir wichtiger als alles andere, mit ihr hätte ich sogar mit Freuden weiterhin in meinem kleinen Zimmer gehaust und wäre freiwillig der dämlichsten und langweiligsten Arbeit nachgegangen, um sie zu halten. Denn eines hatte sie mir von Anfang an klar gemacht: Sie wollte nur mit jemandem zusammen sein, der auf dem rechten Weg blieb. Was vorher gewesen sei, interessiere sie nicht, hatte sie gesagt, aber sollte sie mich dabei erwischen, wie ich ein krummes Ding drehte, wäre es sofort aus zwischen uns.

Ich war so verliebt, dass ich zu allem Ja und Amen sagte und mich sogar kaum noch mit meinen Kumpels traf. Den Umgang mit denen hatte sie mir nicht verboten, aber seltsamerweise hatte ich immer weniger Lust auf diese Treffen. Es schien, als sei ich endlich erwachsen geworden, diese jedoch nicht. Und da ich an ihren Aktionen nicht mehr teilnahm, hatten wir auch kaum noch Gemeinsamkeiten. Langes Abhängen hatte sich für mich sowieso erledigt, ich verbrachte meine freie Zeit lieber mit Carmen.

Und da wären wir wieder an dem Punkt angelangt, den ich nicht verstand. War ich vielleicht gar nicht die Ausnahme, wie ich immer gedacht hatte? Liebte es Carmen vielleicht sogar, Typen wie mich aufzusammeln und zu resozialisieren? Warum sonst fiel sie immer wieder auf die gleiche Art von Kerlen rein?

14

Katharina
Ich schoss verwirrt hoch, den Traum noch vor Augen. Gott sei Dank, ich atmete erleichtert auf, es war nicht Wirklichkeit. In meinem Traum hatte Carmen mich gepackt gehalten und geschüttelt, weil sie unbedingt mit Richie reden wollte und ich nicht wusste, wo er sich befand. Sie war völlig hilflos ohne ihn und traf keinerlei Entscheidungen, alles wurde zuerst mit ihm besprochen und ich, der Vermittler, hatte ständig verfügbar zu sein. Und an mir ließ sie ihre Wut aus, wenn Richie, dem das alles zu viel geworden war, sich mal wieder verdünnisiert hatte.
Ich ließ mich seufzend wieder zurücksinken. Nur gut, dass ich mich damals erfolgreich geweigert hatte, eine Verbindung zu Carmen herzustellen, sonst wäre dieser Traum wahrscheinlich längst Realität geworden. „Du musst loslassen", hatte ich zu Richie gesagt, „sie wird lernen auf eigenen Füßen zu stehen und ihr Leben ohne dich zu bewältigen." Widerstrebend hatte er sich gefügt, es war einfach doch zu verlockend gewesen, weiter Kontakt zu ihr zu halten.
Und dann wusste ich auf einmal, warum Carmen sich ständig in diese seltsamen Typen verliebte. Sie hatte eben noch nicht mit Richie abgeschlossen, sondern suchte in jedem dieser Männer ihren verstorbenen Ehemann. Wieder seufzte ich, denn vermutlich würde ich es sein, der mit ihr darüber redete, und ich hatte keine Ahnung, wie ich das anstellen sollte.
Elisabeths Stimme weckte mich aus meiner Grübelei, sie sang leise einen Song aus dem Radio mit, anscheinend ging es ihr wieder besser. Ich quälte mich von der Couch hoch. Im meinem Alter war das Schlafen auf allem, was nicht der Qualität einer guten Federkernmatratze entsprach, eine Tortur. Dementsprechend fühlte ich mich auch, mir schmerzte jeder nur vorstellbare Muskel.
„Guten Morgen", begrüßte mich Elisabeth strahlend. Ihre Wangen waren noch geschwollen, doch ihre Haut hatte wieder einen gesunden, rosigen Schimmer und die erste Zigarette des Tages glimmte bereits im Aschenbecher. „Möchtest du lieber Toast oder Graubrot?"
„Toast", erwiderte ich und setzte mich an den bereits gedeckten Tisch. „Wie geht es dir?"
„Gut, es war wie vermutet nur ein leichter Schwächeanfall durch die vielen Spritzen." Sie ließ sich mir gegenüber nieder und tunkte ihr Brot in die Schüssel Milch, die vor ihr stand. „Natürlich kann ich noch nicht normal essen, aber das Schlimmste habe ich überstanden."

Ich verstand den Wink mit dem Zaunpfahl. „Schön, dann kann ich dich ja gleich allein lassen. Oder benötigst du noch irgendetwas?"

„Nein, ich habe dich schon viel zu lange aufgehalten."

Typisch Elisabeth, sie nahm nicht gern Hilfe in Anspruch. Sie wollte nie jemandem zur Last fallen. Sie dagegen war die Erste, die für andere einsprang, selbst jetzt noch, obwohl sie kaum noch laufen konnte.

„Vielleicht fand ich es ja ganz angenehm, Margret entflohen zu sein", gab ich mit einem verschmitzten Lächeln zurück.

„Verbringt die etwa immer noch jeden Abend mit euch?"

„Was dachtest du denn? - Solange Manfred nichts sagt und ich nicht einschreiten darf, wird sich daran auch nichts ändern", setzte ich hinzu.

„Soll ich mit ihm sprechen?"

Ich schüttelte den Kopf: „Lass das besser, sonst bekommst du den ganzen Ärger ab." Es hatte gestern Abend noch eine unschöne Szene gegeben, als mein Mann auf einen Sprung vorbei gekommen war, um die von Margret dringend benötigten Dinge abzuholen. Er hatte mir nämlich zu verstehen gegeben, dass er tief enttäuscht von mir sei, weil ich mir die einfachste Lösung ausgesucht hätte. Ein Anruf von mir und er wäre vorbeigekommen und hätte mir geholfen, Elisabeth zu uns zu bringen, was die derzeitige Situation wesentlich vereinfacht hätte.

Wie konnte man nur so selbstgerecht sein! Ihm ging es doch in erster Linie nur um seine eigene Bequemlichkeit. Genau das sagte ich ihm auch klar und deutlich, woraufhin er beleidigt abrauschte.

„Manchmal frage ich mich, ob wir Mütter unsere Jungen in der Kindheit zu sehr verzogen haben oder ob es ein Hormonproblem ist", sagte Elisabeth jetzt. „Tatsache ist, je älter sie werden, umso egoistischer sind sie. Warum hat darüber eigentlich noch nie jemand geforscht?"

Ich erhob mich lachend. Meiner Schwiegermutter gelang es immer, die Dinge auf den Punkt zu bringen. Mehr gab es zu diesem Thema wirklich nicht zu sagen.

Bevor ich ging, räumte ich die Küche auf, brachte den Müll hinunter und Elisabeth die Zeitung aus dem Briefkasten mit herauf, lüftete und putzte einmal kurz durchs Badezimmer. Dann zog ich meine Jacke an und begann die Autoschlüssel zu suchen, die ich wieder einmal nicht auf das Schuhschränkchen gelegt hatte. Hm, in Gedanken rekonstruierte ich unsere gestrige Ankunft. Ich hatte Elisabeth gleich in die Küche geschleppt, weil es der erste Raum war, der von der Diele abging, sie auf einen Stuhl gesetzt und ihr ihre Notfalltropfen gegeben.

Aber in der Küche hatten sie nicht gelegen, ich hätte sie gesehen, also weiter. Nachdem meine Schwiegermutter sich etwas erholt hatte, war sie mithilfe ihres Rollators ins Wohnzimmer gegangen, mit mir im Schlepptau. Erst danach hatte ich meine Jacke ausgezogen.
„Also das ist doch …!" Gut, Elisabeth ging es eindeutig besser, wenn sie sich schon wieder über Zeitungsartikel aufregen konnte.
„Hast du meinen Autoschlüssel …"
„Kathi, hör dir das mal an!", unterbrach sie mich und begann schon vorzulesen: „Vergewaltiger wurde freigesprochen. Weil sich das Opfer, ein sechzehnjähriges Mädchen, nicht eindeutig gewehrt hatte, kam ein Mann, der zuvor schon zweimal wegen ähnlicher Vergehen verurteilt worden war, gestern frei. Die Richterin sah die Vergewaltigung nicht als eindeutig bewiesen an, weil das schmächtige Mädchen sich nur mit den leisen Worten, nein, nein, gegen den bulligen Fünfunddreißigjährigen zur Wehr gesetzt hatte."
Elisabeth schnaubte: „Ja, was denkt die sich eigentlich? Hat die keine Augen im Kopf. Wahrscheinlich hat der die Kleine derart eingeschüchtert, dass sie sich nicht getraut hat zu schreien. Und wehren? Wie denn?"
Ihre Wundschmerzen schienen vergessen, sie wurde immer lauter. „Also eins sage ich dir, wenn das meinem Kind passiert wäre und mich hätte dieses Urteil betroffen, ich glaube, ich hätte den dringenden Wunsch, dieser Richterin zu zeigen, wie unsinnig das ist."
Hatte ich sie richtig verstanden? „Was meinst du damit", fragte ich vorsichtshalber nach.
„Na, wenn ich die Mutter wäre, würde ich mir ernsthaft überlegen, etwas zu unternehmen. Das schreit doch zum Himmel."
„Und was würdest du machen?"
„Da fragst du noch?" Sie war ehrlich entrüstet. „Manche Leute lernen anscheinend nur durch eigenes Unglück. Ich wette, wenn ihr einmal dasselbe passierte, würde sich das ganz schnell in ihren Urteilen niederschlagen."
Genau in diesem Moment machte es klick in meinem Kopf. Es hätte gar nicht Richies Ausruf, „Das ist es. Genau danach haben wir gesucht!", bedurft. Ich beugte mich über Elisabeth und küsste sie vorsichtig auf die Wange. „Recht hast du. Wenn es Kirsten beträfe, wäre ich vermutlich ausgerastet. Ich hoffe doch wohl, dass der Staatsanwalt in Revision geht."
Sie beugte sich wieder über den Zeitungsartikel. „Davon steht hier nichts."

Ich sah ihr an, dass sie darauf brannte, das Ganze mit ihren Freunden bei Facebook zu besprechen. „Kannst du mir bitte einen großen Gefallen tun?"
Sie war schon aufgestanden und schob sich mit ihrem Rollator in Richtung Küche, wo gleich neben dem Fenster ihr Computer stand. Und direkt neben dem Monitor lagen meine Autoschlüssel! „Du Elisabeth", ich lief hinter ihr her und schnappte mir das Etui. „Falls Manfred anruft, würdest du ihm sagen, dass ich für dich einkaufen gegangen bin?"
Sie ließ sich ächzend in den Computerstuhl fallen. „Was?"
„Ich habe gestern diese süße Bluse gesehen, du weißt doch, ich war in der Stadt, während du auf dem Zahnarztstuhl gelitten hast. Ich fahre eben noch einmal hin und probiere sie an, aber Manfred muss das nicht unbedingt erfahren. Und da mein Handyakku leer ist, wird er deine Nummer wählen müssen." Stimmte nicht ganz, ich hatte es in weiser Voraussicht ausgeschaltet.
„Klar, geh du nur." Sie war schon dabei, sich einzuloggen.
„Danke. Und wenn was ist, ruf an! Ich komme sofort."
Endlich sah sie mich an. „Nein, ich habe dir zu danken. Und kauf dir die Bluse, ich schenke sie dir."
„Super!" Ich warf ihr eine Kusshand zu und verschwand.
„Wann bist du gekommen", fragte ich Richie, während ich die Treppe hinunter lief. Auf den Aufzug zu warten, war mir viel zu umständlich, bis der erschien, die Anzeige stand auf der achten Etage, wäre ich längst unten.
„Als ihr beim Frühstück ward."
„Richie!"
„Ich wollte euch nicht nachspionieren", verteidigte er sich. „Ich habe nur auf den passenden Moment gewartet, um mit dir zu reden. Ich hatte mir nämlich heute Nacht auch schon ein paar Strategien zurechtgelegt, die ich mit dir durchsprechen wollte."
Da hätte es nach dem Frühstück genügend Möglichkeiten gegeben. Richie konnte es einfach nicht lassen, anderer Leute Gespräche zu belauschen. Aber da wir Wichtigeres zu erledigen hatten, ließ ich dieses Thema fürs Erste fallen. „Ich denke, wir werden uns nun doch ein zweites Mal die Akten ansehen müssen, meinst du nicht auch?"
„Ja, aber wann kannst du wieder Zeit dafür erübrigen?"
Ich lächelte grimmig. „Der Blusenkauf ist mein Alibi, falls Manfred anruft und fragt, wo ich bin. So bleibt uns genügend Zeit für unsere Nachforschungen. - Also was ist nun, kommst du?"

15

Richard

Natürlich kam ich mit, ich brannte darauf, mich endlich an die Arbeit zu machen, jetzt, da Kathi wild entschlossen war, mit mir gemeinsam den Fall zu bearbeiten.

Eine Stunde später war ich weit weniger enthusiastisch. Der Schweinehund hatte wirklich Fälle über Fälle erledigt, vom schweren Diebstahl bis zum vorsätzlichen Mord war alles vertreten. Die paar Vergewaltigungen, die er behandelt hatte, fielen da kaum ins Gewicht. Irgendwie kam mir unsere Theorie auf einmal abwegig vor.

Trotzdem hatte Kathi sämtliche dieser Vorgänge zur Seite gelegt und studierte sie aufmerksam. „Wiederhole bitte, was die Kripo bisher herausgefunden hat", bat sie.

„Sie haben die Fälle und die Kunden jedes einzelnen Richters überprüft", begann ich bereitwillig. Wenn einer den roten Faden finden würde, dann Kathi. „Es gab weder übereinstimmende Opfer noch Täter, außer in zwei Fällen, aber der eine ist tot und der andere sitzt. Die Bullen vermuten, dass es zielgerichtete Aktionen waren und die Richter nach einem bestimmten Muster ausgesucht worden sind. Nur, worum es sich dabei handelt, da tappen die noch im Dunkeln, zumindest soweit ich es mitgekriegt habe", fügte ich schnell noch hinzu. Vielleicht dachten die ja schon länger ebenfalls in die für uns so neue Richtung, denn immerhin hatten sie dem Schweinehund angeboten, ihm Polizeischutz zu geben. Daher hatten die bestimmt irgendeine Ahnung. Oder hatten die das etwa sämtlichen Richtern vorgeschlagen, weil sie doch total im Dunkeln tappten?

„Hm", Kathi dachte angestrengt nach. „Wir wissen von Bruno, dass er stets sehr milde Urteile erlassen hat. Teilweise sträuben sich mir die Haare, wenn ich das hier lese, obwohl ich nicht persönlich betroffen bin. Was muss da erst in den Opfern und Angehörigen vorgegangen sein? Du solltest unbedingt überprüfen, ob es sich bei den anderen Richtern um ähnliche ...", Kathi suchte angestrengt nach einem passenden Wort.

„Knalltüten?", schlug ich vor.

Sie schüttelte den Kopf. „Der Ausdruck, den ich benutzen würde, ist wesentlich schlimmer, aber lassen wir das. Ich kann mir schon vorstellen, dass irgendeinem der Opfer oder deren Angehörigen der Kragen geplatzt ist und sie die Richter Ähnliches erleiden lassen wollen."

„Na, ich weiß nicht." Obwohl ich echt darauf brannte, diesen Fall zu lösen, erschien mir diese Erklärung auf einmal viel zu weit hergeholt. „Ich würde

eher den Täter bestrafen, warten, bis er seine Strafe abgesessen hat und dann zuschlagen."
„Richie!"
Aha, Kathi hatte sich endgültig in dem Fall verbissen, jetzt war sie schon durch meine Einwände genervt. „Es wäre zumindest eine Möglichkeit, die wir überprüfen sollten."
„Du glaubst also echt, dass sich hier Opfer zusammengetan haben, um als Racheengel nicht die Bösen, sondern die ausführenden Organe zu bestrafen?" Mein Ton ließ keinen Zweifel an meiner Meinung aufkommen. „Und die haben sich ganz einfach verbrecherische Subjekte organisiert, die die Drecksarbeit erledigen, ja? Oder meinst du etwa gar, zwei von denen spielen die Bestrafer?"
Kathi lief rot an. Oh je, vielleicht hatte ich doch etwas zu dick aufgetragen. Dabei …
Ein Geräusch an der Tür ließ uns zusammenzucken. Irgendjemand stand davor und stocherte mit einem Schlüssel im Schloss herum, das sich aber nicht schließen ließ, weil Kathi Margrets Bund von innen stecken gelassen hatte. Kathi wurde richtig hektisch, sie packte die Akten und warf sie in den Safe zurück, raffte die über den Boden verteilten Urteile zusammen und schob sie unter den Teppich.
Gerade als sie den Kamin wieder an seinen Platz schob, klingelte es an der Tür Sturm.
„Es ist Carmen", rief ich ihr zu, während sie nach einem letzten kontrollierenden Blick zur Tür hastete.
Kathi atmete ein paar Mal tief durch, dann öffnete sie vorsichtig die Tür. „Ach, Sie sind es", rief sie erstaunt aus. Eine echt beachtliche Leistung fand ich, dafür, dass sie total neben der Spur war.
„Ich war gerade dabei, ein paar Sachen für Ihre Schwiegermutter zusammenzusuchen", fuhr sie fort. „Eigentlich hatte ich das gestern schon gemacht, aber ich hatte noch zwei, drei wichtige Dinge vergessen und da dachte ich, bevor ich erst nach Hause fahre, ich habe die Nacht nämlich bei meiner Schwiegermutter verbracht, wissen Sie …"
Kathi, Kathi, nicht zu viel reden, du machst dich unglaubwürdig!
Doch Carmen war echt gutgläubig. „Kann ich Ihnen helfen?", fragte sie allen Ernstes.
„Ja", nickte Kathi. „Wissen Sie vielleicht, wo Ihre Mutter die Salbe für ihren Rücken aufbewahrt. Ich habe schon im Bad und im Schlafzimmer nachgesehen, da ist sie nicht."

Falls Carmen doch misstrauisch gewesen war, jetzt hatte Kathi gewonnen.
„Nein, die bewahrt sie im Küchenschrank auf. Kommen Sie, ich hole sie Ihnen."
Also ehrlich, Kathi war für ihr Alter echt gut drauf, wie sie diese Klippe genommen hatte. Gestern war sie ja auf der Suche nach der Salbe nicht fündig geworden, das hatte ich mitbekommen, aber dass sie sich in dieser heiklen Situation daran erinnerte und diesen Fakt derart gekonnt einsetzte, wow. Ich hatte schon gedacht, wir würden hochkant rausfliegen. Äh, Kathi natürlich, von mir wusste Carmen ja nichts.
Damals, ganz am Anfang unserer Beziehung, da hatte ich Kathi sozusagen auf Knien angefleht, den Vermittler zwischen Carmen und mir zu spielen. Ich sah mich schon, meine Frau bis zu ihrem Tod als guter Geist begleiten. Aber Kathi hatte sich nicht darauf eingelassen. Mann war ich sauer gewesen.
Mittlerweile nach vielen, vielen Gesprächen hatte ich eingesehen, dass das für Carmen kontraproduktiv gewesen wäre, tolle Wortwahl, was? Nein, so schwer es mir auch fiel, sie und die Kinder mussten ohne mich klarkommen, sonst würde sie sich nie trauen, eine neue Beziehung einzugehen, mit mir im Hintergrund. Und das, was sie aus einer echten Partnerschaft ziehen konnte, war viel mehr, als ich als Geist leisten konnte. So schwer ich mich auch immer noch damit tat, es war einfach der richtige Weg.
In der Zwischenzeit hatte Carmen die Salbe gefunden und Kathi war dabei, sich zu verabschieden. Gerade fragte Carmen, ob sie mit den Kindern morgen wieder vorbei kommen dürfe und ob denn dieser süße Hund, den ihre Kinder letztens mit Kathi hätten spazieren gehen sehen, auch da wäre.
„Nein", erwiderte diese. „Der ist wieder bei seiner Besitzerin." Na, Gott sei Dank auch. Den Köter konnte ich im Moment gar nicht gebrauchen.
„Schade", meinte Carmen. „Die beiden sind echt hundeverrückt, sie hätten sich wahnsinnig gefreut, mit dem Kleinen spielen zu können."
Stimmt, wir hatten die letzten Wochen, bevor ich starb, darüber gesprochen. Carmen und die Kinder wollten einen Hund, ich dagegen lieber weiteren Familienzuwachs.
„Apropos!" Kathis freundliches Lächeln verschwand, sie wurde ernst. „Als ich klein war, hatten wir einen Bobtail, ein ausgesprochen liebes, sanftes Tier. Ich konnte alles mit ihm machen, er war mein bester Freund. Kurz vor meinem sechsten Geburtstag starb er, ich war untröstlich. Einen Monat später brachte mein Vater einen Welpen mit, klein und pechschwarz. Ich verstand die Welt nicht mehr. Ich hatte einen neuen Max haben wollen, der genauso aussah, wie der alte und mir genauso ergeben war wie

dieser. Stattdessen hatten wir nun eine lebhafte, quicklebendige Hündin, die immer zu Streichen aufgelegt war und das ganze Haus durcheinanderbrachte, das ganze Gegenteil zu unserem langsamen, bedächtigen Max. Na, Sie wissen ja, wie Kinder sind, ich freundete mich schnell mit unserer Zoe an und bald liebte ich sie genauso, wie ich Max geliebt hatte. Trotzdem fragte ich ein paar Jahre später meine Mutter, warum sie damals nicht wieder einen Bobtail gekauft hatten." Auffordernd sah Kathi meine Frau an. „Und jetzt raten Sie mal, was meine Mutter geantwortet hat!"
Irgendwie musste ich den Faden verloren haben. Was bezweckte Kathi mit dieser Geschichte? Carmen dagegen schien zu verstehen, was das bedeuten sollte, allerdings war sie nicht sonderlich erbaut darüber. „Keine Ahnung", murmelte sie.
Quatsch, ich hätte schwören können, dass sie ganz genau wusste, worauf Kathi hinaus wollte.
Die ließ sich nicht beirren und sprach einfach weiter. „Du kannst zwar die gleiche Rasse nehmen, sagte meine Mutter damals zu mir, aber es bleiben zwei unterschiedliche Wesen, mit anderen Charaktereigenschaften und Fähigkeiten. Unser Max, der war so ein Glücksgriff, jeder andere Bobtail hätte gegen ihn verloren. Deshalb haben Papa und ich uns für eine ganz andere Rasse und für eine Hündin statt eines Rüden entschieden, damit wir den Vergleich so weit wie möglich ausschließen konnten. In einem anderen Bobtail hättest du, und hätten auch wir, nur immer wieder Max gesucht."
Je länger Kathi sprach, desto mürrischer wurde Carmen. „Haben Sie sich diese Geschichte ausgedacht?", fragte sie, kaum dass Kathi geendet hatte.
„Nein, das ist wirklich so passiert. Ich kann Ihnen gern Fotos von Max und Zoe zeigen, wenn sie morgen kommen."
„Und als die Hündin tot war? Was haben sich Ihre Eltern dann gekauft?", fragte Carmen spitz. Meine Güte, warum war sie so gehässig?
„Sie sind alle drei bei einem Autounfall ums Leben gekommen, da war ich dreizehn."
Ui, da hatte Carmen ja gewaltig ins Fettnäpfchen gegriffen. Aber das hatte ich auch nicht gewusst. Kathi hatte mir nur einmal erzählt, dass ihre Eltern früh gestorben waren, warum und wie wusste ich nicht. Hm, eigentlich fiel mir gerade erst auf, dass eigentlich ich immer Kathi vollgejammert hatte. Sie wusste alles von mir, naja fast.
„Oh", Carmen war ihr Ausbruch sichtlich peinlich. „Tut mir leid."
„Es ist Jahre her", sagte Kathi gleichmütig. „Ich habe mich schon lange damit abgefunden." Sie wandte sich zur Tür. „Ich muss los, bis morgen dann."

Ich war hin und hergerissen. Einerseits wollte ich wissen, was Carmen schon wieder in ihr Elternhaus trieb, andererseits musste ich dringend mit Kathi sprechen, was sie mit dieser Geschichte bezweckt hatte.
Unschlüssig sah ich zwischen beiden hin und her, bis Kathi in ihr Auto gestiegen war und davon fuhr. Ich beschloss, mich an Carmen zu halten, denn Kathi konnte ich auch später noch fragen und folgte meiner Frau, die versonnen dem Wagen hinterher gestarrt hatte, ins Haus.

16

Katharina

Margret saß allein im Wohnzimmer und freute sich sichtlich, mich zu sehen. Und als ich ihr dann noch die Salbe überreichte, raffte sie sich sogar zu einem kleinen Lächeln auf.

„Ich habe Carmen getroffen, die wusste, wo sich die Salbe befand. Gut, dass ich vergessen hatte, Manfred den Schlüssel mitzugeben." Während ich ihr den Bund überreichte, fielen mir siedend heiß die unter den Teppich geschobenen Papiere ein. Ich musste unbedingt noch einmal in das Haus.

„So, dann werde ich mal für das Mittagessen sorgen", sagte ich betont munter. Margret nickte nur und legte die Schlüssel vor sich auf den Tisch. Aha, sie steckte sie zumindest nicht in die Jackentasche, Margret trug selbstverständlich Röcke und Blusen, mit einer Strickjacke darüber. Also würde sie den Bund wohl in ihrem Zimmer aufbewahren. Ich musste nur einen günstigen Moment abwarten, um ihn wieder an mich zu nehmen.

Auf dem Weg in die Küche hörte ich Manfred im Arbeitszimmer telefonieren. Damit erübrigte sich eine Rückmeldung meinerseits. Außerdem war er bestimmt noch sauer wegen unseres gestrigen Streites. Eigentlich war er eine Seele von Mensch und sah im Nachhinein meist ein, wenn er einen Fehler gemacht hatte, nur dauerte das leider seine Zeit und bis dahin war er gelinde gesagt ziemlich ungnädig.

Kaum hatte ich angefangen mit den Töpfen zu klappern, stand Margret in der Tür. „Was gibt es denn heute?"

„Spaghetti Bolognese, das geht schnell. Es ist ja schon fast eins."

„Ich glaube, dann nehme ich lieber von dem gestrigen Eintopf, es müsste noch eine Portion übrig sein. Dieses neumodische Zeug ist nichts für mich."

Auf welchem Planeten lebte die eigentlich? Ich zuckte nur mit den Schultern und hackte weiter auf die Zwiebel ein, bis mir die Tränen kamen.

Natürlich streckte genau in diesem Moment Manfred seinen Kopf durch die Tür. „Was ist denn mit dir los?"

„Nichts, das ist die Zwiebel." Ich nahm mir ein Küchenhandtuch und presste es gegen die Augen.

„Ah, mein Lieblingsessen." Jetzt hatte er sich in Margrets Augen bestimmt disqualifiziert.

„Übrigens hat der Wolfi nach dir gefragt." Das war einer unserer Obdachlosen. „Ich habe ihm gesagt, dass du Montag wieder da bist."

Ein Mal nahm ich mir frei und schon wurde ich vermisst. Tat irgendwie gut. „Was wollte er denn?"
„Das hat er mir nicht gesagt. – Ach, und Burkhard rief um zehn an, du sollst dich bitte bei ihm melden, gleich, wenn du kommst." Er sah mich vorwurfsvoll an. „Ich konnte ja nicht wissen, dass es so spät wird."
„Ich war heute Morgen für Elisabeth einkaufen und habe auch gleich unser Mittagessen mitgebracht." Gut, dass ich schnell noch am Supermarkt gehalten hatte. „Ich rufe ihn gleich zurück."
Sichtlich zufrieden mit dem in seinen Augen erbrachten Friedensbeweis von mir, verlief unsere Mahlzeit ausnehmend angenehm. Manfred erzählte von der anstehenden Beerdigung, ich berichtete Einzelheiten über Elisabeths Leidensweg und selbst Margret vergaß ihre Krankheiten und gab einige Anekdoten aus Carmens Kindheit zum Besten. Als ich jedoch Fragen zu deren Heirat stellte, versiegte ihr Redefluss. Das war anscheinend immer noch ein Thema, über das Stegemanns mit Außenstehenden nicht sprachen.
Bevor ich mir meinen Mittagsschlaf gönnte, rief ich Burkhard zurück. Viel mitzuteilen hatte ich ihm nicht. Christina war bei der Abholung von Lotti genauso einsilbig gewesen, wie beim Herbringen. Mehr als einige Sätze, wie viel sie im Moment zu tun hätte und dass ihr diese Arbeit wirklich wichtig wäre, waren zwischen uns nicht gefallen. Und als ich persönlicher werden wollte, hatte sie sofort dichtgemacht und sich verabschiedet, weil angeblich bereits der nächste Termin anstand.
„Das hatte ich mir schon gedacht", seufzte Burkhard. „Ich weiß nicht mehr, was ich noch tun kann."
„Wir zwingen sie zu einem Gespräch", schlug ich vor. „Lade Manfred und mich an eurem nächsten freien Wochenende zu euch ein. Ich tauche dann allein auf und behaupte, ihm wäre kurzfristig etwas Wichtiges dazwischen gekommen. Wir beide können uns vorher überlegen, ob wir gemeinsam mit ihr reden, oder du dich unter einem Vorwand zurück ziehst."
„Eine gute Idee, warte mal!"
Ich hörte, wie er in seinem Terminkalender blätterte.
„Nächstes Wochenende würde gehen, danach erst wieder in einem Monat."
Kurz entschlossen sagte ich zu. Manfred blieb ja zuhause, also hatte Margret, falls sie uns immer noch mit ihrer Gegenwart beehrte, jemanden zu ihrer Verfügung. Außerdem war Kirsten bis dahin ebenfalls zurück, es sollte kein Problem sein, mir für diesen Abend freizunehmen.

Burkhard war so erleichtert und dankbar, dass ich mir direkt schäbig vorkam. Was war ich bloß für eine Freundin! Seit sechs Jahren quälten die beiden sich nun schon und was hatte ich bisher unternommen, außer dass ich versucht hatte, mit Christina zu reden? Nein, ich musste dringend helfen, auch, wenn ich nicht wusste, wie.

Kaum hatte ich das Telefonat beendet, stand Manfred in der Tür, ob ich bitte am Nachmittag mit Margret ins Krankenhaus fahren könne, er wäre zu einem Sterbenden gerufen worden.

Ich schielte auf die Küchenuhr, es war fast zwei. Wenn ich mich beeilte, blieb mir eine Stunde für meinen Mittagschlaf.

Im Schlafzimmer wartete bereits Richie. „Stell dir vor …", begann er, kaum dass ich eingetreten war.

„Ich stelle mir jetzt gar nichts mehr vor", gab ich energisch zurück. „Später, in einer Stunde kannst du kommen, jetzt muss ich unbedingt etwas Ruhe finden. Ich bin nicht mehr so jung und leistungsfähig wie du."

Er kicherte: „Meinst du mein Alter oder meinen Zustand?"

„Da siehst du, wie müde ich bin." Ich wedelte mit der Hand. „Husch, raus mit dir."

Er war schon dabei sich zu verformen, damit er durchs Schlüsselloch flutschen konnte, Geister können nämlich nicht durch Wände diffundieren, da hatte ich eine Eingebung. „Richie, husche hinunter ins Wohnzimmer und beobachte Margret, was sie mit den Schlüsseln macht. Als ich nach oben ging, lagen sie auf dem Tisch. Wir brauchen sie nachher noch."

Auf weitere Diskussionen ließ ich mich nicht ein und scheuchte ihn energisch hinaus.

Es war keine Schwierigkeit, mir den Bund zu schnappen, Margret hatte ihn einfach auf dem Tisch liegen gelassen. Ich bugsierte sie ins Auto, ging unter einem Vorwand zurück ins Haus und steckte ihn ein.

Nachdem ich sie bis auf die Station gebracht hatte, verabschiedete ich mich und versprach in einer Stunde zurück zu sein. Ich wartete nicht auf den Fahrstuhl, sondern rannte die Treppen hinunter und im Laufschritt zu unserem Toyota. „Uns bleibt ungefähr eine halbe Stunde, wir müssen uns beeilen."

Zum Glück waren die Straßen stadtauswärts relativ frei, nur in die andere Richtung staute es sich. Mir würde weniger Zeit bleiben, als ich gehofft hatte, wenn ich nicht zu spät kommen wollte.

Da Richie sich während der Fahrt wie immer still verhalten musste, erfuhr ich die Neuigkeiten erst, als wir vor Stegemanns Haus zum Stehen gekommen waren. „Carmen hat sich heute eine andere Akte vorgenommen und rate mal, was mir da aufgefallen ist?"

Im Raten war ich noch nie gut gewesen, außerdem drängte die Zeit. „Nun erzähl schon!" Ich öffnete die Tür und stürmte hinein.

„Ja also, zuerst wusste ich gar nicht, warum sie diesen Typen checkte", begann er umständlich zu berichten. „Bis ich dann den Namen las." Er machte eine kunstvolle Pause.

„Hm", erwiderte ich nur unkonzentriert, während ich bereits die Papiere unter dem Teppich hervorzog. Eigentlich hatte ich gehofft, es zum nächsten Fotokopierer zu schaffen, doch was, wenn ich dort würde warten müssen? Nein, es blieb mir nichts anderes übrig, als mir so gut wie möglich die wichtigsten Daten einzuprägen und nachher gleich aufzuschreiben.

„Das war der Kerl, der mich überfahren hat", platzte Richie heraus.

„Was?" Ich verstand den Zusammenhang nicht.

„Der Schweinehund hat den Mann in seinen Akten, der mich überfahren hat", wiederholte Richie.

„Und weiter?" Ich verstand immer noch nicht. Was war daran so wichtig?

„Na, überleg doch mal. Der hat zwei Mal bei meinem Exschwiegervater vor Gericht gestanden, das erste Mal erhielt er Bewährung, beim zweiten Mal eine minimale Freiheitsstrafe. Und kurz nach seiner Freilassung wurde ich überfahren. Das stinkt doch zum Himmel!"

„Du meinst doch nicht …"

„Doch, genau das meine ich. Ich könnte darauf wetten, dass der alte Schweinehund daran gedreht hat."

„Aber …, aber das wäre bestimmt aufgefallen."

„Wieso? Beinahe hätten die Bullen ihn gar nicht erwischt. Er ist abgehauen, nachdem er mich umgefahren hat und wenn da nicht dieser Zeuge gewesen wäre, der sich das Nummernschild notiert und das gleich gemeldet hat, nee, der ist nur mit Glück erwischt worden."

Rasch rekapitulierte ich, was ich von Richie über den Unfall erfahren hatte. Es war ein nasskalter Novemberabend gewesen und er auf dem Weg zur Arbeit, sein Dienst begann um acht Uhr und er war spät dran. Deshalb hatte er nur kurz gestoppt, bevor er auf den Zebrastreifen trat. Die Straße wäre frei gewesen, hatte er gesagt, wo das Auto dann plötzlich hergekommen sei, wisse er wirklich nicht.

Der Wagen war mit erhöhter Geschwindigkeit gefahren und hatte Richie frontal getroffen. Er war schon tot, als er auf der Straße aufschlug. Der Fahrer hatte sich ohne anzuhalten davongemacht.

Die Straße war nahezu menschenleer gewesen, die wenigen Fußgänger hatten den Unfall zwar bemerkt, waren aber zu weit entfernt, um den Fahrer beziehungsweise das Kennzeichen zu erkennen.
Trotzdem war der Mann gefasst worden. Ein Zeuge hatte genau zu dem Moment aus dem Fenster gesehen, als der Unfall passierte und er konnte den Mann beschreiben und hatte sich das Kennzeichen gemerkt.
Es sei ein Unfall gewesen, behauptete der Fahrer. Er habe den Wagen kurz zuvor gestohlen und mit falschen Kennzeichen versehen. Deshalb habe er auch nicht angehalten. Er sei sich sicher gewesen, dass er den Fußgänger nur gestreift habe und ihm die Passanten schon zu Hilfe kommen würden.
Er wurde wegen des Diebstahls und Körperverletzung mit Todesfolge zu drei Jahren Haft verurteilt.

17

Richard

Langsam schien es Kathi zu dämmern. Da hatte Carmen uns echt einiges voraus. Dass ich diese Akte bei unserer ersten Durchsicht übersehen hatte!
„Du glaubst aber doch nicht wirklich", begann Kathi, dann schüttelte sie den Kopf. „Ich kann mir nicht vorstellen, dass dein Schwiegervater etwas mit deinem Unfall zu tun hat."
„Es war kein Unfall, sondern ein Mordanschlag." Mittlerweile war ich mir völlig sicher. „Der Schweinehund wollte mich für immer aus dem Weg räumen."
Kathi runzelte übertrieben skeptisch die Stirn.
„Doch, doch." Ich kam immer mehr in Fahrt. „Kaum war ich tot, kam er angekrochen und reichte ihr seine Hand zur Versöhnung. Und Carmen hatte nichts Eiligeres zu tun, als sie zu ergreifen und zu ihren Eltern zurückzukehren."
„Nein, Richie." Kathis Kopfschütteln wurde energischer. „Bruno mag beziehungsmäßig ein Schweinehund sein, und du weißt, ich kann ihn ebenfalls nicht gerade gut leiden, trotzdem halte ich ihn nicht zu einer Straftat fähig. Dafür ist er zu ehrenhaft."
„Nennst du das ehrenhaft, wie er mit mir umgegangen ist?", brauste ich auf. Das konnte echt nicht wahr sein! Kathi musste doch sehen, dass an der Geschichte was faul war.
„Er ist ein Despot, da gebe ich dir recht. Aber für einen Mörder halte ich ihn nicht."
„Glaubst du etwa, es war ein Zufall, dass mich ausgerechnet einer der gehätschelten Straftäter meines Schwiegervaters umgebracht hat? Und wieso fand deiner Meinung nach Carmen die Akte so interessant?" Ha, dieses letzte Argument konnte sie bestimmt nicht wechseln.
„Hm."
Kathi hatte mir überhaupt nicht mehr zugehört, sondern sich in die Blätter vertieft, die sie auf dem Schoß hielt.
„Das können wir später weiter diskutieren", kam sie meinem Wutausbruch zuvor. „Ich muss gleich zurückfahren."
Ohne mich länger zu beachten, schob sie den falschen Kamin zur Seite, öffnete den Tresor und heftete bedächtig Urteil für Urteil ab. Mir wurde schon vom Zusehen ganz kribbelig. Meine Güte brauchte sie lange dafür.

„So." Mit zufriedenem Gesichtsausdruck stellte Kathi die alte Ordnung wieder her. Ein letzter kritischer Rundumblick und sie wandte sich zur Tür.

In mürrischem Schweigen folgte ich ihr. Warum nur konnte sie nicht ein Mal meiner Argumentation folgen. Immer meinte sie, im Recht zu sein.

Umso erstaunter war ich, als sie auf dem Krankenhausparkplatz das Thema von sich aus wieder aufgriff. Dazu sollte ich vielleicht mal erklären, dass wir uns während der Fahrt leider nicht unterhalten konnten. Denn natürlich musste ich auch bei dieser Fahrt an ihrer Seele andocken. Das Problem war nämlich, dass ich, würde ich frei im Auto umherschweben, durch die Schnelligkeit des Fahrzeugs permanent an der Heckscheibe plattgedrückt würde, was für meinen aktuellen Gesundheitszustand nicht gerade förderlich war, wie wir anhand mehrerer Experimente festgestellt hatten. Es war dann, als würde gleichzeitig jegliche Energie aus mir herausgepresst – und was passierte, wenn sie restlos verbraucht war, hatte ich ja schon angedeutet. Wir hatten noch mehrere verschiedene Möglichkeiten durchgespielt, dass Kathi mich in einen gepolsterten Karton packte, zum Beispiel. Doch jeder Versuch war an meinem rasant schwindenden Energielevel gescheitert, sodass wir es schließlich aufgaben.

Zum Glück störte sich Kathi nicht an dem Andocken, sie meinte, das wäre ja nur wie ein leichtes Ziepen im Brustkorb. Das einzig Blöde war, wir konnten uns während der Fahrt nicht unterhalten, irgendwie war ich, wenn ich mich in einem anderen Körper befand, nicht in der Lage, zu sprechen. Und Gedanken lesen konnte ich leider auch nicht, also blieb uns nichts anderes übrig, als unsere Unterhaltung bei diesen Gelegenheiten zu verschieben.

„Ich muss mir die ganze Geschichte erst einmal in Ruhe durch den Kopf gehen lassen", erklärte sie, nachdem ich sie verlassen hatte. „Irgendwie ist es ja schon seltsam, dass ausgerechnet ein alter Bekannter des Richters dich überfahren hat."

„Das sieht Carmen wohl genauso", bekräftigte ich.

„Trotzdem kann ich mir immer noch nicht vorstellen, dass Bruno Stegemann der Auftraggeber sein soll. Überleg doch mal, wäre es dann nicht viel sinnvoller gewesen, dich umzubringen, bevor du mit Carmen die Stadt verlassen hättest?"

„Vielleicht wusste er da noch niemanden, den er mit dieser Aufgabe betrauen konnte", wandte ich ein. Mist, warum machte Kathi andauernd meine schönen Theorien kaputt! Ich war mir so sicher gewesen.

„Carmen kommt morgen ihre Mutter besuchen, was hältst du davon, wenn ich versuche, etwas aus ihr herauszubekommen?"

„Wie willst du das anstellen?" Ich war skeptisch. Immerhin hatten die beiden sich vor einer Woche zum ersten Mal miteinander unterhalten. Und Carmen war kein Mensch, der sich schnell mit anderen anfreundete, zumindest was andere Frauen betraf.

„Mir wird schon etwas einfallen."

Hm, bei ihr konnte es tatsächlich funktionieren. Kathi war der sympathischste Mensch, den ich bisher kennengelernt hatte und das sage ich nicht nur, weil sie die Einzige war, mit der ich mich seit zwei Jahren unterhalten konnte. Nein, sie hatte so eine liebe Art, ging freundlich auf jeden zu, half, wo sie konnte. Ach, das lässt sich so schlecht beschreiben, man musste sie erlebt haben, um zu verstehen, was ich meine. Irgendwie schaffte sie es, für jeden ein gutes Wort zu finden, und da sie es ehrlich meinte, vertrauten viele Leute ihr Dinge an, die sie sonst keinem erzählten. Bis auf zwei entfernte Bekannte wüsste ich niemanden, der schlecht auf sie zu sprechen wäre, und die waren selbst daran schuld, die hatten sie ausgenutzt auf Teufel komm raus und waren dann beleidigt, als Kathi sich irgendwann weigerte, erneut einzuspringen.

„Richie?"

„Äh, ja, versuche es bitte." Mensch, sie hatte schon den Sicherheitsgurt gelöst und machte Anstalten auszusteigen, dabei hatten wir noch gar nicht besprochen, wie es mit unserem anderen Fall weitergehen sollte. „Was kann ich in der Zwischenzeit tun?"

Kathi dachte nach. „Du könntest die Opfer unter die Lupe nehmen, deren Akten wir gerade eingesehen haben. Bei der Polizei wirst du am Wochenende nichts erreichen. Da musst du wohl bis Montag warten."

„He, ich habe mir weder die Namen noch die Adressen gemerkt", protestierte ich. In Wirklichkeit störte mich die Aufgabe an sich. Was sollte das bringen? Glaubte sie wirklich, auf diese Weise ließe sich das eine Opfer finden, dass sich mit mehreren anderen zu einem Rachefeldzug zusammengeschlossen hatte, um die zuständigen Richter zu bestrafen? Je mehr ich darüber nachdachte, desto unsinniger kam mir unsere Idee vor. Und dafür sollte ich meine Zeit opfern?

„Die habe ich aufgeschrieben." Kathi hatte mittlerweile eingeparkt und kramte in ihrer Tasche nach dem Zettel. „Es sind zehn Frauen, du könntest mit den ersten Dreien heute noch anfangen. Drei Namen und die dazugehörigen Adressen wirst du dir bestimmt merken können."

Haha, mein Gedächtnis war besser als das ihre, wie wir schon oft genug festgestellt hatten. „Ich glaube nicht, dass das sinnvoll ist", versuchte ich sie umzustimmen. „Denkst du etwa, die reden am Telefon mit ihren Mitverschwörern darüber, oder rühmen sich zu Hause ihrer Tat?"

„Natürlich nicht!" Kathi schnaubte. „Es geht eher um einen ersten Eindruck, ob du ihnen etwas Derartiges zutrauen würdest. Du kannst Menschen gut einschätzen, du wirst merken, wenn eine von ihnen in unser Profil passt."

Begeistert war ich immer noch nicht, anderseits hatte ich Kathi endlich am Haken. Wollte ich den Fall wirklich lösen, benötigte ich dazu ihre Mithilfe. Und dafür musste ich dann eben auch Sackgassen auf mich nehmen. Also prägte ich mir folgsam die Personalien und Straßennamen der Genannten ein.

„Selbsthilfegruppen!"

„Häh?" In meiner Konzentration gestört, verstand ich nicht sofort, was sie damit sagen wollte.

„Vielleicht haben die rächenden Opfer sich so kennengelernt. Vielleicht gibt es Städte übergreifende Gruppen. Achte auf Hinweise, ob die Frauen so einer Vereinigung angehören." Kathi stieg aus dem Auto und machte eine auffordernde Handbewegung. „Ich muss los!"

Ich beeilte mich, ihrer Aufforderung nachzukommen, sonst hätte ich mich durch die Lüftungsschlitze quetschen müssen. „Ich melde mich", verabschiedete ich mich, dabei war uns beiden klar, dass ich spätestens morgen Mittag bei ihr auf der Matte stehen würde, um zu erfahren, was Carmen gesagt hatte. Ehrlich gesagt interessierten mich diese Nachforschungen im Moment viel mehr.

Nun, wie gesagt, Kathi war jemand, der relativ schnell das Vertrauen anderer gewann, wenn jemand es schaffen konnte, dann sie.

Ich brauchte mich nur daran zu erinnern, wie ich sie kennengelernt hatte. Carmen und die Kinder waren gerade erst zurückgekehrt und wohnten noch bei Bruno und Margret. Wie jeden Morgen hatte ich meine Tochter zur Schule begleitet. Sie war schließlich gerade erst sechs geworden und ging den Weg ganz allein!

Naja, sie musste nur den Fußweg zur Hauptstraße nehmen, auf dem Carmen sie die ganze Zeit sehen konnte, dann diese ein kleines Stück entlang gehen und dann direkt vor der Schule über den Überweg, der von Schülerlotsen überwacht wurde.

An diesem besagten Morgen war sie spät dran, weil sie nicht an dem kleinen Welpen vor dem Bäcker hatte vorbeigehen können und die Schülerlotsen waren schon verschwunden, am Übergang wartete nur noch eine Mutter mit ihrem Kind, als meine Tochter keuchend angerannt kam und, ohne auf den Verkehr zu achten, loslief..

„Vorsicht!", schrie ich außer mir. „Halt!"

Natürlich reagierte sie nicht, für sie war ich unsichtbar. Aber die Mutter, die am Straßenrand stand, handelte. Sie sprang vor, erwischte Annika noch an deren Kapuze und zog sie zurück, eine Sekunde, bevor der heranbrausende Laster sie erwischen konnte.

Ich war nicht nur entzückt, dass meine Tochter gerettet worden war, sondern auch, weil ich endlich eine lebende Person gefunden hatte, mit der ich kommunizieren konnte. Seit drei Monaten war ich völlig auf mich allein gestellt gewesen, hatte mit niemandem sprechen können, ich hungerte geradezu nach Konversation.

Nur hatte ich nicht mit Kathis Sturheit gerechnet. Die tat plötzlich so, als wüsste sie nicht, dass ich existierte, reagierte nicht auf meine Fragen, ja, schritt sogar durch mich hindurch, als könne sie mich nicht wahrnehmen. Ich begann schon, an meinem Verstand zu zweifeln. Hatte ich in diese Rettungsaktion zu viel hineininterpretiert? Die Frau hatte definitiv Annika nicht kommen sehen, weil sie gerade erst den Kopf abgewandt und in die andere Richtung geschaut hatte. Oder war ihr vielleicht doch aus den Augenwinkeln heraus eine Bewegung aufgefallen und sie hatte deshalb reagiert?

Doch nein, je öfter ich die Situation rekapitulierte, umso sicherer wurde ich mir. Sie hatte sich angeregt mit ihrem Sohn, einem Pflegekind, wie sich später herausstellte, unterhalten und in die entgegengesetzte Richtung geschaut. Sie war erst durch meinen Schrei aufmerksam geworden. Also musste sie mich zumindest hören können. Entschlossen folgte ich ihr, ich würde nicht aufgeben, bis ich mit ihr gesprochen hatte.

Meine Geduld wurde auf eine harte Probe gestellt. Über eine Woche, um genau zu sein neun Tage lang, tat sie weiterhin, als würde ich nicht existieren, obwohl ich ihr von morgens bis abends auf den Fersen blieb und zu allem, was sie tat und sagte, einen Kommentar abgab.

Den Durchbruch erzielte ich mit einer flapsigen Bemerkung, die sich auf einen gerade stattgefundenen Streit zwischen ihr und ihrem Mann bezog. Ich hatte nämlich gewagt, ihr zu sagen, dass ich ähnlicher Ansicht wie Manfred wäre – über ihre Familiensituation war ich mittlerweile ganz gut im Bilde, ich wusste besser als ihr Ehemann, was für Sprüche sie auf die Palme brachten und welche Ansichten und Geisteshaltungen sie auf den Tod nicht ausstehen konnte.

Sie war durch diesen Streit echt auf hundertachtzig – ich muss sagen, sie war im Recht, ich hatte nur Manfreds Partei ergriffen, weil sie ich sie aus der Reserve locken wollte – und als ich dann auch noch seine Meinung vertrat, rastete sie richtig aus, was, wie ich mittlerweile wusste, relativ selten geschah.

Aber dadurch hatte sie sich verraten und konnte nicht mehr zurück. Für mich war sie echt ein Glücksfall und ich glaube, ich für sie irgendwie auch, zumindest hatte ich ihre bisherige Einstellung zu Geistern gründlich revidiert.

18

Katharina
So, Richie war erst einmal beschäftigt. Ich glaubte zwar nicht, dass seine Nachforschungen irgendetwas ergeben würden, aber immerhin hatte ich versprochen, ihm zu helfen. Allerdings fragte ich mich mittlerweile auch, ob unser Ansatz nicht viel zu weit hergeholt war. Opfer, die sich zusammentaten, um sich an den verhandelnden Richtern zu rächen, weil die Täter eine in ihren Augen viel zu niedrige Strafe bekommen hatten, konnte das möglich sein?
Ich versuchte, mich in die Rolle einer Betroffenen hineinzuversetzen, wie würde ich mich fühlen, wie reagieren?
Wut, auf jeden Fall hätte ich eine Riesenwut auf den Täter. Und natürlich wäre ich entsetzt, wenn dieser nur zu einer geringen Strafe verurteilt würde. Doch hätte sich meine Wut auch auf den Richter übertragen?
Nein, so kam ich nicht weiter. Ich, die ich bisher von großen Unglücksfällen, den Unfall meiner Eltern einmal ausgenommen, verschont geblieben war, konnte nicht wie ein Opfer fühlen und denken.
Vielleicht, wenn es eines meiner Kinder getroffen hätte? Wäre ich da nicht vor lauter Kummer und Wut ausgerastet?
Ich musste an Christina denken. Als die Polizei damals, zwei Tage nach ihrem Verschwinden, Rebeccas Leiche gefunden hatte, war sie mit einem Nervenzusammenbruch ins Krankenhaus eingeliefert worden. Und als sich dann herausgestellt hatte, dass ihre Tochter missbraucht worden war, was man ihr erst nach ihrer Genesung mitgeteilt hatte, war sie erneut zusammengebrochen.
Wenn ich mich richtig erinnerte, war Chris dann ziemlich lange krank gewesen und hatte auch an dem Prozess, der Täter war ziemlich schnell gefasst worden, nicht teilnehmen können. Burkhard dagegen war an jedem Verhandlungstag anwesend und nach dem Urteil rasend vor Wut gewesen. Der Richter hatte auf Körperverletzung mit Todesfolge entschieden und den jungen Mann, dem von einem Gutachter beachtliche Reifeverzögerung attestiert worden war, zu einer Jugendstrafe von drei Jahren verurteilt, die dieser zum Teil in einer Klinik, die auf die Behandlung seiner Störung spezialisiert war, verbringen musste.
„Die ganze Verhandlung war eine Farce", hatte Burkhard getobt. „Ich habe das Gefühl, es ging gar nicht darum, was der Kerl unserer Tochter angetan hat, sondern nur darum, wie es dazu kommen konnte und wie man ihm helfen kann, wieder auf den richtigen Weg zurückzufinden. Dass

er Rebeccas Leben zerstört und uns an den Rande des Abgrundes gebracht hat, scheint niemanden zu interessieren. Und überhaupt, so, wie der Kerl das dargestellt hat, kann es nicht abgelaufen sein, Rebecca hätte niemals so reagiert. Aber auch das war dem Richter egal, der hat dem jedes Wort geglaubt. Wenn das Rechtsprechung sein soll …"
Ja, jetzt fielen mir die Einzelheiten wieder ein, fast auf den Tag genau sechs Jahre war es her.
Der Täter, ein Siebzehnjähriger, hatte die fünfzehnjährige Rebecca auf ihrem Nachhauseweg zufällig gesehen und angeblich spontan beschlossen, sie anzusprechen. Er wohnte in der Nachbarschaft und hatte schon länger vorgehabt, sich mit dem Mädchen bekannt zu machen. Er habe sie auf ein Eis eingeladen, so seine Aussage. Rebecca sei auf diesen Vorschlag eingegangen und mit ihm in Richtung des kleinen Cafés drei Straßen weiter gelaufen. Unterwegs habe er versucht, sie zu küssen. Da sie nicht abgeneigt war, sich also küssen ließ, sei er mutiger geworden und habe sie in den kleinen Park, der einen Häuserblock von ihrem Elternhaus entfernt war, gezogen. Wiederum sei sie freiwillig mitgekommen und habe sich auch von ihm küssen und anfassen lassen. Erst, als er mehr wollte, habe sie ihn zurückgestoßen und gedroht, sie würde alles ihren Eltern erzählen. Daraufhin habe er sie geschubst und sie sei gegen einen Stein geprallt und zu Boden gesunken. Er wäre so erregt gewesen, dass er nur noch an das ‚Eine' habe denken können. Danach sei er voller Angst weggelaufen und hätte Rebecca liegen gelassen.
Jedem, der das Mädchen gekannt hatte, war klar, dass die Geschichte zum Himmel stank. Rebecca war viel zu vernünftig gewesen, sie hätte sich niemals auf ein derartiges Tun eingelassen, zumindest nicht so schnell. Ihr erster und einziger Freund, mit dem sie ein halbes Jahr zusammen gewesen war, bevor sie Schluss gemacht hatte, berichtete, dass Rebecca sich mit ihm zwei Wochen lang getroffen hätte, bis es überhaupt zu einem Kuss gekommen sei, erst nach drei Monaten habe sie seinem Drängen nachgegeben und mit ihm ‚rumgefummelt'. Weiterzugehen, dazu sei sie nicht bereit gewesen.
Außerdem hatte sie einer Freundin erzählt, dass ihr der junge Mann aus der Nachbarschaft unheimlich war, weil er ihr immer nachstarren würde, zudem habe sie das Gefühl, dass er versuche, sie abzupassen. In den letzten Tage würde sie ihm andauernd begegnen. Dem Rat der Freundin, ihre Eltern darüber zu informieren, hatte sie nicht mehr nachkommen können, denn dieses Gespräch hatte erst am Tage ihrer Ermordung stattgefunden.

Die Todesursache war eindeutig: Rebecca hatte nach dem Aufschlag auf den Stein Hirnblutungen bekommen und war noch in der Nacht gestorben. Dass ihre Leiche nicht eher entdeckt worden war, lag daran, dass sie hinter einem lang gestreckten Gebüsch gelegen hatte, wohin sich die beiden nach Aussage des Täters zurückgezogen hatten, um ungestört zu sein.
Burkhard war da ganz anderer Meinung. Die Abwehrverletzungen, die an Rebecca gefunden worden waren, würden eindeutig bestätigen, dass sie von dem Kerl angegriffen und dorthin verschleppt worden sei. Wahrscheinlich habe er ihren Kopf erst nach der Vergewaltigung, als sie schon auf dem Boden lag, auf den Stein geschlagen und sie dann in der Annahme liegen gelassen, sie sei tot.
Der Täter hatte dem widersprochen und behauptet, die Verletzungen seien bei der Rangelei entstanden, bevor Rebecca so unglücklich gestürzt sei. Ja, jetzt könne er sich wieder erinnern, er habe versucht, sie zu beruhigen und sie dabei festgehalten. Und dass er keine Hilfe geholt hätte? Nun, er habe gedacht, so schlimm sei es nicht, das Mädchen würde nur nicht mit ihm sprechen wollen, nachdem, was er gemacht hatte. Erst nachdem man sie gefunden hätte, wäre ihm bewusst geworden, dass sie wohl viel schwerer verletzt gewesen sei, als er gedacht hatte.
Der Richter musste wohl hauptsächlich den Worten des Angeklagten geglaubt haben, sonst wäre dieses milde Urteil nicht zustande gekommen, meinte zumindest Burkhard. Und dazu kam noch die schlimme Kindheit des Täters – der Vater ein prügelnder Alkoholiker, die Mutter völlig hilflos und anscheinend tablettensüchtig – die sich natürlich auch strafmildernd auswirkte.
„Damit ist es wohl normal, dass man das Recht mit Füßen tritt, wenn man einen ausreichenden Entschuldigungsgrund anbringen kann", war Burkhards wütende Feststellung gewesen. „Das heißt, eigentlich müsste ich den Staat verklagen, weil der den Jungen nicht eher aus dieser Familie genommen und diese Entwicklung also zugelassen hat."
„Und die Leiden des Opfers", hatte Christina unter Tränen herausgebracht. „Zählen die gar nicht?"
Dieses Gespräch fand einen Tag nach dem Ende der Verhandlung statt. Ich war auf Burkhards Bitte zur Urteilsverkündung in das eine Stunde entfernte Köln gefahren, weil er Angst gehabt hatte, dass seine Frau erneut einen Nervenzusammenbruch bekommen würde. Chris hatte bisher nicht an dem Prozess teilgenommen, obwohl sie und ihr Mann als Nebenkläger aufgetreten waren. Zur Urteilsverkündung wollte sie allerdings anwesend sein.

Da sie über Jahre hinweg meine beste Freundin gewesen war – der Kontakt hatte sich erst, nachdem sie mit ihrer Familie umgezogen war, auf einige, wenige Telefonate in immer größer werdenden Abständen beschränkt – sagte ich zu und machte mich gleich für eine ganze Woche frei, um so lange zu bleiben wie nötig.

Damals, nach dem Tod von Rebecca, war Christina gleich in eine Klinik eingeliefert worden. Sie solle sich in Ruhe erholen, hatten die Ärzte gesagt, nur ihr Mann und ihre Eltern hatten Besuchserlaubnis erhalten. Jetzt nach dem Prozess waren die Angehörigen viel zu geschockt, um Unterstützung zu geben, deshalb war Burkhard auf mich verfallen. Er hoffte wohl auch auf meinen Einfluss, dass ich Chris davon abbringen könnte, an der Urteilsverkündung teilzunehmen.

Doch bei meiner Ankunft zeigte diese sich wild entschlossen, ihren Entschluss in die Tat umzusetzen. „Ich muss ihm ein Mal Auge in Auge gegenüberstehen", sagte sie mit fester Stimme, „sonst kann ich nie abschließen."

Entgegen aller Erwartungen hielt sie sich tapfer. Auch in den nächsten Tagen, die wir mit endlosen Gesprächen über den Sinn des Lebens und immer und immer wieder mit der Aufarbeitung von Rebeccas Tod verbrachten, schien sie relativ stabil. Einen Tag nach meiner Abreise versuchte sie Selbstmord zu begehen, indem sie sich in der Badewanne die Pulsadern aufschnitt. Nur weil Burkhard entgegen seiner sonstigen Angewohnheit zum Mittagessen nach Hause kam, wurde sie rechtzeitig genug entdeckt.

Wieder folgte ein langer Aufenthalt in einer Klinik. Noch während dieser andauerte, verkaufte Burkhard das Haus in Köln, löste seine Privatpraxis auf und bewarb sich hier in der Stadt um den Posten eines Oberarztes. So, hoffte er, würde die alte vertraute Umgebung, in der Christina groß geworden war, und die Nähe zu ihren Eltern und ihrer alten Freundin seiner Frau helfen, wieder einen Sinn in ihrem Leben zu finden.

Der behandelnde Psychiater hatte empfohlen, dass sie einer Selbsthilfegruppe beitreten solle. Anfangs hatte sie sich vehement dagegen gesträubt, aber schließlich war es Burkhard doch gelungen, sie dorthin zu schleppen. Erst zögerlich, dann regelmäßig war sie zu den weiteren Treffen gegangen. Schließlich hatte sie darin einen neuen Lebenszweck gefunden. Die vormalig als Kinderbuchautorin bekannte Christina Albrecht wurde ein Leitbild der Vereinigung, sie hielt Vorträge, gab Interviews und schrieb Artikel, in denen sie über das Jahre währende Leid vergewaltigter Kinder berichtete.

„Die Opfer müssen mehr in den Mittelpunkt gerückt werden", erklärte sie, wenn sie jemand auf ihre Arbeit ansprach. „Wer von den Nichtbetroffenen weiß denn schon, was für eine endlose Qual auf die betroffenen Kinder und ihre Eltern zukommt. Die Täter sind meist nach ein paar Jahren wieder frei, die Opfer leiden weiter."

19

Richard
Ich machte mich gleich an die Arbeit. Die Adresse von Opfer Nummer eins war ganz in der Nähe. Auf dem Klingelbrett fand ich ihren Namen, sie wohnte also noch hier. Ich schlüpfte unter dem Türspalt hindurch und befand mich in einem erstaunlich sauberen Treppenhaus – nach der Außenfassade hatte ich Schlimmeres erwartet. Michaela S. wohnte im zweiten Stock, auch hier fand sich eine Ritze, die groß genug war, mich durchzulassen. Geister können nämlich nicht durch Wände gehen, immerhin sind wir irgendwie ja noch stofflich und benötigen deshalb kleine Lücken oder Löcher zum Eindringen.
Kaum war ich in der Wohnung, stellte ich schon fest, dass ich hier mit Sicherheit falsch war. Das Opfer entpuppte sich als kleines, graues Mäuschen, das mit der betagten Mutter zusammenlebte. Ich schätzte sie mit sehr viel Wohlwollen auf Mitte dreißig, gekleidet war sie jedoch wie eine alte Jungfer, mit schwarzem Rock und grauer Bluse in Übergröße, die ihre klapperdürre Gestalt umschlotterten. Diese Frau hegte bestimmt keine Rachegelüste. Jede weitere Minute, die ich hier verbrachte, war überflüssig.
Das nächste Opfer entpuppte sich ebenfalls als Niete, nur dieses Mal in der entgegengesetzten Richtung. Ich war echt baff, als ich sie sah, eine fröhliche Mutter mit drei kleinen Kindern, sie wirkte völlig normal, nicht ein Schatten legte sich in der ganzen Zeit, die ich da blieb, über ihr Gesicht – dabei harrte ich aus, bis sie mit ihrem Mann im Schlafzimmer verschwand. Gut, sie war als Teenager vergewaltigt worden, das lag Jahre zurück. Trotzdem hatte mich ihr Anblick überrascht. Das Bild in der Akte zeigte ein leicht dickliches Mädchen von siebzehn Jahren, der die Angst im Gesicht stand. Die Frau, die ich angetroffen hatte, wies nur noch eine entfernte Ähnlichkeit mit ihr auf, sie war wesentlich hübscher und dabei fröhlich und unbelastet, sie musste einen sehr guten Therapeuten gehabt haben.
Obwohl ich mir keine Hoffnung machte, meine dritte Zielperson wach anzutreffen, begab ich mich zur angegebenen Adresse. Tja, sie wohnte gar nicht mehr dort. Natürlich kontrollierte ich sämtliche Wohnungen, immerhin hatte Opfer Nummer zwei auch in der Zwischenzeit geheiratet, nur hatte diese einen Doppelnamen angenommen. Aber es blieb dabei, sie war anscheinend umgezogen.
Nichtsdestotrotz war ich mit meiner Ausbeute zufrieden, zwei Frauen gefunden, das war nach der langen Zeit, die bei allen drei Fällen verstrichen war, schon ein enormes Glück. Ein weiterer Pluspunkt war, dass ich

mir die nächsten drei Adressen ebenfalls gemerkt hatte, ohne es Kathi zu verraten. Sollte sie ruhig staunen, dass, wenn ich morgen bei ihr erschien, ich schon viel weiter war, als gedacht.

Warum Kathi die Liste von hinten aufrollen wollte, war mir sowieso ein Rätsel. Ich persönlich hätte mit den Opfern angefangen, deren Martyrium noch nicht so lange zurücklag. Aber statt das mit ihr auszudiskutieren, hielt ich mich lieber brav an ihre Anweisungen, es hätte eh keinen Zweck gehabt.

Nun, jetzt in der Nacht konnte ich nichts mehr ausrichten, ich musste die Frauen erleben, um sie beurteilen zu können. Und ehrlich gesagt hatte ich Sehnsucht nach meiner Familie, ich wollte die Nacht lieber bei Carmen und den Kindern verbringen.

Vorher musste ich jedoch noch Energie tanken, sonst kam ich nicht mehr weit. Ich glaube, ich habe schon einmal erklärt, dass ich und ebenso alle anderen Geister, die hier herumschwirren, Kraft benötigen, um existieren und sich fortbewegen zu können. Diese müssen wir uns von den Lebenden abzapfen, still und heimlich natürlich. Normalerweise merken sie nichts davon, außer vielleicht, dass sie am nächsten Morgen etwas müder und abgeschlagener als gewöhnlich sind – wenn man es richtig macht, versteht sich. Ich, zum Beispiel, nahm immer nur in dem Maße, wie ich den Träger des Lebenselixiers nicht schädigte, das heißt, war ich richtig ausgebrannt und leer, suchte ich mir nicht einen, sondern drei bis vier Menschen, denen ich jeweils ein wenig ihrer Energie abzapfte.

Die Lebenden können ihr Level schnell wieder auffüllen, denen tut das wirklich nichts. Das Einzige, was man nicht machen sollte, ist, sich an Kranken oder sehr Alten vergreifen, deren Lebensflamme schon schwächelt. Für die kann das Ganze schnell tödlich enden.

Und das ist genau der Punkt, warum im Krankenhaus öfter mal Leute sterben, die eigentlich schon über dem Berg sind. Die meisten der Geister, die ich kennengelernt habe, halten sich in der Nähe von der Klinik auf, in der sie gestorben sind und denen ist es sch… egal, ob sie jemandes Tod verursachen oder nicht. Wie gesagt, das sind die, die echt nicht wissen, was sie hier auf der Erde noch sollen, die aber so große Angst vor dem Nichts haben, dass sie alles dafür tun, nicht hineingehen zu müssen - wirklich unangenehme Leute, mit denen ich nichts zu tun haben will.

Nun muss man sich dieses Energietanken nicht wie einen Vampirbiss vorstellen, weder hinterlassen wir irgendwelche Spuren, noch übertragen wir dabei irgendwelche Keime. Und überhaupt, Vampire gibt es nicht, die hätte ich bestimmt schon kennengelernt. Nein, ich schlüpfe durch die Nase oder den Mund in den Körper, docke an einem Muskel an und ziehe etwas Energie ab. Das dauert keine fünf Minuten, dann bin ich schon wieder weg. Und da ich mir mittlerweile eine ganze Reihe von Spendern zusammengesucht hatte, wusste ich, wo ich hingehen konnte.

Am nächsten Morgen war ich schon früh bei der nächsten angegebenen Adresse. Dieser Fall lag auch schon fast sieben Jahre zurück, doch ich hatte Glück, die Frau wohnte noch dort. Das blöde war nur, ich vertrödelte viel Zeit bei ihr, weil es mir nicht gelang, sie einzuschätzen. Kinderlos, mit einem zehn Jahre älteren Mann verheiratet, machte sie insgesamt einen sehr instabilen Eindruck auf mich.

Die Ehe schien in den letzten Zügen zu liegen, die beiden sprachen kaum ein Wort miteinander und wenn, zickten sie sich nur gegenseitig an, was meiner Meinung nach an ihr lag, sie legte jedes seiner Worte als Angriff aus und geizte ihrerseits nicht mit Gemeinheiten.

Den Grund dafür erhielt ich erst zwei Stunden nach meinem Eintreffen. Er verschwand grußlos aus der Wohnung und sie griff gleich nach dem Telefon, um sich bei ihrer Freundin auszuheulen. Der Mann hatte eine andere und wollte in der nächsten Woche ausziehen, sie fühlte sich verraten und ausgenutzt, hatte sie ihm doch die ganzen Jahre während seiner Existenzgründung zur Seite gestanden und ihr nicht unerhebliches Vermögen in die Firma hineingesteckt. Und dann war sie nur durch Zufall hinter das Verhältnis gekommen, weil sie statt ihr Handy seins benutzt hatte. Drei Wochen war das erst her und nun stand sie vor den Trümmern ihrer Ehe.

Bis sie diesen Sermon hervorgebracht hatte, war eine weitere Stunde vergangen. Aber im Endeffekt konnte ich noch froh sein, dass sie sämtliche Details, der Reaktion der Freundin nach nicht zum ersten Mal, herunterbetete, sodass ich einen ziemlich tiefen Einblick in ihre Psyche bekam und mit Sicherheit ausschließen konnte, dass sie mit unserem Fall etwas zu tun hatte.

Sie war der Typ, der den Mann am Gängelband hielt und das Sagen hatte. „Ich bin die Seele der Firma", hatte sie geschluchzt. „Ohne mich ist er doch aufgeschmissen." Ihr gesamtes Denken und Trachten war auf diesen Betrieb gerichtet, die Trennung von ihm war fast nebensächlich. Ich konnte mir nicht vorstellen, dass sie daneben noch genug Energie aufgebracht hätte, sich um einen derartigen Rachefeldzug zu kümmern. Die konnte ich abhaken.

Ich beschloss, mir Opfer Nummer fünf für später aufzuheben und auf dem Weg zu Kathi bei Nummer sechs, die damals ganz in deren Nähe gewohnt hatte, vorbeizuschauen. Das war ein Fall, der selbst mich zum

Schlucken brachte. Das Mädchen war vom Stiefvater ab dem zwölften Lebensjahr regelmäßig vergewaltigt worden, die Mutter hatte angeblich nichts davon gemerkt und, selbst als ihre Tochter sich ihr mit sechzehn offenbarte, weiter zu dem Mann gehalten und ihre Tochter als Lügnerin hingestellt, als die Sache vor Gericht kam.

Die Kleine war dann auch noch vor Prozessbeginn zu Hause ausgezogen und von einer Tante aufgenommen worden, bei der sie nach der Verurteilung auch verblieb, der Täter war mit einer Haftstrafe von zwei Jahren davon gekommen – für vierjährige, mindestens einmal in der Woche stattfindende Vergewaltigungen! Das Mädel musste doch einen Schaden für ihr gesamtes Leben davon getragen haben!

Diese meine Vermutung bestätigte sich gleich auf den ersten Blick. Wenn ich jemals eine Magersüchtige gesehen hatte, dann war es Anna, sie schien wirklich nur aus Haut und Knochen zu bestehen. Dazu hatte sie einen nervösen Tick, im Gespräch ließ sie ihre halblangen Haare immer wieder über das Gesicht fallen, sodass man ihre Augen nicht sehen konnte.

Die Tante hatte wohl eine Art Tierpension, zumindest der Anzahl von Katzen und Hunden nach zu schließen. Außerdem schien es sich bei dem Paar, das gerade einen Boxer abholte, um Kunden zu handeln, denn der Mann suchte umständlich nach seinem Portemonnaie und drückte der Tante einige Geldscheine in die Hand. Anna, die den Hund herbeigebracht hatte, nutzte die erste Möglichkeit, die sich bot, um sich zu verdrücken.

Ich blieb noch eine Weile bei den beiden, fand aber nur meinen ersten Eindruck bestätigt. Das Mädchen, Quatsch, die junge Frau, sie musste mittlerweile ja fast vierundzwanzig sein, war viel zu verhuscht, um überhaupt an Rache zu denken. Mit den Tieren kam sie gut klar, von Menschen hielt sie sich lieber fern, sie beachtete weder den Nachbarn am Zaun, noch kam sie aus ihrem Zimmer, als der nächste Hund gebracht wurde. Und auch das Telefon bediente sie nur auf Aufforderung und mit sichtlichem Widerwillen.

Die Tante dagegen war von einem ganz anderen Schlag, der hätte ich so was wie mit den Richtern echt zugetraut. Überhaupt, vielleicht lag Kathi ja doch richtig. Wenn ich mir vorstellte, eines meiner Kinder würde wie ein Schatten seiner selbst herumschleichen – meine Wut würde sich auch ein Ventil suchen.

Nur blöd, dass ich erst jetzt darauf gekommen war. Ich rekapitulierte noch einmal meine Informationen über die Verdächtigen. Bei Nummer eins war die Mutter viel zu alt, Nummer zwei hatte sich anscheinend von der Tat weitestgehend erholt, da schlugen Angehörige nicht nach so langer Zeit zu,

Nummer drei hatte mit Sicherheit ganz andere Probleme. Blieb bis jetzt als einzige Verdächtige Annas Tante.

Na, mal sehen, was Kathi zu meiner Arbeit und meinen Theorien sagte. Es wurde langsam Zeit für mich, sonst hatte sie sich bereits zu ihrem Mittagsschlaf hingelegt und ich würde warten müssen, bis sie wieder aufstand. Dabei wollte ich doch unbedingt wissen, wie ihr Gespräch mit Carmen verlaufen war!

20

Katharina

Hatte ich schon erwähnt, dass Musizieren beruhigt? Wie immer ließ ich kraftvoll die Orgel ertönen und sämtliche meiner kleinen Sorgen lösten sich in Wohlgefallen auf. So war ich ruhig und gelassen, als ich Carmen direkt vor der Kirche bemerkte.

„Ich hatte gedacht, ich könnte heute mal mit den Kindern den Gottesdienst besuchen", empfing sie mich. „War echt eine schöne Predigt – und die Lieder haben mir auch sehr gefallen. Suchen Sie die aus?"

„Nein, die Gestaltung obliegt meinem Mann." Ich lächelte gedankenversunken. „Aber natürlich weiß er, welches meine Lieblingsstücke sind. Ab und zu tut er mir den Gefallen und vereint sie an einem Tag."

Das war Manfreds Art, mir Abbitte zu leisten. Gestern Abend im Bett - vorher waren wir ja nie allein - hatte er mir hoch und heilig geschworen, dass Margret der letzte Gast dieser Art wäre. Ab jetzt würden wir allenfalls wirklich Bedürftige aufnehmen. Nun, mit dieser Aussage konnte ich leben, das war immerhin ein Fortschritt.

„Wie lange sind Sie verheiratet?", fragte Carmen.

„Sechsundzwanzig Jahre." Prima, unsere Unterhaltung lief von ganz allein in die richtige Richtung.

„Und Sie sind immer noch glücklich?"

„Im Großen und Ganzen schon", antwortete ich ehrlich. „Kleinere Querelen gibt es in jeder Beziehung, man muss halt an ihr arbeiten, damit sie stabil bleibt."

„Ach ja", seufzte Carmen. „Und dann die Versöhnungen! Die sind das Beste am ganzen Streit."

„Wie lange waren Sie verheiratet?" Die Frage ergab sich ganz von selbst.

„Acht Jahre. Benjamin war zwei und Annika sechs, als mein Mann starb."

„Er ist bei einem Autounfall ums Leben gekommen, richtig?"

„Jaaa", kam ihre lang gezogene Antwort.

„Wie ist es passiert?", hakte ich nach, da sie stumm blieb.

Sie tat so, als beobachte sie die Kinder, die auf dem Kirchvorplatz Fangen spielten, aber ich sah, wie sie mit sich rang. „Richard ist beim Überqueren der Straße von einem Auto erfasst worden", sagte sie endlich.

„Oh weh, hatte er es übersehen?"

„Das ist nie richtig geklärt worden." Sie seufzte. „Er ist abends über den gut ausgeleuchteten Zebrastreifen gegangen, angeblich hat er aber vorher nicht geschaut, ob wirklich kein Fahrzeug kam. Der Autofahrer hat ausge-

sagt, er wäre ihm fast vor den Wagen gesprungen, Zeugen gab es leider keine."
„Das ist sehr unbefriedigend", stimmte ich zu, in der Hoffnung, dass dieser Satz sie zum Weiterreden ermuntern würde.
„Hm", sie schien unschlüssig, ob sie mich ins Vertrauen ziehen sollte.
„Ist er denn wenigstens verurteilt worden?"
Sie lachte bitter. „Ja, der ist zu drei Jahren Haft verurteilt worden, aber nur, weil er das Auto geklaut hatte und zudem noch unter Bewährung stand."
„Hat er denn angehalten", heuchelte ich Bestürzung.
„Nein, nicht mal abgebremst hat der nach dem Unfall. Zum Glück hatte ein Bewohner des Hauses, vor dem das passiert ist, den Aufprall gehört, ist ans Fenster geeilt und hat sich das Kennzeichen aufgeschrieben. Ein weiterer Glücksfall war, dass sich direkt zwei Straßen weiter ein Streifenwagen im Einsatz befand, der sich gleich an die Verfolgung gemacht hat. Die haben ihn dann gestellt."
„Das muss sehr unbefriedigend für Sie gewesen sein", beeilte ich mich zu sagen, da sie Anstalten machte, die Unterhaltung an dieser Stelle abzubrechen, indem sie ihre Kinder zu sich rief. Natürlich völliger Blödsinn der Satz, aber mir fiel nichts Besseres ein.
„Das Schlimmste war, dass so was ohne jede Vorwarnung geschieht. Eben noch hat man sich voneinander verabschiedet, plant schon die nächsten Tage - und dann so etwas."
Sie schluckte und ich kam mir, ehrlich gesagt, ziemlich gemein vor, sie derart in die Enge zu treiben. Trotzdem, ich hatte es Richie versprochen: „Ich glaube, ich hätte einen richtigen Hass auf den Mann. Auch wenn der es ja nicht absichtlich gemacht hat."
„Zwischenzeitlich hatte ich tatsächlich vermutet ...", sie hielt inne.
Ha, ich hatte sie am Haken. „Ehrlich?", bohrte ich sofort nach. „Wäre mir wahrscheinlich auch so gegangen. Kannten die beiden sich denn?"
„Nein, aber mein Vater ..." Wieder hielt sie inne, gab sich gleich darauf jedoch einen Ruck und sprach weiter. „Anfangs war ich viel zu sehr am Boden zerstört, um irgendwas in der Richtung zu denken. Aber tatsächlich ist mir diese Idee vor einiger Zeit wirklich gekommen. Sie wissen ja, dass mein Vater Richter ist. Ich glaubte mich plötzlich erinnern zu können, dass der Name des Fahrers bei uns zu Hause früher schon gefallen war. Dadurch kam ich auf die Idee, es könnte ein Racheakt gewesen sein."
Aus den Augenwinkeln sah ich Annika und Benjamin auf uns zulaufen. „Und?", drängte ich.

„Falscher Alarm", wehrte sie ab. „Mein Vater konnte mich eines Besseren belehren. Er hatte nämlich absolute Großzügigkeit walten lassen, da konnte von Rachegelüsten keine Rede sein." Sie ging in die Hocke und breitete die Arme aus, um ihren Sohn aufzufangen.
„Wollt ihr mit zu uns kommen?", fragte ich Annika.
„Ist der Hund noch da?"
„Nein, leider nicht. Aber ihr könntet eure Oma besuchen."
Ihr Gesicht verzog sich, anscheinend war dieses Angebot kein angemessener Ausgleich.
Carmen schüttelte lächelnd den Kopf und stellte Benjamin auf den Boden. „Sicher kommen wir mit, das war eingeplant. Los!" Sie gab ihrer Tochter einen kleinen Schubs. „Wer als Erster am Zaun angekommen ist, hat gewonnen."
Die drei rannten los und ich konnte nur staunen, wie elegant sich Carmen einem weiteren Gespräch entzogen hatte. Während ich ihnen langsamer folgte, dachte ich über das eben Gehörte nach. War es möglich, dass Carmen sich mit der Durchsicht der Akte nur absichern wollte, dass Bruno die Wahrheit gesagt hatte?
Das entzückte Quieken Annikas riss mich aus meinen Gedanken. Sie hatte die Ecke der Straße erreicht und wurde nun noch schneller. Ich beeilte mich, ihr zu folgen.
Kaum hatte ich Carmen und Benjamin eingeholt, die stehen geblieben waren, wusste ich, warum Annika in Entzücken geraten war. In dem vorderen Teil unseres Gartens tummelten sich zwei große, zottelige Hunde. Ich seufzte innerlich, Bella war zu einem ihrer unvorhergesehenen Besuche erschienen.
Die Kleine stand schon am Zaun und versuchte, die Tiere zu locken, die auch gleich angelaufen kamen. Carmen neben mir sog erschrocken die Luft ein. „Keine Angst", beruhigte ich sie. „Die tun nichts."
Nun wurde auch Benjamin mutiger und zog seine Mutter energisch hinter sich her. Ich überholte sie und öffnete das kleine Törchen. Sofort stürzten sich Toby und Buffy auf mich und begrüßten mich überschwänglich. „Platz!" Zum Glück waren die beiden gut erzogen und gehorchten sofort. Jetzt traute sich auch Annika, näher zu kommen. Es dauerte keine zwei Minuten, da hatte sie Freundschaft mit den Hunden geschlossen und weigerte sich energisch ihrer Mutter ins Haus zu folgen.
Bevor es zum Streit kommen konnte – Carmen war eindeutig skeptisch und wollte die Kinder nicht allein draußen lassen – trat Bella aus der Terrassentür. Augenscheinlich war sie immer noch auf dem Punkertrip, zu den

Piercings an Augenbrauen und Ohren hatten sich weitere gesellt und im linken Nasenflügel leuchtete ebenfalls ein Stein, die Stachelfrisur war von Rot auf Schwarz mit lila Spitzen gewechselt, ihre Klamotten sahen aus, als hätte sie sie aus einer Altkleidersammlung geklaut. Aber ihr Lächeln war fröhlich wie immer, als sie nun auf uns zu eilte und mich stürmisch umarmte.

„Das ist meine Tochter Arabella", machte ich sie mit den Besuchern bekannt.

Carmen hatte sich gut unter Kontrolle, sie verzog keine Miene. Die Kinder waren da natürlich anders. „Tut das nicht weh?", fragte Annika und zeigte auf die Piercings über der rechten Augenbraue.

„Nur beim allerersten Mal", grinste Bella, die derartige Sprüche schon kannte. „Was ist? Wollt ihr mit Buffy und Toby spielen?"

Das begeisterte Gebrüll der beiden sagte genug, ich zog Carmen hinter mir her ins Haus. „Sie kann gut mit Kindern umgehen, sie wird auf sie aufpassen, dass nichts passiert. Außerdem sind die Hunde wirklich harmlos, die tun keiner Fliege was zuleide."

„Dieses Mädchen." Direkt hinter der Gardine hatte Margret gestanden und uns beobachtet. „Also dass du der dieses Aussehen durchgehen lässt. Ich hätte meine Tochter nicht mehr ins Haus gelassen, wenn sie so angekommen wäre."

Mittlerweile hatte ich mich an Margrets Art gewöhnt und war nicht mehr bereit, mich aus der Ruhe bringen zu lassen. An allem und jedem hatte sie etwas auszusetzen, meist begannen ihre Sätze mit, „also ich an deiner Stelle". Sie wusste und konnte alles besser und war erpicht darauf, mir ihr Wissen mitzuteilen.

„Arabella ist im Hinblick auf ihre Vergangenheit ein wundervoller Mensch geworden", sagte ich eisig. „Sie ist warmherzig und humorvoll und niemals nachtragend." Diesen Seitenhieb konnte ich mir leider nicht verkneifen.

Carmen neben mir unterdrückte mit Müh und Not ein Grinsen. „Ist sie eines Ihrer Pflegekinder?", erkundigte sie sich.

Aha, ihre Mutter hatte wohl schon mit ihr darüber gesprochen. Margret war äußerst neugierig gewesen und hätte am liebsten von jedem Einzelnen die komplette Geschichte erfahren, was jedoch weder Manfred noch ich guthießen. Mehr als Fotos von ihnen und einige kurze Sätze zu ihrem derzeitigen Aufenthaltsort und Arbeitsplatz hatte sie von uns nicht erhalten.

Hm, allerdings musste Bellas Anblick sie ganz schön aus der Fassung gebracht haben. Von der hatte ich nämlich nur ein altes Foto aufgestellt, auf dem sie noch relativ normal aussah, und erzählt hatte ich nur, dass sie in

Berlin lebte und in einem Kindergarten arbeitete, was auch nicht gelogen war, dort gab es Einrichtungen für den Nachwuchs von Punkern und Bella war dort angestellt, zumindest im Winter, wenn die Tagesstätte gut besucht war.

„Ja", erwiderte ich knapp.

Carmen warf einen letzten Blick aus dem Fenster, wo ihre Kinder mit Bella und den Hunden herumtobten. Damit war das Thema für sie erledigt und sie wandte sich ihrer Mutter zu.

Ich nutzte die Gelegenheit, um mich zurückzuziehen, Richie würde bestimmt schon auf mich warten.

21

Richard
„Willst du wissen, was meine liebe Exschwiegermutter bei dem unerwarteten Auftauchen deiner Tochter von sich gegeben hat?", fragte ich sie, kaum dass wir allein waren.
„Ich kann es mir denken", wehrte sie ab, runzelte aber dann die Stirn. „Warst du schon so früh hier?"
„Nein, ich bin erst dazu gekommen, als Bella schon mit meinen Kindern spielte. Annika hat das Gespräch darauf gebracht."
„Und Bella hat ihr wahrscheinlich alles Wort für Wort wiedergegeben", seufzte Kathi.
„Ich fand es sehr lustig – und die Kinder auch."
„Lass uns zum Thema kommen, hast du schon was herausgefunden?"
Ich berichtete ihr von meinen Unternehmungen. „Wir sollten uns auch auf die Angehörigen konzentrieren", schloss ich. „Bei dieser Tante bin ich mir nicht sicher. Die hat Haare auf den Zähnen, der würde ich schon zutrauen, dass sie an Rache denkt. Du hättest …"
„Mir ist etwas Ähnliches eingefallen", unterbrach mich Kathi. „Missbrauch von Kindern, danach haben wir bisher gar nicht geschaut. Anna war ein Teenager, damals, als es passierte. Was ist, wenn es noch Jüngere traf?"
„Besonders, wenn die Urteile hinter den Erwartungen der Eltern zurückblieben", gab ich ihr Recht. „Kannst du dich denn an die Akten des Richters erinnern. Hatte er solche Fälle?"
„Ich weiß es nicht", Kathi raufte sich die Haare, was sehr drollig aussah, weil sie danach in alle Richtungen abstanden. „Ehrlich gesagt habe ich darauf nicht richtig geachtet."
„Das heißt, wir müssen noch einmal in sein Haus." Irgendwie fand ich das Ganze sogar lustig. Wir waren völlig laienhaft und chaotisch an unsere Ermittlungen herangegangen. Das passte vielleicht zu mir, aber ganz sicher nicht zu Kathi. Es musste sie echt wurmen, dass wir vielleicht wieder am Anfang standen.
„Da bietet sich gleich morgen eine Möglichkeit", sie ließ sich ihren Unmut nicht anmerken. „Margret ist gestern eingefallen, dass sie um neun einen Arzttermin in der Stadt hat. Ich hoffe, der dauert lange genug."
„Soll ich mitkommen?"
„Nein, es ist sinnvoller, dass du versuchst, im Polizeipräsidium weitere Einzelheiten zu erfahren. Meine Güte, die müssen doch mittlerweile auch irgendeine Richtung haben, in die sie ermitteln!"

Eines war jedenfalls sicher, Kathi hatte Blut geleckt und würde von nun an nicht mehr locker lassen. Ich konnte fast hören, wie die Rädchen in ihrem Kopf arbeiteten. „Lass uns die Tatsachen rekapitulieren", forderte sie mich auf.
Das war mein Part. „Also, im letzten halben Jahr sind acht Richter in verschiedenen Städten Deutschlands vergewaltigt worden", begann ich.
„Und nichts davon hat in der Zeitung gestanden", unterbrach sie mich. „Sie halten es aus irgendwelchen uns unbekannten Gründen geheim."
„Auch die Täter scheinen kein Interesse an einer Veröffentlichung zu haben", ergänzte ich, „sonst hätten die der Presse längst einen Tipp gegeben."
„Oder den Zeitungen Bilder zugespielt", nickte sie.
„Laut der Aussagen hat es sich in allen Fällen um dieselben zwei Männer gehandelt. Die Polizei hat bereits abgeklärt, dass es keinen einzigen Verbrecher gibt, der mit sämtlichen Richtern Kontakt hatte und auch keine Organisation, deren Straftaten sich auf alle erstrecken könnten. Es wird ein Racheakt vermutet, aber niemand weiß bisher etwas über das Motiv."
Kathi nickte wieder. „Weiter!"
„Unsere Idee ist es nun, dass die Richter einem Bestrafungsverfahren unterzogen werden, das von Betroffenen ausgeht, die mit deren Urteilen nicht einverstanden sind."
„Und das hat die Polizei noch nicht erkannt?"
„Die denken eben nicht so unorthodox wie wir. – Naja, so'n bisschen was in die Richtung ahnen die anscheinend doch", musste ich dann zugeben. „Der Schweinehund war ja gewarnt worden. Also haben die wohl mittlerweile eine ähnliche Vermutung. Oder glaubst du, jeder Richter in Deutschland hat vorsichtshalber so ein Schreiben bekommen?"
„Nein, du hast recht. Wahrscheinlich sehen die ermittelnden Beamten ebenfalls Zusammenhänge zwischen den Urteilen und dem, was nun passiert ist. Aber warum wenden sie sich nicht an die Öffentlichkeit?"
Ich kannte dieses Spielchen schon. Kathi versuchte, durch Pro- und Kontraargumente unseren Standpunkt zu festigen. „Vielleicht, weil sie dann eine Diskussion über das Bestrafungssystem von Sexualstraftätern auslösen würden. Überleg doch, meist finden sich in den Zeitungen nur kurze Notizen, man regt sich als Nichtbetroffener einen Augenblick auf – und hat den Artikel schon bald wieder vergessen. Sollte sich aber herausstellen, dass lasche Urteile gerade in diesem sensiblen Bereich gehäuft auftreten, würde die Presse und dann auch die Bevölkerung Sturm laufen."

Kathi seufzte. „Wir kommen nicht über wildes Herumspekulieren hinaus. Zuerst einmal musst du herausfinden, ob es sich bei den anderen Richtern ebenfalls um ...", sie suchte nach Worten.
„Um solche Nieten handelt, wie Bruno?", schlug ich vor.
„Du weißt, was ich meine." Sie schüttelte tadelnd den Kopf. „Bisher wissen wir definitiv nur von ihm, dass seine Urteile ein bisschen milde sind. Wenn die anderen Richter allerdings ebenso sozial angehaucht sind ..."
„... haben wir das Motiv", ergänzte ich. Die Frage war nur, wie sollte ich an diese Angaben herankommen?
„Du musst halt den ermittelnden Beamten auf Schritt und Tritt folgen", schlug Kathi vor. „Am besten verlebst du den gesamten morgigen Arbeitstag mit denen. Und falls erforderlich auch noch weitere."
Wie öde! Und das sollte es bringen? „Was, wenn die bisher noch gar nicht auf diese Idee gekommen sind?", nörgelte ich. „Vielleicht setzen wir da viel zu viel voraus."
„Vielleicht liegen aber auch wir völlig falsch", gab sie zu bedenken. „Wir haben bisher nur Ahnungen und Vermutungen, die Polizei dagegen ist viel länger mit den Fällen beschäftigt und hat mit Sicherheit schon einige Fakten zusammengetragen."
„Der Schweinehund ist gewarnt worden", erinnerte ich sie noch einmal. „Das spricht für unsere Theorie."
„Die ich gerne bestätigt hätte, bevor wir uns zu sehr darauf versteifen."
„Ja, ja, ich werde mich morgen darum kümmern. Aber jetzt mal weiter im Text", nahm ich den Faden wieder auf. „Wenn nämlich unsere Annahme stimmt, dann muss es sich um eine Gruppierung von Opfern handeln, die sich rächen wollen, das ist das Einzige, was Sinn macht. Die haben sich zusammengeschlossen, um die einzelnen Richter gemeinsam zu bestrafen. Wir müssen also nur noch herausfinden, um welche Gruppe es sich dabei handelt."
„Nur noch", echote Kathi. „Kannst du mir erklären, wie wir das schaffen sollen?"
„Ich kümmere mich gleich um die restlichen Opfer, du findest morgen heraus, ob es betroffene Kinder gibt, die ins Schema passen – du weißt schon, lasche Urteile und so - danach schauen wir uns die Selbsthilfegruppen an und versuchen Verbindungen herzustellen. Und außerdem können wir ja auf den gesamten Polizeiapparat zurückgreifen", präsentierte ich ihr meinen letzten Trumpf.

Kathi lachte. „Das hast du schön gesagt." Sie biss sich grübelnd auf die Unterlippe. „Trotzdem, zuerst einmal musst du herausfinden, ob unsere Mutmaßungen zutreffen. Eher lohnt es sich nicht, weiter nachzuforschen."
„Mach ich, versprochen." So, jetzt konnte ich mich wohl endlich um das Wichtige kümmern. „Und, was hat Carmen gesagt?"
„Sie behauptet, mit ihrem Vater über ihren Verdacht gesprochen zu haben. Allerdings dachte sie an einen Racheakt des Täters."
„Quatsch." Ich war echt empört. Glaubte Kathi etwa dieser Aussage?
„Nein, überleg mal. Es könnte sich tatsächlich so abgespielt haben. Sie vermutet ziemlich schnell einen Vergeltungsschlag gegen die Familie des Richters und redet mit ihrem Vater darüber. Der kann jedoch anhand der Urteile beweisen, dass er eher gnädig gehandelt hat."
„Und warum liest sie dann den Entscheid nach?"
„Hm, wahrscheinlich hat er ihr damals nur Rede und Antwort gestanden, ihr die entsprechenden Papiere aber nicht gezeigt."
„Und da wartet sie fast zwei Jahre? Immerhin hat sie nicht nur einen Monat mit im Haus gewohnt, sondern geht dort regelmäßig ein und aus. Sie hätte sich viel eher von der Wahrheit überzeugen können."
„Ach, was weiß ich denn." Kathi wurde unwirsch. „Ich bin immer noch der Meinung, dein Verdacht ist ein Hirngespinst. Das passt einfach nicht zum Richter."
Leider, leider musste ich ihr Recht geben. Mein Exschwiegervater war ein intriganter Schweinehund, ein Despot in der Familie und eine Lusche in seinem Beruf. Aber er war auch in meinen Augen eigentlich nicht fähig, diesen Abgang von mir organisiert zu haben. Er hätte vor lauter Gewissensbissen nie mehr ruhig schlafen können. Mist, Mist, Mist. Trotzdem glaubte ich weiterhin nicht an einen einfachen Unfall. Und ich würde schon herausbekommen, was wirklich passiert war.
„Na gut", willigte ich scheinbar in Kathis Argumentation ein. Jetzt war nicht der richtige Zeitpunkt, weiter lauthals auf meinen Zweifeln zu beharren. „Dann bin ich für heute weg."
„Melde dich bitte heute Abend noch einmal, um zu berichten, wie weit du gekommen bist."
„Jawohl Massa." Kathi hatte den Kommandantenton echt gut drauf. „Und was machst du heute noch so?"
„Ich überlege, ob ich nicht der Tante und ihrer Nichte mal Bella vorbeischicke. Nachdem, was du erzählt hast, braucht die Kleine dringend Hilfe. Bella wäre genau die Richtige, für diese Aufgabe."

„Du willst sie einweihen?" Nee, das fand ich gar nicht gut. Das war einzig und allein unser Ding.

22

Katharina
Ich brauchte fast zehn Minuten, um Richie klarzumachen, dass ich keineswegs vorhatte, Bella in unsere Ermittlungen mit hineinzuziehen. Mir ging es in diesem Fall in erster Linie darum, ob man dem Mädchen nicht irgendwie helfen konnte. Und dafür war Bella genau die Richtige: Erstens hatte sie zwei Hunde dabei und konnte sich im Notfall als Kundin ausgeben, was wahrscheinlich aber gar nicht nötig sein würde, da zweitens meine Adoptivtochter, ein überaus kontaktfreudiger Mensch, mit fast jedem sofort ins Gespräch kam und dabei auch noch derart glänzte, dass sie im Nu neue Freunde gewonnen hatte. Und drittens hatte Bella ein so großes Herz, dass, wenn es um Anna nur halb so schlimm stand, wie Richie es vermutete, sie ihr mit Sicherheit würde helfen wollen. Dass sie dabei gleichzeitig auch etwas über die Tante erfuhr, war nahezu unvermeidlich.
Zuerst einmal wollte ich jetzt aber meine Tochter vernünftig begrüßen, immerhin hatte ich sie zuletzt vor einem halben Jahr gesehen.
Arabella stand mit Manfred und Carmen im Garten, gemeinsam schauten sie auf die beiden Kleinen, die mit den Hunden herumtobten. Als sie mich kommen sah, eilte sie mir entgegen und warf sich nochmals ungestüm in meine Arme. „Hast du mich vermisst?"
„Und wie", lachte ich gerührt. Dass sie immer noch an diesem Spruch aus der Kindheit festhielt, war einfach süß. „Warum hast du nicht angerufen und dein Kommen angekündigt? Und bleibst du länger?"
„Es sollte eine Überraschung sein. Und nee, nur über Ostern. Danach fahre ich mit Basti und seiner Familie nach England. Familienurlaub", sie seufzte schwer. „Seine Eltern wollen mich näher kennenlernen, weil …, nee, das erzähle ich erst, wenn ich mit dir und Papa allein bin." Sie lachte schon wieder. „Irgendwann wird diese alte Trulla ja wohl in ihrem Zimmer verschwinden."
„Bella!"
Sie schnaubte. „Sag bloß nicht, du magst sie."
„Sie ist eine kranke Frau, die Hilfe braucht", wich ich ihrer Frage aus, „und dein Vater …"
„Na klar, wer sonst."
„… fühlte sich verpflichtet, ihr diese Hilfe anzubieten", beendete ich ungerührt meinen Satz. „Sie ist unser Gast und wird bitte dementsprechend behandelt."

„Das solltest du ihr sagen." Bella zog die Nase kraus. „Ich weiß, wie ich mich zu benehmen habe."
Da konnte ich ihr nicht widersprechen, was gute Umgangsformen anging, war sie nicht zu schlagen, weshalb viele Menschen, die ihr begegneten, ziemlich schnell über ihr seltsames Aussehen hinweg sahen und sie wie Ihresgleichen behandelten. Naja, nicht alle, Margret war eine der unrühmlichen Ausnahmen.

Die Diskussion ging schon beim Mittagessen los. Penetrant versuchte unser Gast, Bella auszufragen: Was sie denn arbeite? Ach, gar nichts? Ja, wovon sie denn lebe? Von Hartz IV? Ja, ob ihr das denn nicht peinlich wäre? Hatte sie eine Ausbildung gemacht? Ja, aber warum denn nicht? Und warum sei sie dann überhaupt von zuhause ausgezogen?

Bella antwortete ruhig und höflich, aber ich konnte sehen, dass es in ihr arbeitete. Doch es war Manfred, der auf Margrets Bemerkung hin, es würde wahrscheinlich an dem Aussehen des Kindes liegen, dass sie keine Stellung bekäme, platzte. „Jetzt ist es genug, Margret!", sagte er mit lauter Stimme. „Arabella ist, wie sie ist. Ich wünsche, dass du sie mit derselben Höflichkeit behandelst, wie sie dich. So, und jetzt wechseln wir das Thema."

Während ich pflichtschuldig begann, Bella von Oma Elisabeth zu erzählen, musste ich an Richie denken. Schade, dass er Manfreds Ausbruch nicht mitbekommen hatte, zu sehen, wie seine Exschwiegermutter verbissen schwieg und noch vor dem Pudding den Tisch verließ, hätte ihn bestimmt für einiges entschädigt.

„Alte Trulla", brummte Bella leise.

„Auch von dir möchte ich diese Ausdrücke nicht hören." Allerdings klang Manfreds Stimme dieses Mal viel zu weich, als dass es ein echter Tadel hätte sein können.

„Ach, Papa!" Bella sprang auf und drückte ihn zärtlich. „Du bist und bleibst mein Held!" Gefolgt von den Hunden, die die ganze Zeit brav neben dem Tisch gelegen hatten, sprang sie auf, lief zur Treppe und horchte.

„Sie ist in ihr Zimmer gegangen", beruhigte ich sie. „Die Tür hat so laut geklappt, dass ich es bis hier hin gehört habe." Margret war nämlich seit zwei Tagen in der Lage, die Treppe allein zu bewältigen. Ja, regelmäßiges Training bewirkte doch einiges.

„Dann kann ich euch endlich meine aufregenden Neuigkeiten erzählen." Bella setzte sich wieder und schaute uns nacheinander an. „Ich werde heiraten!", verkündete sie schließlich in theatralischem Tonfall. Dann sprang sie schon wieder auf und fiel erst Manfred, dann mir um den Hals. „Ist das nicht super?", jubelte sie.

Manfred schien nicht begeistert. „Wieso so plötzlich? Du bist doch nicht …"

„Wann hast du ihn kennengelernt?", fiel ich ihm schnell ins Wort. Selbst wenn, Bella war volljährig, sie musste ihren Weg allein finden.

Sie hatte gute Ohren. „Nein, ich bin nicht schwanger", lachte sie. „Das ist heutzutage kein Grund mehr zu heiraten. Und kennen tue ich den Basti schon seit zwei Jahren, gefunkt hat es aber erst vor fünf Monaten. Ich bin total verliebt und super irre glücklich."

„Und wann soll das große Ereignis stattfinden?" Meine Güte, warum konnten die beiden nicht erst eine Weile zusammenleben?

„Im Sommer." Bella strahlte richtig von innen heraus. „Seine Eltern haben eine Villa mit riesigem Garten, da ist genug Platz."

Bevor ich mir eine unverfängliche Frage zu diesem Basti zurechtgelegt hatte – das Kind ist erwachsen, da darf man nicht allzu neugierig sein - platzte Manfred mit einem wahren Fragenfeuerwerk heraus. Bella lächelte nachsichtig und begann ausführlich zu erzählen: Basti sei Tontechniker, sechsundzwanzig Jahre alt und ein absoluter Normalo, kein Punk also. Kennengelernt hatte sie ihn auf einem Festival. Anfangs habe sie ihn für einen langweiligen Typen gehalten, er trank nicht und arbeitete viel. Durch den Tierschutz - das Einzige, was Bella regelmäßig machte – waren sie sich nach und nach näher gekommen. Er war es, der Buffy gerettet und aufgepäppelt hatte. Überhaupt sei er sehr tierlieb und hätte viel mehr Ahnung von Hunden, als sie, Bella, je haben würde. Und er könne gut zuhören und trösten – und sei der liebste und klügste Freund, den sie je gehabt hätte.

„Er holt mich am Ostermontag hier ab", sagte sie schließlich, „also könnt ihr euch selbst ein Bild machen."

„Ich verstehe immer noch nicht, warum ihr unbedingt gleich heiraten müsst", wandte ich vorsichtig ein.

„Na, weil der Basti ein Angebot von einem Filmstudio aus Amerika bekommen hat und mich sonst nicht mitnehmen kann."

Manfred und ich sahen einander völlig perplex an, was sollte man dazu noch sagen? „Und das mit der Hochzeit ist schon abgeklärt?", rang ich mir nach einer Weile ab.

„Meine Schwiegermutter in spe hat alles im Griff", erklärte Bella mit zufriedenem Lächeln. „Basti ist ein Einzelkind, deshalb kommen wir um eine große Feier nicht herum. Sie organisiert und wir sagen zu allem Ja und Amen, so ist es am besten."

„Und – magst du sie?" Mir zog sich das Herz zusammen, wenn ich daran dachte, dass sie wieder verletzt werden konnte. Normalerweise bezauberte Bella die meisten Menschen schnell durch ihre herzliche Art. Nur dachte eine Mutter, deren einziges Kind ausgerechnet dieses Mädchen heiraten wollte, wahrscheinlich anders. Ob die sich die Mühe machte, um hinter der grellen Fassade das herzensgute Mädchen zu erkennen, das sie war?
„Ich hab' sie bisher zwei Mal kurz gesehen", Bella schnitt eine Grimasse. „Er ist ganz nett, sie hat wohl gewisse Vorurteile."
Ich hatte es geahnt. „Sollen wir vielleicht Kontakt aufnehmen? Ich meine, so von Schwiegereltern zu Schwiegereltern?"
„Nee, lass mal. Es reicht, wenn ihr sie zur Hochzeit kennenlernt."
„Aber ..."
Ich warf Manfred einen strengen Blick zu und er verstummte. Selbstverständlich würden wir uns mit den beiden zumindest telefonisch bekannt machen. Doch war es wohl besser damit zu warten, bis dieser ominöse Kennenlernurlaub gelaufen war. Außerdem hatten wir dann auch schon einen ersten Eindruck von diesem Basti. Ich war sehr gespannt auf ihn. Jemand, für den Bella sich so schnell so sehr begeistern konnte, musste ein ganz besonderer Mensch sein.
„Und ... äh ... hast du vor, deinen Stil in Amerika beizubehalten?", fragte Manfred vorsichtig.
„Nee, ich will ihn ein kleines bisschen entschärfen", Bella grinste. „Ich hatte gehofft, dass Mama Zeit findet, mit mir einkaufen zu gehen. – Geld habe ich genug mitgebracht, ihr braucht mir also nichts zu schenken."
Wieder sahen Manfred und ich uns an, stumm vor Staunen. Dieser Basti musste ein wahrer Zauberer sein, er war mir jetzt schon sympathisch.
Wir saßen noch am Tisch zusammen, als Margret zwei Stunden später geräuschvoll die Treppe herunter kam. „Ich möchte mir nur eine Tasse Kaffee machen", sagte sie und schritt, ohne uns weiter zu beachten, an uns vorbei.
Ich sprang auf. „Setz dich zu uns. Ich hole Kaffee und Kuchen."
Margret ließ sich nicht lange bitten, setzte sich aber demonstrativ neben Manfred und damit Bella gegenüber. Diese auch mit Blicken meidend, versuchte sie meinen Mann in ein Gespräch zu verwickeln, doch dieser blieb einsilbig. Er hatte ihr das üble Gerede beim Mittagessen noch nicht verziehen. Ihr jetziges Gebaren tat ein Übriges dazu, es wurde eine ziemlich schweigende Tischrunde.
Daher war ich froh, als Bella aufsprang und verkündete, sie würde eine Runde mit den Hunden laufen gehen. Das war der ideale Zeitpunkt, unge-

stört mit ihr zu sprechen und ihr meinen Plan darzulegen. Gleichzeitig entkam ich Margret, die bestimmt schon darauf wartete, mir ihre Meinung über unsere unmögliche Tochter mitzuteilen. Deshalb erhob ich mich ebenfalls. „Warte auf mich, ich komme mit!"
„Du könntest mir einen großen Gefallen tun", begann ich, kaum dass wir das Haus verlassen hatten. „Es gibt da eine junge Frau, auf die du bitte einen Blick werfen solltest."
Eine gute Bekannte hätte mich darauf aufmerksam gemacht, erzählte ich ihr, dass in der Tierpension in der Nähe ein Mädchen lebe, von dem sie annähme, dass sie Hilfe benötige.
„Sie ist von dem Lebensgefährten ihrer Mutter x-mal missbraucht worden und es sieht so aus, als wäre bei ihr immer noch einiges im Argen. Kannst du vielleicht morgen mal vorbeigehen und schauen, ob du mehr herausbekommst?"
„Klar", Bella war sofort dazu bereit. „Ich gehe sofort."
„Morgen oder übermorgen reicht völlig."
„Weißt du, ob sie nicht nebenbei noch arbeitet?"
„Bestimmt nicht, ich meine, ich glaube nicht, dass sie dazu fähig ist."
„Trotzdem, ich mach das lieber gleich."
Also begleitete ich sie bis zur besagten Straßenecke und verkniff mir jeden weiteren Kommentar. Bella würde am besten wissen, wie sie es anzugehen hatte

23

Richard
Ich war gerade auf dem Weg zu Kathi, um ihr zu berichten, als ich die beiden entdeckte. Spontan beschloss ich, Bella zu folgen. Meine bisherigen Ermittlungen hatten nichts Neues ergeben, das hier konnte umso interessanter werden.
Ich wartete, bis Kathi sich verabschiedet hatte, dann schloss ich so weit wie möglich auf. Zum Glück waren Bellas Hunde gut erzogen und dazu nicht sonderlich schreckhaft, sie ließen mich tatsächlich bis auf Hörweite herankommen, ohne zu reagieren.
Und dann hatten wir gleich noch einmal Glück. Anna war gerade in diesem Moment mit einem kleinen, weißen Hund an der Leine auf die Straße getreten. Kaum hatte dieser die zwei großen gesehen, begann er wie verrückt zu bellen und an der Leine zu zerren. Buffy und Toby stellten interessiert die Ohren auf und rückten vor.
„Halt deine Hunde fest. Sie beißt!", rief Anna.
Ein kurzes Kommando und die beiden legten sich gehorsam hin. „Die hat nur Angst!" Bella schlenderte näher und ging vor dem wuscheligen, bellenden Etwas in die Hocke. Dann begann sie mit sanfter Stimme auf das Tier einzureden, bis es schließlich friedlich wurde und sogar an ihrer Hand schnüffelte.
„Wow", staunte Anna. „Du kennst dich gut mit Hunden aus."
„Ach", wehrte Bella ab, „das konnte man doch sofort sehen, dass die nicht echt angriffslustig ist. Ich denke, du musst sie einfach mehr mit anderen Hunden zusammenkommen lassen, um ihr die Unsicherheit zu nehmen."
Auf einen Wink von ihr kamen Buffy und Toby näher. Sofort begann die Kleine wieder zu bellen. „Geh einfach ein paar Mal an uns vorbei", befahl Bella. „Wenn sie merkt, dass die beiden sich nicht für sie interessieren, hört sie bestimmt auf."
Ich zog mich weiter zurück, sodass ich nur noch so eben verstehen konnte, was die Mädchen redeten. Aber ich wollte durch meine Anwesenheit Bellas Experiment nicht zum Scheitern verurteilen. Dieser kleine Hund war schon nervös genug.
Anna tat, was Bella vorgeschlagen hatte und tatsächlich hörte Micky, wie sie sie nannte, beim dritten Durchgang auf zu bellen, beim vierten schielte sie in Richtung der Artgenossen, beim fünften war sie zögerlich, beim sechsten eindeutig interessiert. Sie ließ es sogar zu, dass Toby an ihr schnüffelte.

„Wow, du bist wirklich gut. Wollen wir ein Stück gemeinsam gehen? Das wäre eine Supererfahrung für Micky."

„Kein Problem, ich habe meine Runde gerade erst begonnen", log Bella, ohne mit der Wimper zu zucken.

Toby und Buffy trabten voraus, Micky an der Leine folgte ihnen.

„Sie ist nicht mein Hund", sagte Anna, nachdem sie eine Weile schweigend gelaufen waren. „Ich führe sie für meine Tante aus, die eine Tierpension hat. Momentan gibt es da außer Micky noch zwei schwierige Tiere, die nicht mit den anderen zurechtkommen. Die übrigen können im Garten toben, aber diese drei müssen wir einzeln ausführen, und das mehrmals am Tag, damit sie genug Bewegung bekommen."

„Wohnst du bei ihr oder hilfst du ihr in deiner Freizeit?"

„Beides. Sie hat mich damals aufgenommen, als ...", Anna schwieg abrupt und drehte den Kopf zur Seite, dass die Haare wieder über ihre Augen fielen.

„Also ist sie eine Art Pflegemutter", stellte Bella ruhig fest. „So etwas habe ich auch."

„Ach, ja?" Das kam wohl härter heraus als beabsichtigt, denn kaum hatte Anna den Satz zu Ende gebracht, biss sie sich auf die Lippe.

„Kennst du die Klingenbergs? Das sind meine Adoptiveltern." Echter Stolz klang in Bellas Stimme mit.

„Der Pastor und seine Frau?" Anna war stehen geblieben und schob sich die Ponyfransen aus dem Gesicht. „Die mit den vielen Kindern?"

„Neun, um genau zu sein", grinste Bella. „Acht davon sind angenommen, und eine davon bin ich."

„Wow." Das schien Annas Lieblingswort zu sein.

„Ganz genau", stimmte Bella ihr zu. „Und sie sind die besten Eltern der Welt. – Wie ist denn deine Tante", fragte sie nach einer kurzen Pause.

„Okay." Anna zuckte mit den Schultern. „Sie war nie verheiratet und hat keine eigenen Kinder."

„Seit wann wohnst du bei ihr?"

„Seit meinem siebzehnten Lebensjahr. Und du?"

„Oh, das ist etwas kompliziert. Ich bin mit neun Monaten zu ihnen gekommen, dann wieder mit fünfeinhalb Jahren und dann mit zehn. Beim letzten Mal haben sie mich adoptiert."

„Verstehe ich nicht."

„Ich wurde meiner Mutter als Baby weggenommen. Als ich drei war, hat sie mich zurückgekriegt. Dann wurde ich ihr wieder weggenommen, dann hat sie mich später zurück haben wollen und die Ämter haben es erlaubt.

Naja, mit zehn war dann endgültig Schluss und ich durfte bei den Klingenbergs bleiben."
Bella versuchte zwar gelangweilt zu klingen, aber selbst ich merkte, dass diese Geschichte noch an ihr nagte. Anna schien ebenfalls feine Antennen zu haben. Statt weiter nachzufragen, sagte sie nur: „Das muss schlimm gewesen sein."
„Die hat mich nur wegen des Geldes haben wollen. Sie war Hartz IV, da macht ein Kind mehr 'ne Menge aus."
„Wie viele hatte sie denn?"
Bella lachte bitter. „Ich war das erste, nach mir kamen drei weitere – von drei verschiedenen Vätern."
„Siehst du die noch?"
„Nee, eins ist tot, die anderen sind bei den Familien der Männer gelandet."
Anna machte den Mund auf, als wolle sie weitere Fragen stellen, schloss ihn jedoch wieder. Wahrscheinlich wusste sie nicht, was sie darauf antworten sollte. Hätte ich auch nicht gewusst. Klar, mir war bekannt, dass einige von Kathis Kindern ihren Eltern entzogen worden waren, aber das, was Bella da passiert war, war schon ein ziemlicher Brocken.
„Ach, das ist lange her", sagte diese jetzt. „Mir geht es heute gut, ich werde bald heiraten, das ist Schnee von gestern."
Ich sah an dem schnellen Seitenblick, dass Anna ihre Zweifel hatte. Statt weiter nachzubohren, fragte sie: „Du heiratest?"
Sofort erging sich Bella in einer begeisterten Schilderung ihres zukünftigen Ehemannes. Und sie redete und redete, bis die beiden fast wieder vor dem Haus der Tante angekommen waren. „Ach, Mist! Es ist fast sechs. Ich muss nach Hause!", rief sie nach einem Blick auf ihre Armbanduhr. „Mein Basti ruft gleich an."
„Schade, es war nett mit dir zu plaudern." Anna blieb zögernd an der Gartenpforte stehen. „Bleibst du länger? Ich meine, können wir vielleicht morgen wieder zusammen spazieren gehen."
„Klar, ich bin bis Ostermontag hier und habe viel Zeit. Wann soll ich kommen?"
„Ich arbeite bis fünf, wäre dir halb sechs recht?"
Bella, die es doch angeblich so furchtbar eilig hatte, lehnte sich an den Zaun. „Okay. Du, meinst du, ich könnte mir euren Betrieb einmal ansehen? So 'ne Tierpension, ich glaube, das wäre auch was für mich."
„Ich werde meine Tante fragen, aber sie wird bestimmt nichts dagegen haben. Nur die Hunde müsstest du draußen lassen, geht das?"
„Kein Problem, die warten vor den Geschäften auch immer."

„Nimmst du die beiden überall mit hin?"
„Bis ich Basti kennengelernt habe, war Toby mein bester Freund. Natürlich war er immer dabei." Bella war richtig empört.
„Auch auf der Arbeit?"
Ich kicherte in mich hinein. Was würde der kleine Punk wohl darauf antworten?
„Ich arbeite nicht", sagte Bella ehrlich. „Ich hab' bis jetzt keinen Sinn darin gesehen."
„Du hast keine Ausbildung?" Anna war echt geschockt.
„Nee, ich hab' nach der Schule ein soziales Jahr gemacht. Danach hatte ich die Schnauze voll von der Gesellschaft und allem. Ich wollte erst einmal in Ruhe überlegen, wie es weiter gehen sollte. Deshalb bin ich nach Berlin. Dort wohnen ganz viele Punks. Das ist wie eine große Familie." Bella machte eine wegwerfende Handbewegung. „Ich musste erst erwachsen werden, denke ich. Jetzt, wo ich Basti habe, will ich was Vernünftiges machen. Tiertrainer oder halt eine Hundepension, so was in der Art. – Was arbeitest du denn?"
„Ich bin Tierpflegerin bei den Affen im Zoo." Anna wurde rot.
„So richtig mit Ausbildung?"
„Klar, meine Tante hat mir die Stelle besorgt."
„Wow."
„Ja, es ist das Richtige für mich. Ich liebe Tiere."
„Sie sind besser als die meisten Menschen", stimmte Bella zu.
„Sie lieben dich so, wie du bist", nickte Anna, „und enttäuschen dich nicht."
Wobei wir wieder beim Thema waren. Bella hatte es doch drauf. Mal sehen, wie sie weiter vorging.
„Aber es gibt auch nette Menschen, wie meine Adoptiveltern und deine Tante", warf Bella ein. „Ich glaube, ohne die Klingenbergs wäre ich auf der Straße gelandet."
„Und ich hätte mich wahrscheinlich umgebracht", rutschte es Anna heraus. Sie versuchte sofort, es wie einen Scherz aussehen zu lassen und lachte kieksend, aber weder Bella noch ich nahmen ihr das ab.
„Du, ich muss wirklich los", Bella wusste wohl selbst nicht, wie sie darauf antworten sollte. Außerdem war Anna anzusehen, dass sie ihre Offenheit schon bereute. „Sehen wir uns dann morgen?"
„Ich freue mich." Anna öffnete das Törchen und winkte zum Abschied.
Ich zischte hinter Bella her, die rannte, als hätte sie wirklich etwas zu verpassen. Morgen halb sechs, ich würde garantiert zur Stelle sein.

24

Katharina
Richie erschien gleichzeitig mit Bella im Haus, was auch gut war, denn sie warf mir nur ein „du hattest recht, das Mädchen braucht wirklich Hilfe. Ich kümmere mich darum", an den Kopf und verschwand dann mit dem Telefon in ihrem Zimmer.
Von ihr würde ich so bald nichts erfahren, Telefongespräche mit dem Liebsten dauerten erfahrungsgemäß länger, das wusste ich schon von meinen anderen Kindern. In der Zwischenzeit konnte mir Richie erzählen, was sich bei unseren Verdächtigen ergeben hatte.
Doch als Erstes berichtete mir dieser ausführlich von der Unterhaltung zwischen Bella und Anna. Anfangs war ich ziemlich sauer auf ihn. Wie oft sollte ich ihm eigentlich noch sagen, dass es sich nicht gehörte, fremde Gespräche zu belauschen! Aber nachdem er mir alles erzählt hatte, musste ich meine Meinung revidieren. Meine Tochter würde mir wahrscheinlich das meiste davon vorenthalten, dieses eine Mal war es gut, dass er seiner Neugier nachgegeben hatte.
Nur, dass er morgen wieder dabei sein wollte, passte mir gar nicht. „Du verletzt ihre Privatsphäre", erklärte ich ihm. „Das, worüber die beiden reden, ist nicht für andere Ohren gedacht. Mir reicht es, wenn wir die Version hören, die Bella uns mitteilt."
„Sie weiß gar nicht, auf was sie achten soll. Du hast sie nicht eingeweiht", erinnerte er mich. „Ich jedenfalls kann dir jetzt schon sagen, dass Anna mit den Vorfällen, die uns interessieren, nichts zu tun hat."
„Das wusstest du vorher schon", rügte ich.
„Gerade deshalb ist es wichtig, dass ich morgen wieder dabei bin", versuchte er sich zu rechtfertigen. „Ich will sehen, wie die Tante reagiert."
„Du wirst wegen der vielen Tiere gar nicht bis ins Haus kommen", war ich mir sicher. „Und die Tante wird denken, ihre Klienten reagieren so extrem auf Bella. Am Ende schadest du ihr und damit auch uns mehr, als dass du wiedergutmachen kannst."
Aha, es blieb still, er dachte nach.
„Meinetwegen", brummte er endlich, „ich gehe nicht mit. Aber dann verrate mir bitte, wie das damals mit Bella gelaufen ist. Warum dieses ewige Hin und Her?"
Obwohl es nun schon so lange zurücklag, schmerzte die Erinnerung daran immer noch. „Nach der Geburt von Kirsten konnte ich keine weiteren Kinder bekommen. Der …"

„War das diese schwierige Operation, wo du auf Leben und Tod lagst, fast gestorben wärest und deshalb Geister sehen kannst?", unterbrach er mich. Ach ja, die ganze Geschichte hatte ich ihm nie erzählt. „Ja", erwiderte ich knapp. Darum ging es im Moment schließlich nicht. „Nun pass auf! Und unterbrich mich nicht!"

Der behandelnde Arzt hatte Manfred und mir, sobald es mein Zustand erlaubte, reinen Wein eingeschenkt: Ich würde kein weiteres Kind austragen können. Daher beschlossen wir, nachdem wir uns mit dieser Sachlage abgefunden hatten, ein Kind zu adoptieren.

Wir warteten über zwei Jahre, dann, Kirsten war fast drei, erhielten wir den lang ersehnten Anruf: Wenn wir wollten, könnten wir ein kleines Mädchen von neun Monaten zu uns nehmen, wir hätten allerdings keine große Zeit zu überlegen, die Kleine sollte bereits am nächsten Tag in ihr neues Zuhause entlassen werden. Es handele sich um einen Fall von grober Vernachlässigung, daher wäre sie kurz im Krankenhaus untersucht worden, außer erheblichem Untergewicht und einer großflächigen Windeldermatitis sei sie aber gesund.

Ich brauchte weder zu überlegen noch mit Manfred Rücksprache zu halten. Ich sagte sofort zu.

Am nächsten Tag erfuhren wir von der Sozialarbeiterin, die uns Bella brachte, dass die Mutter verschwunden sei und deshalb ein Richter die Unterbringung der Kleinen bei Pflegeeltern angeordnet hatte.

„Sie müssen in diesem Fall zwei Jahre auf die Adoption warten", erklärte sie uns, „da wir keine Einwilligung der Mutter haben. Sie hat sich einfach abgesetzt und das Kind allein in der Wohnung zurück gelassen. Ich bin jedoch sicher, dass sie sich nicht mehr melden wird. Sie ist drogenabhängig und wahrscheinlich froh, dass sie diesen Klotz am Bein, wie sie selbst sagte, los ist. Es handelt sich also eher um eine Formsache."

„Und der Vater?", fragte Manfred.

„Ist schon vor der Geburt an einer Überdosis gestorben."

Ich hörte nur noch mit halbem Ohr zu. Seit ich Bella gesehen hatte, sie lag die ganze Zeit während des Gesprächs ohne sich zu bewegen in ihrem Kinderwagen, war für mich ein Rückzug undenkbar geworden. Ich hatte mich sofort in ihre großen, braunen Augen verliebt.

„Hat die Mutter in der Schwangerschaft Drogen genommen?"

Meine Güte, was Manfred alles wissen wollte. Ich würde sie auf jeden Fall behalten.

„Nein, da hat sie an einem Methadonprogramm teilgenommen. Die kleine Arabella kam gesund zur Welt und ist es zurzeit, bis auf die Unterernährung und den Pilz, ebenfalls. Sie brauchen sich keine Sorgen zu machen."
Jetzt hatte auch Manfred keine Einwände mehr. Hinterher gestand er mir, dass er sowieso nur pro forma gefragt hätte, auch er war Arabella vom ersten Augenblick an verfallen. Ja, so musste man es wirklich ausdrücken. Er liebte sie von Anfang an mit einer Intensität, die er selbst unserem eigenen Baby nicht entgegengebracht hatte.
Bella war ein ruhiges Kind, zu ruhig eigentlich. Anfangs schrie sie nicht, machte keine Anstalten sich zu bewegen, zeigte fast keine Reaktionen. Es schien, als kannte sie nichts anderes, als ruhig in ihrem Bettchen zu liegen. Durch unsere gemeinsamen Anstrengungen, auch Kirsten war ganz verliebt in ihre neue Schwester und zeigte kaum Anzeichen von Eifersucht, besserte sich Bellas Zustand schnell. Sie lernte zu lachen, konnte, bald, nachdem sie angefangen hatte zu krabbeln, sich überall hochziehen und sprach mit elf Monaten ihr erstes Wort, selbstverständlich Papa. Mit zwei Jahren hatte sie den Rückstand völlig aufgeholt, ja, war sogar weiter als so manch anderes Kleinkind. Wir waren mächtig stolz auf uns und sie.
Kurz vor ihrem dritten Geburtstag, rief plötzlich die uns betreuende Sozialarbeiterin an. Arabellas Mutter habe sich gemeldet und wolle ihr Kind zurück. Sie habe einen erneuten Entzug hinter sich, nehme seit einem halben Jahr an einem Methadonprogramm teil und ihr Betreuer sei der Meinung, die Rückführung ihres Kindes in einen gemeinsamen Haushalt wäre für beide Beteiligten vorteilhaft.
Wir nahmen uns sofort einen Anwalt. Trotzdem entschied das Gericht gegen uns.
Das ganze Haus trug Trauer. Der Adoptionsantrag war schon gestellt gewesen, war uns als reine Formsache erschienen, wir fühlten uns schon lange als Bellas wahre Eltern. Und nun war sie fort – für immer.
Drei Monate später meldete sich die Mitarbeiterin des Sozialamtes wieder bei uns. Ich dachte damals, sie hätte ein schlechtes Gewissen und uns aus diesem Grund nicht vergessen, weil sie ja felsenfest behauptet hatte, Bellas Mutter würde nie wieder von sich hören lassen, denn bis zu diesem Zeitpunkt hatten Manfred und ich uns noch gar keine Gedanken darüber gemacht, ob wir es noch einmal versuchen wollten, das heißt, im engeren Sinne standen wir gar nicht als Adoptiveltern zur Verfügung.
Erst später wurde mir klar, dass die Dame ganz genau wusste, wie sie uns einzuschätzen hatte. Zwar fragte sie, ob wir vielleicht kurzfristig ein Kind in Pflege nehmen könnten, in Wirklichkeit ging es ihr aber darum, dass die

drei Geschwister, die vor einem halben Jahr ihre Mutter durch Krebs und jetzt gerade ihren Vater durch Selbstmord verloren hatten und nun getrennt in verschiedene Pflegestellen vermittelt werden sollten, nicht auseinandergerissen wurden. Die Verwandten, so erzählte sie uns, hatten sich nicht in der Lage gezeigt, die Kleinen im Alter von fünf, sieben und zehn zu sich zu nehmen. Die Pflegefamilien, die im Moment zur Verfügung standen, konnten nicht mehr als ein Kind aufnehmen, beziehungsweise eins müsse gar ins Heim, wir wären ihre letzte Hoffnung.

Wir schliefen eine Nacht darüber, dann hatten wir uns entschieden. Wir würden alle drei aufnehmen, damit die Geschwister zusammenbleiben konnten, was nach einem derartigen Trauma auch wesentlich erstrebenswerter sei, wie die Sozialarbeiterin zufrieden erklärte.

Nun hatten wir auf einmal also vier Kinder. Trotzdem zögerten wir keinen Moment, als Bella der Obhut ihrer Mutter erneut entzogen wurde. Unter Freudentränen auf beiden Seiten zog sie wieder bei uns ein.

Dieses Mal hätten wir vorgewarnt sein sollen, doch hatten wir uns nicht vorstellen können, dass das Gericht nach dem, was vorgefallen war, erneut zugunsten der leiblichen Mutter entscheiden würde. Trotz ihres lautstarken Protestes wurde Arabella uns drei Jahre später wieder genommen.

„Was war denn vorgefallen?", unterbrach mich Richie.

„Die Mutter war, als Bella erneut zu uns kam, zu einer Gefängnisstrafe verurteilt worden, da sich bei der Festnahme ihres damaligen Freundes, in der Wohnung haufenweise Drogen fanden."

„War sie wieder süchtig?"

„Ich glaube, so richtig nicht, sie war damals schwanger. Die Polizei nahm an, dass sie mit diesem Freund zusammen dealte."

„Sie hat gleich eine Haftstrafe bekommen?"

„Sie war schon wegen kleinerer Delikte vorbestraft, Ladendiebstahl, Körperverletzung, Beleidigung und so weiter."

„Muss ja eine tolle Person gewesen sein. Und trotzdem hat sie Bella zurück bekommen, nachdem sie aus dem Knast gekommen war?"

„Sie schwor, dieses Mal hätte sie sich wirklich geändert. Du glaubst gar nicht, was die für eine Schau abgezogen hat." Ich spürte, wie die alte, vertraute Wut in mir hochstieg. „Genug davon. Irgendwann war das Maß jedenfalls übervoll und wir bekamen Bella zurück. Unserem Adoptionsantrag wurde zugestimmt – Ende der Geschichte."

25

Richard
Da war noch mehr gelaufen, das spürte ich. Aber die Sache nagte immer noch an Kathi, das war selbst mir klar. „Was hatte die Mutter dieses Mal gemacht?" Natürlich hätte ich meine Frage irgendwie netter, sanfter formulieren müssen, bloß fielen mir keine passenden Worte ein.
Kathi seufzte schwer. „Sie hat ihr Baby verdursten lassen."
„Was?"
„Zum Glück hat Bella die Wahrheit nie erfahren. Sie wurde von der Schule abgeholt und gleich zu uns gebracht. Später haben wir ihr erzählt, ihr Bruder wäre schwer krank gewesen und im Krankenhaus gestorben."
„Äh das wievielte Kind war das?"
„Das vierte. Die anderen beiden Jungen waren schon älter und kräftiger, sie haben überlebt."
„Jetzt rede mal Klartext", verlangte ich. Immer nur ein Bröckchen nach dem anderen hingeworfen zu bekommen – langsam wurde ich es leid.
„Ein anderes Mal", wehrte Kathi ab. „Wir reden schon so lange, gleich kommt bestimmt Margret."
„Haha." Im Wohnzimmer dröhnte der Fernseher und ich konnte bis hierhin hören, dass der Film erst auf seinen Höhepunkt zusteuerte. „Die ist beschäftigt. Dein Mann ist nicht da und Bella telefoniert noch."
Ihre Schultern sackten ein, ich hatte gewonnen. „Wenn du diesen ganzen Schmutz wirklich hören willst."
„Will ich."
„Als wir Bella das zweite Mal zurückgeben mussten, hatte sie schon zwei Geschwister. Die Mutter lebte mit den beiden seit geraumer Zeit zusammen, die Prognose der Sozialarbeiterin war sehr günstig, deshalb stimmte der Richter einer erneuten Familienzusammenführung zu."
„Moment, wovon lebte die Mutter. Und hatte sie da keinen Freund?"
„Zumindest wohnte sie allein mit den Kindern, sie hatte gerade eine Ausbildung begonnen, es sah wirklich so aus, als würde sie sich endlich fangen. Zudem gab es eine Familienfürsorgerin, die jeden Tag nach den Kindern sah, die beiden Kleinen waren tagsüber in einer Kita untergebracht, ein weiterer Platz stand für Bella zur Verfügung. Das reichte dem Richter."
„Aber die Wirklichkeit sah anders aus", half ich ihr auf die Sprünge, weil sie abbrach und gedankenverloren vor sich hinstarrte.

„Ich weiß nur, was die Sozialarbeiterin mir hinterher erzählt hat", wehrte Kathi ab. „Wir durften keinen Kontakt zu Bella halten, weil sie sich äußerst schwer damit tat, sich wieder in die Familie einzuleben."

„Was ja wohl verständlich ist", konnte ich mir nicht verkneifen zu sagen. Kathi nickte nur. „Die Mutter schaffte gerade mal die ersten drei Monate der Ausbildung, danach lebte sie wieder von Hartz IV. Und weil ihr das immer wieder zusammengestrichen wurde – entweder ging sie gar nicht erst zu den Bewerbergesprächen hin oder es gelang ihr, diese zu vermasseln – zog bald darauf wieder ein neuer „Freund" ein, der die Familie durchbrachte. Glücklicherweise behielten die Kinder ihre Kitaplätze, dafür sorgte die Sozialarbeiterin. – Trotzdem muss das Leben mit dieser Frau die Hölle gewesen sein. Sie kümmerte sich nur um sich, Spaß haben, das war ihr Motto. Die ließ die Kleinen stundenlang allein und Bella musste sich um ihre Geschwister kümmern, die Wohnung starrte vor Dreck, zu essen gab es Butterbrote und Kekse, gekocht wurde nicht."

Ich konnte nicht anders, ich musste sie schon wieder unterbrechen. „Und trotzdem durfte sie die Kinder weiter behalten?"

„Es bestand keine Gefahr für Leib und Seele", erwiderte Kathi achselzuckend. „Sie schlug sie nicht, sie wurden nicht missbraucht, sie bekamen einigermaßen regelmäßig zu essen. Das reicht in unserem Staate."

„Und wie kam es dann zu diesem schrecklichen Ende?"

„Angeblich war der Freund von einem Tag auf den anderen ausgezogen und sie hat sich deshalb abends auf einer Party so betrunken, dass sie mit einer Zufallsbekanntschaft mitgegangen ist. Mit der hat sie dann die nächsten drei Tage weiter gefeiert und ihre Kinder darüber vergessen?"

„Und in Wirklichkeit?"

„Bella hat mir später erzählt, dass ihre Mutter oft für mehrere Tage verschwunden ist und sie sich dann um die Kleinen gekümmert hat. Ich denke, dass sie vergessen hatte, dass Bella auf Klassenfahrt war und somit niemand blieb, der sich kümmern konnte."

„Hat diese Sozialarbeiterin nie was gemerkt?"

„Bella durfte nicht aufmachen, wenn es klingelte. Außerdem hatte die Mutter ihr gedroht, wenn sie petze, würden die Kleinen leiden müssen. Bella hat ihr geglaubt."

„Und die Nachbarn? Hat denn keiner was gemerkt?"

„Erstens kam aus der Wohnung oft genug Geschrei, sodass die sich schon daran gewöhnt hatten und zweitens, glaubst du wirklich, da hätte sich noch einer hin getraut? Die Frau soll gleich laut geworden sein und Beschimpfungen gebrüllt haben, das tut sich keiner freiwillig an."

Kathi schwieg einen Moment und lauschte in Richtung Wohnzimmer, wo aber der Fernseher in gleicher Lautstärke weiter lief. „Außerdem waren die drei wohl schon viel zu schwach zum Schreien. Der Arzt stellte bei ihnen den Rotavirus fest, das ist eine schwere Durchfallerkrankung, die gerade bei Kleinkindern häufig zur Austrocknung führt. Deshalb ist das Baby relativ schnell gestorben, die anderen beiden konnten gerade so eben gerettet werden."

„Mann, was für eine Scheiße!" Nee, ehrlich, wenn ich mir vorstellte, dass meinen Kindern so etwas zustoßen würde. Ein Racheengel wäre nichts gegen mich.

„Wie gesagt, was wirklich passiert ist, weiß Bella nicht", fuhr Kathi fort. „Sie hatte auch so schon genug zu kämpfen, alles zu verarbeiten."

Ich hatte einen meiner hellen Augenblicke. „Du meinst, sie ist deshalb in die Punkerszene abgedriftet?"

„Dieses soziale Jahr hat ihr den Rest gegeben", nickte Kathi. „Bis dahin dachten wir eigentlich, sie hätte sich gefangen. Gut, sie war noch unschlüssig, was für einen Beruf sie ergreifen wollte. Ihr schwebte irgendeine soziale Arbeit vor, was, wusste sie nicht genau, aber im Prinzip standen ihr alle Möglichkeiten offen. Sie hatte einen guten Realschulabschluss geschafft, es wäre für sie ein Leichtes gewesen, die Oberstufe zu absolvieren." Sie schüttelte seufzend den Kopf. „Sie war wohl doch noch zu instabil."

„Was war das für ein Praktikum?"

„Sie war in einer Einrichtung, die sich um verhaltensgestörte Kinder kümmerte. Dabei wurden natürlich auch die Eltern mitbehandelt. Und da hat Bella dann erkennen müssen, wie wenig der Staat eigentlich bei Missständen eingreift, wie sehr viele Kinder leiden müssen, bei wie vielen der soziale Abstieg schon durch die Erziehung, beziehungsweise Nichterziehung vorprogrammiert ist."

Was sollte ich dazu sagen? Mir fehlten echt die Worte.

„Sie war fast achtzehn, als sie beschloss, nach Berlin zu gehen", erzählte Kathi weiter. „Manfred und ich haben mit Engelszungen auf sie eingeredet, besonders Manfred. Leider vergebens. Versteh mich nicht falsch, Bella ist ein wunderbarer Mensch, sehr sozial und mitfühlend, sie hat ein weiches Herz – vielleicht zu weich. Daher freut es uns umso mehr, dass sie ihren Weg jetzt gefunden hat."

„Wenn einer etwas Glück verdient hat, dann Bella", stimmte ich ihr zu.

Zu meinem großen Erstaunen lachte Kathi. „Glücklich war sie eigentlich immer. Sie ist erstaunlich selbstgenügsam. Zufriedenheit, das war es, was ihr fehlte."

Typische Kathi-Haarspalterei! Aber zumindest erfuhr ich langsam mehr über die Familie. Bisher hatte sie mir kaum Einblicke erlaubt. Selbst von Manfred kannte ich nur das Nötigste. Ich wusste, dass er sich für seine Gemeinde aufrieb und, zu Kathis großem Verdruss, wirklich jedem zur Seite sprang, der Hilfe brauchte. Was anders herum hieß, dass Kathi sich um alles andere kümmern musste, was damals mit den vielen Kindern bestimmt nicht einfach gewesen war. Trotz der vielen Arbeit hatte auch sie ein großes Herz, sie half selbst, wo Hilfe nötig war, nur vielleicht etwas differenzierter als ihr Mann.

Der war ja zudem noch mit der Kirche verheiratet, ich meine, der glaubte wirklich an Gott und lebte das auch, vor allem die Barmherzigkeit. Jetzt gerade war er im Krankenhaus, um den Angehörigen eines Sterbenden beizustehen, freiwillig, von sich aus, versteht sich.

Seine Gläubigkeit und seine Verbundenheit mit seiner Gemeinde waren übrigens auch die Gründe, warum Kathi ihn nicht in meine Existenz eingeweiht hatte. Sie meinte, er würde darüber gleich die nächste Predigt halten. Ein echter Geist! Endlich mussten alle einsehen, dass es wirklich einen Gott und ein Leben nach dem Tode gab. In dem Punkt musste ich ihr Recht geben. Das Letzte, was wir beide wollten, war diese Art von Aufmerksamkeit.

„… so früh zurück?", hörte ich Kathi sagen. Der Anfang des Satzes war doch glatt an mir vorbeigegangen.

„Äh, ja, kommen wir zu meinen Nachforschungen", schaltete ich schnell. „Du wirst es kaum glauben, ich habe nur eine einzige Person ausfindig machen können. Alle anderen sind verzogen."

„Diese Fälle liegen aber doch noch gar nicht so lange zurück?"

„Irgendwie verkehrte Welt, findest du nicht? Die alten Opfer wohnen bis auf eine noch da, wo sie damals gewohnt haben, die neueren sind anscheinend alle weg. Und die eine, die ich angetroffen habe, kommt für eine Racheaktion nicht infrage. Die haben ganz andere Sorgen. Der Mann hat Krebs im Endstadium. Sie pflegt ihn zu Hause und hat dazu noch zwei Kinder im Teenageralter. Nee, die können wir ausschließen."

„Katharina?"

Mist, der Film war zu Ende und Margret schon auf dem Weg in die Küche. Ich gab Kathi noch schnell den Namen der Frau, die ich gefunden hatte, dann zischte ich ab, auf das nun folgende Wehklagen konnte ich verzichten. Außerdem war es nun wirklich an der Zeit, mich um meine eigene Familie zu kümmern. Carmen war bestimmt schon dabei, das übliche Abendritual mit Baden und Gute Nachtgeschichte durchzuführen, da durfte ich nicht fehlen. Und anschließend würde ich mich mit meiner Frau zusammen auf die Couch kuscheln. Wenigstens hatte ich so das Gefühl, noch dazuzugehören.

26

Katharina

Langsam wurde es Zeit, dass Bruno das Krankenhaus verlassen konnte und damit Margret aus meinem Leben verschwand. Bis Manfred endlich um halb neun erschien, hatte sie mich ununterbrochen mit Beschlag belegt und mich mit ihren Ansichten und Weisheiten genervt.

Nach ihrer Meinung waren natürlich wir, die Eltern, schuld an der Fehlentwicklung dieses ‚Kindes'. Und dass ich sie einfach weiter telefonieren ließ und nicht darauf bestand, dass sie gemeinsam mit uns zu Abend aß, war ein großer Fehler.

„Sie müssen von klein auf lernen, was sich gehört und sich an Regeln halten", ließ sie mich wissen. „Carmen wusste immer ganz genau, was sie durfte und was nicht. Ich habe ihr nichts durchgehen lassen."

Klar, deshalb hattet ihr auch jahrelang keinen Kontakt mehr zu ihr, dachte ich störrisch, hütete mich aber, diese Worte laut zu äußern. Ich wollte schließlich den Vortrag über, „Was gehört zu einer guten Erziehung dazu", nicht unnötig ausdehnen.

Leider störte sich Margret nicht an meinen einsilbigen Antworten, sie kam immer mehr in Fahrt, verglich ihre Jugend mit der ihrer Tochter, kam dann auf ihre Enkelkinder zu sprechen und vergaß auch nicht, sich über die frechen Teenager auszulassen, die heutzutage keinerlei Rücksicht mehr nahmen.

Als Manfred dann kam, nutzte ich die Gelegenheit und folgte ihm gleich in sein Arbeitszimmer. „Erlöse mich von dem Übel", flüsterte ich und warf mich in seine Arme.

„Es tut mir leid, dass ich so spät komme." Er ließ sich auf seinen Drehstuhl fallen und zog mich mit, sodass ich auf seinem Schoss zu sitzen kam. „Bei mir war es allerdings auch kein Zuckerschlecken. Erst zog sich das Sterben endlos hin, danach ist die Witwe zusammengebrochen. Ich habe sie nach Hause gefahren und noch gewartet, bis ihre Schwester eingetroffen ist."

„Soll ich dir etwas zu essen machen?" Ich versuchte, mich aus seinen Armen zu lösen, doch er zog mich nur fester an sich. „Später, lass mich erst ein bisschen Kathi tanken." Er vergrub den Kopf in meinem Haar und sog laut die Luft ein.

Ich kuschelte mich in seiner Armbeuge zurecht und genoss die Ruhe und den Frieden. Ach, warum konnte es nicht immer so sein?

Weil dir dann schnell langweilig würde, flüsterte meine innere Stimme. Du brauchst die Action, du bist nur glücklich und zufrieden, wenn du mitten im Chaos stehst. Aber so jemanden wie Margret brauche ich nicht, gab ich zurück. Darauf kann ich gern verzichten.
„Ja, Margret", murmelte Manfred in mein Haar.
Hatte ich etwa laut gesprochen?
„Vielleicht wird Bruno schon am Mittwoch entlassen, sonst spätestens Ende der Woche. Ich habe beim Rausgehen den behandelnden Arzt getroffen."
„Das sind gute Neuigkeiten, sehr gute sogar." Ich fühlte mich schlagartig besser.
„Hatte sie dir gesagt, dass du Antonia zurückrufen solltest?"
Manfred war schon auf dem Weg ins Krankenhaus, als ich von meinem Spaziergang mit Bella zurückkehrte. „Ja, sie und Thorsten besuchen uns am Ostersonntag. Und Janine, Dennis und Pascal ebenfalls." Ich hatte einige meiner Kinder angerufen – das war eine gute Möglichkeit, Margrets Redefluss zu entkommen.
„Auf dass das Haus voll werde." Manfred lachte.
„Paolo und Kirsten sind ab Freitag wieder zurück, Manuel und Giulio habe ich noch nicht erreicht, gehe aber davon aus, dass sie ebenfalls erscheinen, zumindest haben sie bei unserem letzten Gespräch nichts anderes verlauten lassen."
Ostern war für uns immer eine Art Familientreffen, da kamen die weit verstreut lebenden Kinder hier zusammen, meist hatten wir von Samstag bis Montag ein volles Haus.
Trotz des Aufwandes, der betrieben werden musste, liebten mein Mann und ich diese Zusammenkünfte. Zwar telefonierten wir häufig mit jedem Einzelnen, trotzdem war es etwas ganz anderes, alle zusammen auf einem Haufen hier zu haben. Und ich glaube, auch die Kinder genossen es, sonst wären sie nicht so regelmäßig erschienen.
„Entweder werde ich zu alt oder du immer schwerer", ächzte Manfred. „Mir sind mittlerweile beide Beine eingeschlafen."
„Natürlich ist es dein Alter", flachste ich und erhob mich. „Komm, wir gehen in die Küche, ich habe schon eine Kleinigkeit für dich bereitgestellt."
Nach dem Essen verzogen wir uns in unser Schlafzimmer und ließen eine sichtlich beleidigte Margret vor dem Fernseher zurück.
Auch am nächsten Morgen war sie merklich kühler zu mir. Das änderte sich jedoch schlagartig, als sie nach dem Frühstück einen Telefonanruf von

Bruno erhielt. „Kathi!", rief sie so laut, dass ich beinahe den Teller, den ich in die Spülmaschine räumen wollte, fallen gelassen hätte. „Bruno wird am Mittwoch entlassen. Ach, Gottchen, wie soll ich das bloß schaffen?"
„Was?", fragte ich völlig perplex. Freute sie sich denn gar nicht?
„Ich muss das Haus durchlüften und einkaufen und die Putzfrau soll kommen", zählte sie auf.
„Lüften kann ich, während du heute Morgen beim Arzt bist." Ha, das klappte ja hervorragend. Ich hatte schon krampfhaft überlegt, wie ich ein weiteres Mal unbemerkt an die Schlüssel kommen sollte. „Morgen früh gehen wir in aller Ruhe einkaufen und die Putzfrau? Sagtest du nicht, sie sei am Tag, bevor Bruno überfallen wurde, zuletzt da gewesen? Dann ist es vielleicht gar nicht nötig, dass sie kommt."
„Ich hatte gedacht, du würdest beim Arzt auf mich warten", erwiderte sie pikiert, ohne auf meine anderen Argumente einzugehen.
„Mal sehen, wie lange es dauert", erwiderte ich und betete, dass es an einem Montagmorgen besonders voll sein würde.
Meine Gebete wurden erhört. Zwar saßen nur drei weitere Patienten im Wartezimmer, aber die Dame an der Anmeldung teilte Margret mit, dass bei ihr heute ein Kontroll-EEG anstand. Daher hatte ich fast zwei Stunden Zeit, das sollte reichen.
Selbstredend wollte Margret trotzdem, dass ich blieb. Viel lieber wäre sie anschließend mit mir gemeinsam zum Haus gefahren. Es brauchte ziemliche Überzeugungskraft, ihr dies auszureden.
Kurz darauf stand ich vor dem Haus. Bevor ich mich an die Arbeit machte, stieg ich in den oberen Stock und öffnete die Fenster. Vier Zimmer gab es, plus ein geräumiges Badezimmer. Das größte Zimmer war das Schlafzimmer der Stegemanns, mit bemalten Bauernmöbeln eingerichtet und dominiert von einem, ich hatte es schon beim ersten Mal, als ich es gesehen hatte, kaum fassen können, riesigen Himmelbett. Diese Art von Geschmack hatte ich Margret gar nicht zugetraut. Oder war es etwa Bruno, der diese Einrichtung ausgewählt hatte?
Das nächste Zimmer war eindeutig für die beiden Enkel eingerichtet worden. Es gab ein Doppelstockbett und jede Menge Spielzeug, das säuberlich aufgereiht in zwei hohen Regalen stand. Ein kleines niedriges Tischchen mit zwei Stühlen, eine Tafel an der Wand, ein plüschiges Schaukelpferd und mehrere Boxen mit Büchern, Spielen und Legosteinen ergänzten den Gesamteindruck. Hier war ein richtiges kleines Paradies für Kinder geschaffen worden.

Im dritten, schmaleren Raum standen mehrere geräumige, natürlich massive Schränke, die anscheinend ausschließlich von Margret genutzt wurden und sämtliche ihrer Kleidungsstücke beherbergten. Komisch, dabei gab es im Schlafzimmer doch ebenfalls genug Aufbewahrungsmöglichkeiten. Ob diese ausschließlich Bruno zur Verfügung standen? Das wäre doch eigentlich völlig unlogisch. Immerhin war Margret die Kranke, warum also musste sie sich zwei Zimmer weiter schleppen, um sich anzukleiden?
Na gut, es ging mich eigentlich nichts an, trotzdem würde ich Richard danach fragen.
Der vierte Raum schien als Gästezimmer zu dienen, wahrscheinlich war es früher einmal Carmens Zimmer gewesen, ein ziemlich düsteres allerdings. Ein massives Bett aus dunkler Eiche, ein ebensolcher Schrank und Sekretär, ein einzelner Lehnstuhl, dazu eine altmodische Blümchentapete und ein riesiger Orientteppich auf Holzdielen, das war die ganze Einrichtung. Ich schüttelte mich innerlich, wer noch nicht depressiv war, wurde es hier ganz bestimmt.
Erst, als ich gegen den Rollator stieß, der in einer Nische neben der Treppe stand, wurde mir bewusst, dass Margret in diesem Haus auch täglich Treppen zu bewältigen hatte. Zwar waren diese hier etwas breiter als bei uns, aber immerhin waren es Treppen und sogar vier mehr, nämlich genau achtzehn. Und was hatte sie bei uns anfangs für ein Theater gemacht, dass wir sie im ersten Stock untergebracht hatten!
Bevor ich die Fenster in Parterre öffnete, nahm ich mir nun den Safe vor, ich ließ sogar die Rollläden unten, aus Angst, jemand könnte mich bei meiner unerlaubten Arbeit beobachten. Das Ganze dauerte keine halbe Stunde, ich schrieb mir die entsprechenden Daten auf und beeilte mich, das Zimmer zurück in den Zustand zu versetzen, wie ich es vorgefunden hatte. Anschließend tat ich das, wozu ich ursprünglich hergekommen war und vergaß nicht einmal, in den Kühlschrank zu schauen, um nachzusehen, ob Margret irgendwelche verderblichen Lebensmittel darin vergessen hatte.
Hatte sie, wie eigentlich auch nicht anders zu erwarten, nicht, nein, er war bis auf ein Päckchen Butter und einen verpackten Käse, der noch zwei Wochen haltbar war, leer.
Ich musste wirklich gestehen, dass Margrets Haus insgesamt wesentlich aufgeräumter war als meines. Gut, die Putzfrau war einen Tag vor ihrem Auszug hier gewesen. Andererseits wusste ich, dass diese nur für das Grobe und die Wäsche zuständig war. Wer also räumte hier so penibel auf, wer kochte, wer lüftete sonst jeden Tag sowohl unten als auch oben?

Hm, entweder verwendete sie all ihre Energie darauf, alles ordentlich und sauber zu halten – es lag wirklich gar nichts herum, nicht einmal eine hastig eingeweichte Tasse oder ein benutzter Teller – oder sie war wesentlich gesünder, als wir alle dachten.

Während die frische Luft hereinströmte, wanderte ich langsam von Raum zu Raum. Außer in Brunos Arbeitszimmer, wo der Schreibtisch mit Papieren übersät war, herrschte überall ein geradezu unbewohnter Zustand, ich meine, das war doch nicht normal, dass es nicht einmal Bücher oder Zeitschriften gab, oder ein vergessener Zettel oder Stift! Dieses Haus sah aus, als wäre es ein Ausstellungsstück.

Außerdem wirkte es in keinster Weise gemütlich. Teuer eingerichtet schon, mit einer überdimensionalen Ledereckcouch, einem geschnitzten Holztisch, von dem man mit Sicherheit keine Flecken mehr abbekam, einem großen und einem kleinen Eichenschrank mit ebenfalls eingeschnitzten Verzierungen und mehreren Orientteppichen - und dem Kamin natürlich. Damit war der große Raum – hier unten befanden sich nur die kleine Küche, ein WC, Brunos Arbeitszimmer und das Wohnzimmer – nicht zu voll gestellt, trotzdem fühlte ich mich nicht wohl darin. So würde ich nicht leben wollen und ich konnte mir auch gut vorstellen, dass Carmen es ähnlich gesehen hatte. Das war kein Ort, um Kinder großzuziehen.

27

Richard
Pünktlich um acht Uhr erschien ich mit Zwolle zusammen zum Dienst. Sein Kollege Sven saß schon vor dem Computer, eine dampfende Tasse Kaffee neben sich.
„Auch eine?", fragte er, kaum dass wir eingetreten waren.
„Nee, ich hatte heute Morgen schon drei", knurrte Zwolle und ließ sich ächzend in seinen Stuhl fallen. „Gibt's was Neues?"
„Ich bin auch gerade erst gekommen." Sven klickte mit seiner Maus. „Nein, kein weiterer Überfall an diesem Wochenende."
Ich huschte hinüber zu seinem Monitor, aber genau in dem Augenblick schloss er die Seite bereits wieder. Ah, jetzt tauchte der Bericht auf, an dem er gerade arbeitete, sehr interessant.
Die nächsten Stunden waren echt anstrengend. Beide Männer arbeiteten an ihren Computern und ich huschte ständig von einem zum anderen, damit ich so viel wie möglich erfuhr. Beide gingen doch tatsächlich noch einmal die Vergewaltigungsfälle durch. Nur gut, dass ich schneller lesen konnte als Zwolle und Sven, so schaffte ich es, fast alles, was es an Fakten gab, mitzubekommen. Kathi würde Augen machen!
Der krönende Abschluss kam aber erst noch. Um zwölf gab es eine Konferenz mit, man glaubt es kaum, fünfzehn Leuten inklusive Chef. Aha, deshalb hatten sich meine beiden so intensiv mit dem Fall beschäftigt.
Nach der Begrüßung begann ein kleiner Dicker mit traurig hängendem Schnäuzer zu berichten: „Wir haben die Hintergründe von Kehlbeck und Hagedorn noch einmal gründlich durchleuchtet. Außer dem Beruf gibt es keine Gemeinsamkeiten, sie haben völlig verschiedene Bekanntenkreise und Interessen. Es finden sich aber auch keine Übereinstimmungen bei dem Täterkreis, den sie verurteilt haben, genau wie bei den anderen. Die haben wir uns der Reihe nach ebenfalls vorgenommen."
„Nein, keine", bestätigte ein fahlgesichtiger Blonder. „Die haben bis auf eine Ausnahme nicht einmal im selben Gefängnis gesessen."
„Und?" Das war der Chef.
„Derjenige sitzt noch."
„Spuren gibt es bei uns so wenig wie bei euch", übernahm jetzt Zwolle. „Auch unser Opfer hat ausgesagt, dass es auf einer Plastikplane lag und die Täter Regenmantel und -hose trugen und eine Halloweenmaske über das Gesicht gezogen hatten. Das Klebeband, mit dem das Opfer gefesselt war, ist dasselbe wie bei euch."

„Habt ihr schon das Auto gefunden?", erkundigte sich der Dicke vom Anfang.

„Nein, bisher nicht. Wir vermuten genau wie ihr, dass es mehrfach benutzt wird."

Irgendwie hatte ich wohl auf der Leitung gestanden. Erst jetzt ging mir auf, dass es sich um eine Konferenz mit den beteiligten Beamten aller Fälle handelte. Sehr ungewöhnlich, anscheinend waren die immer noch völlig ahnungslos, in welche Richtung sie ermitteln mussten.

Diese Einschätzung von mir bestätigte sich in den nächsten Stunden. Die saßen doch tatsächlich bis vier Uhr zusammen und knobelten herum. Zum Mittagessen ließen sie sich Pizza aus einem Restaurant kommen und schmausten einträchtig. Nur ab und zu verließ einer den Raum, um seinem Laster zu frönen, Rauchen war im Präsidium verboten.

Tja, und was sie dann am Ende des Tages zu bieten hatten, war echt mager. Ich meine, ihnen war schon mittlerweile klar, dass es da jemanden gab, der die Richter bestrafen wollte. Und sie waren tatsächlich dahinter gestiegen, dass es sich bei allen acht um ausgesprochene Luschen handelte, die viel zu mild urteilten. – Na, was hatte ich gesagt?

Ebenso klar war ihnen, dass derjenige bestimmt nicht aufhören würde, solange sich noch ähnliche Weicheier finden ließen. Nur bei dem Motiv tappten sie völlig im Dunkeln. Dabei mal ganz ehrlich, so schwer war es doch gar nicht, die richtige Verbindung zu ziehen, oder?

Das einzige Positive, was ich Kathi berichten konnte, war, dass Zwolle und sein Kollege sich ebenfalls schon um die Vergewaltigungsopfer des Richters gekümmert hatten, warum auch immer. In die Richtung an Rache dachten die nämlich trotzdem nicht. Zumindest wurde darüber nichts erwähnt. Ich vermutete, die hatten einfach sämtliche behandelten Fälle überprüft.

Naja, Tatsache war, sie hatten die Personen auf unserer Liste alle aufgespürt. Ein Punkt weniger, den wir bearbeiten mussten.

Kathi war da allerdings anderer Meinung. Ich war vom Präsidium direkt zu ihr geflitzt, um ihr zu berichten. „Erstens habe ich die neuen Adressen auch alle beisammen und zweitens bin ich trotzdem der Meinung, dass du diese Leute kontrollieren solltest", sagte sie. „Gerade weil die Beamten gar nicht diesen direkten Verdacht haben wie wir, müssen wir besonders gründlich sein."

„Woher hast du die Adressen", war alles, was mir einfiel.

Sie grinste. „Viele Kinder heißt viele Bekannte durch die Freunde der vielen Kinder. Einer davon sitzt beim Einwohnermeldeamt."

„Dann weißt du bestimmt auch, dass eines der Opfer bereits verstorben ist", konnte ich mir nicht verkneifen zu antworten.

„Klar, das heißt aber nicht, dass du die Familie nicht überprüfen musst. Eher gerade deshalb", trumpfte Kathi auf. „Ich möchte, dass du dich gleich morgen darum kümmerst."

Zum Diskutieren blieb mir keine Zeit, wollte ich pünktlich an Ort und Stelle sein. „Klar", erwiderte ich deshalb nur. „Ich komme dann morgen Abend wieder und berichte dir."

„He!", rief sie mir hinterher, denn ich war schon halb draußen.

„Ja?", fragte ich möglichst unschuldig zurück.

„Du lässt Bella in Ruhe, ja?"

„Natürlich, was denkst du von mir?"

Ich sah ihr an, dass sie ihre Zweifel hatte, aber was sollte sie auf diese Aussage noch groß erwidern. Ich wartete auch nicht länger, sondern verschwand mit einem letzten, hingehauchten ‚Tschüss'.

Bella hatte gerade geklingelt, die Tür ging auf und Anna zog sie hinein. Im letzten Moment wischte ich mit durch die Tür, musste mich aber sofort in einen der anderen Räume zurückziehen, weil die Meute Hunde, die angestürmt kam, fast durchdrehte.

Kaum war ich verschwunden, beruhigten die Tiere sich wieder und Bella kniete sich auf den Boden, um jeden Einzelnen zu begrüßen. Sie kniete immer noch, als die Tante die Treppe hinunter kam.

„So, du bist also die Bella", stellte sie bärbeißig fest und musterte das Mädchen von oben bis unten. „Ich kenne deine Mutter und deinen Vater – und einige deiner Geschwister."

Das wurde in einem Ton vorgebracht, der nicht erkennen ließ, ob sie damit ein Kompliment abgab oder das Gegenteil.

Bella blieb freundlich. „Vielen Dank, dass ich mir Ihren Betrieb einmal ansehen darf. Wie viele Tiere haben Sie zurzeit?"

„Zehn Hunde und vier Katzen."

Dann begann ein großes Palaver, Bella fragte und fragte und die Tante wurde tatsächlich immer freundlicher. Zum Schluss bot sie sogar eine Führung durch das Haus an, was für mich damit endete, dass ich in den Garten floh, weil überall irgendein blödes Vieh auftauchte, dass bei meinem Anblick hysterisch wurde.

Endlich, endlich kamen die Mädchen mit dem kleinen, weißen Hund an der Leine heraus und gingen in Richtung Pfarrhaus. Ich vermutete, dass sie Toby und Buffy abholen wollten, die Bella doch nicht mitgebracht hatte. Daher zog ich mich noch weiter zurück, damit Kathi mich nicht entdecken konnte, wenn sie zufällig an die Tür kam. Die beiden alberten sowieso nur herum, ein richtiges Gespräch war bisher nicht zustande gekommen.

Gut, dass ich mich hatte zurückfallen lassen. Es war tatsächlich Kathi, die die Hunde an der Leine hinausbrachte und dabei misstrauisch die nähere Umgebung musterte. Ich kicherte in mich hinein. Hielt sie mich wirklich für so blöd?

Kaum hatten Anna und Bella den Weg zu den Feldern eingeschlagen, pirschte ich mich näher heran.

„… und dann war der Kleine schon da", erzählte Anna gerade.

„Du hast es gut", Bella war ganz aus dem Häuschen. „Mensch, der Job wäre auch etwas für mich. Meinst du, ich kann so was in Amerika auch machen?"

„Weiß ich nicht, informier dich am besten übers Internet!"

„Das werde ich tun." Bella strahlte richtig. „Siehst du, damit hat unsere Bekanntschaft mir schon richtig was gebracht. Ohne dich wäre ich wahrscheinlich nie auf diese Idee gekommen."

„Dafür hast du mir mit Micky geholfen", gab Anna zurück.

Ey, Schluss mit der Beweihräucherung! Könntet ihr langsam mal zum Thema kommen?

Stattdessen fing Bella an, von ihrer bevorstehenden Hochzeit zu schwärmen. „Und der Basti ist so süß, den muss man einfach lieben. Sag mal, hast du auch einen Freund?"

Ui, geschickte Überleitung, gar nicht mal so doof.

„Nee, will ich auch gar nicht," reagierte Anna ziemlich heftig.

„Wohl schlechte Erfahrungen gemacht, was?"

„Das kannst du laut sagen."

„Du es gibt aber auch echt tolle Typen. Du darfst nicht zulassen, dass ein so'n Arsch dir dein Leben kaputtmacht."

„Ich bin mit meinem Leben zufrieden, so, wie es gerade ist", erwiderte Anna knapp.

Danach war Sendepause zwischen den beiden. Erst nach einer ganzen Weile fing Bella wieder ein Gespräch an, schnitt nun jedoch ein unverfängliches Thema an. Tja, Anna war echt bockiger, als ich gedacht hatte. Aber immerhin verabredeten sich die beiden gleich für den nächsten Tag, wieder um halb sechs. Ich würde ebenfalls mitkommen, klarer Fall.

28

Katharina
Margret wartete bereits im Wartezimmer auf mich. „Ich musste ziemlich lange suchen, bis ich einen Parkplatz in der Nähe gefunden habe", kam ich ihrem Gemeckere zuvor, denn ihr Gesicht trug schon wieder diese verbiesterte Miene, halb beleidigt, halb entsagungsvoll. „Müssen wir noch in die Apotheke?"
Dieses Mal hatte sie wirklich Schwierigkeiten von ihrem Stuhl aufzustehen und prompt meldete sich mein schlechtes Gewissen. Also war ich ausgesucht höflich und liebenswürdig und fuhr nach der Apotheke – natürlich nahm sie nicht die unten im Haus, sondern eine drei Häuserblocks entfernte - noch mit ihr zu dem Lebensmittelgeschäft, in dem sie immer einkaufte, und verbrachte eine unendlich lange Zeit mit ihr, bis sie ihre paar Teilchen zusammenhatte, die am Mittwoch um elf geliefert werden sollten.
Anschließend hielt ich bei ihrem Friseur und machte einen Termin für den nächsten Vormittag, Margret hatte sich nämlich überlegt, dass diese Verschönerung dringend erforderlich sei, sie brauchte unbedingt eine neue Dauerwelle. Gut, würde ich eben morgen noch einmal den Chauffeurdienst übernehmen. Aber dafür war sie wenigstens ein paar Stunden aus dem Haus.
Da wir erst so spät heimkamen, zog ich mich gleich in die Küche zurück, um das Mittagessen vorzubereiten. Margret, von dem langen Ausflug völlig erschöpft, legte sich auf die Couch und schloss die Augen.
Ich durchstöberte den Gefrierschrank, fand sechs Scheiben Schweinebraten, die von unserem Essen mit den Kaisers übrig geblieben waren, und beschloss, dass für jeden von uns zwei Scheiben reichen würden. Dazu gab es Rotkohl aus dem Glas, der nur noch erwärmt werden musste und Kartoffelpüree aus der Tüte, dadurch blieb mir genug Zeit für mein Telefonat.
Franziska war die beste Freundin meiner Tochter Kirsten und hatte nach dem Abitur bei der Stadt angefangen. Hoffentlich saß ihr Lebensgefährte noch im Einwohnermeldeamt. Ich wusste, dass er bereits einen Versetzungsantrag gestellt hatte, weil ihm die Arbeit dort nicht gefiel.
Ich hatte Glück, sie ging selbst ans Telefon. „Franzi, ich hoffe, du kannst mir helfen", begann ich mit Herzklopfen. Würde sie mir ohne großes Nachfragen die Daten besorgen? „Ich organisiere für eine gute Bekannte ein Treffen Ehemaliger. Bis auf sechs habe ich alle gefunden. Die sind verzogen. Wäre es möglich, dass Jan mal im Computer nachschaut, ob er die neuen Adressen findet?"

„Im Moment ist es schlecht. Gib mir die Namen und alten Anschriften, ich rufe dich dann zurück."
Margret war beim Mittagessen, das wir ausnahmsweise allein einnahmen – Manfred war im Kindergarten, der zu seiner Kirche gehörte, aufgehalten worden – ziemlich schweigsam, aß nur wenig und zog sich anschließend sofort auf ihr Zimmer zurück. Ich ließ meinen Mittagschlaf sausen und setzte mich an den Computer, um zu meinen drei weiteren Fällen zu ermitteln, mehr Sexualstraftaten mit Kindern hatte der Richter in den letzten fünfzehn Jahren nicht verhandelt. Bei den Frauen waren wir auch nicht weiter zurückgegangen, ich konnte mir nicht vorstellen, dass jemand länger wartete, bevor er zu schlug.
Bis das Telefon erneut klingelte, hatte ich meine Recherchen abgeschlossen. Das eine Kind war nach dem Urteil bei Verwandten untergebracht worden, da es vom Freund der Mutter missbraucht worden war und diese ebenfalls eine Haftstrafe wegen Mittäterschaft bekommen hatte. Dass Onkel und Tante sich so sehr über das Urteil aufregten, dass sie an einem Rachefeldzug teilnahmen, wagte ich zu bezweifeln. Im nächsten Fall war der Stiefvater der Schuldige gewesen. Die Mutter des Mädchens hatte sich sofort nach Bekanntwerden der Vorwürfe von ihm getrennt und war mit ihr zu ihren Eltern zurück nach Schottland gezogen. Die konnten wir wohl ebenfalls ausschließen. Das dritte Opfer, ein kleiner Junge, war von einem Bekannten der Eltern vergewaltigt und erstickt worden. Hier hatte der Richter zwar seine gewohnte Milde walten lassen, aber das Urteil war angefochten worden und der Täter hatte einen saftigen Nachschlag zu seiner Haftstrafe bekommen. Daher fielen auch diese Angehörigen aus dem Schema, das wir uns vorstellten.
Aber Jan war es gelungen, sämtliche Wohnorte unserer Vermissten zu ermitteln. Es würde also trotzdem viel Arbeit auf Richie zukommen.
Er schien nicht gerade erfreut, als ich ihm seinen Auftrag für den nächsten Tag gab. Dabei hatte ich ihm sogar die Wahl gelassen: Entweder er fing bei denen an, die am weitesten entfernt wohnten, das waren fast fünfhundert Kilometer, und arbeitete sich langsam wieder zurück oder er nahm sich morgen die im Umkreis Wohnenden vor und begab sich erst danach auf seine Reise.
Er brummte mürrisch vor sich hin, dass immer er den Hauptteil der Arbeit zu erledigen hätte und ich konnte mir gerade noch den Kommentar verkneifen, dass er es schließlich gewesen sei, der in diesem Fall unbedingt mitmischen wollte. Stattdessen brachte ich das Gespräch noch einmal zurück auf die Polizisten. „Was ich nicht verstehe, ist, die zuständigen

Beamten müssen doch auch eine Idee haben, was für ein Motiv dahinter steckt. Ich kann mir einfach nicht vorstellen, dass sie nur ins Blaue ermitteln. Immerhin ist der Richter von ihnen gewarnt worden."
„Die haben einfach alle Richter gewarnt." Er lachte abfällig.
„Das glaube ich nicht", widersprach ich. „Sie müssen ebenfalls eine Verbindung zu den Sexualdelikten gezogen haben, sonst hätten doch auch die Zeitungen darüber berichten können und deine Argumentation, die Polizei wolle nur von den teilweise unverständlichen Urteilen in diesem Bereich ablenken, wäre ebenfalls ad absurdum geführt."
„Nach dem dritten Opfer haben die vermutet, es hätte mit einem Rachefeldzug der Homosexuellen zu tun. Da gab es nämlich ein paar höchst unschöne Urteile. Wenn die ans Licht gekommen wären, hätte es einen Aufschrei der Presse gegeben."
„Bei allen drei Richtern?" Ich konnte es kaum fassen.
„Das war so ziemlich in einer Ecke, zwei sitzen in Berlin und einer in Dresden. Und ja, die ersten beiden haben sich um dieselben Fälle gekümmert, der zweite hat die Revision gegen das Urteil des ersten abgeschmettert. Der dritte hat ein ähnlich umstrittenes Urteil gefällt. Das ist allerdings in der Revision aufgehoben worden." Er kicherte. „Damit hatte sich diese Theorie eigentlich schon erledigt."
„Was ist denn da passiert?"
„Uninteressant."
„Mich interessiert es aber." Vielleicht war ja an dieser Theorie doch etwas dran. Immerhin waren wir Amateure und nur durch einen Zufall zu unserer Erklärung des Geschehens gekommen. Und bisher hatten wir keinen verwertbaren Punkt gefunden, der diese unterstützte.
„Darüber haben die nicht mehr geredet", musste er zugeben. „Aber ich weiß, dass sie diese Ansicht mittlerweile wieder fallen gelassen haben. Der Psychologe, der dabei war, hat jetzt eine neue These. Er meint ..."
„Wie war denn seine alte", unterbrach ich ihn. Ich zumindest fand es wichtig, zu wissen, was die Polizei mittlerweile alles ausgeschlossen hatte – bevor wir uns völlig verrannten.
„Naja, lass mich mal überlegen ..."
Ich glaube, wenn er sich noch hätte am Kopf kratzen können, hätte er es getan.
„Also zuerst hatten sie die Idee mit den Homosexuellen, dann haben sie nur im Dunkeln herumgestochert und versucht, sämtliche Straftäter zu überprüfen, Bandenkriminalität auszuschließen und so was. Natürlich haben sie vermutet, dass irgendein harter Junge sich rächen will, das Problem

hatte sich aber mit der Anzahl der Richter erledigt. Es gibt keinen, der mit allen zu tun hatte."

Das war alles schon bekannt. „Und sonst haben die keine Ideen gehabt?" „Nee, die tappen bis jetzt völlig im Dunkeln. Der neue Psychologe – hatte ich schon erwähnt, dass sie den davor ersetzt haben? – denkt ähnlich wie wir. Er vermutet, dass die ganze Aktion ein Racheakt ist. Und", er kicherte, „das ist wirklich lustig. Zum einen hat er angeregt, dass die betroffenen Richter und ihre Familien von vorne bis hinten durchleuchtet werden sollen, falls es irgendwelche Gemeinsamkeiten gibt, die bisher nicht ans Licht gekommen sind. Und zweitens will auch er die Opfer der Sexualstraftaten noch einmal gesondert überprüfen lassen. Er vermutet aber wohl, dass es sich nur um einen der Fälle handelt und derjenige Tabula rasa spielt."

„Also ermitteln sie sehr wohl in dieselbe Richtung wie wir", stellte ich klar. Richie schien etwas geknickt, dass ich seine ‚tolle' Wortwahl ohne sie zu kommentieren hinnahm. „Das kann ich mir beim besten Willen nicht vorstellen", raunzte er. „Und überhaupt, ich bin jetzt weg." Mit einem letzten gehauchten ‚Tschüs' war er zur Tür hinaus.

Stirnrunzelnd sah ich ihm nach. Diese verdächtige Eile war mir suspekt. Sonst wollte er immer jede kleinste Einzelheit bis zum Exzess ausdiskutieren, versuchte, meine Argumente, besonders wenn sie ihm nicht in dem Kram passten, zu widerlegen und seine Meinung durchzudrücken. Er würde doch wohl nicht trotz meines Verbotes hinter Bella her spionieren?

Zu weiteren Überlegungen kam ich nicht, Margrets Fernsehsendung war zu Ende und sie rief nach mir, wie immer mit leidender Stimme. „Ich glaube die Anstrengung heute Morgen war zu viel für mich." Sie lag lang ausgestreckt auf der Couch und hielt die Augen geschlossen. „Könntest du mir bitte ein Glas Wasser und meine Medikamente bringen?"

„Soll ich den Termin beim Friseur wieder absagen?", fragte ich besorgt, nachdem ich ihr das Gewünschte gebracht hatte und nun zusah, wie sie sich umständlich aufrichtete.

„Nein!" Bildete ich mir das nur ein oder war sie auf einmal schon wesentlich kräftiger? Zumindest funkelte sie mich wütend an und blieb, nachdem sie ihre Tabletten hinunter geschluckt hatte, sitzen, mit geradem Rücken versteht sich.

„Ich werde früh zu Bett gehen, dann schaffe ich es schon."
„Mach das, ich richte eben das Abendbrot."
„Wo ist eigentlich Manfred?", rief sie hinter mir her.
Klar, normalerweise setzte er sich abends zu ihr und leistete ihr Gesellschaft. „Der hat Gemeinderatssitzung, die wird sich noch hinziehen."

„Und Arabella?"

Als wenn die beiden sich zusammensetzen und unterhalten würden. „Sie trifft sich mit einer Freundin."

„Soll ich hinüber in die Küche kommen?"

Das fehlte mir auch noch. „Nein, du kannst auf der Couch bleiben. Ich koche nur rasch den Tee."

Ich setzte das Wasser auf, gab verschiedene Sorten Wurst und Käse auf eine Platte und legte Brotscheiben auf eine andere. Gerade als ich die Butter aus dem Kühlschrank holte, klingelte das Telefon.

„Hi, hier ist Burkhard. Ich habe eine ganz große Bitte", klang es aus dem Hörer. „Wir waren doch für Samstag verabredet. Ich hatte ganz vergessen, dass es das Osterwochenende ist, da fahren wir immer zu Christinas Mutter. Kannst du auch am Donnerstagabend?"

Ehrlich gesagt fiel mir ein Stein vom Herzen. Ich hatte mich nur auf diesen Termin eingelassen, weil mich mein schlechtes Gewissen dazu zwang.

„Donnerstag klingt super", erklärte ich deshalb rasch.

Tja, manchmal lösten sich eben auch einige Dinge von ganz allein.

29

Richard

Auf meinem Rückweg zu Carmen - hatte ich eigentlich schon erwähnt, dass es mich jeden Abend zu ihr und den Kindern zog - grübelte ich über meine weitere Strategie nach. Natürlich wäre ich am liebsten weiter an Bella und Anna dran geblieben. Wenn ich nur diese blöde Liste von Kathi nicht hätte abarbeiten müssen!

Da kam mir die geniale Idee! Ich würde jetzt gleich starten! Umso eher wäre ich zurück und könnte mich weiter um die beiden Mädchen kümmern. Frische Energie hatte ich gerade reichlich getankt - ich hatte bei Zwolle und seinem Kollegen nicht widerstehen können – es war erst kurz nach acht, bis nach München würde ich garantiert noch kommen.

Ich zischte zur Autobahn und suchte mir ein geeignetes Fahrzeug, das hieß, ich sah auf die Kennzeichen und nahm eines, dass mich mit höchster Wahrscheinlichkeit in die Nähe meines Zieles bringen würde.

Klar, war es ein Risiko, direkt während der Fahrt aufzuspringen, aber ich hatte mir einen gemütlich wirkenden Fahrer mittleren Alters ausgesucht, der nicht einmal mit der Wimper zuckte, als ich durch den Schwung des Gebläses, das auf Hochtouren lief, zielgerichtet auf ihn zu gepustet wurde und in ihn eintauchte. Dazu hatte er es ziemlich eilig nach Hause zu kommen. Er fuhr mit echtem Bleifuß auf der linken Spur und machte nur eine kurze Pinkelpause an einem Rastplatz.

So hatte ich München fast erreicht, als wir uns trennten. Ha, ich war sogar wesentlich näher an meinem Ziel angekommen, wie ich am nächsten Bahnhof feststellen konnte. Keine zwanzig Kilometer und ich war da.

Naja, es wurde dann doch noch ein elendes Herumgesuche, bis ich die richtige Straße gefunden hatte und es war fast sechs Uhr morgens, als ich endlich in der Wohnung war. Ich konnte nur hoffen, dass ich die Antwort, die ich suchte, möglichst schnell fand, sonst würde aus meiner abendlichen Verabredung nichts mehr werden.

Die Frau war vor ungefähr zwei Jahren nach einem feuchtfröhlichen Abend mit Freundinnen auf dem Heimweg vergewaltigt worden, so stand es zumindest in der Akte. Pikanterweise handelte es sich bei dem Täter um einen Typen aus der Bar, in der sie gefeiert hatte. Dank ihrer Beschreibung wurde er schon am nächsten Tag gefasst und legte auch gleich ein Geständnis ab, beziehungsweise, er versuchte sich herauszureden, es hätte sich um einvernehmlichen Sex gehandelt. Die Untersuchung des Opfers

bewies allerdings das Gegenteil, die vielen Verletzungen erhärteten ihre Aussage, sodass der Mann vor Gericht gestellt wurde.
Er war nicht vorbestraft und kam mit einer Freiheitsstrafe von zwei Jahren davon. Nach der Urteilsverkündung rastete der Ehemann des Opfers aus und versuchte den Typen anzugreifen. Leider waren die Wachtmeister schneller.
Hier gab es also zumindest einen starken Verdacht, dass die beiden an einem Rachefeldzug gegen Richter, die ähnliche Urteile gefällt hatten, beteiligt sein konnten.
Zwanzig vor sieben klingelte der Wecker und der Mann sprang aus dem Bett. Mit aufgesetzter Fröhlichkeit – ich hatte lange genug als Barkeeper gearbeitet, um das zu erkennen – rüttelte er seine Frau wach. „Auf, auf Vera-Schatz!"
Vera-Schatz knurrte nur und zog sich die Decke über den Kopf. Der Typ verschwand im Bad und ward für eine halbe Stunde nicht mehr gesehen.
„Komm, du musst aufstehen, sonst kommst du zu spät zur Arbeit."
Die Frau sah aus, als wäre sie noch im Halbschlaf. Ganz langsam richtete sie sich auf und zog sich das Pyjamaoberteil über den Kopf. Ich sah die Narbe am Hals, die der Täter ihr zugefügt hatte, als er sie mit dem Messer bedrohte. Sie war verblasst, hob sich aber immer noch deutlich von der umgebenden weißen Haut ab. Wie musste es wohl sein, jeden Tag im Spiegel aufs Neue mit dem Verbrechen konfrontiert zu werden?
Vera hob die vor ihrem Bett liegenden Kleidungsstücke auf und zog sie nacheinander an, dafür benötigte sie fast zehn Minuten. Ihr Ausflug ins Bad dagegen war kurz, einmal Gesicht und Hände waschen, Deo unter die Achseln, ein Toilettengang, das war's.
Armin, wie ich kurz darauf erfuhr, hatte bereits das Frühstück für sich und seine Frau fertig und seine Mahlzeit fast beendet. Vera trank ihren Kaffee im Stehen und biss nur einmal von dem belegten Brötchen auf ihrem Teller ab. „Ich esse unterwegs weiter."
Das tat sie dann auch und hatte die eine Hälfte tatsächlich geschafft, als ihr Mann vor dem Haus hielt, in dem sie, wie ich annahm, arbeitete.
„Mehr geht nicht", sagte sie leise und ließ den Rest in ihrer Handtasche verschwinden.
„Vergiss es nicht wieder." Er hatte recht, sie war sehr dünn, dazu von fast durchscheinender Blässe – als wäre sie nach langer Krankheit zum ersten Mal wieder auf den Beinen.
Instinktiv beschloss ich, mich an ihn zu halten, bei ihr würde sich wahrscheinlich nicht viel tun. Sie schien in einem Büro zu arbeiten, zumindest

gab es darüber hinaus in diesem Gebäude nur noch Anwaltspraxen und Ärzte. Und irgendwie konnte ich mir nicht vorstellen, dass sie irgendeine Arbeit mit Publikumsverkehr machte, dafür war sie viel zu …, ja was denn eigentlich? Ich konnte es nicht richtig beschreiben, auf mich wirkte sie jedenfalls nicht wie jemand, der es mit irgendwem aufnehmen konnte. Nein, sie saß garantiert allein in einem Kämmerchen und verrichtete langweilige Computerarbeit.

Armin fuhr nur zwei Straßen weiter, dann hielt er erneut. Der Mann, der am Bordstein gewartet hatte, öffnete die Tür und ließ sich auf den Beifahrersitz plumpsen. „Na, wie sieht's aus?"

„Wie immer", erwiderte Armin und fädelte sich wieder in den Verkehr ein.

„Du, Michi will ihren Geburtstag am Wochenende feiern. Ihr seid herzlich eingeladen."

Armin wand sich sichtlich. „Es geht nicht", sagte er schließlich.

„Was? Immer noch nicht?" Das Gesicht des leicht dicklichen Mannes färbte sich von hellrot nach dunkelrot. „Armin, du musst endlich was unternehmen. Das kann doch nicht ewig so weiter gehen!"

„Sie hat von ihrem Psychiater neue Tabletten verschrieben bekommen und er hat sie endlich überredet, eine Psychotherapie zu machen. Sie muss aber fast vier Monate warten."

„Das gibt es doch nicht!"

„Leider doch. Die Psychologen sind alle überlaufen. Was meinst du, wie viele ich angerufen habe, überall dasselbe."

„Und was ist mit dieser Selbsthilfegruppe, wo ihr damals wart?"

„Das zieht sie nur noch mehr runter. Das ganze Elend immer und immer wieder durchzukauen bringt nichts." Armin zuckte die Schultern. „Gott sei Dank hat sie, seitdem sie die neuen Tabletten nimmt, keine Albträume mehr."

„Na toll. Das ist ja schon mal was." Der Sarkasmus in der Stimme des Dicken war unüberhörbar.

„Meinst du, ich will dieses Leben. Manchmal würde ich am Liebsten alles hinschmeißen."

Für den Rest der Fahrt verfielen die beiden in Schweigen. Ich hatte genug gehört, dieses Pärchen gehörte garantiert nicht zu unseren Verdächtigen. Sie war viel zu fertig, er hatte absolut nicht den Eindruck eines Racheengels gemacht. Ich meine, natürlich balancierte er am Rande seiner Kraft, aber er schien mir eher der Typ, der resignierte und darüber depressiv wurde, als dass er sich wehrte.

Nun gut, Nummer eins hatte ich relativ schnell abgehakt. Mit neuem Schwung ging ich wieder an die Arbeit. Ich hatte nämlich nun doch beschlossen, meine Nachforschungen hintereinander durchzuziehen. Wenn ich ein Treffen zwischen Bella und Anna verpasste, davon würde die Welt nicht untergehen. Die Freundschaft zwischen den beiden wuchs nur langsam, gewiss würde Anna heute ihr Herz noch nicht ausschütten.
Die nächste Familie lebte in der Nähe von Karlsruhe, ich erreichte das Haus, in dem sie wohnten, am frühen Nachmittag. Gerade als ich mich an den Türklingeln noch einmal vergewissert hatte, dass ich hier richtig war, ging die Tür auf und ein Mann trat heraus. Ich wischte an ihm vorbei.
Vor der Tür in der ersten Etage standen jede Menge Schuhe. Der Spalt unter der Tür war breit genug für mich. Das laute Kindergeschrei, das ich vorher nur gedämpft vernommen hatte, wurde lauter. Ein Zwillingspärchen jagte kreischend an mir vorbei, während ich durch die lang gezogene Diele glitt, ein etwas älteres Mädchen folgte in einigem Abstand.
„Danni, Jago, Rita! Ruhe, verdammt noch mal!" Die Frau, die anscheinend aus der Küche kam, war mehr als dick. In dem Hängekleid, das sie umflatterte, sah sie aus wie ein Elefant, die Augen verschwanden fast hinter dicken Speckfalten, sie hatte kein Doppel-, sondern eher ein Vierfachkinn. Konnte das das Opfer sein?
Nicht zum ersten Mal verfluchte ich meine eingeschränkten Fähigkeiten. Was hätte ich jetzt darum gegeben, mit Kathi telefonieren zu können!
Die Frau zog sich schnaufend wieder in die Küche zurück und ließ sich auf einen der sechs Stühle fallen, die um einen runden Tisch herum standen. Eine Tasse Kaffee, ein großes Stück Kuchen und eine glimmende Zigarette ließen vermuten, dass sie bei einem kleinen Imbiss gestört worden war. Richtig, sie nahm ein paar tiefe Züge, bevor sie begann, das Backwerk in sich hineinzustopfen. Anschließend, ich traute meinen Augen kaum, holte sie sich ein zweites Stück aus dem Kühlschrank und zündete sich einen neuen Glimmstängel an.
Dabei sah es in der Küche aus, als hätte eine Bombe eingeschlagen. Auf den Ablageflächen und dem Herd standen die Reste vom Mittagessen mitsamt aller dazu benötigten Utensilien, in der Spüle stapelte sich schmutziges Geschirr, der Mülleimer quoll über. Überhaupt sah die ganze Wohnung, wie ich nach einer kurzen Inspektion feststellte, völlig verwahrlost aus: Ungeputzte Fenster und Böden, überall herumliegende Wäsche, im Schlaf- und Wohnzimmer überquellende Aschenbecher und vollgestopfte, halb offen stehende Schubladen. Im Bad hätte ich nicht gewagt, irgendetwas zu berühren. Bah, wie konnte man nur so leben!

Ich rief mir den Fall ins Gedächtnis zurück. Damals, vor vier Jahren, hatte das Opfer als Aushilfe in einem kleinen Lebensmittelgeschäft gearbeitet. Kurz vor Feierabend war ein Mann hereingekommen, hatte ihr Pfefferspray ins Gesicht gesprüht, die Kasse geleert und sie anschließend vergewaltigt. Laut dem damaligen Foto war sie zwar etwas stämmig gewesen aber lange nicht so fett wie heute. Hatte ein Trauma zu dieser Entwicklung geführt?

30

Katharina
Gut, dass Richie anderweitig beschäftigt war, die nächsten Tage würden auch ohne ihn schon hektisch genug verlaufen.
Nachdem ich Margret bei ihrem Friseur abgeliefert hatte, unternahm ich einen Großeinkauf, um mich für die Feiertage mit allem, was ich bei der Menge an Gästen benötigte, einzudecken. Nachmittags - in den Ferien gab ich keinen Unterricht - backte ich mehrere Kuchen, von denen ich einen sogar unserem Gast schenkte. Die restlichen wurden für Ostern eingefroren. Danach nahm mich Margret in Beschlag. Sie musste unbedingt noch bei uns baden, wobei sie dann natürlich meine Hilfe benötigte, weil wir nicht, wie sie, einen Wannenlift hatten. Anschließend half ich ihr packen.
Morgen ist sie endlich weg, sagte ich mir immer wieder in Gedanken vor, während ihre nörgelige Stimme mich verfolgte, um mir einen neuen Auftrag zu erteilen. Einen Tag, nein eigentlich nur noch ein paar Stunden und ich würde sie nie wieder sehen!
Das hatte ich mir nämlich fest vorgenommen, egal wann und wie oft der Richter und seine Frau uns einluden, ich würde bedauernd ablehnen, an Ausreden mangelte es mir nicht.
So konnte ich am nächsten Morgen erleichtert aufatmen und schloss mit einem durchaus befriedigenden Gefühl die Tür hinter ihr. Manfred hatte sich erboten, sie nach Hause zu fahren, weil er wollte, dass ich mich bei seinen Obdachlosen sehen ließ. Durch meine anderweitigen Verpflichtungen hatte ich ja die letzten beiden Essensausgaben verpasst und es gab einige, die schon nach mir gefragt hatten. Vor allem der Wolfi wollte unbedingt mit mir sprechen, er war richtig empört gewesen, dass ich schon wieder nicht mitgekommen war, und hatte sich ziemlich aufgeregt.
Wolfi war ein eigenbrötlerischer Stadtstreicher, mit dem kaum jemand zurechtkam. Ich hatte seine Freundschaft gewonnen, als ich ihn während einer Lungenentzündung im Untergeschoss der Kirche, wo sich die Essensausgabe befand, schlafen ließ und ihn gesund pflegte – er wollte partout nicht ins Krankenhaus. Er war kein einfacher Patient gewesen, mürrisch und argwöhnisch bei jedem meiner Handgriffe und ich hatte mich schon über mich selbst geärgert, dass ich diese undankbare Arbeit auf mich genommen hatte. Letztendlich war die Mühe nicht umsonst, er wurde gesund und ich hatte einen Freund fürs' Leben gewonnen. Zwar blieb er weiterhin knurrig, aber in meinem Fall war es nur Schau, er hätte sein Leben für mich gegeben, wie Manfred immer sagte.

Daher machte ich mich, kaum dass das Auto mit meinem Mann und Margret verschwunden war, auf den Weg. Da Manfred anschließend mit seiner Mutter zum Zahnarzt fuhr und sie ihn mittags beköstigen würde, konnte ich mir Zeit lassen und den gesamten Vormittag mit unseren Klienten verbringen. Mittlerweile liebten es viele von ihnen, einen kleinen Plausch mit uns zu halten, daher waren wir über jede helfende Hand dankbar.
Ich kam gleichzeitig mit unserem Herrn Wiggert an, der mir sofort einen Korb voller Brötchen in die Hand drückte. „Können Sie den schon mal mit rein nehmen?"
„Sie sind ein Zauberer. So viele Brötchen."
„Ich hab halt meine Leute", wehrte er bescheiden ab, aber ich konnte sehen, dass er sich über mein Lob freute. Herr Wiggert war Frührentner. Es war ganz allein seine Idee gewesen, Lebensmittelhändler und Bäcker abzuklappern und um Spenden für unsere Speisung zu bitten. Mittlerweile hatte er drei weitere Rentner aktiviert, die den Kreis unserer Wohltäter derart erweitert hatten, dass wir kaum noch Dinge selbst einkaufen mussten.
Während ich Herrn Wiggert half, seine Ausbeute in die Küche zu tragen, trudelten nach und nach unsere restlichen Helfer ein, Biggi, gelernte Köchin und ebenfalls im Vorruhestand, Petra, trotz ihrer siebzig noch erstaunlich rüstig und Geli, die junge Mutter, die, statt wieder arbeiten zu gehen, uns beistand, seitdem ihre Kinder in den Kindergarten gekommen waren.
Wie immer bereiteten Petra und ich das späte Frühstück vor, die anderen zwei kümmerten sich derweil um das Mittagessen. Heute sollte es einen kräftigen Eintopf mit Wurst- und Fleischeinlage geben und als Nachtisch wie eigentlich jedes Mal Obst, von dem Herr Wiggert zwei Körbe voll angeschleppt hatte. Die abgelaufenen Joghurts würden wir zu den Brötchen dazugeben, für die Vielzahl unserer Mittagsgäste waren es zu wenig.
Die ersten zwei Obdachlosen hatten sich bereits vor die Eingangstür gestellt, etwas weiter hinten wartete ein Grüppchen Rentner, die ebenfalls gern unser Angebot zum kostenlosen Sattessen annahmen. Viele von ihnen waren wirklich so arm, dass sie darauf angewiesen waren, andere sahen hier die Möglichkeit Kontakte zu knüpfen, es hatte sich tatsächlich ein kleiner verschworener Kreis gebildet, deren Mitglieder, wann immer es ihnen möglich war, zu unseren Terminen kamen und dann, einen großen Tisch für sich beanspruchend, wild diskutierend bis zum Ende der Öffnungszeit blieben. Das waren aber eher die, die mittags kamen.
Herr Wiggert nahm die große Kaffeekanne und schleppte sie hinüber in den Aufenthaltsraum, Petra und ich folgten mit den belegten Brötchen und

Broten. Punkt halb zehn öffnete ich die Tür und ließ die Wartenden herein, die in der Zwischenzeit zu einem ziemlich großen Grüppchen angewachsen waren. Bis auf wenige gab es nur bekannte Gesichter, wir waren fast so etwas wie ein Geheimtipp unter den Obdachlosen. Wolfi allerdings suchte ich vergeblich. Komisch, sonst war er doch immer unter den Ersten, die eintraten.
Ich entdeckte Kuno, der einzige, der ab und zu mit ihm zusammensaß. Heute schien er es eilig zu haben, er hatte seine Tasse Kaffee im Stehen heruntergestürzt, sich ein Brötchen geschnappt und war schon wieder dabei zu gehen. „He, warte bitte!" Ich kämpfte mich durch den mittlerweile vollen Raum.
Er entdeckte mich und ließ sein zahnloses Lachen aufblitzen. „Kathi! Hab dich ja lange nicht mehr gesehen."
„Jetzt komme ich wieder regelmäßig. Sag mal, hast du Wolfi gesehen?"
„Der ist schon im Shop. Die haben gestern Abend neue Sachen reingekriegt, er wollte sehen, ob er was abstauben kann."
„Ah, du willst auch dort hin?"
„Will mal gucken, ob ich einen Mantel kriege." Er sah an sich hinunter. „Der taugt nicht mehr viel."
Da konnte ich ihm nur recht geben, es war eher ein schmuddeliger Fetzen, den er trug, mit so vielen Brandlöchern, dass er kaum noch wärmte. „Ich hoffe, du hast Glück."
Er belohnte mich mit einem weiteren zahnlosen Lächeln. „Ich geh dann mal."
Kuno war einer unserer ältesten Kunden, er musste an die siebzig sein. Es war mir ein Rätsel, wie er auf der Straße so alt hatte werden können. Selbst jetzt zog er die Obdachlosigkeit einem Leben in Sicherheit vor. Manfred hatte sich vor einiger Zeit bemüht, für ihn eine Bleibe zu finden - allerdings ohne ihn vorher zu fragen – und war mehr als perplex gewesen, als dieser das Angebot ausschlug, ohne sich die Wohnung überhaupt anzusehen.
„Ich bin zu alt, ich will mich nicht mehr umgewöhnen", hatte Kuno mir anvertraut. „Wer so lange wie ich auf der Straße lebt, der will auch so sterben."
Gut, ich musste neidlos gestehen, dass Manfred bei einigen anderen durchaus Erfolg hatte. Er war eben der geborene Missionar. Ich dagegen nahm die Menschen, wie sie waren, und behandelte jeden gleich, egal ob Sozialhilfeempfänger, Rentner oder Obdachloser. Fragten sie mich um Rat oder baten um Hilfe, sprang ich ihnen zur Seite oder vermittelte zumindest

einen wesentlich kompetenteren Ansprechpartner. Ansonsten ließ ich sie in Ruhe und sie dankten es mir – natürlich gibt es immer auch einige Ausnahmen – mit Höflichkeit und Respekt.
Um elf komplimentierten wir die Letzten hinaus. Herr Wiggert verabschiedete sich und Petra und ich putzten die Tische und räumten auf. Anschließend halfen wir in der Küche, wo der erste der großen Töpfe bereits auf dem Herd stand. Plaudernd und tratschend schälten wir Kartoffeln und putzten Gemüse. Es gibt wirklich nichts Besseres, um auf den neuesten Stand gebracht zu werden.
Wolfi stand vor der Tür, als ich erneut öffnete. „Ich muss dir was sagen", vertraute er mir an, kaum dass er hereingekommen war.
„Iss erst einmal", wehrte ich ab. „Du hast doch bestimmt Hunger." Gerade anfangs war es immer besonders voll, da konnten meine Kolleginnen keine Hand entbehren.
Gehorsam nahm er an dem der Küche nächstgelegenen Tisch Platz und ich versprach, mich zu ihm zu setzen, sobald ich etwas Luft hätte.
Nach einer Stunde hatte der Andrang so weit nachgelassen, dass ich mir ein paar Minuten für das Gespräch nehmen konnte. Zu meinem Erstaunen bedeutete mir Wolfi mit einer Kopfbewegung, ihm nach draußen zu folgen.
Argwöhnisch schaute er in jede Richtung, ob nicht vielleicht doch ein Lauscher in der Nähe war, bevor er begann: „Ich hab' das Auto gesehen. Das, das den Richter mitgenommen hat."
Gerade hatte ich mich noch beschweren wollen, dass es zu kalt sei – ich trug nur ein Sweatshirt und es waren ungefähr zehn Grad. Die Worte blieben mir glatt im Hals stecken. „Wann? Wo?", stammelte ich, während meine Gedanken rasten. Woher wusste Wolfi von unseren Ermittlungen?
„Na, an dem Abend, wo der Überfall stattgefunden hat." Er sah mich ob meiner Begriffsstutzigkeit geradezu strafend an.
„Du warst auf dem Parkplatz?"
„Ganz hinten bei den Mülltonnen", nickte er.
„Weiß die Polizei davon?"
Die Antwort hätte ich mir eigentlich denken können. „Kathi", sagte er vollkommen entrüstet, „Ich red' doch nicht freiwillig mit denen. Umgebracht haben die den Richter schließlich nicht. Und mal ehrlich", er beugte sich vertrauensvoll näher zu mir, sodass ich einen Schwall seiner säuerlich, muffigen Ausdünstung in die Nase bekam. „Der hätte für mich auch keinen Finger krumm gemacht."

„Also hast du bisher keinem von deinem Erlebnis erzählt?", vergewisserte ich mich.
„Nee, ich wollte ja mit dir sprechen, aber du warst nie da."
Das hatte man nun davon, dass man die einzige Vertrauensperson eines Obdachlosen war. „Nun, jetzt bin ich hier. Dann erzähl mal."
Und er begann, mir sein Erlebnis ausführlich zu schildern.

31

Richard
Der Ehemann, eher das Ehemännchen, kam um vier. Er war ein spindeldürrer Kerl und einen halben Kopf kleiner als sie. Er nannte sie Zuckerpüppchen und ließ sich von ihr vorstöhnen, wie schrecklich es doch sei, mit drei kleinen Kindern in der Wohnung herumsitzen zu müssen.
Nachdem er die Reste des Mittagessens verputzt hatte, machte er sich an die Arbeit. Zuerst räumte er die Küche auf und erledigte den Abwasch, anschließend fuhr die gesamte Familie einkaufen, danach spielte er mit den Kindern, während sie gemütlich vor dem Fernseher saß. Er war es auch, der die Kinder ins Bett brachte und ihnen eine Gutenachtgeschichte vorlas.
Eine Stunde später wusste ich definitiv, dass ich hier an der falschen Adresse war. Ein Trauma hatte die nicht, sie war einfach nur stinkend faul. Und als sie ihm Augen klimpernd zu verstehen gab, es sei nun an der Zeit ins Bett zu gehen, machte ich mich so schnell wie möglich aus dem Staub.
Durch die langen Stunden, die ich hier verplempert hatte, war mein Zeitplan eh durcheinandergeraten. Deshalb beschloss ich, gleich zum nächsten Einsatzort, der knapp hundert Kilometer entfernt lag, zu düsen. An der Tankstelle kurz vor der Autobahn suchte ich mir eine Mitfahrgelegenheit. Ich hatte Glück und erwischte einen Brummifahrer, der auf dem Rückweg nach Holland war und mit Sicherheit keine langen Pausen mehr einlegen würde. Tatsächlich war ich noch vor Mitternacht an meinem Ziel angelangt.
Das Opfer, eine alleinstehende Frau, lag natürlich schon im Bett und schlief und mir blieb nichts anderes übrig, als bis zum Morgen Däumchen zu drehen. Doch zuerst verschaffte ich mir einen gründlichen Überblick, durchschnüffelte die Wohnung nach irgendwelchen Hinweisen, las sämtliche an die Pinnwand gehefteten Nachrichten und schlüpfte sogar in ihre halb offene Handtasche – leider alles ohne Erfolg.
Ich trollte mich in die Nachbarwohnung, zapfte den dort lebenden Personen Energie ab – man konnte ja nie wissen - und wartete dann im Schlafzimmer von Freya, so hieß sie, auf den Morgen.
Der Wecker klingelte um sechs. Sie sprang fast augenblicklich aus dem Bett, zog das Rollo hoch, riss das Fenster auf und begann mit ihrer Morgengymnastik, die gut eine Viertelstunde dauerte. Anschließend verschwand sie unter der Dusche, wohin ich ihr nicht folgte.

Nach dem Frühstück fuhr ich mit ihr zur Arbeit. Sie hatte, wie ich aus den Unterlagen wusste, bei einer großen Immobilienfirma als Sekretärin gearbeitet und anscheinend war sie dieser treu geblieben und in der Zwischenzeit befördert worden, denn sie verschwand hinter einer Tür mit der Aufschrift F. Mühler, Abteilungsleiterin.

Ihr Tagesablauf war exzellent durchstrukturiert, das konnte ich als Vater von zwei kleinen Kindern mit Eltern, die beide arbeiten gingen, durchaus beurteilen. Vom Typ her war sie die Unnahbare, höflich, aber nicht herzlich, sie wurde respektiert, hatte aber, wie ich erkennen konnte, mit keinem aus der Firma engeren Kontakt.

Hm, ich sah mich schon über Tage an ihren Fersen kleben. Selbst ich konnte sie nicht einschätzen, war diese Haltung echt oder verbarg sich dahinter eine zutiefst getroffene Frau? Hatte sie ihr Trauma überwunden oder ihren Groll jahrelang gehegt, bis er jetzt zum Ausbruch kam?

Ich wusste, dass sie vor gut drei Jahren in der Tiefgarage ihrer alten Firma vergewaltigt worden war. Sie hatte bis spät abends gearbeitet, war allein zu ihrem Auto gegangen und dort überfallen worden. Der Täter hatte sie in einen Nebenraum gezerrt und sich an ihr vergangen. Anhand seiner Fingerabdrücke, der Typ hatte sich zusätzlich ihr Portemonnaie gegriffen und es, nachdem er es geleert hatte, noch ganz in der Nähe weggeworfen, konnte er ermittelt werden. Er war bereits wegen eines ähnlichen Deliktes vorbestraft, der Clou war jedoch, dass er in derselben Firma wie das Opfer gearbeitet hatte, wo keiner von dieser Vorstrafe wusste. Das wiederum war nur möglich gewesen, weil ein Mitarbeiter in der Personalabteilung ihn gedeckt hatte.

Das Opfer, das hatte ich vergessen zu erwähnen, war übrigens nicht sonderlich hübsch, groß und hager, mit einem lang gezogenen Gesicht und einem Pferdegebiss. Aber ihre Klamotten waren eins a und sie hatte eine Art sich zu bewegen und zu sprechen, die war echt eine Klasse höher als die der meisten. Nur, das hieß ja nicht, dass sie über das Erlebnis schon hinweg war. Außerdem war ihre Anwältin die Einzige, die gegen das erlassene Urteil Berufung eingelegt hatte, weil ihr die Strafe als zu gering erschienen war.

Ob sie damit Erfolg gehabt hatte, ging leider aus den Aufzeichnungen meines lieben Schweinehundes nicht hervor. Deshalb, hatte ich zu Kathi gesagt, lag es eigentlich auf der Hand, dass die Anwältin der Mühler mit der Revision Erfolg gehabt hatte. Sonst wäre die Akte sicher vollständig, immerhin waren in all den Jahren einige seiner Urteile angefochten worden und bei vielen hatten wir kleine Randnotizen über den Ausgang gefunden.

Die waren allerdings durchweg positiv, das heißt, seine Urteile waren ungefähr bestätigt worden.
Ich hatte schon bei unserer ersten Durchsicht gewitzelt, dass es sich bei den fehlenden wohl um härtere Urteile und damit also um Aufhebung des Strafmaßes des Richters gehandelt hatte und es genau deshalb auch keine Randnotizen gab, damit er nicht immer an sein Versagen erinnert wurde. Meiner Meinung nach hätten viel, viel mehr Opfer Berufung einlegen müssen. Der Schweinehund, der mir gegenüber immer knallhart gewesen war, hatte in seinem Beruf viel zu oft Milde walten lassen.
Nun gut, wenden wir uns wieder Frau Mühler zu. Die war nach der Arbeit einkaufen gegangen, allein, hatte sich anschließend eine warme Mahlzeit zubereitet, allein, und saß nun vor dem Fernseher, ebenfalls allein. Zwischenmenschliche Kontakte schien sie kaum zu haben, beim Mittagessen in der Kantine hatte sie allein an einem Tisch gesessen, nicht ein Kollege war auf ein Schwätzchen vorbei gekommen. Hatte sie überhaupt so etwas wie Freunde und Bekannte?
Ich war echt erstaunt, als gegen acht das Telefon klingelte. Gab es anscheinend doch jemanden, der mit ihr sprechen wollte.
„Hallo, Mama", sagte sie leicht genervt in den Hörer.
Mama? Die musste ja fast hundert sein!
„Nein, ich sehe Dirk erst morgen", sagte sie gerade.
Aha, es gab einen Mann in ihrem Leben.
„Ja, ich werde es ihm ausrichten."
Sie schwieg eine Weile und lauschte dem Geplätscher, das aus dem Hörer drang. Der Stimmlage nach zu urteilen, war die Mutter ziemlich nörgelig.
„Ich verstehe nicht, warum du ihn nicht selbst anrufst", erklärte die Mühler endlich. Ihr schien die Litanei auch auf den Keks zu gehen.
Ich spitzte die Ohren, konnte aber leider nicht verstehen, was erwidert wurde, die Mutter sprach unheimlich leise und die Mühler drückte den Hörer an ihr Ohr, dass es bereits rot wurde.
„Ja, ja, mach ich." Sie verdrehte die Augen. „Bis dann."
Nun war ich nicht viel schlauer als zuvor. Ein Mann, den die Mutter ebenfalls kannte? Ne, das hörte sich nicht nach einem Freund an, eher nach einem Verwandten oder gemeinsamen Bekannten.
Das Telefon klingelte schon wieder. „Andrea!"
„Freya!" Die Stimme war so dröhnend, dass ich sie mühelos hören konnte.
„Schrei nicht so", erklang es prompt von der Mühler.
„Entschuldige, es ist derart laut, dass man sein eigenes Wort kaum versteht. Wie war dein Tag?" Viel leiser war sie nicht geworden.

„Alles wie immer. Und bei dir?"
„Stressig hoch zehn. Dafür liegen wir gut im Zeitplan. Ich schätze, wir werden morgen Abend fertig, dann nehme ich den nächsten Flieger."
„Super, ich …"
„Du, ich muss Schluss machen, der Haffner steuert auf mich zu. Bis morgen, hoffentlich. Ich vermisse dich."
„Ich liebe dich", hauchte die Mühler in den Hörer, die Antwort konnte ich leider nicht mehr verstehen, der verträumte Gesichtsausdruck, mit dem sie den Apparat ausschaltete, ließ mich aber vermuten, dass ihre Gefühle erwidert wurden.
Während sie sich zurück in ihren Sessel sinken ließ, durchsuchte ich noch einmal die Wohnung. Wie hatte ich nur so blind sein können? Das Doppelbett war auf beiden Seiten bezogen, die Klamotten, die in den Schränken hingen, vertraten eindeutig zwei Stile, die Menge an Schuhen, Handtaschen und Schmuck hätte mich stutzig machen müssen. Aber wer wäre schon auf so was gekommen?
Nun gut, lesbisch sein, hieß leider nicht, dass sie nicht rachsüchtig war. Ich kam mit meiner eigentlichen Aufgabe einfach nicht weiter. Andererseits – sollte ich spontan entscheiden müssen, würde ich sagen, dass die Mühler einfach nicht der Typ dafür war. Dass sie den Rechtsweg bis zum Ende ausschöpfte, konnte ich mir bei ihr gut vorstellen, aber dass sie anschließend mit anderen Leidensgenossinnen einen Pakt schmiedete, die zuständigen Richter zu bestrafen? Nein, die garantiert nicht!
Zaudernd blickte ich auf sie hinunter. Sollte ich meinem Eindruck vertrauen oder lieber doch noch bis morgen bleiben und versuchen, mehr herauszufinden?
Wenn ich aber heute Nacht noch verschwand, wäre ich wahrscheinlich zeitig genug zurück, um bei Bellas nächster Verabredung dabei zu sein. Irgendwie hatte ich das Gefühl, dort würden die wichtigen Dinge besprochen.
Genau, ich musste meinem Instinkt vertrauen. Immerhin hatte es sich schon oft genug bestätigt, dass ich mit meiner Einschätzung der betreffenden Person richtig lag. Ich meine, als Barkeeper lernte man so viele verschiedene Leute kennen, da blieb es nicht aus, dass man geübt darin wurde, seinen Gegenüber zu erkennen als das, was er war und nicht als das, was er vorzustellen vorgab.
Wobei Carmen immer sagte, dass ich einfach die Begabung hätte, hinter die Kulissen zu sehen und mit dieser Fähigkeit beruflich eine Menge mehr erreichen könnte. Das war der einzige Streitpunkt, den wir hatten. Solange

sie sich weiterbildete, war es gut, dass ich diesen Job machte, aber sobald sie die Prüfung in der Tasche hatte, sollte ich auch eine vernünftige Ausbildung vollenden, das hatte sie mir mehr als einmal angedroht.
Naja, dazu war es nicht mehr gekommen. Kurz bevor sie den letzten Test absolvieren musste, segnete ich das Zeitliche.
Ach Carmen, ich war noch nie so lange von ihr und den Kindern getrennt. Ich musste unbedingt endlich zurück.
Damit war meine Entscheidung gefallen. Ich machte mich aus dem Staub.

32

Katharina
Köstlicher Kaffeegeruch stieg mir schon auf der Treppe in die Nase, dazu gesellte sich ein paar Stufen später der Duft nach frischgebackenen Waffeln. War Bella etwa nicht nur aus dem Bett gefallen, sondern hatte tatsächlich ein besonderes Frühstück für uns alle bereitet?
Sie hockte vor dem Kühlschrank, als ich die Küche betrat und ich konnte nicht anders, ich musste schmunzeln. Sie drehte sich, diverse Lebensmittel in den Händen balancierend, um und erwischte mich, bevor ich wieder eine normale Miene aufsetzen konnte.
„Guten Morgen", sagte ich, bevor sie mir zuvor kommen konnte. „Du siehst sehr ungewöhnlich aus heute."
Sie trug ein für ihre Verhältnisse normales Sweatshirt und eine Jeans, die Haare waren frisch gewaschen und umschmeichelten ohne Gel in sanften Wellen ihr Gesicht, auf Make-up hatte sie völlig verzichtet.
„Ja, findest du mich okay? Ich will mich heute bei Annas Tante nützlich machen und mal sehen, wie so ein Betrieb läuft", fügte sie erklärend hinzu.
„Aha." Ich ließ mich auf meinem üblichen Platz nieder, goss mir Kaffee in die bereitstehende Tasse und nahm mir eine Waffel.
Bella hatte wohl einen ausführlicheren Kommentar erwartet und sah mich abwartend an.
„Wann gehst du zu ihr?"
„So um neun. Dann bleibe ich aber, bis Anna kommt." Sie setzte sich mir gegenüber und nahm sich ebenfalls eine Waffel, die sie in ihren heißen Kakao tunkte. „Ich gehe gleich noch mit den Hunden, könntest du sie mittags für eine halbe Stunde in den Garten lassen?"
„Natürlich. Mhm, schmeckt sehr gut. Wie kommen wir denn zu dieser Ehre?"
„Naja." Bellas Wangen verfärbten sich zartrosa. „Bis jetzt habe ich ja nur rumgegammelt und du hast alles gemacht, obwohl du diese blöde Tussi hier hattest. Ich wollte dir mal was Gutes tun."
Ich war gerührt. „Das tust du doch schon, du kümmerst dich für mich um Anna."
„Nee, das ist was anderes. Du, die ist total nett, wir wären auch so Freundinnen geworden, wenn wir uns irgendwo begegnet wären."
„Aha, du meinst also, sie benötigt keine Hilfe?"
„Naja, keine professionelle wenigstens, ich glaube, sie braucht einfach nur ein paar gute Freunde, mit denen sie sprechen kann." Bella hielt inne und

knabberte nachdenklich auf ihrer Unterlippe herum. „Sie ist schon ziemlich schüchtern, aber wenn man sie besser kennt, ist sie total lieb."
„Hat sie denn irgendwelche Bekannten, mit denen sie etwas unternimmt?"
„Nein, das ist es ja gerade. Anna behauptet, sie müsse ihrer Tante viel helfen und habe gar keine Zeit auszugehen, Bruni dagegen drängt sie geradezu, mal was zu unternehmen." Bella verdrehte die Augen. „Deshalb habe ich mich auf das heutige Abenteuer eingelassen. Ich will mal mit Bruni allein sprechen."
„Meinst du, sie redet mit dir darüber?"
„Klar, wenn ich es geschickt anstelle. Sie liebt die Anna, das kann selbst ein Blinder sehen."
Gut, damit hatte ich genau das erreicht, was ich erreichen wollte. Wenn ich Glück hatte, würde sich die Tante bei meiner Tochter aussprechen, denn es gab auch bei ihr scheinbar niemanden sonst, bei dem sie dies hätte tun können. Und außerdem war Bella besonders gut darin, die Gefühle anderer zu durchschauen. Sie wusste immer ganz genau, wie jemandem wirklich zumute war. „Hat dir das Mädchen schon irgendetwas über das, was ihr zugestoßen ist, erzählt?", wollte ich trotzdem wissen.
„Nee, nur ansatzweise, aber nicht richtig." Bella zerriss das letzte Stück ihrer Waffel in zwei Hälften und warf es den Hunden zu. „Bevor ich gehe, erzähl mir eben noch schnell, was eigentlich gestern los war."
„Einer unserer Obdachlosen hatte ein Verbrechen beobachtet und statt es der Polizei oder wenigstens Papa zu sagen, wartete er, bis ich wieder einmal da war. Und weil er mit den Beamten unter keinen Umständen reden wollte, spielte ich halt den Vermittler, das heißt, ich blieb im Gemeindehaus und fragte ihn all das, was der Mann von der Kripo wissen wollte. Es tut mir wirklich leid, dass aus unserem Stadtbummel dadurch nichts mehr geworden ist. Wir könnten stattdessen am Samstag gehen."
„Anna hat angeboten, dass wir zusammen gucken. Du hast genug vorzubereiten."
„Oha", Manfred war in der Tür erschienen. „Was sehen meine Augen da?"
„Gefällt es dir?" Bella drehte sich einmal um sich selbst.
„Ein erstaunlicher Fortschritt", lobte mein Mann und umging damit eine direkte Aussage. Denn von einem normalen Outfit konnte noch immer keine Rede sein, die Jeans hatte überall Löcher und das Sweatshirt war voller Farbspritzer.
„Naja, das war das Einzige, das wenigstens halbwegs vernünftig aussieht", gestand Bella selbstkritisch. „Meinst du, ich kann so raus?"

Unsere Tochter wurde endlich erwachsen! Wer hätte das gedacht. „Du kannst dir von Kirsten etwas ausleihen", bot ich an. „Lass uns schnell raufgehen."

Manfred war bereits mit seinem Frühstück fertig, als ich zurückkam. „Du hast sie ja richtiggehend ausstaffiert", lachte er, nachdem Bella das Haus verlassen hatte.

„Die anderen Sachen passten ihr nicht", verteidigte ich mich. „Sie ist extrem schlank, die Hosen von Kirsten rutschten alle."

„Die Leggings ist okay", beruhigte er mich, „die Bluse auch. Bis auf die vielen Stecker im Gesicht sieht sie jetzt völlig normal aus."

„Tja, was die Liebe eines Mannes doch alles bewirken kann", erwiderte ich und sah ihn vielsagend an.

Er wurde tatsächlich rot. „Worauf genau spielst du an?"

„Ach, auf dies und das", antworte ich unbestimmt, setzte mich auf seinen Schoß und küsste ihn. „Ach, ist das schön, das Margret weg ist."

„Nie wieder", stimmte er mir zu. „Ich habe meine Lektion endlich gelernt."

„Klar, deshalb bist du gestern Abend auch noch zu den Stegemanns gefahren", konnte ich mir nicht verkneifen zu sagen.

„Ich habe alles, was er von mir wollte, abgeblockt", Manfred war entrüstet. „Ich will Ostern mit meiner Familie genießen."

„Ich habe nur Spaß gemacht." Ich küsste ihn auf seine Halbglatze und erhob mich.

„Erzähl mir bitte ausführlich, was gestern passiert ist", bat er, während ich begann, den Tisch abzuräumen. Gestern war er so spät gekommen, dass er nur die Kurzversion erfahren hatte, ich war nach dem langen, anstrengenden Tag, dazu dem dritten ohne Mittagschlaf todmüde gewesen.

„Also, der Wolfi hat ein stilles Agreement mit dem Koch vom Ritter, das heißt, wenn um zehn die Küche schließt, packt dieser die Reste der Essen in einen Extrabehälter und legt ihn nach dem Aufräumen oben auf den Müll. Meistens ist es dann schon elf, halb zwölf. Wolfi wartet draußen, bis die Luft rein ist, und schleicht sich dann zu dem Container. An besagtem Abend wollte er gerade losrennen, als der Richter auf den Parkplatz kam, deshalb blieb er in seinem Versteck."

„Wieso versteckte er sich überhaupt?"

„Erstens, weil die Wirtsleute wohl nichts von dieser Vereinbarung wissen und zweitens, weil er Angst hat, dass ein anderer Obdachloser hinter sein Geheimnis kommen könnte."

„Er hat den Überfall gesehen?"

„Ja, der Richter erhielt einen Schlag auf den Kopf und wurde halb bewusstlos in ein Auto gezerrt."
„Wie, ich dachte er sei einfach an Ort und Stelle überfallen worden?"
Stimmt, er kannte ja nur die offizielle Version. Jetzt musste ich aufpassen, dass mir kein Fehler unterlief. Am besten ich hielt mich daran, was ich auch der Polizei erzählt hatte. „Nein, die Täter, es müssen mindestens zwei gewesen sein, sind mit ihm weggefahren."
„Und Wolfi?"
„Der hat nichts unternommen. Angeblich hat er an einen Spaß geglaubt, allerdings denke ich, er wollte nur keinen Ärger. – Außerdem hat er den Richter gehasst."
„Ja? Warum das denn?"
Manchmal war Manfred einfach zu blauäugig. „Weil er mindestens drei Mal bei ihm vor Gericht gestanden hat und die Urteile nicht gerade ohne waren. Bruno hasst Landstreicher." So gnädig der Richter sonst entschied, Nichtsesshafte hatten es bei ihm schwer.
„Hm." Mein Mann ließ diese Aussage lieber unkommentiert. So weit war er nun doch noch nicht, dass er einen seiner Freunde an den Pranger stellte.
„Aber nachdem er gehört hatte, dass der Richter im Krankenhaus liegt, wollte Wolfi wenigstens mir erzählen, was er wusste. Dumm nur, dass ich die letzten zwei Treffen verpasst habe."
„Hat er denn wirklich was gesehen."
„Immerhin kannte er das Kennzeichen, KR-RK 99", erklärte ich stolz. „Und da das Auto bisher nicht wieder aufgetaucht ist, waren die Beamten sehr froh über diesen Hinweis."
„Haben sie die Täter schon?"
„Woher soll ich das wissen?" Manchmal kam Manfred auf seltsame Ideen. „Meinst du, die würden mich benachrichtigen."
„Ja, was hat dann gestern so lange gedauert."
Ich seufzte. „Die Vernehmung Wolfis. Du glaubst nicht, was die alles wissen wollten. Und er hat sich strikt geweigert, mit einem von ihnen direkt zu sprechen."
„Ihr habt die ganze Zeit über das Telefon agiert?" Manfred lachte ungläubig.
„Wolfi hat gedroht, ansonsten spurlos zu verschwinden. ‚Sobald ein Bulle auftaucht, bin ich weg und ihr bekommt gar nichts mehr aus mir raus' ", imitierte ich ihn.
„Hatte er noch mehr zu erzählen?"

„Nein, leider nicht. Der Mann, der sich den Richter gepackt hat, war genauso vermummt wie der Fahrer. Das Auto war ein weißer Lieferwagen mit einem dicken Kratzer am vorderen Kotflügel. Das Kennzeichen war wohl als gestohlen gemeldet, das war das Einzige, was ich herausbekommen habe."

Manfred erhob sich. „Tja, da werde ich gleich mal Bruno anrufen und ihn mit dieser Aussage konfrontieren. Was hat er sich eigentlich dabei gedacht, mich anzulügen. Ich meine, das war doch kein gewöhnlicher Raubüberfall."

„Das wirst du schön bleiben lassen. Ich musste den Polizisten versprechen, dass ich mit niemandem über das, was ich da gehört habe, rede. Und du wirst dich bitte auch daran halten."

„Kathi, er ist mein Freund!"

„Und ich bin deine Frau", trumpfte ich auf. „Außerdem hat er dich schon einmal angelogen. Vielleicht will er gar nicht, dass du die Wahrheit erfährst."

Ich hatte gewonnen. Brummend verschwand Manfred in seinem Arbeitszimmer. Zufrieden machte ich mich daran, das Chaos, das Bella verursacht hatte, zu beseitigen.

33

Richard

Ha, gut, dass mich meine Sehnsucht direkt nach Hause getrieben hatte. So war ich am nächsten Morgen zur Stelle, als Bella aufbrach. Eigentlich hatte ich Kathi schon mal einen Zwischenbericht liefern wollen, aber die Zeit drängte. Hinterher verpasste ich noch das Wichtigste!
Nein, ich gebe zu, dass ich eher froh war, ihr aus dem Weg gehen zu können. Sie hätte mir bestimmt Vorhaltungen gemacht, dass ich meinen Auftrag abgebrochen hatte. Deshalb war ich auch im Hintergrund geblieben, sodass sie mich nicht wahrnehmen konnte.
Da hatte ich noch vorgehabt, mich gleich wieder an meine Aufgabe zu machen. Der Kurzbesuch bei ihr sollte nur dazu dienen, zu erfahren, ob es irgendwelche Neuigkeiten gab. Na, das mit dem Wolfi war echt der Hammer. Sinnvoller wäre es jetzt gewesen, direkt ins Präsidium zu gehen und zu gucken, ob die was rausbekommen hatten. – Aber dann hätte ich Bellas Auftritt verpasst.
Ich quälte mich nicht lange mit diesem Gedanken. Wenn die Polizei die Täter in der Zwischenzeit stellte, auch gut. Mit solchen Glückstreffern durch die Mithilfe der Bevölkerung musste man immer rechnen. So richtig daran glauben, dass es so einfach werden würde, tat ich nicht. Die Kerle waren clever, sonst hätten die nicht so oft zuschlagen können, ohne erwischt zu werden.
Also wartete ich draußen, bis Bella ihre Hunde zurückgebracht hatte, und begleitete sie anschließend zu dem Haus von Annas Tante. Die war bereits mit zahlreichen Kläffern in dem riesigen Vorgarten beschäftigt, warf Bälle und verteilte Leckerchen.
„Ah, Bella, schön, dass du kommst. Hier!", sie drückte ihr gleich einen kleinen Ball in die Hand, „nimm du die drei Großen."
Ich hatte mich bereits so weit zurückgezogen, dass ich noch gerade eben dem Gespräch lauschen konnte. Doch die acht Hunde, die kläffend herumtobten, waren viel zu aufgeregt, als dass sie auf mich geachtet hätten. Meine Güte, das war vielleicht ein Gewusel.
Fast eine Stunde tat sich rein gar nichts. Bruni, wie Bella sie nannte, gab nur immer wieder neue Spielideen vor, die die Kleine brav befolgte, gesprochen wurde sonst bis auf Ausrufe, oh schau mal wie süß, oder Lupo, nein, Billy, aus, nicht.
Immerhin hatte ich so die Möglichkeit, die Tante ein bisschen zu beobachten und stellte schnell fest, dass die netter war, als ich gedacht hatte. Klar,

ihr Ton war ziemlich barsch und sie guckte ziemlich verbiestert, zu den Hunden war sie aber durchweg freundlich.

Endlich wurden alle Tiere wieder hineingetrieben und ich folgte ihnen in die große Küche, wo bereits gefüllte Fress- und Wassernäpfe warteten.

„Ich muss noch mit Micky und Bonny raus. Hättest du Lust, einen der beiden zu nehmen? Dann könnten wir zusammengehen."

Ich wartete nur noch, bis Bella zustimmend genickt hatte, und verzog mich nach draußen, das war bei diesem ganzen Viehzeug wirklich besser. Schließlich wollte ich keinen Aufstand riskieren, der hinterher noch Bella zugeschrieben wurde.

Es dauerte keine zehn Minuten, da traten sie aus dem Haus, jeder mit einer Leine in der Hand. Zuerst drehte sich das Gespräch nur um die einzelnen Pensionsgäste, Bella wollte aber auch wirklich alles wissen. Was für Geschichten die einzelnen Tiere hatten, was man alles beachten musste, wenn Neue dazu kamen, ob es nicht traurig sei, sich immer wieder trennen zu müssen, usw., usw.

Die Tante wurde immer gesprächiger. Und plötzlich, ich weiß gar nicht mehr, wie Bella es gemacht hatte – meine Gedanken waren leider ziemlich abgeschweift, sodass ich den Anfang verpasste und erst hellhörig wurde, als der Name Anna fiel – hatten sie das Thema erreicht, das mich brennend interessierte.

„… ist ein armes Mädchen", sagte Bruni gerade. „Erst war ich ja skeptisch, ob sie die Ausbildung durchhält, doch sie war schon nach ein paar Tagen festentschlossen, es zu packen. Und es hat ihr gut getan, sie muss rausgehen, sie muss zu ihrer Umwelt Kontakt aufnehmen, sie muss sich behaupten lernen, immer wieder aufs Neue." Sie hielt inne und warf Bella einen prüfenden Blick zu.

„Da ist sie weiter als ich", erwiderte diese und schnitt eine Grimasse. „Ich glaube, erst seitdem ich den Basti kennengelernt habe, bin ich dabei, mein Leben auf die Reihe zu bekommen."

„Dafür kannst du mit anderen Menschen umgehen, das ist bei Anna ein großes Manko. Ich meine, außer dir hat sie bisher noch niemanden mit nach Hause gebracht, dabei wohnt sie nun seit fast acht Jahren bei mir."

„Hat sie denn keine Freunde? Oder trifft sich wenigstens mit Arbeitskollegen?"

„Nein, deshalb war ich überrascht, dass das bei euch so schnell gegangen ist."

„Vielleicht Seelenverwandtschaft." Bella zuckte die Achseln. „Vielleicht hat sie gemerkt, dass ich auch ein Trauma mit mir rumschleppe."

„Ja, Anna hat mir davon erzählt. Das durfte sie doch wohl?" Die Tante blickte besorgt auf ihr Gegenüber.
„Klar, ich bin mir sicher, Sie hängen es nicht an die große Glocke."
„Nein, du kannst dich darauf verlassen. Ich meine ..." Sie zögerte, wahrscheinlich überlegte sie, ob sie wirklich die Karten auf den Tisch legen sollte. Anderseits hatte sie zugegeben, dass sie von Bellas Vergangenheit wusste. Da war es wohl unvermeidlich, auch deren Neugier zu befriedigen.
„Hat Anna dir denn erzählt, was ihr zugestoßen ist?", fragte sie dann.
„Nee, nicht direkt, ich weiß nur, dass sie etwas Schlimmes erlebt hat, etwas, dass sie immer noch verfolgt."
„Ja", Bruni seufzte tief. „Und dass sie immer noch daran hindert, ein normales Leben zu führen." Sie verstummte und musterte Bella prüfend. „Sie ist von ihrem Stiefvater vergewaltigt worden, über mehrere Jahre hinweg."
„Entsetzlich!"
Also, das musste ich der Kleinen lassen, selbst ich hätte ihr geglaubt, dass sie davon nichts wusste.
„Und die Mutter? Ich meine, hat die nichts bemerkt?"
Wieder seufzte die Tante schwer. „Anfangs wohl nicht. Diese Triebtäter gehen da äußerst geschickt vor, drohen dem Kind oder erpressen es damit, dass es schuld wäre, wenn die Familie zerbricht. Tja, und als sich Anna endlich der Mutter offenbarte, glaubte die ihr nicht und veranstaltete ein Riesentheater, dass diese nur ihre Ehe kaputtmachen wolle und alles nur erfunden sei. Zum Glück hat sich das Mädchen schließlich mir anvertraut und ich bin sofort mit ihr zu einem Arzt und anschließend zur Polizei gegangen. Und was meinst du, was die Mutter daraufhin gemacht hat?" Sie wartete gar nicht, dass Bella antworten konnte, sondern fuhr gleich fort: „Meine Schwester hat ihr eigenes Kind als Lügner beschimpft und vor die Tür gesetzt, kannst du dir das vorstellen? Sie war so blind vor Liebe, dass sie eher diesem Kerl geglaubt hat, als ihrem eigen Fleisch und Blut."
„Also ist das Ganze nicht einmal vor Gericht gegangen?", fragte Bella, der man die Betroffenheit über das, was sie da gehört hatte, deutlich anmerkte.
„Doch, doch, im Gegensatz zu meiner Tochter glaubten die Polizisten Anna nämlich. Selbstverständlich bin ich mit ihr sofort zum Präsidium gefahren, als sie weinend vor meiner Tür stand und mir alles erzählt hat. Ich hatte ja keine Ahnung! Der Richter hat den Kerl dann zu einer Gefängnisstrafe verurteilt. Aber glaubst du, das hätte meine Schwester überzeugt? Sie wäre nach der Verhandlung beinahe auf ihr eigenes Kind losgegangen." Bruni schnaufte empört. „Wie kann man nur so verblendet sein!"

„Ach, die Arme." Bella schluckte, ihr fehlten die Worte. In einer hilflos anmutenden Geste hob sie die Schultern und ließ sie wieder fallen.

„Ja, und im Endeffekt kann ich noch froh sein, dass der Kerl überhaupt verurteilt worden ist. Du hättest das Loblied hören müssen, dass diese blöde Kuh auf ihn gesungen hat."

„Demnach hat Anna bis heute keinen Kontakt zu ihrer Mutter?"

Bruni sah sie an, als wäre sie nicht ganz bei Verstand. „Natürlich nicht."

„Ich dachte ja nur, es würde vielleicht helfen, wenn sie selbst erkennt, dass nicht sie, sondern ihre Mutter die wahre Schuldige ist", verteidigte sich Bella. „Wenn sie merkt, dass ihre Mutter total verblendet ist … vielleicht wird sie dann ihre Schuldgefühle los."

„Was?" Die Tante schüttelte empört den Kopf. „Anna hat doch keine Schuldgefühle. Sie ist nicht mehr in der Lage Vertrauen aufzubauen, das ist der springende Punkt."

„Sie hat ihre Mutter jahrelang geliebt. Dieses Gefühl kann sie nicht von heute auf morgen abstellen – auch nicht, nachdem, was passiert ist", widersprach Bella.

„Sie hasst ihre Mutter."

„Also hat sie immer noch Gefühle für sie. Und genau das meine ich. Anna muss so weit kommen, dass sie das Geschehene hinter sich zurücklassen kann, dazu gehört auch der Verrat ihrer Mutter."

Bruni war stehen geblieben und schüttelte den Kopf. „Mädchen, was hast du für seltsame Ideen."

„Gar nicht seltsam", trumpfte Bella auf. „Mein Therapeut hat mich dorthin gebracht." Sie wurde nachdenklich. „Leider habe ich an diesem Punkt aufgehört, statt weiterzumachen", gestand sie nach einer kleinen Pause. „Und Sie sehen ja, wie es dann mit mir weitergegangen ist."

„Nein, du bist ein liebes Mädchen." Die Tante unternahm doch tatsächlich den Versuch, Bella zu umarmen, der jedoch daran scheitert, dass die Leinen sich hoffnungslos verhedderten, als die Hunde begannen, aufgeregt um die beiden herumzuspringen.

„War Anna denn mal bei einer Therapie?", fragte Bella, nachdem sie das Gewirr entflochten hatte.

„Ja, anfangs ist sie ein paar Mal zu einem Psychologen, den uns die Polizei empfohlen hatte, gegangen, dann wollte sie nicht mehr. Es würde ihr nach den Sitzungen nur noch schlechter gehen, hat sie mir erklärt. Daraufhin habe ich versucht, sie zu den Treffen einer Selbsthilfegruppe mitzunehmen, leider vergebens. Dabei fand ich es dort gar nicht schlecht."

Bella lachte. „Nee, das würde ich mir auch nicht antun wollen. Ich meine, da wird alles noch einmal aufgewärmt, das brauche ich wirklich nicht. Aber so eine Therapie, die hilft schon, finde ich."
Mittlerweile hatten sie das Grundstück der Tante wieder erreicht und betraten den Garten. Mist, drinnen würde ich kaum nah genug herankommen, um etwas zu verstehen. Hoffentlich erfuhr ich durch Brunis Antwort, das, was ich wissen wollte.
Doch diese sagte nur: „Ich werde noch einmal auf Anna einwirken, dass sie es erneut versucht. Vielleicht wäre es hilfreich, wenn du ebenfalls …"
Der Rest ihrer Worte ging im lauten Gebell der Daheimgebliebenen unter. So ein Pech aber auch, würde ich mich also wohl doch den Rest des Tages noch hier herumtreiben müssen.

34

Katharina

Ich veranstaltete einen groß angelegten Hausputz, sodass ich mittags geradezu erleichtert in mein Bett sank, um meinen Mittagsschlaf zu halten. Kaum hatte ich die Decke über mich gezogen, schlief ich ein und wurde erst durch das Weckerklingeln wieder wach, eine Seltenheit bei mir. Normalerweise war dieser ‚Mittagsschlaf' nämlich nur meine Möglichkeit, mich von allem zurückzuziehen und ein bisschen Zeit für mich allein zu genießen.

Begonnen hatte ich damit, als meine Kinder groß genug waren, dass sie nicht ständiger Aufsicht bedurften. Damals musste ich allerdings auch schon um sechs Uhr aufstehen und der Tag mit all seinen Verpflichtungen zog sich bis zum Abend, da war ich froh, eine gewisse Zeit für mich zu haben.

Einmal angefangen fand ich Gefallen an diesen Freistunden, in denen ich lesen, träumen oder eben auch schlafen konnte, ganz für mich allein. Und da sich alle, einschließlich Manfred, daran gewöhnt hatten, dass ich nicht mehr ständig erreichbar war, hielt ich diesen Rhythmus auch später bei, war ich doch der Typ, der sonst ständig irgendetwas gefunden hätte, was noch unbedingt erledigt werden musste.

Auch Richie war gezwungen, darauf Rücksicht zu nehmen. Er war wirklich ein netter Kerl, ganz anders als die anderen, die ich bis dahin kennengelernt hatte. Aber auch er setzte eben seine Prioritäten nach seinen Bedürfnissen und deshalb war es anfangs oft vorgekommen, dass er einfach hereinplatzte und mich bedrängte, mich um diese ach so wichtige Sache, die ihm keine Ruhe ließ, zu kümmern.

Andererseits musste ich gestehen, dass, seitdem er in mein Leben getreten war, dieses wieder mehr Farbe bekommen hatte. Ein Leben ohne ihn konnte ich mir gar nicht mehr vorstellen.

Dabei war ich anfangs gar nicht begeistert, als er mich so hartnäckig verfolgte. Wie schon gesagt, bis zu diesem Zeitpunkt hatte ich nur schlechte Erfahrungen mit Geistern gemacht und wollte mit diesen nichts mehr zu tun haben. Ich ging ihnen wenn möglich aus dem Weg, sah ich doch einen, tat ich so, als könne ich ihn nicht wahrnehmen.

Das hatte auch gut geklappt, bis zu dem Zeitpunkt, als Richies Tochter beinahe überfahren worden wäre. Ich musste einfach eingreifen! Ja, und dann ließ er mich nicht mehr in Ruhe, bis ich mich geschlagen gab und mit ihm sprach. Ich hatte es bis heute nie bereut.

Warum ich plötzlich Geister sehen konnte, verstand ich immer noch nicht hundertprozentig, es hatte wohl mit dieser Geschichte zu tun, dass ich beinahe gestorben wäre. Zumindest fing es damals an.

Ich brachte unsere Tochter auf natürlichem Wege zur Welt, was sich nicht gerade einfach gestaltete, ich lag fast vierundzwanzig Stunden in den Wehen. Dann, alle waren glücklich, der stolze Vater hielt bereits unsere Kirsten im Arm, setzten starke Blutungen ein, die sich nicht stoppen ließen. Es wurde beschlossen, mich sofort zu operieren.

Was danach geschah, weiß ich nur aus den Erzählungen anderer. Ich hatte wohl während des Eingriffs einen Herzstillstand, aber es gelang dem Ärzteteam, mich wiederzubeleben. Ich kam auf die Intensivstation und lag drei Tage im Koma. Als ich erwachte, sah ich als Erstes einen großen, hellen, unförmigen Flecken, der scheinbar an der Wand hin und her tanzte. Aus irgendeinem Grund fand ich das unheimlich lustig und versuchte meinen Mann, der neben meinem Bett saß, darauf aufmerksam zu machen. Er jedoch hörte nur meine gemurmelten Worte „das Licht" und geriet in Panik. Er dachte wohl, jetzt würde ich wirklich sterben.

Ärzte und Schwestern stürzten herbei und untersuchten mich von Kopf bis Fuß, bis sie schließlich befanden, dass es nur eine kleine Krise gewesen sei, ich aber weiter unter den Lebenden weilen würde. Trotzdem reichte dieses Erlebnis aus, dass ich erst einmal, zumindest an diesem Tag, allen gegenüber den Mund hielt.

Ich verbrachte fast drei Wochen in diesem Krankenhaus und lernte dabei einige dieser seltsamen Lichter näher kennen. Mittlerweile wusste ich bereits, dass es sich dabei um die Geister von Verstorbenen handelte, meine erste Erscheinung hatte mir alles bis ins kleinste erklärt.

Es war ganz anders, als in Filmen und Büchern beschrieben, diese Wesen waren keine durchsichtigen Abziehbilder ihres früheren Selbst, ihre Gestalt war auch nicht mehr menschenähnlich. Vielmehr sahen sie aus wie zitternde Lichtflecke, die man leicht mit durch die Sonne verursachte Reflexionen verwechseln konnte. Sie glitten durch die Luft und konnten ihre Form verändern, waren aber zumindest auf eine kleine Öffnung oder einen Schlitz angewiesen, um in den Raum zu kommen oder diesen zu verlassen, durch Wände zu gehen, vermochten sie nicht.

Um hier weiter existieren zu können, benötigten sie allerdings Energie, die sie von den sie umgebenden Menschen oder manchmal auch Tieren abzapften. Das hört sich dramatischer an, als es ist, und schadete uns normalerweise auch nicht, es sei denn, man war geschwächt oder krank, weshalb eine Klinik zumindest aus der Sicht der Ärzte und Patienten nicht der Aufenthaltsort für Geister sein sollte.

Meine erste Erscheinung war so nett, ihre Bedürfnisse außerhalb des Geländes zu stillen, aber da war sie wohl eine Ausnahme. Genau wie in ihrem Wesen, denn ich stellte schon in dieser Zeit fest, dass die meisten Zurückgebliebenen entweder Angst hatten vor dem, was sie im Jenseits erwartete, oder aus den verschiedensten Gründen nicht loslassen konnten und deshalb hierblieben. Das einzig Interessante, was ich erfuhr, war, dass es wirklich ein Jenseits gab und man die Wahl hatte, ob man sich dorthin begab oder lieber als einsame Seele weiter auf der Erde herumirrte. War man allerdings einmal ‚auf dem Weg', gab es keine Wiederkehr.

Wie gesagt, die Geister im Krankenhaus empfand ich nicht als angenehm. Die einen haderten mit ihrem Tod, was endlose Litaneien über ihr Leben und die widrigen Umstände ihres Ablebens, das ja so ungerecht gewesen sei, mit sich brachte, die anderen waren wortkarger und ließen sich kaum darüber aus, was sie zu Lebzeiten gemacht hatten. Sie sahen die Patienten nur als Energiequelle, die sie anzapfen konnten, und empfanden mich als Feindin, die sie dieser Quelle berauben konnte.

Dabei hätte mir sowieso niemand geglaubt! Anfangs, kurz nach dem ersten Erlebnis, versuchte ich noch, mit den Ärzten und Pflegern über dieses Phänomen zu sprechen. Doch nachdem man mir einen Psychiater zur Überprüfung meiner geistigen Fähigkeiten vorbeischickte, schwieg ich lieber – allen gegenüber. Denn selbst mein Mann, der als Pastor fast jeden Sonntag von den Seelen der Toten und vom Jenseits sprach, hielt meine Entdeckung für ein Hirngespinst..

Gut, ich war nie eine echte Christin gewesen und hatte der Theorie von Gott und dem Paradies nie etwas abgewinnen können, was Manfred übrigens schon vor unserer Hochzeit wusste. Selbstverständlich hatte ich mir diese Ungläubigkeit vor seiner Gemeinde nie anmerken lassen, war immer brav mit in die Kirche gegangen und hatte auch all unsere Kinder taufen lassen. Aber ebenso selbstverständlich war bei uns zu Hause alles, was mit Religion zu tun hatte, heiß diskutiert worden, und jedem wurde seine eigene Glaubensrichtung – oder auch eben nicht – zugestanden.

Dass nun ausgerechnet ich mit den Seelen der Verstorbenen konfrontiert wurde, war da schon ein Witz. Ich musste zugeben, dass ich zuerst ebenfalls an meinen eigenen Sinnen zweifelte, bis mir ziemlich nachdrücklich bewiesen wurde, dass es Realität war. Einer der Wortkargen – irgendwie hatte ich das Gefühl, dass es sich bei diesen um ehemalige Verbrecher handelte, zumindest benahmen sie sich so – hatte mich als Opfer auserkoren und zog mir regelmäßig Energie ab, sodass ich mich zunehmend schwächer fühlte.

Das war eine ziemlich seltsame Situation. Die Ärzte standen kopfschüttelnd vor meinem Bett und konnten sich gar nicht erklären, warum es mir nicht endlich besser ging. Meine gestammelten Erklärungen hielten sie für einen immer verwirrter werdenden Geist und beachteten sie nicht, mein Mann vermutete gar, dass ich mich nicht mehr erholen würde.

Zu meinem Glück gab es da noch diese andere Seele, die, die ich direkt nach dem Aufwachen gesehen hatte. Sie, es war nämlich eine Frau, hatte gegen den anderen zwar keine Chance, gab mir aber Tag für Tag so viel von ihrer Energie, dass ich mich ganz, ganz langsam erholen konnte. Schließlich war ich so weit genesen, dass ich nach Hause durfte.

Am Abend vor meiner Entlassung entschied sich dann mein guter Geist loszulassen und ins Jenseits zu gehen. Von ihr hatte ich erfahren, dass es für die Verstorbenen wirklich so einen hellen, gleißenden Tunnel gab, wie es schon viele nach Nahtoderlebnissen berichtet hatten. Allerdings war der Sog, der einen darauf zu zog, nicht so stark, dass man keine Wahl gehabt hätte. Nein man entschied selbst, ob man hindurch wollte oder nicht.

Natürlich wusste ich auch nicht, ob dahinter tatsächlich das Jenseits lag. Vielleicht war es nur ein Kanal, der den Seelen ihre letzte Energie entzog und sie damit auflöste. Andererseits, warum sollte es sonst überhaupt Seelen geben? Ich meine, genauso gut könnte die Energie des Sterbenden direkt von der Umwelt aufgenommen werden, um das physikalische Gleichgewicht wieder herzustellen.

Im Endeffekt war ich also auch nicht viel schlauer geworden. Trotzdem versuchte ich, meinen Mann an meinem Wissen teilhaben zu lassen. Ich dachte, ihm als gläubigen Christen müsste diese Erfahrung helfen, seinen Glauben, der, ich wage es kaum zu sagen, ebenfalls manchmal wackelte, zu festigen. Doch er tat meine Erklärungsversuche als Hirngespinste ab, was zu unserem ersten und bislang einzigen heftigen Ehekrach führte.

Da ich ihn sehr liebte, gab ich schließlich nach und sprach nie wieder davon. Ich beschloss sogar, auch niemand anderem davon zu erzählen, zum einen, weil ich auf die Ungläubigkeit, die meinem Vortrag folgte, verzichten konnte, zum anderen aber auch, weil ich mittlerweile von all diesen herumirrenden Seelen die Nase voll hatte. Es war keine einzige darunter, mit der ich gern Umgang gehabt hätte.

Nun muss man sich nicht vorstellen, dass es hier von Geistern nur so wimmelte. Nein, der einzige Punkt, wo sie gehäuft auftraten, waren die Krankenhäuser und auch da entschieden sich die meisten relativ schnell dafür, in den Lichttunnel zu gehen. In den Straßen traf ich vielleicht ein- bis zweimal im Jahr auf so jemanden. Normalerweise tat ich dann so, als könne ich ihn ebenfalls nicht sehen und ging wie jeder andere einfach an ihnen vorbei.

Die Frau, die mir im Krankenhaus das Leben gerettet hatte, war tatsächlich die große Ausnahme gewesen. Nach ihr traf ich nie wieder jemanden, der so völlig normal und nicht ausschließlich auf sich fixiert gewesen war, der nicht nur dem, was gewesen war, hinterher trauerte, sondern an dem, was es zu sehen und zu entdecken gab, interessiert war.

Tja, bis ich dann Richie kennenlernte. Dem hatte ich allerdings auf Manfreds Ungläubigkeit bezogen nie reinen Wein eingeschenkt, alles musste er nun auch nicht wissen.

35

Richard

Es wurde ein langer, öder Tag. Dass eine Tierpension so viel Arbeit macht, hätte ich nicht gedacht. Bruni und Bella waren ständig im Einsatz und dabei wegen der sie ständig umgebenden Hunde außerhalb meiner Hörweite. Echt ätzend.

Nur über Mittag nahmen sie sich die Zeit für eine ausgedehnte Mahlzeit, die sie, weil die Temperaturen bei blauem Himmel über zwanzig Grad geklettert waren, im Garten abhielten. Und dankenswerterweise tobten die Hunde zwar über die Wiese, hielten sich aber zum ersten Mal nicht in direkter Nähe zu den beiden Menschen auf, sodass ich an dem Gespräch teilnehmen konnte. Ich war mir sicher, die Tante würde das Thema Anna noch einmal aufgreifen.

Anfangs tröpfelte das Gespräch nur relativ zäh vor sich hin, die beiden waren mit ihrem Heißhunger beschäftigt und brachten wohl nicht die richtige Konzentration auf.

Kaum hatte Bella jedoch den letzten Bissen verschlungen – es gab übrigens belegte Brötchen und dazu Kartoffelsalat – kam sie auf das, was sie und natürlich auch mich, interessierte, zurück. „Unternimmt Anna denn im Moment gar nichts? Ich meine, außer dass sie halt arbeiten geht und Ihnen hilft."

„Nein, das Mädchen igelt sich geradezu ein." Die Tante seufzte. „Ich hatte ja auch gedacht, dass es das Beste sei, nicht mehr daran zu rühren, dass sie sich bestimmt nach und nach von dem Geschehen lösen könnte. Nur merke ich bisher nichts davon. Ich meine, das Ganze ist jetzt einige Jahre her. Sie müsste sich längst wieder gefangen haben."

„Ohne Hilfe von außen?" Bella schüttelte nachdrücklich den Kopf. „Damit wird keiner ganz allein fertig."

„Wie war das denn bei dir?"

„Kathi ist mit mir monatelang zu einem Kinderpsychologen gegangen. Das hatte das Amt so verfügt." Bella lachte verächtlich. „Erst haben sie nichts unternommen, und als das Kind dann in den Brunnen gefallen war, haben sie sich überschlagen mit Hilfsangeboten. Jeden Monat kam eine Frau vom Jugendamt vorbei und sah nach dem Rechten. Also, ob Kathi und Manfred mich auch nicht vernachlässigten und so. Dabei hatten die da schon x Pflegekinder und waren bei den Ämtern hoch angesehen."

„Hat es geholfen?" Bruni sah Bella geradezu durchbohrend an.

„Ja und nein." Bella dachte nach und nagte dabei an ihrer Unterlippe, was sie richtig süß und unschuldig aussehen ließ. „Es war mit Sicherheit notwendig, alles noch einmal aufzuarbeiten, aber ich denke, ich war einfach schon zu verkorkst, als dass es mich auf den normalen Weg zurückbringen konnte. Das hat erst die Liebe geschafft." Sie strahlte derart, dass weder Bruni noch ich diese Worte anzweifelten.

„Ich bin mir sicher, dass deine Pflegeeltern kaum Probleme mit dir hatten", die Tante klang richtig verzagt. „Du bist so ein lieber, fröhlicher Mensch."

„Mit einer total seltsamen Lebenseinstellung. Zumindest bisher. Mein Problem lag aber auch anders. Ich denke, Anna hat das Vertrauen in die Menschen verloren, das war bei mir komischerweise nie der Fall, ich konnte sehr wohl zwischen meiner Mutter und Kathi unterscheiden."

„Anna dagegen hat sich in sich selbst zurückgezogen", nickte die Tante. „Sie vermeidet jeden Kontakt."

„Aber sie muss doch auf der Arbeit mit ihren Kollegen zurechtkommen."

„Dort gilt sie als Eigenbrötlerin." Die Tante seufzte schwer. „Sie kann gut mit den Tieren umgehen, deshalb hat man sie auch übernommen. Menschliche Interaktion dagegen gibt es kaum, sie redet mit den anderen Mitarbeitern nur das Notwendigste."

„Umso erstaunlicher, dass sie sich mit mir angefreundet hat." Bella legte den Kopf schief und blinzelte Bruni zu. „Vielleicht solltet ihr es doch noch einmal mit dieser Selbsthilfegruppe versuchen. Vielleicht taut sie ja gegenüber Leidensgenossinnen eher auf."

„Nein!" Die Tante war ganz Abwehr. „Erstens weiß ich gar nicht, ob es die noch gibt, wir waren nur zwei-, dreimal ganz am Anfang da, und zweitens sind diese Mädchen mit Sicherheit nicht das richtige für Anna. Die, die ich da gesehen habe, kamen mir noch gestörter vor, da würde sie eher noch depressiver."

„Dann würde ich auf jeden Fall mit ihr zu einem Psychologen gehen. Gar nichts zu machen, bringt sie nicht weiter. Eher verfestigt sich auf Dauer ihre Abwehr anderen Menschen gegenüber."

„Ach Kind." Die Tante war den Tränen nahe. „Du hast ja recht. Ich habe schon oft gedacht, was soll werden, wenn ich mal nicht mehr bin. Die Anna kommt doch nicht alleine klar."

„Na, da machen Sie sich nicht zu viele Gedanken. Bis dahin ist noch Zeit", tröstete Bella sie. Ganz so leicht nahm sie die Worte allerdings nicht, ich konnte sehen, dass sie echt betroffen war. „Und ich werde gleich heute mit

Anna reden. Sie muss unbedingt selbst den Willen haben, was zu ändern."
Sie kniete vor Bruni nieder und nahm sie in den Arm.
Leider wurde die Idylle von einem herannahenden, hupenden Auto unterbrochen, in dem die Tante einen ihrer Kunden erkannte. Damit war das Gespräch wohl oder übel erledigt.
Nun, ich hatte genug gehört und gesehen, Bruni schied eindeutig als Auftraggeberin aus. Und das mit den Haaren auf den Zähnen, was ich zu Kathi gesagt hatte, musste ich relativieren. Sie würde zwar wie eine Löwin um und für Anna kämpfen, aber ihr Hauptaugenmerk war auf deren Zustand gerichtet. Der Richter und sein Urteil hatten sie kaum berührt, ich glaubte nicht, dass das gespielt war. Wenn diese Frau hätte Rache nehmen wollen, hätte sie den Stiefvater und die Mutter bestraft.
Ich beschloss, dass es die Umstände erforderten, Kathi aufzusuchen und in ihrem Mittagschlaf zu stören. Vielleicht gab es ja bei ihr auch Neuigkeiten, die es nötig machten, dass ich hier vor Ort ermittelte. Ehrlich gesagt wollte ich wenigstens ein, zwei Tage in der Nähe meiner Familie sein.
Sie schlief so tief und fest, dass es mir nicht gelang, mich bemerkbar zu machen. Ich vertrödelte eine halbe Stunde im Garten und kam dadurch fast zu spät. Mit Müh und Not erreichte ich die Tür, bevor sie den Raum verlassen konnte.
Bevor sie dazu kam, irgendetwas zu sagen, sprudelte ich schon meine Berichte hervor. Natürlich erzählte ich zuerst von der Überprüfung der anderen Opfer, den Clou mit Tante Bruni hielt ich bis zuletzt zurück.
„Armes Mädchen", sagte Kathi nachdenklich. „So hat unsere Untersuchung zumindest etwas Gutes gebracht. Bella wird nicht locker lassen, bis die Kleine in eine Behandlung einwilligt."
Ha! Sie hatte angesichts der Neuigkeiten kein Wort über meine ach so verpönte Lauschaktion verloren. Da sah man es mal wieder, selbst Kathi maß mit zweierlei Maß. „Und wie machen wir jetzt weiter?", fragte ich schnell, um nicht doch noch ein Donnerwetter zu riskieren.
„Gar nicht. Ich werde unsere Überlegungen noch heute der Polizei mitteilen und wir ziehen uns zurück."
Nein! Was für ein Verrat! Ich war total geschockt. „Kathi!"
Sie musste wohl an meiner Stimme gehört haben, wie enttäuscht ich war. „Sieh mal", versuchte sie mir begreiflich zu machen. „Wir stochern doch bloß im Dunkeln herum. Während du unterwegs warst, ist mir bewusst geworden, wie albern unser Vorgehen ist und …"
„Überhaupt nicht", widersprach ich empört.

„Lass mich bitte ausreden. Selbst wenn wir mit unserer Theorie recht haben, sind wir nicht in der Lage, alle Verdächtigen zu überprüfen. Außerdem sind wir bisher in einer völlig falschen Richtung vorgegangen."
„Wieso?"
„Richie, bitte!" Langsam wurde sie sauer. „Die Opfer, die du überprüft hast, das war völlig unnütz. Überleg mal, es kann nur jemand sein, der vor Ort ist. Die Gewohnheiten der Richter müssen ausspioniert werden und derjenige wird wohl auch den entscheidenden Tipp geben, wann zugegriffen werden soll. Ich kann mir nämlich nicht vorstellen, dass diese Vorarbeit von den beiden Haupttätern übernommen wird, das wäre viel zu auffällig. Nein, es muss jemand sein, der in die betreffende Gegend gehört, der sich frei bewegen kann."
Sie sah mich abwartend an. Hm, was sollte ich darauf sagen? Klar, ihre Ausführungen hatten mich überzeugt, aber deshalb gleich ganz aufhören zu ermitteln? Nee. Und sich auf die Polizei verlassen? Wieder nee. Die waren schon zu doof gewesen, die Verbindung zu ziehen. „Machen wir halt hier weiter", blieb ich deshalb hartnäckig. „Gehe ich eben zur nächsten Versammlung der Selbsthilfegruppe und schaue mal, was ich dort herausfinde."
„Richie." Sie sah mich an, als hätte sie einen ihrer Schüler vor sich, der nicht eins und eins zusammenzählen kann. „Dort wirst du nichts erfahren, glaube mir. Wenn es diese verschworene Gemeinschaft wirklich gibt, wirst du auf einem der Treffen überhaupt nichts über sie herausfinden. Es reicht doch schon, dass ein einziger Betroffener, der vielleicht gar nichts mit Bruno zu tun hat, aber in unserer Stadt wohnt, da mitmischt. Wie willst du den finden?"
Ihre Rede war zwar etwas wirr, aber ich hatte sehr wohl verstanden, was sie mir sagen wollte. Wenn ihre Vermutung stimmte, dann hatten sich irgendwie Betroffene aus ganz Deutschland kennengelernt und zusammengeschlossen, um die Richter, die die Urteile gesprochen hatten, zu bestrafen. „Du meinst, vielleicht sitzt hier bei uns gar nicht das Opfer von Bruno, sondern eventuell ein ganz anderes, das mit einem anderen Richter zusammenhängt, der wiederum von einem dritten Mitglied der Gruppe observiert wurde?"
„Genau", nickte sie. „Einige von Brunos Opfern sind doch auch mittlerweile umgezogen. Du siehst also, dass unsere Möglichkeiten viel zu beschränkt sind. Dazu kommt, vorausgesetzt wir liegen überhaupt richtig, es kann sich bei den Tätern nicht nur um Opfer oder Ehepartner handeln, sondern auch um andere Familienangehörige, die voll Wut und Hass sind.

Das Feld der Verdächtigen ist zu groß, als dass wir etwas herausfinden könnten."

Begreifen, was sie mir mitteilen wollte, tat ich schon, aber ich hatte mich mittlerweile viel zu sehr in diesen Fall verbissen, als dass ich so ohne Weiteres aufgeben würde. „Kathi, bitte", begann ich deshalb erneut. „Du musst doch …"

„Und außerdem hat die Polizei jetzt das Kennzeichen und eine Beschreibung des Lieferwagens, der das Tatfahrzeug war", unterbrach sie mich. „Wahrscheinlich haben sie die Kerle bereits aufgespürt."

Nee, die bestimmt nicht! Aber angesichts Kathis entschlossener Miene enthielt ich mich aller weiteren Kommentare. Nun gut, sollte sie ruhig die Polizei informieren. Wenn die ihr überhaupt glaubten, würden sie es trotzdem nicht schaffen, den Fall zu lösen, davon war ich fest überzeugt. „Gut, wie du willst", sagte ich deshalb, „dann düse ich jetzt ab zu Carmen und den Kindern."

Ohne ein weiteres Wort schlüpfte ich durch das Schloss der Schlafzimmertür und verließ das Haus. Na, Kathi würde sich noch wundern, was ich alles unternehmen konnte, wenn ich wollte!

36

Katharina

Das war typisch Richie. Kaum ging ihm etwas gegen den Strich, war er beleidigt. Aber immerhin hatte er eingesehen, dass wir der Polizei unsere Vermutung mitteilen mussten. Dass er allerdings wirklich die Ermittlungen einstellen würde, glaubte ich eher nicht. Dafür hatte er sich viel zu sehr in diesen Fall verbissen. Außerdem hasste er Niederlagen. Ich war mir sicher, schon bald wieder von ihm zu hören.

Ich wählte sofort vom Schlafzimmer aus und ließ mich mit Hans-Peter, einem meiner Bekannten bei der Polizei verbinden. Doch bevor er ans Telefon kam, hatte ich bereits wieder aufgelegt, denn mir war gerade noch rechtzeitig eingefallen, dass diese ganze Geschichte ja topsecret war und niemand Außenstehender davon wusste. Was hätte ich ihm sagen sollen? Dass mittlerweile durchgesickert war, was geheim bleiben sollte? Und wenn er dann fragte, wer mein Informant war? Nein, ich hatte keine Chance einzugreifen.

Gerade hatte ich diesen Gedanken zu Ende gebracht, da rief Hans-Peter zurück. „Du wolltest mich sprechen?"

„Äh .. ich glaube, das hat sich schon erledigt", brachte ich stammelnd hervor, während mein Gehirn schon mit Hochdruck nach einer vernünftigen Ausrede suchte.

„Nein, sag ruhig, was du auf dem Herzen hast."

„Ja, also", begann ich zögerlich. „Du hast ja sicherlich in der Zeitung von dieser Richterin gelesen, die einen Vergewaltiger frei gesprochen hat, weil das Opfer nicht laut genug um Hilfe rief? Nun wurde mir von verschiedenen Seiten zugetragen, wie empörend dieses Urteil doch ist. Und da dachte ich …, naja, ich weiß ja, dass unser Richter hier überfallen worden ist … und irgendwie hege ich nun den Verdacht … ich meine, vielleicht liege ich ja damit falsch", ich verhaspelte mich völlig.

„Du vermutest, es könnte bei ihm ein Racheakt gewesen sein und hast nun Angst, dass die Richterin etwas Ähnliches erwartet?"

„Ja, so ungefähr", sagte ich erleichtert, dass er mir trotz meiner wirren Gedanken hatte folgen können. „Die Bekannten, mit denen ich gesprochen habe, waren der Ansicht, diese Frau müsse wohl erst am eigenen Leib erfahren, was es heißt, vergewaltigt zu werden, damit sie es nachvollziehen könne. Nun sind das alles Menschen, die etwas Derartiges dennoch nie tun würden. Aber …"

„… es gibt auch die anderen."

„Ja, zum Beispiel die, die den Richter überfallen haben", bestätigte ich. „Ich meine, ich will damit nicht sagen, dass da ein Zusammenhang besteht …" Hier brach ich den Satz lieber ab. Eigentlich hatte ich schon viel zu viel gesagt.
„Ja, Kathi, ich denke, das ist ein interessanter Ansatz", erwiderte Hans-Peter nach einer kurzen Pause. „Ich werde deine Anregung an die zuständigen Kollegen weiterleiten."
„Es war nur ein Gedanke, ich meine …", jetzt, da es heraus war, kam ich mir direkt albern vor.
„Nein, nein, gut, dass du angerufen hast", widersprach Hans-Peter. „Deine Theorie ist es zumindest wert, überprüft zu werden."
„Ich hatte doch gar keine Theorie", protestierte ich. Denn woher hätte ich Unwissende die hernehmen sollen? „Es war nur so ein Gedanke."
„Trotzdem danke für deinen Anruf. Und Frohe Ostern."
„Wünsche ich dir auch." Hm, hatte er mich nun ernst genommen oder nicht? Ich ging unser Gespräch noch einmal Wort für Wort durch. Danach war ich mir immer noch nicht im Klaren, ob ich mich nun lächerlich gemacht hatte, oder er wirklich dankbar für meinen Hinweis gewesen war.
Nun gut, ich hatte mein Möglichstes getan. Und diese Idee mit der Richterin war mir gerade noch rechtzeitig gekommen, eigentlich richtig genial von mir.
Der Rest des Nachmittages verging mit Vorbereitungen auf das nahe Osterfest. Und dann war es schon Zeit, mich für meinen Abend bei Christina und Burkhard umzuziehen. Irgendwie verspürte ich nicht die geringste Lust zu diesem Besuch. Ich hasse Konfrontationen, bei denen einer klein beigeben musste.
Trotzdem stand ich natürlich pünktlich um acht vor ihrem Haus. Sie wohnten am entgegengesetzten Ende der Stadt in einem ziemlich mondänen Viertel. Von außen glich das Gebäude seinen Nachbarn, ein lang gezogener Bungalow mit Doppelgarage und gepflegtem Vorgarten, ein Bewegungsmelder, der schon zehn Meter vor der Tür für helle Beleuchtung auf dem Kiesweg sorgte und ein großer Messingklopfer als Klingel.
Burkhard hatte das Haus relativ günstig von seinem Vorgänger an der Klinik gekauft, er hatte damals sofort zugeschlagen, als es ihm angeboten wurde, da er nicht die Zeit hatte und Christina nicht in der Lage dazu war, mit einem Makler endlose Besichtigungen über sich ergehen zu lassen. So richtig glücklich waren die beiden hier allerdings nicht. Zu keinem in der Straße hatten sie näheren Kontakt, meine Freundin meinte verächtlich, deren Lebenszweck sei das Repräsentieren, sie könne ihre Zeit besser ver-

bringen, als sich über Golfen und Tennis, Friseur und Kosmetik und Essen in den angesagten Lokalen zu definieren. Burkhard unterhielt aus reiner Höflichkeit lose Beziehungen zu den neben ihm Wohnenden, Freundschaften hatte er ebenso wenig geschlossen.
Somit lebten die beiden ziemlich isoliert, wenn Christina ausging, dann mit ihren Bekannten aus den verschiedenen Selbsthilfegruppen, ihr Mann traf sich ab und zu mit Arbeitskollegen, an besonderen Feiertagen fuhren die beiden zu ihren nächsten Angehörigen.
In meinen Augen hatte diese selbst gewählte Einsamkeit bisher funktioniert. Christina war mir zwar gehetzt, aber innerlich durchaus ausgeglichen und zufrieden vorgekommen. Nur Burkhard schien die Situation, so wie sie war, anscheinend nicht zu behagen.
Noch bevor ich den Klopfer betätigen konnte, öffnete er mir die Tür und bat mich herein. „Christina ist noch in der Küche. Sie wollte wenigstens eine Kleinigkeit vorbereiten."
„Das war doch wirklich nicht nötig", protestierte ich.
„Doch!", sie erschien in der Küchentür. „Das ist mein Dank dafür, dass du immer Lotti nimmst."
Kaum hatte sie den Namen ausgesprochen, erschien der Hund auf der Bildfläche und stürzte sich begeistert auf mich. Nach einer ausgiebigen Begrüßung und jeder Menge Streicheleinheiten, die uns die ersten paar Minuten erleichterten, führte mich Burkhard ins Wohnzimmer und hieß mich, gleich in der Essecke Platz zu nehmen.
„He, das sieht ja toll aus." Sämtliche der alten Möbel aus dunkler Eiche waren verschwunden, die neue Einrichtung mit hellen Ledersofas und Schränken aus Birkenholz ließ den Raum viel größer wirken. Auch der Tisch mit der Glasplatte und die Wildleder bezogenen Stühle im Essbereich harmonierten hervorragend damit.
„Wir haben doch schon vor zwei Jahren umgeräumt. Warst du so lange nicht mehr hier?" Burkhard beugte sich zu mir hinüber und flüsterte: „Wir haben nach und nach alles erneuert, damit sie nichts mehr an Rebecca erinnern kann."
Da Christina in diesem Moment mit einem Tablett bewaffnet den Raum betrat, ging ich nicht weiter auf seine Worte ein, sondern lobte noch einmal die gelungene Veränderung.
„Ja, es ist wärmer, wohnlicher", meine Freundin strahlte mich an. „Ich bin froh, dass ich mich durchgesetzt habe. Das andere war viel zu düster, da musste man ja depressiv werden."

Während ich mir eine der kleinen Pasteten nahm, musterte ich sie. Nein, heute Abend wirkte sie tatsächlich ruhig und zufrieden, nicht gestresst, nicht traurig, und garantiert nicht depressiv. Konnte man diesen Zustand vortäuschen?

„Ich bin froh, dich endlich einmal länger als für zehn Minuten zu sehen", begann ich vorsichtig. „Du scheinst ja ständig unterwegs zu sein."

„Ja", sie strahlte immer noch. „Meine Projekte haben mich in letzter Zeit ziemlich gefordert. Aber jetzt läuft alles rund, ich kann etwas kürzertreten."

„Ha!", brummte Burkhard nur und beugte sich tiefer über seinen Teller.

Schlagartig erlosch das Lächeln auf Christinas Gesicht. „Beachte ihn nicht, der Herr hat im Moment immer was zu meckern", sagte sie schärfer als nötig.

„Was hast du denn nun eigentlich gemacht?", fragte ich neugierig.

„Hat er dich vorgeschickt, oder willst du es wirklich wissen?", schnappte sie.

„Es interessiert mich, sonst würde ich nicht fragen", erwiderte ich, was hätte ich auch sonst sagen können? Mittlerweile ärgerte ich mich schwarz, dass ich mich von Burkhard hatte dazu benutzen lassen, Christina auf den Zahn zu fühlen. „Bisher konnte ich dich nie fragen, was du treibst, du warst jedes Mal so in Eile, wenn du Lotti gebracht oder abgeholt hast – und telefoniert haben wir auch kaum", fügte ich hinzu, was ebenfalls den Tatsachen entsprach.

„Ich weiß", Christina sah aus, als hätte sie ein schlechtes Gewissen. „Es tut mir leid, ich habe dich ausgenutzt. Deshalb wollte ich mich mit diesem Abendessen bei dir revanchieren."

Nun verstand ich gar nichts mehr. Hatte sie von Burkhards Einladung gewusst? Was wurde hier eigentlich gespielt? Ich unterdrückte den Impuls, ihm einen fragenden Blick zuzuwerfen. „Dann lass mal hören. Ich bin gespannt, was du zu erzählen hast."

„Nun, ich habe ja durch eigene Erfahrung feststellen müssen, wie schwer es für Eltern ist, ihr Kind durch ein Verbrechen zu verlieren. Burkhard hat mich damals auch in eine Selbsthilfegruppe geschleppt, wobei ich sagen muss, dass mir das zu dem Zeitpunkt eigentlich nichts gebracht hat. Die war aber auch dermaßen unprofessionell geführt." Sie schüttelte noch in der Erinnerung daran den Kopf.

„Es lag eher an dir", wandte Burkhard ein. „Du warst nicht bereit, dich zu öffnen."

„Wann und wieso hast du dich denn dann diesem Thema gewidmet?", fragte ich rasch, bevor es zwischen den beiden zu einem Streit kommen konnte. Sein kleiner Einwurf hatte schon gereicht, Christina in Wut zu bringen.

„Später, als es mir wieder besser ging, habe ich angefangen im Internet zu recherchieren", ging sie bereitwillig auf meine Frage ein. „Und musste feststellen, dass für Eltern, deren Kinder missbraucht oder gar bei einer Vergewaltigung getötet wurden, kaum adäquate Anlaufstellen existierten. Gut, es gab Therapieangebote für die Opfer, aber wer half den Eltern, die mit den täglichen Auswirkungen des Verbrechens zu kämpfen hatten? Fast alle Kinder waren stark traumatisiert – und trotzdem sollte das Leben irgendwie weitergehen. Vor allem die Mütter hatten darunter zu leiden, es fehlte meiner Meinung nach an Gruppen, in denen die Eltern sich austauschen, sich gegenseitig Tipps geben konnten, am besten natürlich unter der Begleitung eines erfahren Psychologen."

„Moment", warf ich ein. „Gibt es denn in jeder Stadt so viele Opfer, dass sich derartige Treffen überhaupt realisieren lassen?"

„Nein, Gott sei Dank nicht, aber ich habe das Problem gelöst, indem wir diese Betroffenen in die Versammlungen normaler Vergewaltigungsopfer integrierten. In vielen Städten ist es mir zudem gelungen, Therapeuten für diese Abende zu gewinnen und damit direkte Hilfe zu leisten." Christina verstummte und warf ihrem Mann einen kurzen Blick zu.

Ich zuckte zusammen. Was war das hinter Burkhard? Richie! Er konnte seine Schnüffelei einfach nicht sein lassen!

37

Richard

Oh! Katharina hatte mich entdeckt. Da würde ich morgen einiges zu hören bekommen. Aber erstens war mir langweilig gewesen – ich konnte Carmen nirgendwo finden, Eva hatte die Kinder früh ins Bett gepackt – und zweitens war mir da so ein Gedanke gekommen, den ich unbedingt überprüfen wollte. Nur hatte Kathi eigentlich nicht wissen sollen, dass ich mich hier aufhielt..

Ich war ja auch erst näher gekommen, nachdem sich Lotti in die Küche verzogen hatte, zu ihrem gefüllten Napf. Vorher hatte ich an der Treppe nach oben gelauert und fast gar nichts von dem Gespräch mitbekommen. Und kaum war ich dabei, wurde ich von Kathis Röntgenaugen auch schon entlarvt! Ha, echt gut, dass sie jetzt nichts sagen konnte.

„… im Internet vertreten", berichtete Christina gerade. „Das gibt allen die Möglichkeit, sich auch außerhalb der Treffen auszutauschen. Besonders interessant ist es für die, die keine eigene Gruppe in ihrer Stadt haben. Und es findet sich jederzeit jemand, mit dem man über das gerade aktuelle Problem sprechen kann. Seit Neuestem haben wir sogar einen Psychologen, der einmal in der Woche auf wichtige Fragen eingeht. Du siehst also, ich habe eine Menge erreicht. Andererseits gibt es noch vieles, was ich machen will. Ich werde nächste Woche zum Beispiel im Fernsehen interviewt, so kann ich das Thema mehr in den Blick der Öffentlichkeit rücken. Außerdem sind im Anschluss daran bereits zwei Interviews mit Zeitungen geplant."

„Was auch nicht viel bringen wird", brummte Burkhard. „Du weißt doch, wie das ist, es geht ein Aufschrei durchs Land, ungefähr eine Woche lang, wenn nichts Wichtigeres dazwischen kommt, bist du in aller Munde, danach erlischt das Interesse wieder – und ändern tut sich nichts."

Der Blick, den sie ihm dieses Mal zuwarf, war eindeutig giftig. „Ich versuche es wenigstens."

„Ich muss deinem Mann leider zustimmen", mischte sich Kathi, ganz die alte Friedensstifterin, ein. „Es ist doch immer dasselbe, es wird geredet und geredet, die Problematik von allen Seiten beleuchtet, im Fernsehen überbieten sich die Talkshows mit illustren Gästen, die alle wahnsinnig tolle Ideen haben", oder zumindest eine Plattform gefunden haben, auf der sie ihre Meinung lautstark kundtun können, ergänzte ich im Stillen.

„Und was kommt am Ende dabei rum? Gar nichts", fuhr Kathi fort, wurde aber sofort versöhnlicher, als sie Christinas Blick bemerkte. „Das sollte

nicht gegen dich gerichtet sein. Ich finde es toll, dass du dich so engagierst. Und ich denke, dass du auf diesem Weg sicherlich schon einiges bewegt hast. Außerdem hast du damit eine Aufgabe gefunden, die dich erfüllt."
„Genau." Wieder ein Seitenblick zu Burkhard. „Obwohl es einige Leute anders sehen."
„Ich finde doch nur, dass du dich zu sehr aufreibst", verteidigte der sich. „Und ich sehe eben, dass dich die Beschäftigung mit diesem Thema richtig krankmacht. Du hörst so viel Schmutz, erlebst so viel Elend, ich kann mir nicht vorstellen, dass das gut für dich ist."
„Ich will es aber so", erklärte sie energisch. „Ich habe dir schon oft genug erklärt, dass ich nicht mehr schreiben kann – zumindest nicht mehr diese Heile-Welt-Kinderbücher. Die Arbeit, die ich mache, ist wichtig für mich. Ich brauche eine sinnvolle Beschäftigung, sonst gehe ich kaputt!"
Den letzten Satz hatte sie fast geschrien. Ich konnte sehen, dass Burkhard und Kathi ziemlich geschockt waren von diesem Ausbruch. Dabei konnte ich sie echt verstehen. Ich meine, ihre ganze Welt war mit dem Tod von Rebecca zusammengebrochen. Jetzt hatte sie sich aufgerafft und eine für sie sinnvolle Aufgabe gefunden, die nebenbei auch noch für andere gewinnbringend war. Warum in aller Welt sollte sie damit aufhören?
Kathi schien ähnlichen Gedankengängen zu folgen, denn sie sagte: „Wenn es das ist, was du tun willst, ist das doch okay. Ich bin sicher Burkhard, siehst das genau so."
„Eben nicht." Christina wandte sich ostentativ von ihrem Mann weg. „Ständig nörgelt er rum, dass ich viel zu viel unterwegs bin, dass ich mich nicht genug um den Haushalt kümmere." Sie schnaubte: „Dabei ist bei zwei Leutchen, die beide kaum daheim sind, fast nichts zu tun. Er isst sowieso jeden Tag in der Kantine, kommt abends meist spät aus dem Krankenhaus und fährt früh wieder hin, ihm sollte es doch egal sein, wie ich meine Zeit verbringe."
„Ist es mir aber nicht." Jetzt wurde Burkhard auch langsam wütend. „Du musst endlich von diesem Thema ablassen. Es macht dich kaputt. Du bist nicht mehr du selbst."
„Ich bin nicht mehr ich selbst, seitdem das mit Rebecca passiert ist", fauchte Christina. „Und daran wird sich auch nichts mehr ändern. Kannst du denn wirklich nicht verstehen, dass ich auch etwas brauche, um weiterleben zu können? Du hast deine Arbeit, darin gehst du auf. Ich stand da und hatte gar nichts mehr."
„Ich meine ja nur …, ich habe gedacht …", er kam ins Stottern und zuckte hilflos die Achseln. „Ich kann mir einfach nicht vorstellen, dass die endlose

Beschäftigung mit diesem Thema dich glücklich macht", nahm er einen neuen Anlauf. „Du hast dich sehr verändert, du bist wesentlich härter geworden, unangepasster wäre wahrscheinlich treffender."
Christina lachte bitter. „Ja, glaubst du denn, du wärest der gleiche geblieben? Was hattest du für Pläne! Doch statt dich selbstständig zu machen, verkriechst du dich im Krankenhaus, nimmst jede Weiterbildung mit und lässt deine Urlaubstage verfallen. Meinst du denn, es macht mir Spaß, mit so jemandem zusammenzuleben?"
„Du dagegen kennst nur noch ein Thema", schnauzte er zurück. „Missbrauchte Kinder."
Meine Güte, die Fronten waren dermaßen verhärtet, da würde auch Kathi nichts ausrichten können.
„Ach ja, ich vergaß", Burkhards Stimme triefte vor Hohn. „Die Verschärfung des Strafmaßes für die Täter ist dir ebenfalls wichtig. Um da etwas zu erreichen, verbrauchst du auch noch den letzten Rest deiner Energie."
„Genug!" Kathis Faust donnerte auf den Tisch. „Meiner Meinung nach hat hier keiner von euch beiden ein generelles Problem", fuhr sie ruhiger fort. „Das einzige Problem, das ich sehe, ist eure Beziehung zueinander. Statt euch nach Rebeccas Tod zusammenzuraufen und einen gemeinsamen Weg zu finden, hat jeder für sich allein eine Lösung für ein sinnvolles Weiterleben gesucht. Du, Burkhard, hast dich in deiner Arbeit vergraben und du, Christina, bist auf die Aufgabe mit den Selbsthilfegruppen gestoßen. Aber keiner von euch beiden hat sich bemüht, den anderen zu unterstützen oder auch nur zu verstehen."
Ha, das hatte gesessen! Die zwei saßen da wie begossene Pudel.
Christina fing sich zuerst. „Du hast recht", sagte sie leise, ohne aufzusehen, den Blick starr auf ihre Finger gerichtet, die komplizierte Kreise auf den Tisch malten. „Wir sind wie zwei Einzelkämpfer, die in dem anderen den Feind sehen."
„Nein!" Burkhard fuhr sich in einer verzweifelten Geste mit der Hand durch das Haar. „Ich liebe dich immer noch, ich will dich nur nicht verlieren. Dieses Gefühl hatte ich aber in letzter Zeit immer deutlicher. Du interessierst dich nicht mehr für mich, du lebst nur noch für deine Projekte und reibst dich daran auf."
„Meine Arbeit ist mir wichtig – genau wie deine dir." Sie funkelte ihn an. „Doch das kannst du nicht akzeptieren."
Gleich würde der Streit wieder eskalieren. Kathi, die das wohl ebenso sah, ging vorsichtshalber dazwischen. „Wenn ihr euch gegenseitig Vorwürfe macht, bringt uns das auch nicht weiter. Vielleicht solltet ihr zuallererst

einmal das Grundproblem angehen, liegt euch noch etwas aneinander, wollt ihr überhaupt zusammenbleiben?"

„Ja", sagte Burkhard mit fester Stimme.

„So nicht", kam es von Christina.

Kathi seufzte laut. „Was heißt das genau?", fragte sie nach.

„Er soll meine Tätigkeit als Teil meiner selbst annehmen, so, wie ich es bei ihm auch mache. Es ist für mich nicht einfach eine Beschäftigung, in die ich mich verbeiße, damit ich über meinen Verlust hinwegkomme. Ich finde sie im Gegenteil sehr sinnvoll und lohnenswert."

„Du leidest."

„Nein, ich empfinde einen gerechten Zorn, der mich eher antreibt, als dass er mich hinunterzieht." Christina holte tief Luft. „Gut, anfangs war es vielleicht so, dass ich nur nach einem Ventil suchte, meine Trauer zu kanalisieren. Aber mittlerweile ist mir diese Arbeit sehr wichtig. Vor allem, nachdem ich sehe, was ich alles erreicht habe und wie dankbar viele der Eltern mir sind. Und mal ganz ehrlich, ich habe mit meinen Büchern so viel Geld verdient, dass es sogar für uns beide bis an unser Lebensende reichen würde. Warum sollte ich also nicht etwas tun, das mir und anderen hilft, auch, wenn ich dafür nicht einen Cent sehe?"

„Und das Schreiben?", fragte Burkhard. „Fehlt dir das gar nicht? Du warst doch früher über freie Zeit an deinem Laptop richtig glücklich."

„Ich habe schon wieder angefangen", gestand Christina, senkte aber den Blick und male weitere Kreise auf die Tischplatte.

„Das ist doch super!"

„Es sind keine Friede-Freude-Eierkuchen-Geschichten." Sie entschloss sich, ihn anzusehen. „Und außerdem sind es eher zwei Projekte. Zum einen versuche ich, einen Ratgeber für Eltern missbrauchter Kinder zu schreiben, der die wichtigsten Punkte unserer Online-Hilfe zusammenstellt. Zum anderen möchte ich kleine Geschichten schreiben, die den betroffenen Kindern helfen sollen, besser mit ihrer Situation umgehen zu können. Damit bin ich bisher noch nicht sehr weit gekommen, mir fehlen die Ideen."

„Was genau stellst du dir vor?" Burkhard beugte sich interessiert vor.

„Ich will helfen, das Geschehene zu verarbeiten und die Ängste abzubauen, alles in Absprache mit einem Psychologen natürlich. Über die Planung sind wir allerdings bis jetzt nicht hinaus. Mir fehlt noch die zündende Idee."

„Hast du schon Stichpunkte gesammelt?"

„Ja, jede Menge, ich bekomme nur keine vernünftige Geschichte daraus gebaut."
„Zeig mal!"
„Ihr Lieben!" Kathi erhob sich. „Ich glaube, wir ... äh, ich verlasse euch jetzt. Nicht, dass du denkst, dein Projekt interessiert mich nicht, Chris. Aber ich muss morgen früh raus. Außerdem glaube ich", sie zwinkerte der Freundin zu, „dass du in deinem Mann einen guten Zuhörer gefunden hast."
Christina sprang auf. „Ich hoffe, wir haben dir nicht den Abend verdorben", sagte sie, als sie Kathi in den Flur begleitete. „Eigentlich wollte ich mich mit diesem Essen bei dir für deine Mühen mit Lotti bedanken. Burkhard meinte", sie biss sich auf die Lippe. „Gut, es war seine Idee", gab sie dann zu. „Aber es war kein böser Wille meinerseits. Ich hatte nur so schrecklich viel zu tun."
„Ich bin froh, dass ihr endlich Klartext miteinander geredet habt." Kathi umarmte sie zum Abschied. „Und du solltest dich ein bisschen mehr schonen. Alleine schon, damit wenigstens ab und zu mal etwas Zeit für eine alte Freundin bleibt." Sie lachte. „Und ebenso für deinen Mann." Sie beugte sich weiter vor. „Er liebt dich nämlich immer noch", flüsterte sie ihr ins Ohr. „Und da wäre es doch schade, wenn du dein Leben vor lauter Überarbeitung nicht mehr genießen könntest."
„Du hast ja recht." Christina erwiderte die Umarmung. „Und danke, für alles."

38

Katharina

Ich konnte mich gerade noch bis zum Auto zurückhalten, dann explodierte ich. „Verdammt noch mal, Richie. Ich hasse es, wenn du mir nachspionierst! Das war rein privat, ich will dich bei so was nicht dabei haben."
Er hüllte sich in beleidigtes Schweigen. Ich seufzte und startete den Motor. Bitte, sollte er eben schmollen. Ich hatte gesagt, was ich sagen wollte. Doch im letzten Moment, ich war schon angefahren, spürte ich das vertraute leichte Ziepen im Brustraum, das seine Anwesenheit verriet.
„Ich wollte mit dir sprechen", sagte er, kaum dass ich den Wagen in die Garage gefahren hatte. „Es war wichtig, sonst hätte ich dich garantiert nicht gestört."
Aha, er hatte sich in der Zwischenzeit wohl eine gute Ausrede einfallen lassen.
„Also die Tante ist auf keinen Fall involviert", verkündete er, als wäre dies eine erstaunliche Neuigkeit.
„Haben wir nicht schon darüber gesprochen?" Ich wusste, meine Stimme klang immer noch ärgerlich, aber das war ja auch der Gipfel, man roch die Ausrede geradezu. „Waren wir uns nicht einig, dass es nicht unbedingt derjenige vor Ort ist, der gegen den entsprechenden Richter vorgehen will? Und hatten wir nicht deshalb entschieden, den Fall an die Polizei weiterzugeben?"
„Hm, ja, aber ich habe die ganze Zeit darüber nachdenken müssen. Irgendwie glaube ich, dass die unseren Verdacht als Hirngespinst abtun werden."
Statt mich zu beruhigen, wurde ich immer saurer. „Abwarten", sagte ich knapp. „Und nun, wenn es keine weiteren Erkenntnisse gibt, würde ich gern aussteigen und ins Haus gehen. Ich bin müde."
„Okay, okay. Ich gebe zu, ich hatte Langeweile. Carmen war nicht da und die Kinder schliefen schon. Aber richtig ist, dass ich unseren Fall wirklich nicht aus dem Kopf kriege. Und die Tante ist weder Mittelsmann noch Anstifter, da bin ich mir ganz sicher."
„Das warst du dir heute Nachmittag schon", erinnerte ich ihn. „Und dass alle anderen, die du überprüft hast, ebenfalls nicht infrage kommen, hatten wir auch bereits entschieden."
„Die Polizei ist noch nicht weitergekommen", verkündete er triumphierend und machte eine kleine Pause, wohl um mir Gelegenheit zu geben, nachzufragen. Aber den Gefallen tat ich ihm nicht. „Der weiße Lieferwa-

gen ist immer noch nicht aufgetaucht", gab er schließlich nach. „Wir sind also weiterhin im Rennen. Und dadurch, dass ich heute Abend dabei war, bin ich auf eine neue Verdächtige gestoßen: Christina! Sie könnte problemlos dieses Netz, nach dem wir suchen, aufgebaut haben."
Jetzt reichte es mir endgültig. „Richie", sagte ich so energisch wie möglich. „Ich will von deinen Hirngespinsten nichts mehr hören."
„Überleg doch mal! Sie ist …"
„Nein, nein, nein!", rief ich dagegen. „Es ist aus und vorbei. Es gibt für uns keinen Fall mehr."
„Kathi! Sie ist selbst betroffen und engagiert sich für all die anderen Opfer. Du musst …"
„Ich muss gar nichts", blaffte ich ihn an, obwohl sich in meinem Magen ein unbehagliches Gefühl breitzumachen begann. „Ich werde dich nun verlassen und die gesamten nächsten Tage ohne dich verbringen, mit meiner Familie das Osterfest feiern, mich an all meinen Kindern, die zu Besuch sind, erfreuen und es einfach nur gemütlich haben – ohne Stress und Aufregung."
„Na, dann tschüss."
Oh, oh, er war tödlich beleidigt. Aber ich war immer noch viel zu empört, um darauf zu achten. Immerhin hatte ich recht gehabt, er war mir gefolgt und hatte das Gespräch mit meinen Freunden aus reiner Langeweile belauscht. Es gab keine neue Entwicklung, wegen der er mich aufsuchen musste. Und dieser Verdacht gegen Christina? Lächerlich.
Trotzdem schlichen sich nun doch leise Zweifel ein und es gelang mir nicht, meine eigenen Gedanken zu stoppen. Nicht nur Richie waren ihre Worte im Gedächtnis geblieben, auch ich wusste noch genau, dass Burkhard erwähnt hatte, dass sie auch für Strafverschärfung kämpfe, was sie weder bestritten noch weiter kommentiert hatte.
Allerdings war unser Gespräch in dem Moment in eine ganz andere Richtung umgeschwenkt. Klar, ich hätte nachfragen können, nur war ich zu dem Zeitpunkt darauf aus, die beiden zu versöhnen und nicht, Christina als möglichen Täter zu entlarven. Dieser verdammte Richie!
Zum Glück empfing Bella mich gleich an der Tür und zog mich in Richtung Küche. „Papa hat Besuch", sie rümpfte die Nase. „Es ist Kalle."
Ich konnte ihre Gefühle durchaus verstehen, ich mochte ihn ebenso wenig. Er war maßlos von sich überzeugt und tat immer sehr überlegen, dabei war er normaler Durchschnitt und nicht besser oder schlechter als wir anderen auch.

Wir schlichen uns also über die Diele in die Küche, sodass die beiden uns nicht bemerkten und Bella schloss vorsichtig die angelehnte Tür, die ins Wohnzimmer führte. „Kaffee?", fragte sie und deutete auf die halbvolle Kanne auf der Warmhalteplatte.

Abwehrend hob ich die Hände. „Viel zu spät. Sonst kann ich nicht schlafen."

„Aber Cola trinkst du", stelle sie grinsend fest, während sie schon mein Glas füllte. Dann wurde sie ernst. „Du, ich habe heute mit Bruni gesprochen, die hat mir alles erzählt, und anschließend auch versucht, mit Anna darüber zu reden, was übrigens ein kompletter Reinfall war. Ich meine, die kann das Vorgefallene nicht einfach komplett in sich verschließen und hoffen, es geht ihr irgendwann besser, ohne, dass sie was tut? Wie siehst du das?"

„Ich denke, du solltest mir zuerst ausführlich erzählen, was die Tante denn nun gesagt hat."

Sie begann zu berichten und ich bemühte mich, ein interessiertes Gesicht zu machen, denn die Einzelheiten kannte ich ja alle schon von Richie.

„Anna kommt da allein nicht mehr heraus", bestätigte ich ihre Einschätzung. „Du musst versuchen, sie zu überzeugen, dass sie Hilfe annimmt. Tante Christina kennt bestimmt einen guten Psychologen, ich brauche sie nur anzurufen."

„Sie will nicht mit mir darüber reden", bekannte Bella. „Obwohl ich ihr durch die Blume zu verstehen gegeben habe, dass ihre Tante mich informiert hat."

„Ich glaube nicht, dass es mangelndes Vertrauen zu dir ist. Sie sieht den Sinn nicht. Sie glaubt nicht, dass man ihr helfen kann."

„Und was soll ich jetzt tun?"

„Bedränge sie nicht. Triff dich weiterhin jeden Tag mit ihr und versuche, sie dazu zu bringen, dass sie auch mal mit zu uns kommt. Du musst ihr ja nicht sagen, dass am Wochenende eine ganze Horde bei uns einfällt."

Bella lachte. „Ich glaube, sie würde rückwärts wieder rausgehen. Nee, wenn, dann soll sie gleich morgen mal unsere Luft schnuppern, ist das okay?"

„Natürlich, ich würde sie nur nicht richtig einladen, sondern einfach ganz zwanglos mitbringen. Weißt du was, ich rufe gleich morgen früh Tante Christina an und frage, ob sie kurzfristig Zeit hat, vorbeizukommen. Vielleicht …"

„Ah, da seid ihr", dröhnte Kalles Stimme an mein Ohr. Er stand in der Tür zum Wohnzimmer. Neckisch wedelte er mit dem Zeigefinger. „Also dass du mich gar nicht begrüßt hast, Katharina."
„Konnte sie nicht", konterte Bella sofort. „Dringende Besprechung mit mir."
„Ich wäre gleich noch rüber gekommen", pflichtete ich ihr bei.
„Na, macht ja nichts. Jetzt bin ich eben zu euch gekommen." Er strahlte gönnerhaft auf Bella hinunter, die neben dem zwei-Meter-Mann noch zierlicher als sonst aussah. „Und kann mich gleich mit eigenen Augen davon überzeugen, dass du eine erstaunliche Wandlung erfahren hast. Vom Grufti zum Normalo", er kicherte entzückt über sein Wortspiel.
Bella verzog zwar das Gesicht, aber verkniff sich netterweise eine Antwort.
„Ich setze mich in ein paar Minuten zu euch", bot ich an.
Jeder andere hätte den Wink verstanden, er nicht. Statt zu Manfred zurückzugehen, ließ er sich umständlich am Küchentisch nieder. „Na, da kann ich ja Heike", das war seine Frau, „einiges erzählen. Wir haben dich ja so lange nicht gesehen, Mädchen. Und du willst wirklich schon heiraten?" Er lachte dröhnend. „Genieße lieber das Leben, heutzutage muss man schließlich nicht sofort den erstbesten Kerl heiraten, um versorgt zu sein."
Bella wurde blass vor Zorn. Ich kam ihr mit der Antwort nur einen Sekundenbruchteil zuvor. „Das verstehst du nicht, Kalle, dafür bist du zu sehr Mann", ich blinzelte ihm zu, auch wenn es mir schwerfiel, aber ich wollte die drohende Explosion meiner Tochter verhindern. „Außerdem sind Manfred und ich sehr angetan von diesem Entschluss und freuen uns auf die Hochzeit. Gönn uns doch das Vergnügen."
Diese Worte verstand er und lenkte sofort ein. „Na, wenn ihr es so wollt. Ganz ehrlich, manchmal würde ich mir wünschen, dass meine Biggi sich auch endlich entscheiden könnte. Nach fast drei Jahren hat sie ihren Typen vor die Tür gesetzt. Dabei hat Heike sich schon fast als Oma gesehen."
So unmöglich Heike und Kalle waren, umso mehr hatte ich ihre Tochter Birgit in mein Herz geschlossen. Sie war neben Bella der liebste und sympathischste Mensch, den ich kannte. Zum Unmut ihrer Eltern hatte sie nach dem Abitur nicht studiert, sondern eine Ausbildung zur Erzieherin begonnen und war direkt nach der Prüfung in eine eigene Wohnung gezogen, ziemlich weit entfernt von ihren Eltern.
Und der Typ hatte sie verlassen, nicht sie ihn. Ich war ihr beim Einkaufen begegnet und sie machte kein Hehl daraus, dass sie am Boden zerstört war.

Nur würde ich mit diesem Wissen Kalle gegenüber nicht auftrumpfen, im Gegensatz zu ihm trat ich nicht zu, wenn jemand schon am Boden lag.

„Auf Nachwuchs werden Mama und Papa auch noch warten müssen", erklärte Bella, die sich wieder gefangen hatte, liebreizend lächelnd. „So, und jetzt muss ich weg. Mein Freund wartet auf meinen Anruf."

Ich scheuchte Kalle zurück ins Wohnzimmer, wo Manfred gerade den Telefonhörer weglegte. Aha, der Herr hatte sich gelangweilt, weil mein Mann anderweitig beschäftigt gewesen war.

„Entschuldigt, ein wichtiger Anruf", erklärte Manfred und sah mich um Verständnis heischend an.

„Macht nichts", dröhnte Kalle, der unseren Blickwechsel nicht bemerkt hatte. „So hatte ich wenigstens das Vergnügen zu einer kurzen Unterhaltung mit deiner Frau und deiner Tochter. Trotzdem schade, dass ihr am Samstag nicht zu unserer Party kommen könnt. Heike wird bestimmt enttäuscht sein."

Hurra! Ich warf meinem Mann eine imaginäre Kusshand zu. „Wirklich schade", sagte ich laut.

39

Richard

Ich kochte vor Zorn. Endlich hatten wir einen echten Anhaltspunkt gefunden und Kathi spielte die Unnahbare. Das konnte doch nicht wahr sein! Gut, dass ich ihr zu Christina und Burkhard gefolgt war, hatte sie zu Recht in Rage gebracht. Aber das Ergebnis war derart spannend, das wog diesen kleinen Ausrutscher x-mal auf! Wollte oder konnte sie nicht sehen, wie wichtig unsere Entdeckung war? Ich jedenfalls würde alle anderen Nachforschungen zurückstellen, mich an Christina hängen und sie in den nächsten Tagen nicht mehr aus den Augen lassen.

Nach diesem Streit brauchte ich aber zuerst einmal den Trost meiner Familie. Heute Nacht würde bestimmt nichts Aufregendes mehr geschehen, ich konnte getrost bei Carmen bleiben. Außerdem tat mir etwas Ruhe bestimmt auch gut. Ich musste zwar nicht schlafen, trotzdem war es nötig, mir längere Ruhephasen zu gönnen, in denen ich fast völlig abschaltete. Irgendetwas war noch in mir, das sonst völlig mit Eindrücken zugeschüttet worden wäre, überladen sozusagen, und das ließ mich dann langsam und träge werden, obwohl mein Energiepegel stimmte.

Wie das alles genau funktionierte, wusste ich schließlich nicht, es gab ja niemanden, den man fragen konnte. Und Fragen hätte ich jede Menge gehabt: Wieso konnte ich sehen, hören und denken, wo ich doch keine Augen, Ohren und kein Gehirn mehr hatte? Ach ja, sprechen konnte ich auch. Wie funktionierte das ohne Resonanzkörper? Warum hatte ein Wesen, das nur noch aus reiner Energie bestand – das behauptete zumindest Kathi – trotzdem Gefühle? Gerade jetzt, da ich an den Betten meiner Kinder stand, merkte ich ganz besonders dieses tiefe, warme Empfinden, das mich sofort ruhig und gelassen werden ließ.

Ich versicherte mich nur kurz Carmens Anwesenheit – sie saß im Wohnzimmer vor dem Fernseher, als hätte sie den ganzen Abend schon da verbracht – und verschwand im Schlafzimmer, um mich zu entspannen, verbannte sämtliche störenden Gedanken – morgen war auch noch ein Tag – aus meinem Was-auch-immer und schaltete völlig ab.

Den Vormittag verbrachte ich bei meiner Familie, bis Carmen mit den Kindern zu einem Ausflug aufbrach. Anscheinend ging es in den Zoo, denn Benjamin sang ein Lied über rosarote Elefanten und Annika fragte ihrer Mutter Löcher in den Bauch, Thema waren die Tiere im Amazonashaus, für die sie seit klein auf ein besonderes Faible hat. Auf den Streifzug durch das Gelände konnte ich gut verzichten, in den letzten zwei Jahren waren wir bereits gefühlte einhundert Mal dort gewesen. Ich würde also nichts Spannendes verpassen.

Wichtiger war für mich, herauszubekommen, wie Christinas weitere Pläne aussahen. Wann würde sie zu ihrer nächsten Reise aufbrechen? Auf welchem Weg nahm sie vielleicht sonst noch Kontakt zu ihren Mitverschwörern auf? Sie musste der Initiator sein, wer sonst hatte diese Möglichkeiten? Dass Kathi diese Tatsache nicht sehen wollte!

Das Haus der beiden war wirklich ein Traum, genau so etwas hatte ich für meine eigene Familie irgendwann einmal haben wollen, ein großzügiges Wohnzimmer mit Essbereich, eine moderne, funktionelle Küche und ein nicht zu kleines Gästebad unten, vier weitere Räume oben, die mit bis zum Boden reichenden Fenstern ausgestattet waren und selbst am heutigen trüben Tag hell wirkten und ein Wahnsinnsbad mit Whirlpool in der Badewanne und einer Wasserfalldusche. So ließ es sich leben!

Allerdings hätte das Ganze mit einem oder zwei Kindern, die lärmend die Treppe hinauf und hinunter liefen, wesentlich anheimelnder gewirkt. Es war einfach zu still – und für Burkhard und Christina auch eine Nummer zu groß. Ich konnte mir schon vorstellen, dass sie, wenn er auf der Arbeit war, sich hier einsam und verlassen fühlte. Immer nur zu Hause zu sitzen und in dieser Stille zu leben, wäre für mich auch nichts gewesen.

Im Moment saß jeder für sich in seinem Arbeitszimmer. Ich wischte zu Christina hinein, vielleicht hatte ich Glück und konnte schon damit beginnen, Spuren zu sammeln.

Sie tippte eifrig auf der Tastatur ihres Computers und ich schaute über ihre Schulter auf den Bildschirm. Fehlanzeige! Sie schrieb anscheinend ein Konzept für das Interview, das sie Kathi gegenüber erwähnt hatte. Ich überflog schnell den Text, es sollte nächste Woche Mittwoch stattfinden. Gut, ich würde sie begleiten.

Das Telefon klingelte. Kathi! Was wollte die denn?

Natürlich kam ausgerechnet jetzt Lotti hereingestürmt und veranstaltete ein derartiges Theater, dass ich mich in den unteren Wohnbereich zurückziehen musste. Dieser blöde Hund. Konnte er nicht so gelassen wie Bellas Tiere sein? Die störten sich mittlerweile kaum noch an mir.

„Burkhard?", hörte ich Christina rufen.

„Ja?" Er erschien in der Tür seines Arbeitszimmers.

„Ich fahre eben schnell zu Katharina. Sie braucht meinen Rat."

„Kathi? Soll das ein Witz sein?"

„Nein." Christina lief an ihm vorbei und verschwand im Schlafzimmer. Das war meine Chance. Ich hatte gesehen, dass das Fenster einen Spaltbreit aufstand. Wenn ich mich direkt davor befand - von außen natürlich, ich bin schließlich kein Spanner - und Burkhard ihr folgte, was er hoffentlich tun würde, konnte ich erfahren, was dieses ominöse Treffen zu bedeuten hatte. Ob Kathi endlich zur Vernunft gekommen war und einsah, dass sie ihrer Freundin auf den Zahn fühlen musste?

„Was gibt es denn so Dringendes zu besprechen?", fragte auch Burkhard, der im Türrahmen erschien, kaum dass ich meinen Horchposten erreicht hatte.

„Bella hat ein Mädchen kennengelernt, das wohl psychisch ziemlich mitgenommen ist", erklärte Christina, während sie aus ihrem Jogginganzug schlüpfte und ich mich wegdrehte. „Die Kleine wurde jahrelang von ihrem Stiefvater missbraucht und hat bisher kaum psychologische Hilfe erhalten. Kathi möchte, dass ich versuche, mit ihr zu sprechen. Sie hofft, dass ich sie dazu bringe, einen Therapeuten aufzusuchen."

„Und das ist so dringend?"

„Du", ich hörte einen Reißverschluss ratschen, mein Zeichen, dass ich wieder gucken konnte. Gerade trat sie auf ihren Mann zu und schmiegte sich an ihn. „Bella ist es gelungen, sie zum Essen einzuladen, ein absolutes Novum. Das müssen wir ausnutzen. Unseren Restaurantbesuch können wir doch genauso gut auf heute Abend verschieben. Es sind noch Reste von gestern übrig, das müsste für dich reichen."

„Einverstanden, aber bleib nicht allzu lange."

Ui, der Ton zwischen den beiden hatte sich deutlich verbessert. Anscheinend war Kathis gestriger Besuch nicht ohne Wirkung geblieben. Und jetzt sah ich tatsächlich, wie Burkhard seiner Frau zum Abschied einen Kuss gab. Kathi die Eheretterin. Mensch, es wäre echt zu schade, wenn sich nun Christina als unsere Täterin entpuppte.

Wie es in dieser Frau aussah, erfuhr ich dann kurz darauf, beim gemeinsamen Mittagessen mit Kathi, Bella, Manfred und Anna. Zuerst unterhielt man sich über allgemeine Themen, bis Letztgenannte, die anfangs sehr zurückhalten gewesen war, merklich auftaute. Manfred war es, der das Thema aufbrachte, indem er Fragen zu Christinas Engagement stellte.

Anna hörte stillschweigend zu, wie diese von dem Aufbau ihres Hilfsnetzwerkes erzählte, dass sich von einzelnen, verstreut liegenden Gruppen zu einer das ganze Land umspannenden Organisation gemausert hatte. Auch ihre Internetseite erwähnte sie und natürlich, dass sie mittlerweile sogar Interviews gebe und einen Fernsehauftritt plane. „Deshalb bin ich übrigens heute so unverhofft aufgetaucht", sagte sie abschließend. „Der Regisseur rief mich vorhin an, sie wollen unser Gespräch gern vorziehen, das heißt,

ich müsste bereits am nächsten Dienstag zur Vorbesprechung erscheinen, sodass das Interview am Mittwoch ausgestrahlt werden kann. Nun ist Burkhard im Moment derart eingebunden, dass Lotti stundenlang allein bleiben müsste. Wäre es wohl möglich, dass ihr einspringt?"
„Selbstverständlich", erwiderten Manfred und Kathi fast gleichzeitig.
„Irgendwie gehört sie schon zum Haushalt dazu", ergänzte Manfred.
„Nun übertreib mal nicht", gab sich Christina empört.
„Nun, sie war in letzter Zeit ziemlich oft hier", grinste Manfred.
„Als wenn ich ständig unterwegs wäre." Dieses Mal war ihre Entrüstung nicht gespielt.
„Nicht ständig, aber häufig", griff Kathi begütigend ein. „Wie ich dir bereits gestern sagte, du solltest etwas kürzertreten. Die Sache ist zu wichtig, als dass du riskieren könntest auszufallen."
„Werde ich, sobald sich alles eingespielt hat."
„Also nie", kicherte Bella.
Anna zuckte erschreckt zusammen, sie erwartete wohl eine heftige Reaktion. Doch Christina gab sich lachend geschlagen. „Es ist mein Baby, noch bin ich nicht bereit, die Verantwortung abzugeben", erklärte sie. „Und die Arbeit hilft mir bei meinem Gesundungsprozess, der ehrlich gesagt noch lange nicht abgeschlossen ist." Sie wurde wieder ernst. „Ich brauche dieses Gefühl, anderen helfen zu können. Ich muss mich engagieren, das ist der Sinn meines Lebens."
Sie wandte sich erklärend an Anna und ich muss sagen, sie machte ihre Sache wirklich gut. Kein Mensch hätte erkannt, dass sie alle hier im Endeffekt eine Theaterschau abzogen, um an das Mädchen heranzukommen.
„Meine einzige Tochter ist vor ein paar Jahren vergewaltigt und ermordet worden, daran wäre ich beinahe zugrunde gegangen. Ich war im Krankenhaus und anschließend lange in psychologischer Behandlung. Mein Therapeut, der sich in der dortigen Selbsthilfegruppe für missbrauchte Frauen und Kinder einbrachte, bat mich, ihm bei einem Flyer zu helfen. Dazu musste ich an mehreren dieser Treffen teilnehmen und ...", sie wiegte nachdenklich den Kopf hin und her. „Ich weiß nicht, wie ich es vernünftig erklären soll, ich sah, dass ich beileibe kein Einzelfall war, dass es viele Menschen gab, die nach einem solchen Erlebnis Hilfe benötigten und vor allem, dass die, die diese schreckliche Tat überlebt hatten, dringend Unterstützung brauchten, damit sie irgendwann dieses traumatische Erlebnis wenn nicht vergessen, dann wenigstens verarbeiten konnten, um wieder ein lebenswertes Leben zu leben."
Anna schluckte. „Geht das denn?"

„Ja, aber es dauert lange und man darf nicht aufgeben. Und man muss einen geeigneten Therapeuten haben, der sich mit Trauma-Bewältigung auskennt."
„Kann man nicht auch allein damit fertig werden?", fragte Bella.
„Nein, meiner Meinung nach nicht. Wisst ihr, bei Kindern schalten die Eltern fast automatisch einen Psychologen ein, die betroffenen Frauen dagegen schämen sich oft, Hilfe in Anspruch zu nehmen. Oder erwarten gleich zu viel und brechen die Behandlung ab, wenn es ihrer Meinung nach zu lange dauert. Ich gehe noch oft genug in die verschiedenen Selbsthilfegruppen, um mir ein Bild, von dem, was ich sage, machen zu können. Es ist ein Jammer, mit ansehen zu müssen, wie ehemals gestandene Frauen sich in psychische Wracks verwandelt haben, die sich kaum noch aus dem Haus trauen, die keine Beziehung mehr eingehen können oder eine bestehende zerbrechen lassen, nur, weil sie unfähig sind, wieder Vertrauen in sich und andere zu bekommen."
Das war mal eine Aussage. Selbst ich war betroffen.

40

Katharina
Das Mittagessen war viel besser gelaufen als erwartet. Anfangs war Anna extrem schüchtern gewesen und hatte Manfred und mir nicht einmal in die Augen schauen können. Sie und Bella hatten sich sofort in das Zimmer meiner Tochter zurückgezogen und waren erst gemeinsam mit Christina wieder unten erschienen. Und auch da hatte ich fast gedacht, unser Plan wäre zum Scheitern verurteilt. Während wir entspannt plauderten, blieb Anna zurückhaltend und sagte kaum ein Wort.
Ich war wirklich schon fast am Verzweifeln. Nur gut, dass Manfred, den ich, nachdem die beiden aufgetaucht waren, eingeweiht hatte, so einen harmlosen Übergang fand. Ich glaube nicht, dass Anna etwas gemerkt hatte, besonders, da Chris ja noch extra betonte, dass sie mich unbedingt erneut als Hundesitterin benötigte. Naja, und Bella klang einfach nur interessiert, ohne in Details zu gehen, warum.
Christina verabschiedete sich direkt nach dem Dessert, Manfred zog sich in sein Arbeitszimmer zurück, um an seiner Predigt für Sonntag zu arbeiten und die beiden Mädchen gingen gemeinsam nach oben. Ich beschloss, auf meinen Mittagsschlaf zu verzichten und die Küche aufzuräumen, denn eigentlich wartete ich schon gespannt auf Richies Erscheinen. Zwar hatte ich ihn trotz aller Mühe nicht entdecken können, trotzdem war ich mir sicher, dass er ebenfalls an unserem Gespräch teilgenommen hatte.
Ich wartete, bis sich die letzte Tür geschlossen hatte, und fragte dann leise: „Richie?"
Es kam keine Antwort. Sollte ich mich geirrt haben. Nein, unmöglich!
Also versuchte ich es noch einmal: „Richie, ich weiß, dass du da bist. Los, zeig dich! Ich muss mit dir sprechen!"
Ein heller Fleck tauchte hinter der Übergardine auf, wo er anscheinend die ganze Zeit gewartet hatte. „Super", sagte ich erleichtert. „Ich muss dich …"
„Ich bin schon weg", bemerkte er ziemlich spitz. „Ich will dich nicht stören."
Meine Güte, er war richtig beleidigt. „Richie", versuchte ich es noch einmal. „Wir müssen in Ruhe miteinander reden."
„Ich wüsste nicht worüber", blieb er stur.
„Du bist auf der falschen Fährte. Chris hat mit diesen Überfällen bestimmt nichts zu tun. Überleg doch mal! Meinst du nicht auch, dass sie sich, wenn überhaupt, eher direkt an dem Täter rächen würde? Und dann ihre neue

Tätigkeit", fuhr ich schnell fort, damit er gar nicht erst die Möglichkeit hatte, irgendwelche Einwände vorzubringen. „Warum sollte sie sich dermaßen in diese Arbeit mit den Selbsthilfegruppen stürzen, wenn dies nur ein Vorwand wäre? Nein, sie klingt authentisch und ich bin mir sicher, dass es das Wichtigste für sie ist, dort Gutes zu tun."
„Das eine schließt das andere nicht aus."
„Doch, bei Chris schon, da bin ich mir sicher."
„Hm."
„Außerdem wendet sie sich an die Öffentlichkeit, lässt sich interviewen und in Fernsehsendungen einladen", trumpfte ich auf. „Aber bisher hat sie mit keinem Wort über die laschen Strafen einzelner Richter gesprochen. Wenn sie ernsthaft von der Richtigkeit ihrer Bestrafungsaktion überzeugt wäre, und das wäre sie, wenn sie sich auf so etwas einließe, würde sie diese Fakten bestimmt immer und immer wieder erwähnen."
„Kann sein, muss aber nicht", brummte Richie. „Vielleicht klammert sie die extra aus, damit kein Verdacht auf sie fällt."
„Chris ist nicht berechnend." Meine Güte, wie sollte ich ihm bloß meine Gedankengänge vernünftig erklären, dass er verstand, was ich ausdrücken wollte.
„Sie ist klug, sie hat ein sicheres Auftreten, sie kann überzeugen", zählte Richie auf. „Sie ist der geborene Anführer und hat dazu noch jede Menge Kontakte aus ihrer Zeit als Schriftstellerin."
„Sie ist viel zu emotional, als dass sie einen derartigen Plan entwerfen könnte", hielt ich dagegen. „Ich bleibe dabei, wenn Chris sich würde rächen wollen, dann direkt am Täter."
„Was ist mit dem? Müsste der nicht schon längst wieder auf freiem Fuß sein?"
„Keine Ahnung." Komisch, darüber war tatsächlich nie wieder gesprochen worden.
„Das solltest du unbedingt in Erfahrung bringen."
„Ich werde Burkhard aushorchen, er bringt mir am Dienstag Lotti vorbei", stimmte ich willig zu. Insgeheim war ich froh, dass wir beide wieder vernünftig miteinander reden konnten. Und ich war mittlerweile auch bereit, ihm Zugeständnisse zu machen. „Hängst du dich weiter an Chris?"
„Hatte ich vor."
Das klang ziemlich ungnädig, über diesen Punkt wollte er wohl nicht weiter diskutieren. „Dann sehe ich dich erst wieder, wenn sie Lotti abholt?"
„Es sei denn, irgendetwas Weltbewegendes passiert vorher", gab er zur Antwort, war aber offensichtlich erstaunt, dass ich nicht weiter nachhakte.

„Richie", sagte ich stattdessen, „irgendwie glaube ich, wir haben uns total verrannt. Ich kann mir immer weniger vorstellen, dass wir mit unserem Verdacht richtig liegen. Sei bitte nicht gleich wieder genervt", kam ich ihm zuvor. „Seit gestern Abend denke ich fast ununterbrochen über dieses Thema nach und, je mehr ich nachdenke, desto unsinniger kommt mir unsere Idee vor."

„Unsinnig?", fragte er und seine Stimme triefte vor Hohn. „Du meinst, Science-Fiction mäßig?"

„Jetzt sei doch nicht gleich wieder eingeschnappt!", fuhr ich ihn an. „Ich versuche, vernünftig mit dir über meine Gefühle zu sprechen. Ich meine, wenn wir da dran bleiben wollen, müssen wir uns auch selbst hinterfragen können, ob die Richtung, die wir eingeschlagen haben, stimmen kann."

„Also willst du doch weitermachen?" Er klang schon viel sanfter.

„Auf jeden Fall! Nur müssen wir das Ganze noch einmal überdenken."

„Typisch Frau", brummte er. „Lass uns einfach schauen, wie es weiter geht."

Ich unterdrückte ein Seufzen. Klar, langes Diskutieren und Abwägen waren nicht Richies Ding. Er hatte seine Richtung und würde sie verfolgen, bis es ganz eindeutig war, dass er auf die falsche Fährte setzte. Erst dann wäre er für neue Argumente offen.

„Ich finde trotzdem, dass wir ..."

„Das besprechen wir, wenn ich wieder zurück bin", erklärte er geschwind und war schon dabei, sich durch das gekippte Fenster zu entfernen. „Bis dahin – und Frohe Ostern."

„Dir auch", murmelte ich leise, er war sowieso schon viel zu weit entfernt. „Und ich glaube immer noch, dass wir hätten alles noch einmal durchgehen sollen", sprach ich in mein Spülwasser und begann die Auflaufform kräftig zu schrubben.

Weil bei uns niemand Fisch mochte, gab es freitags meistens Nudeln und heute an Karfreitag natürlich erst recht. Ich hatte da vor Kurzem ein tolles, fleischloses Rezept gefunden mit Paprika und Zucchini und ganz viel Käse, das hervorragend geschmeckt, aber in der Form deutliche Spuren hinterlassen hatte. Daran konnte ich nun meinen Frust gut auslassen.

„Es ist einfach viel zu absurd, was wir uns da ausgedacht haben", grummelte ich vor mich hin. „Ach was, absurd ist die ganze Geschichte an sich. Wer kommt schon auf die Idee, jede Menge Richter körperlich zu bestrafen? Zu welchem Zweck? Und warum auf diese Art?"

Je länger ich darüber nachdachte, umso weniger glaubte ich an die Richtigkeit unserer Denkungsweise. Es musste etwas ganz anderes dahinterstecken. Aber was?
Ich grübelte und grübelte und kam zu keinem Ergebnis. Ach, wie gern hätte ich meine Gedanken mit jemandem geteilt. Manfred zum Beispiel, der hätte in seiner nüchternen Art wahrscheinlich schon haufenweise Argumente gegen unsere Theorie gefunden. Nein, andererseits war er viel zu lieb, um sich auf derartige Gedankengänge einlassen zu können. Der hätte bestimmt auf eine sehr kranke Persönlichkeit getippt und sich gar nicht vorstellen können, dass es relativ normale Menschen gab, die Derartiges absichtlich taten.
Nicht, dass mein Mann nicht mit beiden Beinen fest in der Welt stand. Er verschloss seine Augen auch nicht vor dem Bösen, das passierte. Er war nur ganz und gar unfähig, Gedankengänge in diese Richtung zu entwickeln.
Elisabeth, ja, die wäre die Richtige. Und dazu würde ich sie heute noch sehen. Wir hatten einen langen Spaziergang geplant, davon würde sie sich, obwohl das Wetter ziemlich kühl und bedeckt war, bestimmt nicht abbringen lassen. Das wäre die ideale Gelegenheit!
Nur, wie sollte ich ihr die Fakten präsentieren, ohne dabei Richie zu erwähnen? Nein, unmöglich.
Trotzdem wäre ich beinahe ins Wanken geraten, als sie mir bei unserem Weg über den Friedhof stolz berichtete, dass sie all ihre Facebook-Freunde auf den weißen Lieferwagen angesetzt hatte. „Wie …, woher … weißt du?", stammelte ich.
„Manfred hat mir davon erzählt, er ist doch am Donnerstag mit mir einkaufen gegangen." Sie strahlte mich an. „Da ist mir die geniale Idee gekommen, die Community mit einzuspannen. Ich habe die Fahndung auf meine Seite gesetzt, sodass all meine Freunde sie sehen können. Viele von ihnen haben diese auf ihre eigene Seite kopiert, sodass deren Freunde sie nun ebenfalls sehen und weiterverbreiten können."
„Wie ein Schneeballsystem", murmelte ich entsetzt.
„Genau." Sie nickte zufrieden. „Ich überlege bereits, ob ich nicht auch anfangen sollte zu twittern."
„Elisabeth", sagte ich vorsichtig. „Ich glaube nicht, dass die Polizei von dieser Vorgehensweise begeistert ist."
„Na und?", erwiderte sie forsch. „Nur das Ergebnis zählt."
Nein, den Gedanken, meine Schwiegermutter einzuweihen, legte ich ganz schnell zur Seite.

41

Richard

Das war das lausigste Osterfest aller Zeiten. Fern ab von meiner Familie verbrachte ich meine Tage damit, dem höflichen Geplauder von Burkhard, Christina und Mama Elke zu lauschen. Ich war geradezu erleichtert, als die beiden sich am Montagmittag verabschiedeten und ich Christina nach Köln begleiten konnte. Vielleicht wurde es jetzt endlich spannend.

Sie parkte vor einem freistehenden Einfamilienhaus, nahm ihren Koffer und ging darauf zu. „Warnung vor dem Hund" stand auf dem Schild des das Grundstück umlaufenden Zaunes. Oh nein, bitte nicht schon wieder!

Die Haustür öffnete sich, noch bevor Christina sie ganz erreicht hatte. Die Frau, die auf der Schwelle stand, schätzte ich auf ungefähr Ende dreißig, obwohl sich schon reichlich graue Strähnen in die dunkelbraunen Haare mischten.

„Chris", sie hob erfreut die Arme. „Schön, dass du so früh kommst."

Die beiden Frauen umarmten sich, dann lugte Christina an ihrer Gastgeberin vorbei. „Wo ist Sina?"

„Falk und die Kinder sind zur Oma gefahren und wollen bis Freitag dort bleiben. Wir haben also das Haus für uns. Nun komm erst einmal rein."

Aber Chris trat einen Schritt zurück und musterte den Hauseingang. „Ihr habt eine Überwachungskamera? Und einen Wachhund?"

„Die Kamera ist echt, der Hund existiert nur auf dem Schild." Unser Gegenüber zuckte mit den Schultern. „Sina hat immer noch Angst."

Endlich bequemte sich Christina einzutreten. „Auch hier? Ich meine, ihr seid doch extra umgezogen."

Wow, das war mal ein schönes Haus, mit einer großzügigen Diele, einem riesigen Wohnzimmer und einer davon abgehenden, offenen Küche. Vor lauter Staunen hätte ich beinahe vergessen, dem Gespräch zu lauschen.

„… immer noch nicht viel besser", sagte die namenlose Gastgeberin gerade. „Sie geht wieder zur Schule, aber ich muss sie hinbringen und abholen. Ihre Freundinnen müssen zu uns kommen, wobei - eigentlich will sie sie gar nicht sehen. Ich muss sie regelrecht zwingen, Kontakt zu halten." Sie seufzte schwer und schien sich auf ihre Gastgeberpflichten zu besinnen. „Ich mache uns einen Kaffee, okay?"

Während Christina am Tresen Platz nahm, begann sie nervös in der Küche zu hantieren, räumte Deckelchen von links nach rechts, öffnete fünf Mal die Besteckschublade und ließ beinahe die Kaffeetassen fallen. Sie kam erst

etwas zur Ruhe, nachdem der Espressoautomat seinen Inhalt ausgespuckt hatte.
„Ich bin fix und fertig", gestand sie schließlich, während sie, den Blick gesenkt, in ihrer Tasse rührte, obwohl es gar nichts zu rühren gab, sie hatte weder Milch noch Zucker genommen. „Ich habe das Gefühl, wir machen keine Fortschritte, eher Rückschritte."
Sie sah auch echt schlecht aus, graue Gesichtsfarbe, hohle Wangen, die zu ihrer überschlanken Figur passten und müde, traurig blickende braune Augen.
„Miri, das ist völlig normal. Wie lange ist es her? Gerade mal ein halbes Jahr", beantwortete Christina sich ihre Frage selbst. „Was sagt denn der Psychologe? Hast du mit ihm gesprochen?"
„Ich muss Geduld haben", sie schluchzte auf. „Aber wie lange denn noch? Ich sehe kein Fortkommen. Wir müssen das Licht in ihrem Zimmer die ganze Nacht anlassen und ich muss bei ihr sitzen, bis sie eingeschlafen ist. Trotzdem wird sie fast jede Nacht von Albträumen gequält. Sie kann immer noch nicht allein zu Hause bleiben und klammert sich an mich, dass ich kaum Luft zum Atmen habe. Das Verhältnis zu ihrer Schwester dagegen wird immer schlechter." Vor lauter Weinen konnte sie nicht weiter sprechen. Mit zitternden Fingern zog sie eine Zigarettenschachtel zu sich heran. „Und wieder angefangen zu rauchen, habe ich auch."
„Das ist nun wirklich das kleinste Übel." Christina langte über den Tresen und nahm Miris Hand in die ihre. „Solange es dir hilft, ist im Moment jedes Mittel recht."
„Und meinen Arbeitsplatz bin ich auch los", Miri stieß zornig den Rauch aus. „Ist vielleicht ganz gut so, ich hätte eh nicht mehr die Nerven dafür gehabt."
„Ich weiß, es hört sich jetzt blöd an, aber es werden wieder bessere Zeiten kommen."
„Ja, die Frage ist nur, wann? Bis dahin bin ich ein Wrack, unsere Ehe ist kaputt und Yvonne hasst mich dermaßen, dass sie nichts mehr mit mir zu tu haben will."
Christina schwieg betroffen. Was hätte sie darauf auch sagen sollen?
„Es ist schon ein Wunder, dass Sina überhaupt mit Falk und ihrer Schwester zur Oma gefahren ist." Miri drückte die Kippe aus und zündete sich sofort eine neue an. „Früher war sie mit ihrem Papa ein Herz und eine Seele, sodass ich schon fast eifersüchtig auf ihn war, jetzt darf er sie nicht einmal mehr in den Arm nehmen. Die Kleine dagegen wird von ihr nur noch gepiesackt, an ihr lässt sie all ihren Frust und Zorn aus. Dazu muss es

Yvonne ertragen, dass sie immer nur die zweite Geige spielt. Alles dreht sich um Sina. Mittlerweile ist ein halbes Jahr vergangen und es wird und wird nicht besser."

„Es ist doch zumindest ein kleiner Fortschritt, dass sie gemeinsam verreist sind." Christina streichelte Miris Hand, die sie die ganze Zeit nicht losgelassen hatte.

„Genau das hat der Therapeut auch gesagt. Es wären ganz, ganz kleine Trippelschrittchen, in denen es vorwärtsginge, die aber auch immer wieder verbunden mit Rückfällen sind. Ich solle beginnen ein Tagebuch zu führen, damit ich eine bessere Einschätzung bekäme." Miri entwand ihre Hand, griff nach einem Stück Küchenrolle und putzte sich energisch die Nase. „Ich bin heute nicht ich selbst. Normalerweise wälze ich mich nicht so in Selbstmitleid. Aber der Vormittag war eine einzige Katastrophe. Dieser Trip mit Vater und Schwester, es war die Idee des Therapeuten. Sina sollte etwas ohne mich unternehmen. Sie war ja auch damit einverstanden. Doch heute Morgen ist sie fast durchgedreht. Sie hat geschrien und getobt, dann fing Falk auch noch an, dass er nun keine Lust mehr habe, mit ihr zu fahren und zu guter Letzt zickte Yvonne rum, sie würde lieber bei mir bleiben wollen. Ich musste Sina beruhigen, meinen Mann wieder in die richtige Spur bringen und zuletzt Yvonne gut zureden, damit die sich nicht wieder benachteiligt fühlt. Mein Gott, ich habe das Gefühl, alles hängt nur an mir."

Christina nickte. „Du bist der Fels in der Brandung. Nur du hältst die Familie zusammen, richtig?"

Miri seufzte schwer. „Anfangs war Falk der Starke. Gut, ich musste mich um Sina kümmern, sie ließ ja niemanden sonst an sich heran. Aber er gab mir Halt, beschäftigte sich viel mit Yvonne, half im Haushalt mit und managte mehr oder weniger unser Leben. Nur ließ sein Enthusiasmus von Monat zu Monat mehr nach. Im Moment habe ich das Gefühl, wir sind ihm nur noch lästig. Er kommt nicht damit klar, dass es nicht vorwärtsgeht. Er ist mit der Situation total überfordert."

Wieder nickte Christina. „Das ist bei den meisten Männern so. Vielleicht dadurch, dass ihre Gefühlsebene anders tickt als die der Frau." Sie zuckte mit den Schultern. „Vielleicht liegt es auch daran, dass es hierbei nur um ein Aushalten der Situation geht. Männer können gut kämpfen, aber schlecht einstecken."

„Ich denke, das ist es. Er ist zu ungeduldig." Miri biss sich auf die Lippe. „Und dann lässt er es an mir aus, wenn seine Erwartungen wieder einmal nicht erfüllt worden sind. Er ist der Meinung, Sina lässt sich hängen und

ich würde sie dabei unterstützen. Dabei spreche ich mich mit dem Psychologen ab. Er gibt mir das Tempo vor."
„Kommt Falk zu diesen Gesprächen mit?"
Miri schnaubte. „Natürlich nicht. Damit will er nichts zu tun haben. Das ist mein Ding. Schließlich ist er nun der alleinige Ernährer, ich bin ja nur noch für Haushalt und Kinder zuständig."
„Du solltest dringend einen Termin zwischen ihm und dem Therapeuten vereinbaren", empfahl ihr Christina. „Sonst bricht eure Ehe tatsächlich auseinander. Achte einmal beim nächsten Treffen der Gruppe darauf, wie viele Partnerschaften gescheitert sind oder zumindest wackeln. Man sagt immer, Unglücke schweißen zusammen. Tatsache ist jedoch, dass sie oft der Grund sind, dass Paare sich trennen. Bei uns wäre es auch fast so weit gekommen."
„Und wie habt ihr die Kurve gekriegt?"
„Du wirst lachen, wir benötigten zwei Anläufe", gestand Christina. „Beim ersten Mal wären wir beinahe an meiner Trauer gescheitert. Ich konnte damals einfach nicht in ein normales Leben zurückfinden. Burkhard hatte seine Arbeit, für ihn war das alles viel einfacher, er musste sich zusammenreißen, um seinem Job gerecht zu werden, ich dagegen saß den ganzen Tag lang im Haus und konnte mich nicht aufraffen, etwas zu tun. Haushalt und Kochen, das alles erschien mir so sinnlos geworden – und Schreiben? Ich brachte nicht einen vernünftigen Satz zustande."
„Und dann entdecktest du die Vereinsarbeit?"
„Ja, aber bis es dazu kam, dass ich mich richtig engagierte, dauerte es eine ganze Weile. Zuerst bin ich nur dorthin gegangen, um mit Leidensgenossen zu sprechen. Nur waren diese Treffen derart unstrukturiert, dass es jedes Mal im reinsten Chaos endete, das heißt, zu dieser Arbeit bin ich im Endeffekt nur gekommen, weil ich mit dem, was sich bei uns tat, total unzufrieden war und nach Verbesserungen suchte, um für mich selbst adäquatere Hilfe zu bekommen." Christina lachte. „Es war also der reinste Eigennutz."
„Aber was sich daraus entwickelt hat, kann sich sehen lassen."
„Tja, und genau dieses Engagement sah mein Mann eher als verbissenes Kämpfen einer Frau, die sich immer noch nicht mit dem Verlust ihres Kindes abgefunden hat und auf diesem Weg ihren Hass und ihre Trauer kanalisiert."
„Und wie habt ihr diese Krise gemeistert?"
„Durch die Hilfe einer Freundin." Wieder lachte Christina. „Seine Absicht, mich bloßzustellen, ist nach hinten losgegangen. Er hat hinter meinem

Rücken versucht, meine Freundin zu überreden, mich dazu zu bringen, diese Arbeit aufzugeben. Stattdessen hat sie in einem gemeinsamen Gespräch ihn dazu gebracht, mich zu verstehen."

Ach, sieh mal einer an. Christina war also gar nicht so unvorbereitet in diese Unterhaltung mit Kathi gegangen. Irgendwie hatte sie von den Ränkeschmieden ihres Mannes erfahren und, statt ihn darauf anzusprechen, die arme Angegriffene gespielt. Und dann hatte sie den Spieß umgedreht und ihm endlich klar gemacht, wie wichtig ihr diese Arbeit war. Echt stark.

42

Katharina
Unser Osterfest verlief trotz des schlechten Wetters herrlich chaotisch familiär. Alle Kinder waren gekommen, zum Teil mit Partner, zum Teil allein und nur für einen Tag, aber alle hatten Spaß an diesem Massenereignis.
Bastian entpuppte sich als netter, junger Mann, ruhiger und wesentlich erwachsener, als ich ihn mir vorgestellt hatte. Sein mäßigender Einfluss auf Bella war deutlich spürbar, ihr inneres Strahlen, dass sie seit seinem Eintreffen umgab, sprach für sich.
Das Beste aber war, dass er, nachdem sie ihm von Annas Problemen erzählt hatte, spontan beschloss, mit ihr gemeinsam noch den Rest der Woche bei uns zu bleiben, damit sie ihren Einfluss auf diese vertiefen und dazu nutzen konnte, sie zu einer Therapie zu bewegen.
Nach Christinas Besuch hatte Bella das Thema bewusst vermieden und Anna war von sich aus auch nicht mehr darauf zurückgekommen. Bruni hatte meiner Tochter aber anvertraut, dass ihre Nichte seitdem ziemlich nachdenklich geworden sei. Sie merke, dass es in ihr arbeite, hatte sie wortwörtlich gesagt.
Am Ostermontag war Bella mit Bastian für zwei Stunden zu den beiden gegangen und anschließend hatten sie Anna tatsächlich mitgebracht. Sie hatten zwar die meiste Zeit in Bellas Zimmer gesessen, aber an dem gemeinsamen Abschiedsessen für unsere restlichen Kinder teilgenommen. Dabei war mir Anna immer noch zurückhaltend, aber etwas freier vorgekommen. Allerdings meinte Bella hinterher, das hätte nur daran gelegen, dass ihre Geschwister alle durchweg nett wären und Anna gleich miteinbezogen.
Ich sah ihr Verhalten positiver. Sie war wesentlich lockerer, Manfred hatte sie gar mit einem Lächeln bedacht, als er sie ansprach. Auch mit Bastian schien sie keine Probleme zu haben, das Einzige, was mir auffiel, war, dass sie immer noch nicht in der Lage schien, Augenkontakt zu halten, sie sah überall hin, nur nicht ihrem Gegenüber direkt ins Gesicht. Und vor direktem Körperkontakt schreckte sie zurück, sie stand lieber vor dem Fenster, als sich zu jemandem auf die Couch zu setzen, machte eher einen Umweg, als Gefahr zu laufen, einen der Anwesenden zu streifen und gab bei Tisch die Schüssel so weiter, dass ihre Hand nicht mit der des anderen in Berührung kam.

Diese Beobachtungen teilte ich Bella und Basti gleich am Dienstagmorgen mit. Für Bellas Verhältnisse waren sie sehr früh in der Küche erschienen, es war noch nicht einmal acht. Doch bevor wir darüber diskutieren konnten, klingelte es an der Tür und ein gestresst wirkender Burkhard brachte mir Lotti. „Ich habe verschlafen, kannst du bitte die Morgenrunde übernehmen? Ich hole sie gegen fünf wieder ab."
Die letzten Worte rief er mir schon auf dem Weg zurück zum Auto zu. Ich hatte alle Hände voll zu tun, denn Toby und Buffy wollten den Neuankömmling begrüßen, wovon Lotti nicht sehr viel hielt. Ängstlich drückte sie sich gegen meine Beine. Ein Pfiff ertönte und die Rüden trollten sich zurück in die Küche.
Endlich konnte ich Lotti überzeugen, mir zu folgen. Vorsichtshalber ließ ich sie an der Leine, damit sie sich nicht verstecken konnte. So hatte sie die Möglichkeit, Toby und Buffy erst einmal aus der Entfernung kennenzulernen, denn die beiden würden es unter Bellas strengem Blick nicht wagen, sich anzunähern.
Innerhalb von fünf Minuten waren die Verhältnisse geklärt. Lotti hatte den Rüden unter Knurren zu verstehen gegeben, dass sie sie zwar duldete, aber in Ruhe gelassen werden wollte und die zwei hatten es mit etwas Nachhilfe von Bastian schnell akzeptiert. Als kurz darauf Bella mit den Leinen klapperte, sah sie mich fragend an.
„Wir nehmen sie mit", bot meine Tochter an.
„Prima." Ich lechzte danach, mit den Aufräumarbeiten zu beginnen, das Wochenende hatte seine Spuren hinterlassen.
„Mach nicht alles alleine", mahnte Bella, die meine Absicht erahnte. „Wir helfen dir gleich, wenn wir zurück sind."
„Lasst die Hunde sich ruhig richtig austoben", gab ich zurück. „Wenn ihr alle aus dem Weg seid, geht es viel schneller." Ich meinte es wirklich so. Manfred war ebenfalls früh aufgestanden und schon auf dem Sprung, ich hatte das Haus für mich allein und konnte mich in aller Ruhe von Zimmer zu Zimmer vorarbeiten. Die Erfahrung hatte mich gelehrt, dass es wesentlich unpraktischer war, mich auf Helfer zu verlassen, die es dann doch nicht so hinbekamen, wie ich es gern gehabt hätte. Nein, ich war in diesem Punkt etwas eigen.
Beinahe hätte ich über das Dröhnen des Staubsaugers das Telefonklingeln überhört. Kurz bevor der Anrufbeantworter ansprang, nahm ich das Gespräch entgegen. „Kathi? Sag mal, was hast du dir eigentlich dabei gedacht", kam es barsch aus dem Hörer. „Wir ertrinken in Hinweisen. Die Kripoleute sind mehr als sauer."

Anfangs noch irritiert wusste ich endlich, worum es ging. „Ich war das nicht, Hans-Peter", versuchte ich mich zu verteidigen. „Meine Schwiegermutter ist auf diese glorreiche Idee gekommen."
„Und wer hat ihr davon erzählt?" Er war richtig sauer. „Du weißt doch, dass du Polizeiinterna nicht einfach so weiter erzählen darfst."
„Ich habe es nur meinem Mann gesagt, der hat es dann an seine Mutter weitergeben. Keiner von uns beiden wäre auf die Idee gekommen, dass sie eine Suchmeldung bei Facebook einstellt."
Jetzt kicherte er. „Eigentlich ziemlich clever, was? – Nun ja", fuhr er nach einem kurzen Räuspern ernster fort, „ich habe mir jedenfalls einen Anschiss eingefangen und es wurde mir aufgetragen, dich ebenfalls zu ermahnen, was ich hiermit getan habe."
Aha, er nahm die Sache lockerer, als gedacht. „Wieso habt ihr nicht selbst über die Zeitungen nach dem Auto gefahndet?", wagte ich daher zu fragen.
„Weil die Kollegen vermuten, dass die Täter den Wagen dann schnellstmöglich abstoßen werden. Zurzeit scheint er sich noch in ihrem Besitz zu befinden. Und die Fahndung läuft sehr wohl, allerdings nur intern."
„Tut mir leid", entschuldigte ich mich.
„Ach", wehrte er ab, „ehrlich gesagt, ist mir persönlich dieser Weg lieber. Und du glaubst gar nicht, wie viele Hinweise wir erhalten haben. Ich hoffe, dass der Richtige dabei sein wird, dann sieht die Sache nämlich auf einmal ganz anders aus."
„Glaubst du wirklich?" Das war ja interessant. Dann war Elisabeths Idee doch nicht so hirnverbrannt, wie ich gedacht hatte.
„Abwarten", meinte er, räusperte sich und ergänzte in barschem Ton: „So, Frau Klingenberg, für das nächste Mal wissen Sie Bescheid. Bitte halten Sie sich an die Auflagen der Polizei, sonst können wir Sie gegebenenfalls haftbar machen. Auf Wiederhören."
Ich sparte mir die Antwort und schaltete den Hörer aus. Meine Güte, der Arme! Die Kollegen mussten wirklich sauer sein.
Innerlich lächelnd nahm ich meine Arbeit wieder auf. Was hatte meine Schwiegermutter mit ihrer Facebook Aktion da bloß losgetreten? Ob ich sie anrufen und ihr davon erzählen sollte? Nein, ich verwarf den Gedanken gleich wieder. Sonst würde sie wahrscheinlich auf die Idee kommen, dasselbe noch einmal bei Twitter einzustellen.
Das Telefon klingelte erneut. Zu meiner Überraschung war es Carmen, die eine Weile herumstammelte, bis sie endlich ihre Bitte äußerte. Ob ich morgen Nachmittag auf ihre beiden Kinder aufpassen könne? Sie hätte einen Termin, den sie nicht verschieben könne und leider sei Oma Eva, die ei-

gentlich hätte aufpassen sollen, krank geworden und da wäre ihr so schnell niemand anderes eingefallen, auf den man sich verlassen könne und …
„Ja, natürlich", unterbrach ich ihre Litanei, leicht verwundert, warum sie sich genötigt fühlte, mir all das haarklein zu berichten.
„Danke", stieß sie hervor. „Ich bringe sie gegen drei vorbei."
Es knackte und sie hatte aufgelegt. Kopfschüttelnd kehrte ich zu meinem Staubsauger zurück. Ein seltsames Telefongespräch war das gewesen.
„Warum bringt sie die beiden nicht zu Bruno und Margret?", fragte Manfred erstaunt beim Mittagessen, als ich ihm Bericht erstattete. Gemeinerweise hatte ich mit dieser Geschichte begonnen, das Telefonat mit Hans-Peter behielt ich mir für zuletzt vor.
„Keine Ahnung, ich dachte, dem Richter geht es noch nicht gut genug."
„Der ist wieder ganz der Alte. Ich habe ihn heute in der Stadt beim Einkaufen getroffen. Übrigens, fast hätte ich es vergessen, er lässt dir ausrichten, dass du dich nicht wundern sollst, wenn du bald ein Paket von Karstadt bekommst. Er hat sich erlaubt, dir für deine Mühen eine Kleinigkeit zu besorgen, die er gleich an dich schicken lässt." Manfred grinste mich an. „Siehst du, er lässt sich nicht lumpen."
„Darum ging es mir doch gar nicht", erwiderte ich ärgerlich, sah dann aber, wie er Bella anstieß und diese anfing zu lachen.
„Ach, ihr könnt mich gar nicht meinen", gab ich zurück und nutzte gleich die Gelegenheit, um von Hans-Peters Anruf zu berichten.
Wie ich erwartet hatte, wurde Manfred ziemlich sauer. Sicherlich spielte da auch der Umstand hinein, dass er genau gewusst hatte, dass er das, was ich ihm erzählt hatte, eigentlich nicht hätte weitergeben dürfen. Er erinnerte mich stark an Richie, Fehler zugeben zu können, war nicht gerade beider Stärke. „Ich weiß gar nicht, warum die so ein Tamtam machen", knurrte er. „Die Polizei sollte sich eher freuen, dass die Bevölkerung mithilft, ein Verbrechen aufzuklären, wozu sie anscheinend ja nicht in der Lage ist."
Klar, dass nun Bella und Bastian wissen wollten, um was es dabei ging.
„Das wüsste ich auch gerne", erwiderte mein Mann, bevor ich eingreifen konnte. „Der Richter erzählt, dass er überfallen und ausgeraubt wurde, der Wolfi, einer unserer Obdachlosen dagegen sagt, dass zwei Männer Bruno in einen Lieferwagen gezerrt haben und mit ihm davon gebraust sind. Kling nicht gerade nach einem einfachen Raub, oder?"
„Warum hast du ihn nicht danach gefragt?" Bella schüttelte verständnislos den Kopf.
„Weil wir offiziell gar nichts davon wissen", mischte ich mich ein. „Und der Richter anscheinend nicht sagen will, was wirklich vorgefallen ist. Und

wenn Papa jetzt zu ihm geht und ihm Wolfis Aussage unter die Nase reibt, bekommen wir gleich den nächsten Rüffel von der Polizei. Das muss nicht sein."

So, Diskussion elegant beendet. Wir wandten uns anderen, interessanteren Themen zu.

43

Richard
Der Montagabend verlief ziemlich ereignislos. Nach diesem Ausbruch wurde das Thema nicht mehr erwähnt, die beiden benahmen sich wie alte Freundinnen, die einander länger nicht mehr gesehen hatten und einander viel zu erzählen haben, das heißt Christina ließ sich über Lotti, ihren Mann und Kathi mit den vielen Kindern aus, Miri, die eigentlich Miriam hieß, berichtete von der Firmenerweiterung ihres Mannes und den daraus entstehenden Problemen, ein ganz normaler, friedlicher Abend also.
Die Nacht nutzte ich, um mir das Haus näher anzuschauen. Dieses Domizil war der Traum jeder Familie, fast noch besser als das von Burkhard und Christina. Unten die riesige Wohnlandschaft mit der integrierten Küche, die über sämtliche Geräte verfügte, die sich eine Frau wünschen konnte. Oben das Elternschlafzimmer mit großen Einbauschränken, in denen sich unsere Kleidungsstücke glatt verloren hätten, dazu zwei niedliche Mädchenzimmer und ein Gästezimmer – und ein Bad mit allen Schikanen. Der Keller war aufgeteilt in Waschraum, Vorratskammer mit drei! Gefrierschränken, einem riesigen Spielzimmer und einem kleinen, aber feinen Hobbyraum, in dem es wirklich alles an Werkzeug gab, was man jemals benötigen würde.
Nach dieser Inspektion nahm ich mir noch einmal die beiden Räume der Mädchen vor. Das, mit den vielen Kuscheltieren, den Barbies und den Kisten voll mit Lego und Playmobil musste wohl Yvonnes Reich sein. Das andere Zimmer war nämlich wesentlich Teenie gemäßer eingerichtet, mit Bildern von den angesagten Popgruppen an den Wänden, einer teuren Musikanlage und einem Computerbereich, über dem allein vier Regale mit diversen Spielen und Programmen angebracht waren.
Neuere Fotos von den beiden hatte ich leider nicht gefunden. In der Diele hing hinter Glas eine große Collage aus ihrer Baby- und Kleinkindzeit. Ich schätzte, dass die Mädchen circa vier Jahre auseinander waren, die Jüngere kam ganz nach der Mutter, die gleichen dunkelbraunen Augen und Haare, die gleiche Stupsnase und ebenfalls leicht abstehende Ohren. Die Ältere musste ihre hellblonden Haare und blauen Augen wohl von dem Vater geerbt haben, auf allen Bildern wirkte sie strahlend und fest mit beiden Beinen im Leben stehend.
Was für ein Drama hatte sich hier abgespielt, dass sie sämtliche Freude, alle Zuversicht verloren hatte? Mensch, gerade in der Pubertät sollte es doch anders sein. Die Kinder brauchten ihre Renitenz gegen die Eltern, dass sie

sich ablösen konnten und lernten, selbstständig zu werden. Was sollte aus Sina werden, wenn sie sich stattdessen anklammerte und nur ihre Eltern ihr Halt gaben?
Wieder einmal verfluchte ich den Umstand, dass ich völlig auf mich allein gestellt war. Außer mit Katharina konnte ich mit keinem Menschen sprechen – und die war weit weg, zu weit wenigstens, um mal eben bei ihr vorbeizuschauen. Ich musste mir unbedingt merken, sie zu fragen, ob es nicht eine gute Idee wäre, Anna und Sina zusammenzubringen. Vielleicht könnten sie sich ja gegenseitig helfen.
Trotzdem, eines hatte sich wieder einmal bewahrheitet: Geld allein machte nicht glücklich. Da war hier diese Familie, die aus dem Vollen schöpfte und wahrscheinlich auch relativ froh und zufrieden lebte, und peng – plötzlich war es vorbei mit dem Glück und sie balancierte am Rande eines Abgrundes. So schnell ging das.
Nächster Punkt, den ich mir merken musste: Kathi sollte Carmen beiseite nehmen und sie auf die Gefahren, die auf kleine Kinder lauerten, noch einmal explizit hinweisen. Ich wollte alles, was in meiner Macht stand, tun, sie zu beschützen.
Am nächsten Morgen verließ Christina früh das Haus, das einzige Telefonat, dass sie führte, ging an Burkhard, mit dem sie auch schon am Abend zuvor gesprochen hatte. Zwischen den beiden hatte es sich definitiv zum Besseren gewandelt, sie gingen echt nett miteinander um, kein Vergleich mehr zu dem Angegifte von vorher.
Die Besprechung mit dem zuständigen Regisseur war eher langweilig. Er ging mit Chris die Fragen durch, die er zu stellen gedachte und sie musste sich bereits heute die entsprechenden Antworten überlegen, damit am nächsten Tag, wenn die Sendung aufgenommen wurde, der Zeitplan eingehalten werden konnte. Nur einmal wurde es für mich interessant, als Christina darauf bestand, auch die Tatsache der ihrer Meinung nach relativ geringen Strafen mit einzubringen.
„Es geht uns in erster Linie darum, ihre Vereinsarbeit bekannt zu machen und wie groß das Spektrum an Hilfen ist, das sie anbieten", erklärte der Regisseur.
„Darum geht es mir auch", nickte Christina, „trotzdem ist es mir wichtig, wenigstens mit ein, zwei Sätzen auf das Strafmaß, das die Täter erwartet, einzugehen. Viele unserer Mitglieder fühlen sich dadurch erneut angegriffen. Es verzögert ihre Gesundung, wenn ihre Peiniger nur zu einer kurzen Gefängnisstrafe verurteilt werden. Dann kommen sie sich noch wertloser vor."

„Ja", die Regieassistentin, eine junge Frau in hautengen Jeans und Pulli nickte verständnisvoll. „Das kann ich nur bestätigen. Einer guten Freundin von mir erging es ähnlich. Ich denke, die zwei, drei Minuten können wir zugeben."
„Aber danach ist dann Schluss", warnte der Regisseur. „Der Moderator wird nicht weiter nachfragen."
Der hatte was mit der Frau, das war eindeutig. Nur deshalb hatte er nachgegeben.
„Einverstanden", Christina lächelte die Regieassistentin dankbar an. Aha, sie hatte die Situation ebenfalls durchschaut.
Kurz darauf konnten wir das Studio schon verlassen. Statt zurück zu Miriam zu fahren, ging Chris bummeln – und ich mit. Der Albtraum eines jeden Mannes hatte mich eingeholt. Sie betrat mindestens zehn verschiedene Geschäfte, probierte jedes Mal eine Menge Kostüme an und kaufte schließlich in dem ersten Laden das, was sie als drittes angezogen hatte. Verstehe einer die Frauen!
Anschließend setzte sie sich in ein kleines Café und bestellte eine Tasse Kaffee und ein Stück Kuchen. Bis dahin hatte sie nicht ein einziges Mal telefoniert. Das holte sie nun ausgiebig nach, während der einen Stunde, die sie dort saß, führte sie genau zehn Gespräche.
Leider war nichts Interessantes dabei, sie sprach mit diversen Gruppenleitern, stimmte mit einem Psychologen Termine ab und erinnerte ihre Putzfrau daran, doch bitte die Gardinen abzunehmen und zu waschen. Nach einem Blick auf die Uhr stand sie auf und schlenderte zur U-Bahn-Station. Beinahe hätte ich übersehen, dass sie wieder ihr Handy zückte.
„Hi, ich hoffe, ich störe nicht. Bist du allein?"
Hm, ziemlich mysteriös, mit wem möchte sie sprechen?
Die Antwort war anscheinend positiv, denn sie fuhr fort. „Wie weit seid ihr mit eurem Problem? Hat Anna sich schon irgendwie geäußert?"
Ha, ha, Katharina war am anderen Ende. Ich versuchte, näher an die Hörmuschel heranzurücken, hatte aber die halbe Antwort bereits verpasst.
„… wollen mit ihr reden", sagte sie gerade.
„Ich hoffe, sie erreichen irgendetwas", erwiderte Christina. „Meiner Meinung nach ist bei ihr dringender Handlungsbedarf gegeben. Soll ich dir nachher entsprechendes Material an eure E-Mail-Adresse schicken? Das würde Bastian und Bella und ebenso dieser Tante helfen, Annas Probleme und die Dringlichkeit einer Therapie besser zu verstehen."
„Superidee, obwohl, davon überzeugt, dass diese nötig ist, sind wir längst. Es geht eher darum, Anna dazu zu bewegen."

„Ich schicke dir das Material trotzdem. Und wenn alles nichts nützt, habe ich mir überlegt, könnte ich beim nächsten Treffen Ruth mitbringen. Vielleicht schafft sie es, an Anna heranzukommen. Sie nimmt zwar eigentlich keine neuen Patienten mehr an, aber ich denke, wenn sie das Mädchen sieht, wird sie ihre Einstellung ändern. Ja, und wenn dann Anna sich noch auf sie einlässt..."

„Chris, ich weiß gar nicht, wie ich dir danken soll." Kathi war hörbar ergriffen.

„Das hast du längst getan", lachte Christina. „Das Verhältnis zwischen Burkhard und mir hat sich um hundertachtzig Grad gedreht."

„Das freut mich für euch."

„Ja, Burkhard hat endlich verstanden, dass mir meine Arbeit genauso wichtig ist wie ihm seine. Und vor allem, dass da nichts Krankhaftes dran ist. Ich habe die Aufgabe gefunden, die mir hilft, weiterzuleben."

„Wie lange bleibst du in Köln?"

„Ich wollte Donnerstag wieder zurückkommen. Die Sendung ist ja morgen erst spät zu Ende."

„Ich werde sie mir auf jeden Fall anschauen."

„Burkhard nimmt sie für mich auf." Christina lachte nervös. „Ich hoffe nur, ich bin nicht zu aufgeregt. Dieser erste Auftritt ist enorm wichtig. Damit haben wir die Chance auf weitere Interviewangebote im Fernsehen."

„Ich drücke dir ganz fest die Daumen."

Das war das Tolle an Kathi. Sie sagte nicht lapidar, das schaffst du schon. Nein, sie wusste am allerbesten, wie wenig hilfreich so eine Plattitüde war. Und gegen Lampenfieber half sie bestimmt nicht. Da musste Chris allein durch.

„Du, ich habe noch eine Idee wegen Anna", sagte diese nun. „Die Tochter von Miriam, das ist die Freundin, bei der ich zurzeit wohne, ist vor einem halben Jahr missbraucht worden. Sie tut sich bis heute sehr schwer damit. Mir kam der Gedanke, ob es nicht sinnvoll wäre, die Mädchen einmal zusammenzubringen. Sina ist zwar gerade erst vierzehn geworden und deine Anna ist wesentlich älter, aber vielleicht hätten beide etwas von so einem Gespräch. Ich zumindest könnte es mir gut vorstellen."

„Wenn man es nicht zu offensichtlich einfädelt."

„Natürlich nicht. Wir müssten im Vorfeld überlegen, wie wir das unverfänglich organisieren könnten. Und zuerst würde ich Ruth fragen, ob ein Treffen aus ihrer Sicht empfehlenswert wäre. Ich wollte dich nur fragen, ob du und ich gemeinsam daran arbeiten wollen, wenn Ruth zustimmt."

Klar sagte Kathi zu, etwas anderes hätte ich auch von ihr nicht erwartet. Wo sie helfen konnte, half sie, daran würde sich bei ihr nichts ändern. Doch dass Chris sich dermaßen Gedanken machte, fand ich echt erstaunlich. Bisher hatte ich gedacht, sie wäre besessen von ihrer Arbeit, die darin bestand, ein vernünftiges Netzwerk aufzubauen und dieses nach außen zu vertreten. Dass sie sich so stark für Einzelne engagierte, damit hatte ich nicht gerechnet.

Eigentlich hoffte ich ab diesem Zeitpunkt bereits, dass ich mit meinem Verdacht falsch lag.

44

Katharina

Ich war ziemlich erstaunt, dass mich Christina aus Köln anrief. Und ihr Angebot, nein, eigentlich, dass sie sich überhaupt Gedanken um Anna gemacht hatte, fand ich toll. Bella freute sich zwar über das Material, das sie uns schicken wollte, den Einsatz von Ruth hielt sie allerdings für verfrüht. „Anna blockt mich jedes Mal ab, wenn ich versuche, mit ihr zu sprechen", erklärte sie. „Wenn jetzt auch noch jemand Fremdes, Kompetentes auftaucht, macht sie ganz zu."

„Wir wollen sie nicht bedrängen", sagte auch Bastian. „Ich bin schon froh, dass sie mich neben Bella als Freund akzeptiert. Wir arbeiten im Moment lieber daran, diese Beziehung auszubauen, dass sie mehr Vertrauen zu uns hat."

Für mich war es erstaunlich, wie sehr die beiden sich bemühten. Ohne zu zögern, hatte Bastian den Urlaub mit seinen Eltern abgesagt, und die wiederum schienen wirklich Verständnis für diese Situation zu haben. Manfred war eher erfreut darüber, Bella noch eine Weile nahe bei sich zu haben. Für ihn war es sowieso selbstverständlich zu helfen, wo man helfen konnte.

„Sie ist eben doch meine Tochter", sagte er stolz zu mir, nachdem sie uns ihren Entschluss mitgeteilt hatte.

Ich enthielt mich jeglichen Kommentars. Sollte er sich ruhig in seiner Vaterrolle bestärkt sehen. Eigentlich war ich es ja gewesen, die ihn mehr oder weniger zu seinem Kindersegen gezwungen hatte. Naja, gezwungen war wahrscheinlich zu hoch gegriffen, sanft überredet würde es wohl besser treffen. Und wie gesagt, Manfred war ein Typ, der niemanden Not leiden sehen konnte, da musste er einfach reagieren.

So viele Kinder waren aber von uns beiden nie eingeplant gewesen, das hatte sich einfach nach und nach ergeben. Als uns Bella zum ersten Mal genommen worden war, hatten wir das Thema Adoption erst einmal beiseitegelegt, unsere Trauer war zu groß, nach diesem Desaster konnten wir uns eigentlich nicht vorstellen, es noch einmal zu versuchen. Doch dann rief die Sozialarbeiterin an und mir ging das Schicksal von Antonia, Dennis und Pascal so zu Herzen, dass ich mich zusammenreißen musste, um nicht gleich zuzusagen.

Manfred reagierte erst zögerlich, er wollte so etwas wie mit Bella kein zweites Mal erleben. Wir diskutierten fast die ganze Nacht, bis er zumindest einer vorübergehenden Unterbringung zustimmte. Die drei integrierten sich fast problemlos in unseren Haushalt, sodass auch mein Mann nie wieder davon sprach, dieses ‚Provisorium' zu beenden.

Giulio und Paolo, unsere beiden Italiener, wurden durch ein Großfeuer zu Waisen, dem alle vierzehn im Haus anwesenden Familienmitglieder zum Opfer fielen. Sie waren in dieser Nacht in einem Schuppen neben dem Haus untergebracht gewesen, da es durch eine Familienfeier überbelegt war.

Eine Freundin von mir, die in der Nähe wohnte, erzählte mir von dem Unglück. Sie erwähnte auch, dass die beiden trotz ihres Traumas zunächst in einem Kinderheim untergebracht werden sollten. Das konnte ich auf keinen Fall zulassen, und Manfred auch nicht, nachdem ich mit ihm gesprochen hatte. Wir boten an, die zwei aufzunehmen, bis Verwandte ausfindig gemacht worden waren. Als klar wurde, dass es niemanden gab, der sich zuständig fühlte, hatten Giulio und Paolo sich bereits gut bei uns eingelebt und wir stellten einen Antrag auf Adoption, dem bald darauf stattgegeben wurde.

Da waren wir nun plötzlich eine Großfamilie mit sechs Kindern, so viele hatten es gar nicht werden sollen, vielleicht zwei Geschwister für Kirsten, das hatten Manfred und ich für völlig ausreichend gehalten. Nun gut, wir waren trotzdem, bis auf die hässliche Situation mit Bella, die man uns gerade zum zweiten Mal entzogen hatte, glücklich und zufrieden.

Dann erhielten wir die Anfrage, ob wir über die Sommerferien kurzfristig einen Jungen aufnehmen könnten, dessen Eltern in Scheidung lebten. Der Vater von Manuel hatte sich ins Ausland abgesetzt, die Mutter gerade eine neue Stelle angenommen – außerdem klagte sie darüber, dass der Junge zunehmend schwieriger würde und sie nicht mehr mit ihm zurechtkäme. Nach den Ferien hätte sie einen Platz in einem Internat für ihn gefunden, sie benötige nur für diese Übergangszeit eine Pflegestelle, Manuel war zu diesem Zeitpunkt gerade einmal neun Jahre alt.

Die Anfrage kam wieder von der uns bekannten Sozialarbeiterin, ich sagte zu, ohne erst bei Manfred nachzufragen. Ich wusste, dass er genau wie ich, einspringen würde. Nur dass ich in diesen sechs Wochen feststellte, wie vernachlässigt der arme Junge war und wie dankbar für die kleinste Zuwendung. Nach kurzen Startschwierigkeiten war er das liebste Kind, das man sich vorstellen konnte, wie sollte ich ihn da guten Gewissens in eine Zukunft schicken, die von Internat und Pflegefamilien in den Ferien geprägt sein würde! Nur gut, dass Manfred es ähnlich sah.

Janine kam als Letzte zu uns, sie war bereits zwölf, ein Alter, das eigentlich nicht gerade einem Zusammenwachsen mit einer neuen Familie zuträglich

war. Aber auch ihr Fall war wieder so traurig, dass ich nicht Nein sagen konnte. Der Vater war Alkoholiker und gerade zu einer Haftstrafe wegen erneuter Körperverletzung verurteilt worden, die Mutter, unter Depressionen leidend, hatte einen derart schlimmen Schub, dass sie nicht in der Lage war, sich um ihre drei Kinder zu kümmern, wobei die beiden Jungen mit sechzehn und siebzehn nicht mehr aus der Familie genommen wurden, sondern sehen mussten, wie sie allein zurechtkamen.
Die Kleine war unsere erste, harte Nuss, Schulschwänzerin, eigenbrötlerisch und misstrauisch gegen jeden von uns. Nur gut, dass wir mittlerweile Bella wieder in unserer Mitte hatten. Ihr gelang es als erste, Kontakt aufzunehmen und es dauerte nicht lange, da waren sie echte Freundinnen und Janine begann, sich an ihr zu orientieren. Manfred und ich dagegen mussten uns in Geduld üben. Nur ganz, ganz langsam fasste sie Vertrauen.
Dass sie sich richtig integriert hatte, wurde für uns eigentlich erst sichtbar, als sie vor die Wahl gestellt wurde, bei uns zu bleiben oder in ihr Elternhaus zurückzukehren. Der Vater war entlassen, die Mutter einigermaßen stabilisiert, trotzdem schienen sie nicht unbedingt Wert darauf zu legen, ihre Tochter wieder aufzunehmen. Janine ging es wohl ähnlich, sie wehrte sich energisch gegen eine Rückführung und wurde so endlich ein vollwertiges Mitglied unserer Familie. Sie beendete die Schule mit zufriedenstellenden Noten, ergatterte eine Ausbildungsstelle zur Friseurin und wurde nach der Lehre dort übernommen.
Sie war übrigens das einzige Kind, das in unserer Nähe wohnen blieb und relativ regelmäßig zu Besuch kam – außer Kirsten und Paolo natürlich, die beide noch im Haus waren. Unsere Tochter studierte auf Lehramt, unser Pflegesohn hatte sein Studium zum Journalisten fast abgeschlossen und arbeitete in den Semesterferien schon bei diversen Lokalzeitungen. Er würde wohl nächstes Jahr ebenfalls ausziehen. Für Kirsten begann nach den Sommerferien das Referendariat, sie bemühte sich im Moment darum, einen Platz an einer Schule in Nürnberg zu bekommen, in der Nähe ihres Freundes.
So würden Manfred und ich bald allein sein, ein völlig neues, ungewohntes Gefühl für uns. Aber da wir momentan immer noch Notfallanlaufstelle für unsere Sozialarbeiterin waren, hatte ich keine Angst, dass es uns langweilig werden könnte. Übers Jahr hatten wir regelmäßig zwischen acht und zehn Pflegenotfällen, die ein paar Tage, bis einige Wochen bei uns blieben.
Und genug Räume hatten wir ja inzwischen. Damals, nachdem Giulio und Paolo zu uns gestoßen waren, wurde es ziemlich eng. Unser Haus, das der Kirche gehörte, wir müssen also leider ausziehen, wenn Manfred pensio-

niert wird, war ein ziemlich altes Gebäude, mit großzügiger Wohnküche, einem geräumigen Wohnzimmer und einem kleinen Arbeitszimmer im unteren Bereich, und ursprünglich drei Zimmern, plus Bad im Obergeschoss.
Bei vier Jungen und zwei Mädchen wurde es da etwas problematisch. Manfred kam auf die geniale Idee, den Dachboden auszubauen und unser Schlafzimmer dort unterzubringen. Bis zur Vollendung schliefen wir im Wohnzimmer auf der Couch. Der Bau ging ziemlich langsam voran, bis wir die Grundarbeiten erledigt hatten, stand Manuel vor der Tür, also brachten wir ihn erst provisorisch und danach für immer auf dem Speicher unter.
„Es bleibt genügend Raum für uns", meinte Manfred gelassen. „Wir benötigen nur einen Platz zum Schlafen, das Zimmer muss nicht groß sein."
Doch dann kam Bella und erhielt die zusätzliche Kammer.
„Wir machen aus den drei Zimmern vier", schlug Manfred, um Ideen nicht verlegen, vor. „Wenn wir gleichzeitig den Flur etwas verkleinern, bleibt genug Raum für alle."
Dieses Mal nahmen wir, um schneller fertig zu werden, einen Handwerkertrupp. Die Maßnahme war wirklich sinnvoll. Nun wurde Janine provisorisch in unserem zukünftigen Schlafzimmer untergebracht, wir räumten so lange das Arbeitszimmer aus und packten unsere Betten und Schränke dort hinein, da Manfred, mittlerweile rückengeschädigt, auch nicht für kurze Zeit weiter auf der Couch schlafen wollte.
Dass daraus eine Dauerlösung für die nächsten Jahre werden konnte, hatten wir nicht gedacht. Aber eigentlich war dieses Arrangement eine gute Lösung. Mein Mann erhielt einen Schreibtisch für die allerwichtigsten Dinge im Wohnzimmer vor dem Fenster, die anderen Möbel schafften wir ins Gemeindehaus und er hielt seine Sprechstunde von nun an dort ab, was mir ehrlich gesagt wesentlich besser gefiel.
Deshalb blieb es bei dieser Regelung auch, nachdem wir unser Schlafzimmer wieder nach oben verlegen konnten. Das Arbeitszimmer war jetzt eher ein Ort, an den er sich zurückzog, wenn er seine Predigt schrieb, anderen Projekten nachging oder einfach nur seine Ruhe haben wollte. Außerdem war es gut geeignet für einen Besucher, den ich nicht oder der mich nicht unbedingt bei Zusammenkünften zwischen sich und Manfred dabei haben mochte.
Kirsten und Paolo waren freiwillig auf den Dachboden gezogen, die drei weiteren Zimmer in der ersten Etage standen also jederzeit als Gästezim-

mer für die Kinder, unsere Pflegenotfälle und alle anderen, die, warum auch immer, eine Zeit lang bei uns wohnten, zur Verfügung.
„Nur gut, dass unser Keller nicht geeignet war, zu Wohnraum umgebaut zu werden", witzelte Manfred oft heute noch. „Sonst hätten wir wahrscheinlich noch ein oder zwei Kinder mehr aufgenommen."

45

Richard
„Du kannst dir nicht vorstellen, wie entspannend ein Tag auf der Arbeit sein kann", empfing Miriam die Freundin, als wir am späten Nachmittag wieder bei ihr eintrudelten. „Ich muss unbedingt sehen, dass ich, auch wenn Falk wieder da ist, wenigstens ab und zu rauskomme."
„Du bist die Frau vom Chef", entgegnete Christina achselzuckend. „Sprich mit deinem Mann. Es müsste ungeachtet eurer Schwierigkeiten mit Sina möglich sein, dass du dir den nötigen Freiraum schaffst."
„Es ist wohl eher eine Frage der Akzeptanz", gestand Miriam. „Erstens ist es ja vom Finanziellen her nicht erforderlich, dass ich mitarbeite und zweitens kann er so sämtliche Probleme mit unserer Tochter auf mich abwälzen." Sie seufzte. „Wahrscheinlich ist es auch besser so. Er kann sich in ihre Lage nicht hinein versetzen, er ist viel zu ungeduldig."
Hm, ich musste ihr leider Recht geben. Selbst bei Carmen und mir war sie stets diejenige gewesen, die sich um die Kinder kümmerte, wenn diese krank waren. Sie hatte einfach dann den besseren Draht zu ihnen, konnte trösten, wo ich längst in die Luft gegangen wäre, hielt stundenlang Händchen, während ich vermutlich längst kraftlos am Bett zusammengesunken wäre, und stand nachts x-mal auf, ohne ein einziges Mal zu schimpfen. Die meisten Väter sind wohl nicht leidensfähig genug.
„Ihr müsst einen Kompromiss finden", erklärte Christina. „Du könntest einige Stunden am Tag wieder arbeiten, zumindest wenn Sina in der Schule ist, dafür kümmert Falk sich um die Aktivitäten, die nicht unbedingt Einfühlungsvermögen erfordern."
Aha, in dem Punkt waren wir uns wohl alle einig. Wenn es um das seelische und körperliche Wohlbefinden ging, hatten Frauen die Nase weit vorn.
„Das würde klappen, allerdings müsste er dann arbeitstechnisch kürzertreten. Und das wird er nicht tun."
„Wieso, er ist doch jetzt auch mit den Kindern allein weggefahren", hielt Christina dagegen.
„Aber nur, weil der Psychologe ihm das als eine Herausforderung, als ein wichtiges Experiment verkauft hat", schnaubte Miriam.
„Ja und? Meinst du nicht, er würde dich auch bei diesem neuen Projekt unterstützen?"
„Wo Falk dann jeden Tag Abstriche machen müsste? Nee, darauf lässt der sich nicht ein."

Christina lachte. „Ja, darin sind alle Männer gleich. Wenn schon, dann müssen die Frauen sich einschränken. Trotzdem, ich würde mich hinter euren Therapeuten stecken und zusätzlich das Thema beim nächsten Treffen der Selbsthilfegruppe ansprechen. Irgendeine Lösung, mit der nicht nur ihr beide, sondern auch eure Kinder leben können, wird sich finden, da bin ich mir sicher."

Das Gespräch wurde nun zunehmend langweiliger. Während die Frauen begannen, ein warmes Abendessen zuzubereiten, wandte sich das Thema mehr und mehr den Unterschieden zwischen Männern und Frauen zu. Jede übertrumpfte die andere mit Geschichten von Missständen in der Beziehung und natürlich wurden nur die erwähnt, in denen die Männer schlecht wegkamen. Am liebsten hätte ich mich eingemischt und den Spieß einmal umgedreht. Sicher, evolutions- und erziehungsbedingt gab es einiges, was Frauen besser können. Sie sollten nur nicht vergessen, dass in einigen Bereichen, und das sind auch nicht wenige, Männer die Führung übernehmen und handeln, wo die weiblichen Gegenstücke verzagen.

Zu Christinas Ehrenrettung muss ich gestehen, dass sie irgendwann diesen Punkt auch ansprach. Das Ganze gipfelte in dem albernen Spruch: Männer, man kann nicht ohne sie, aber auch nicht mit ihnen. Ha, ha, wie witzig.

Anschließend setzten sich die beiden auf die Couch und gingen die Fragen durch, die der Moderator morgen stellen würde. Mittlerweile war ich zu der Ansicht gekommen, dass Miriam keine Verbündete Christinas war. Wenn diese überhaupt in das Richterkomplott verwickelt war, was ich immer mehr bezweifelte. Trotzdem wollte ich kein Risiko eingehen und sie weiterhin ununterbrochen überwachen, daher entschied ich, dass jetzt der günstigste Zeitpunkt war, sich mit etwas Energie zu versorgen.

Gesagt, getan, ich erkundete die nähere Umgebung und suchte mir die passenden Opfer. Das Ganze dauerte nicht einmal eine Stunde, als ich zurückkam, hatten die beiden den Fernseher eingeschaltet und sahen sich einen Krimi an, ich hatte also nichts verpasst.

Der restliche Abend verlief völlig unspektakulär. Nach dem Film ergingen sie sich in Anekdoten über ihr früheres Leben, sprich Teenager- und Studentenzeit, die Probleme des alltäglichen Lebens wurden strikt ausgeklammert.

Auch der nächste Tag begann völlig normal. Miriam stand früh auf, frühstückte und verließ dann das Haus. Christina schlief lange, telefonierte anschließend mit ihrem Mann und setzte sich, nachdem sie die Reste vom vorherigen Abend weggeräumt hatte, an ihren Laptop. Aufmerksam verfolgte ich, wie sie zunächst ihre Mails las und beantwortete. Doch es war alles höchst alltäglich, nichts, was auf irgendwelche heimlichen Machenschaften schließen ließ.

Bis zum Nachmittag tat sich weiter nichts. Nun gut, ich beschloss, trotzdem bis zum Ende durchzuhalten, das hieß, ich begleitete die beiden zum Sender. Miriam hatte eine Besucherkarte, sie würde also im Publikum sitzen, Christina betrat das Gebäude durch einen separaten Eingang für Mitarbeiter. Sie wurde sofort in Empfang genommen, geschminkt und ein letztes Mal auf ihren Auftritt vorbereitet, indem die Regieassistentin alles, was sie bereits am Tag zuvor besprochen hatten, noch einmal Punkt für Punkt mit ihr durchging.

Dann war es endlich so weit. Der Moderator begrüßte Christina und stellte sie vor. In einem kleinen Filmbeitrag wurde ihr ‚Lebenswerk' vorgestellt, anschließend hatte sie genügend Zeit, ihr Projekt näher zu erläutern. Das meiste hatte ich gestern schon gehört, aber Christina war echt toll. Ihr gelang es, den Zuschauern richtig plastisch zu vermitteln, wie sehr Kinder, Jugendliche und auch Erwachsene unter einer Vergewaltigung litten.

Anhand von drei Beispielen, einem siebenjährigen Jungen, einem dreizehnjährigen Mädchen – ich hatte den Verdacht, hier wurde Sinas Geschichte erzählt - und einer vierundzwanzigjährigen Frau malte sie das Leben nach dem Missbrauch aus. Selbst mir, der ich in der Zwischenzeit tiefer in das Thema eingetaucht war, lief es sozusagen mehrmals eiskalt den Rücken hinunter. An den einzelnen Fallstudien zu erleben, wie tief diese Verletzungen waren und wie lange es dauerte, diese zu beheben – so was rüttelte wohl jeden normalen Menschen wach.

Der Junge zum Beispiel hatte seit dem Geschehen vor einem Jahr immer noch ein gestörtes Verhältnis zu Männern. Des Weiteren litt er seither an immer wiederkehrenden Bauchschmerzen und Schlafstörungen. Zu seinen Geschwistern war er oft aggressiv, Freunde hatte er keine mehr, der Schulbesuch gelang nur unter tagtäglichem Druck. Die Mutter war am Ende ihrer Nervenkraft, die Geschwister wurden mittlerweile in die Therapie mit einbezogen, der Vater hatte die Familie vor einem Monat verlassen.

Die junge Frau war im Alter von neunzehn Jahren von einem flüchtigen Bekannten, der ihr angeboten hatte, sie nach einem Diskothekenbesuch nach Hause zu fahren, im Auto vergewaltigt worden. Die Verhandlung hatte sie nur mit Mühen durchgestanden und anschließend einen Selbstmordversuch verübt. Noch heute litt sie an einer Angststörung, die ihr ein normales Leben unmöglich machte, zudem war ihr ein tiefes Misstrauen gegen das andere Geschlecht geblieben. Nur eines hatte sie immerhin geschafft, sich nach langen Therapiestunden von einer Mitschuld freizusprechen.

Christina gelang es geschickt, von den drei Schicksalen auf die Strafen überzulenken, wobei ich sagen musste, dass der Moderator sich in diesem Fall auch nicht ans Drehbuch hielt, sondern sehr interessiert war und von sich aus nachfragte.

„Es ist zum Teil auch Auslegungssache des zuständigen Richters", erklärte sie dem gespannt lauschenden Publikum. „Die Strafen liegen bei leichteren Fällen zwischen sechs Monaten und fünf Jahren Haft, bei schwerwiegenderen zwischen einem und zehn Jahren."

„Und wovon ist das abhängig?", fragte der Moderator.

„Nun, zum einen von der Tat an sich, ob der Täter zum Beispiel unter Androhung von Waffengewalt vorging oder sein Opfer dabei schwer misshandelt hat, zum anderen von der Vorgeschichte des Täters, war es sein erster Übergriff, stand er zu dem Zeitpunkt der Tat unter irgendwelchen Drogen, und natürlich auch, hat er selbst irgendwelche erworbenen oder angeborenen Defizite, die sich strafmildernd auswirken."

„Könnten Sie uns das vielleicht an einem Beispiel erklären?"

„Da gab es ein elfjähriges Mädchen, das beinahe von einem Nachbarsjungen vergewaltigt worden wäre. Im letzten Moment kam der Vater hinzu, der stutzig geworden war, weil er seine Tochter mit dem jungen Mann im Gartenhaus der Nachbarn verschwinden und nicht wieder herauskommen gesehen hatte. Bis dahin hatte der Täter sein Opfer schon halb ausgezogen, überall unsittlich berührt und war laut Aussage des Vaters im Begriff, in sie einzudringen. Er leugnete diesen Vorsatz, das Einzige, was er nicht abstreiten konnte, war, dass er die Kleine unter Vorspiegelung falscher Tatsachen in das Häuschen gelockt und dass er sie festgehalten und ihr den Mund verklebt hatte. Vor Gericht galt dies als minderschwerer Fall, er erhielt ein halbes Jahr Jugendhaft. Die Eltern des Mädchens zogen weg, da sie ihrer Tochter nicht zumuten wollten, diesem Typen jeden Tag wieder begegnen zu müssen und auch, weil sie Angst hatten, er würde es noch einmal versuchen. Die Kleine war übrigens nach diesem Vorfall für zwei Jahre in therapeutischer Behandlung."

Christina war es gelungen, das Publikum mit dieser Geschichte auf ihre Seite zu ziehen, die meisten zeigten entrüstete Gesichter. Da der Moderator keine Anstalten machte, sie aufzuhalten, fuhr sie fort: „Da waren die drei Jugendlichen, die eine unter Alkohol und Drogen stehende junge Frau vergewaltigten. Das Ganze wurde nur als Missbrauch gesehen und die Täter zu Bewährungsstrafen verurteilt, vor allem, weil dem Opfer eine

Mitschuld aufgrund ihres Zustandes gegeben wurde und die Jugendlichen die Tat gestanden und dem Opfer damit die Demütigung einer eigenen Aussage vor Gericht erspart hatten."

„Sind das nicht eher Einzelfälle?", fragte der Moderator.

„Oh, davon könnte ich Ihnen noch jede Menge erzählen. Und denken Sie auch an die vielen Urteile, bei denen Väter, manchmal auch Mütter, ihre Kinder über Jahre missbrauchten. Haben Sie sich nicht auch oft genug gewundert, wie kurz die Haftstrafen meist waren? Das liegt daran, weil die Eltern oft nicht vorbestraft waren - andererseits wird es schon als strafmildernd angesehen, wenn die Täter ihr Vergehen zugeben, damit das Kind nicht durch eine Aussage gezwungen wird, sich noch einmal mit den Geschehnissen auseinanderzusetzen." Sie schnaubte missbilligend. „Dabei leiden die Betroffenen eh über Jahre. Meiner Ansicht nach liegt hier der größte Fehler, es wird nur die Tat an sich betrachtet, die Qual und den Schmerz des Opfers und meist auch der Angehörigen sieht der Außenstehende nicht."

Leider hatte der Moderator keine Gelegenheit mehr, zu diesen Argumenten Stellung zu nehmen. Der Regisseur, der ihm schon mehrmals deutliche Zeichen gegeben hatte, wurde jetzt richtig ärgerlich. Mit einer schroffen Handbewegung zeigte er an, den Schlusspunkt zu setzen.

Deshalb sagte dieser folgsam: „Liebe Frau Albrecht, leider ist es uns in der heutigen Sendung nur gelungen, das Thema anzuschneiden. Es wäre mir eine Freude, Sie in einer meiner nächsten Sendungen mit weiteren Experten zusammen erneut bei mir begrüßen zu können. Ich bin sicher, hierzu gibt es noch viel zu sagen."

46

Katharina
Der Mittwoch gestaltete sich hektisch. Morgens war ich wie immer im Gemeindehaus, wo dieses Mal fast doppelt so viele Bedürftige auftauchten wie sonst, was uns kaum Atem holen ließ und weshalb ich erst ziemlich spät wieder zurückkam, um das Mittagessen zu kochen.
Wir waren gerade mit unserer Mahlzeit fertig, da stand schon Carmen mit ihren beiden Kindern vor der Tür. Annika und Benjamin waren nicht wiederzuerkennen, mit ängstlichen Gesichtern klammerten sie sich an ihrer Mutter fest und wollten sie nicht gehen lassen.
Erst als Bella mit den Hunden hinzukam, gelang es uns, die beiden hineinzulotsen. Doch als sie das Auto ihrer Mutter abfahren hörten, fing Annika an zu weinen. „Ich w … will n … nicht h … hier bleiben", schluchzte sie.
„Och", machte Bella und kniete sich vor sie. „Und ich wollte dich eigentlich zu der Tierpension mitnehmen, zu der ich gleich gehe."
Die Tränen versiegten so plötzlich, wie sie gekommen waren. „Echt?", fragte Annika noch nicht ganz überzeugt.
„Ich will mit", erklärte Benjamin, den ich in der Zwischenzeit, weil er angesichts der Tränen seiner Schwester angefangen hatte, bedenklich das Gesicht zu verziehen, auf den Arm genommen hatte, energisch und fing an, wild zu zappeln.
„Echt", nickte Bella bestätigend. „Ich hatte gedacht, wo ihr beide doch so gut mit meinen Hunden umgehen könnt, dass ihr mir auch bei den vielen Hunden und Katzen dort helfen würdet. Das da", sie zeigte auf ihren Freund, der zu uns getreten war, „ist der Basti. Der kommt auch mit. Aber er ist mir keine große Hilfe, deshalb wünschte ich wirklich, ich hätte euch dabei."
Annikas braune Augen, noch glänzend von den geweinten Tränen, strahlten auf. „Ich helfe dir." Vertrauensvoll griff sie nach Bellas Hand und wollte sie nach draußen ziehen.
„Halt!", rief diese lachend. „Ich muss noch meinen Nachtisch essen. Habt ihr denn schon Mittag gegessen."
„Klar, im Hort." Das Mädchen ließ sich nicht von seinem Vorhaben abbringen.
„Eis?", fragte dagegen Benjamin hoffnungsvoll.
„Vanille und Erdbeere." Bastian zwinkerte ihm zu. „Kommst du mit in die Küche?"

Nach dieser leckeren Näscherei, ich hatte sogar noch Schokoladeneis ausgegraben, gingen beide Kinder willig mit Bella und Basti, ich übernahm dafür die Hunderunde mit Lotti, Toby und Buffy. Denn natürlich war dieses Lockangebot nur angesichts der Verzweiflung in den Kinderaugen entstanden, normalerweise hätten die beiden sich abends mit Anna getroffen und wären nach dem gemeinsamen Spaziergang eventuell noch auf ein Stündchen mit zu ihr gegangen. Doch Tante Bruni hatte ein großes Herz, wie Bella wusste. Und es war in diesem Moment die beste Entscheidung gewesen.

Annika war wirklich eine verkleinerte Ausgabe von Richie, dachte ich, während ich mit den Hunden über die Felder lief. Nicht nur vom Aussehen, sie hatte seine braunen Augen, die dunkelblonden Haare, die niedliche Stupsnase und das Grübchen am Kinn geerbt, sondern auch von ihrem Charakter her, sie war genauso begeisterungsfähig und zielstrebig wie er. Benjamin dagegen schien mehr von Carmen zu haben, war zarter und sanfter und hatte ihre hellblonden Haare zu den braunen Augen von Richie.

Aber eigentlich waren beide Kinder reizend, gut erzogen, was heutzutage keine Selbstverständlichkeit mehr ist, und trotzdem lebhaft genug, um Bella und Bastian die ganze Zeit in Atem zu halten. Ich beneidete sie nicht um ihre Aufgabe.

Sie kamen spät zurück, es war schon fast sieben. Carmen hatte sich bisher nicht gemeldet. Etwas ratlos überlegten wir, was wir mit den sichtlich müden Kindern anstellen sollten.

„Abendbrot und danach Badewanne", entschied ich mit einem Blick auf die beiden. „Bella, du kannst schon mal das Wasser einlaufen lassen."

Annika bestand darauf, sich ihr Brot selbst zu schmieren. Ich ließ sie gewähren und schnitt eine Scheibe belegt mit Mortadella für Benjamin in kleine Stückchen, sodass er sie sich nur noch in den Mund schieben musste.

„Das war toll", nuschelte er, während er sich gleich drei Bissen auf einmal in den Mund schob. Daher waren seine nächsten Worte kaum zu verstehen.

„Er will eine von den kleinen Katzen haben", erklärte Annika. „Ich möchte lieber so einen Hund wie Lilli, die ist echt süß."

Das Wort echt schien in dieser Familie sehr beliebt.

„Tante Bruni hat zurzeit drei kleine Katzenkinder, die sie vermitteln soll", kam ihr Bastian, der uns in die Küche gefolgt war, zu Hilfe. „Und Benjamin hat sich in eine kleine, schwarze verliebt."

„Ich hab sie sooo lieb", bestätigte dieser und breitete die Arme ganz weit aus, wobei er beinahe ein Glas Saft umgestoßen hätte. „Sie hat auf meinem Schoß geschlafen."
„Nee", sagte Annika. „Ein Hund ist viel besser. Mit dem kann man richtig spielen. – Und kuscheln", fügte sie nach kurzem Überlegen hinzu.
Beide Kinder hatten ihre anfängliche Scheu völlig überwunden. Zwar hatten sie beim Heimkommen als Erstes nach ihrer Mama gefragt, sich aber mit meiner Antwort, sie werde bald hier sein, zufriedengegeben.
„Ein Hund benötigt viel Auslauf." Bella setzte sich zu uns an den Tisch. „Und du darfst noch gar nicht allein mit ihm spazieren gehen. Warte besser noch eine Weile, bis du dir einen wünschst. Dafür ist es dann wirklich dein Hund."
„Ich will eine Katze, jetzt!", beharrte Benjamin.
„Du kriegst keine." Annika funkelte ihn an. „Mama will keine Tiere. Sie hat zu Oma Eva gesagt, wir machen schon genug Arbeit."
„Du bist doof." Benjamin verzog das Gesicht und die ersten Tränen begannen zu kullern. „Mama", weinte er. „Ich will zu meiner Mama."
„Aber nicht so stinkig, wie du bist", lachte Bella, hob ihn hoch und tat, als ob sie an ihm riechen würde. „Puh, du müffelst wie ein nasser Hund. Komm, die Badewanne ist fertig, Mama soll dich erst zu Gesicht bekommen, wenn du wieder glänzt." Sie wandte sich an Annika, die gerade erst begonnen hatte zu essen. „Mach voran, junge Dame, das Gleiche gilt nämlich für dich."
„Ich schicke sie rauf, geh du schon mal mit Benjamin vor." Ich gab ihr mit einer Handbewegung zu verstehen, dass sie den Umstand, dass er aufgehört hatte zu weinen, nutzen sollte. In der Badewanne würde er seinen Kummer schnell vergessen. Alle kleinen Kinder liebten es, im Wasser zu planschen und wir besaßen noch ein ganzes Sammelsurium an Spielzeug, das ich bei meinen Pflegekindern nutzte.
„Wann kommt Mama denn?", fragte Annika, nachdem ihr Bruder die Küche verlassen hatte.
„Sie wollte spätestens um acht hier sein", improvisierte ich, denn leider hatte sich Carmen gar nicht geäußert. Ich hatte auch vergessen zu fragen, aber eigentlich längst mit ihrem Erscheinen gerechnet. Es war doch wohl hoffentlich nichts passiert? Das sah ihr gar nicht ähnlich. Ich hatte sie als relativ zuverlässige Frau und Mutter eingeschätzt.
Wie um meine Beurteilung zu bestätigen, klingelte es in diesem Moment an der Tür. „Husch, husch", mahnte ich Annika. „Ab in die Badewanne mit dir. Den Rest deines Brotes kannst du essen, während du dich auszieht."

Zum Glück folgte sie meiner Anweisung sofort, denn Carmen, die Manfred mit hilflosem Gesicht hereinführte, erweckte den Eindruck, als habe sie stundenlang geweint. Ihr Gesicht war leichenblass, ihre Augen geschwollen und gerötet, vergeblich versuchte sie, ihr Zittern zu unterdrücken.
„Setzen Sie sich!", bestimmte ich. „Und trinken Sie eine Tasse heißen Tee." Ohne viel Umstände goss ich ihr von dem Hagebuttentee ein, den wir für die Kinder gekocht hatten, und fügte drei Löffel Zucker hinzu. Die konnte sie gut gebrauchen, so wie sie aussah.
Widerstandslos sank sie auf einen Stuhl und führte die Tasse zum Mund. Sie schluckte, verzog angesichts der Süße den Mund, trank aber folgsam weiter.
Bastian und Manfred hatten in der Zwischenzeit die Küche verlassen, sie wussten, dass Carmen eher mit mir allein reden würde. „Die Kinder sind in der Badewanne", sagte ich rasch, als ich bemerkte, dass ihr Blick unruhig hin und her huschte. „Gegessen haben sie auch schon."
„Ich wollte nicht so spät kommen. Es ist nur, ich ... ich ...", sie schlug die Hände vor das Gesicht und begann zu weinen.
Hm. Sollte ich warten, ob sie mir von allein erzählte, was sie bedrückte, oder lieber nachfragen? Ich beschloss abzuwarten.
Carmen weinte und weinte, dass mittlerweile der ganze Tee schon wieder aus ihr herausgelaufen sein musste. Und immer noch hörte sie nicht auf.
„He, die Kinder sind gleich unten. Sie sollten Sie so nicht sehen", versuchte ich, sie in die Realität zurückzubringen. Natürlich war das hart, aber so, wie sie aussah, konnte sie sich den beiden nicht präsentieren. Und auch wenn das Bad eher noch eine Weile dauern würde, sie musste sich zusammenreißen, damit sie wieder zu sich selbst fand. Außerdem, falls sie sich bei mir aussprechen wollte, wurde es langsam Zeit dafür.
Sie nickte zustimmend, ich hatte sie erreicht. Mit zittrigen Fingern suchte sie in ihrer Jackentasche nach einem Taschentuch, ich gab ihr lieber gleich ein Stück Küchenrolle, um den ärgsten Schaden zu beseitigen. Dann goss ich ihr eine neue Tasse Tee ein und hielt ihn ihr auffordernd unter die Nase. „Möchten Sie auch eine Scheibe Brot?"
„Nein, danke, ich kann im Moment nichts essen."
Die Tasse Tee trank sie jedoch in großen Schlucken leer. Mangels Nachschub goss ich ihr ein Glas Mineralwasser ein und stellte, einer Eingebung folgend, ein Pinnchen Kräuterschnaps daneben.
„Ich muss noch fahren", wehrte sie ab.

„In dem Zustand kann ich Sie unmöglich gehen lassen", widersprach ich. „Es ist besser, wenn Sie und die Kinder heute Nacht hier schlafen. Wir haben genügend freie Zimmer."

„Danke." Sie sah mich aus trüben Augen an. „Sehr gern." Und das sagte mir genug. Carmen musste etwas schwer getroffen haben, so schwer, dass sie kaum damit fertig wurde. Wenn sie doch nur mit mir darüber reden würde! Vielleicht konnte ich helfen.

Aber das tat sie nicht. Sie saß noch stumm vor ihrem mittlerweile zweiten Schnaps, als die Kinder die Treppe heruntergelaufen kamen und ihr jubelnd um den Hals fielen.

Ach, wie gern hätte ich jetzt Richie an meiner Seite gehabt. Er hätte bestimmt gewusst, was ich tun musste, um sie zu trösten.

47

Richard
Christina war echt euphorisch nach ihrem Fernsehauftritt. Zusammen mit Miriam ging sie noch in eine in der Nähe gelegene Kneipe, um zu feiern. Das Handy hatte sie direkt nach Burkhards Anruf ausgeschaltet. „Sonst melden sich alle, die mich kennen und wir bekommen überhaupt keine Ruhe."
Ziemlich eingebildet hatte ich gedacht, doch am nächsten Morgen, als sie es, kaum dass sie im Zug saß, wieder einschaltete, überzeugte sie mich vom Gegenteil. Es klingelte die ganze Fahrt lang pausenlos. Jeder wollte ihr zu ihrem gestrigen Fernsehauftritt gratulieren.
Das war für mich die Gelegenheit. Wenn sie etwas mit diesen Überfällen zu tun hatte, würden sich ihre Partner bestimmt ebenfalls melden. Ich musste also wachsam sein.
Dabei gibt es nichts Öderes, als wenn zwei Frauen miteinander telefonieren. Sie können sich nicht aufs Wesentliche beschränken, nein, es wird jedes Mal noch über eine Menge langweiligen Kram gesprochen, bei dem ich normalerweise abschalte. Heute musste ich da durch.
Es waren mindestens ein Dutzend Telefonate und hinterher war ich auch nicht schlauer als vorher. Nicht eine einzige der Personen hatte irgendwelche Sätze fallen lassen, die mich aufmerken ließen. Und ich hatte wirklich aufgepasst, mir war kein Wort entgangen. Daher war ich echt erledigt, als wir endlich unseren Heimatbahnhof erreichten.
Christina nahm sich ein Taxi nach Hause. Notgedrungenermaßen beschloss ich, sie zu begleiten, obwohl alle meine Sinne mich zu Carmen und den Kindern zogen. Es war fast eins, die Kleinen mussten sich mittlerweile im Hort befinden, meine Frau würde ich auf der Arbeit antreffen, alles in allem eine Sache von einer knappen Stunde. Doch was wäre, wenn ich dadurch den alles entscheidenden Anruf verpasste? Nein, das Risiko konnte ich wirklich nicht eingehen. Chris hatte noch reichlich Zeit für sich allein. Wenn, dann musste sich bald etwas tun, davon war ich fest überzeugt.
Das Haus war wie erwartet leer. Christina brachte nur ihr Köfferchen ins Schlafzimmer, dann ging sie gleich in ihr Arbeitszimmer und fuhr den Computer hoch. Ich sah ihr über die Schulter, während sie die eingegangenen Mails öffnete und überflog.
Hauptsächlich handelte es sich dabei um Glückwünsche von diversen Teilnehmern der Selbsthilfegruppen – netterweise schrieben die meisten dabei, zu welcher sie gehörten – einige andere schienen aus dem gemein-

samen Freundeskreis von ihr und Burkhard zu stammen. Kurz gesagt, es war wieder nichts Interessantes dabei.

Zwischendurch schellte immer wieder das Telefon und Christina wiederholte gebetsmühlenartig immer wieder dieselben Worte. Ja, sie sei sehr zufrieden mit ihrem Auftritt, ja, es sei bestimmt eine gute Werbung für ihre Sache, und ja, der Moderator habe sein Angebot ernst gemeint, das habe er nach der Sendung noch einmal bestätigt. Sie würde in nächster Zeit von ihm hören.

Dasselbe schrieb sie auch in ihren Antwortmails, sie beantwortete tatsächlich jede einzige! So wurde es später und später. Ich hätte mich am liebsten in den nicht vorhandenen Hintern gebissen, total vertane Zeit war das hier. Trotzdem blieb ich, bis Burkhard eintraf und sie sofort nach unten ins Auto lotste, um Lotti abzuholen. Erst da gestattete ich mir, meinen Gefühlen zu folgen.

Carmen und die Kinder aßen gerade zu Abend, als ich vorbeischaute. Doch was war mit meiner Frau los? Ich merkte sofort, dass irgendetwas passiert sein musste. Zwar riss sie sich vor den Kindern zusammen, lachte und alberte herum, aber nur mit halbem Herzen. Tief in ihr drinnen sah es anders aus, das konnte ich ihr ansehen.

„Können wir morgen wieder zu Bella und Basti? Das war sooo toll?", schwärmte Annika gerade.

„Ja." Benjamin nickte heftig. „Ich will eine Katze."

„Möchte", berichtigte Carmen zerstreut.

„Echt? Ich darf?" Benjamin strahlte über beide Backen.

„Äh, nein." Carmen fuhr sich müde mit der Hand über die Stirn. „Ich meine", fuhr sie schnell fort, weil sein Gesicht sich schon bedenklich verzog, „ich muss mir das noch in Ruhe überlegen. Man kann so ein kleines Tier nicht einfach auf die Schnelle aufnehmen. Eine Katze lebt bestimmt um die fünfzehn Jahre. Das ist eine lange Zeit. Und eigentlich ..." Sie verstummte hilflos.

„Ich spiele mit ihr", nuschelte Benjamin mit vollem Mund. „Ehrlich!"

„Wir sind den ganzen Tag nicht zu Hause", versuchte Carmen zu erklären. „Sie wäre viel zu viel allein."

„Ich will aber!" Benjamins Augen füllten sich mit Tränen. Gleich würde sein sirenenartiges Geheul losgehen.

„Schluss!" Carmens Handfläche schlug auf den Tisch, was ihn jedoch erst recht zu einem lauten Protestschrei anstiftete.

„Blöde Mama", weinte er. „Ich will ... ich will ... ich will!"

Oh je, das würde jetzt noch einige Zeit so weitergehen. Ob ich mich schnell einmal zu Kathi verdrückte? Vielleicht wusste sie, was mit Carmen los war. Immerhin schienen die Kinder zwischenzeitlich bei ihr gewesen zu sein.
Gesagt, getan, ich machte mich auf den Weg.
Natürlich war sie ausgerechnet jetzt nicht allein. Burkhard und Christina saßen noch im Wohnzimmer bei einer Tasse Kaffee und Lotti scharwenzelte um die drei herum, sodass ich mich nicht einmal bemerkbar machen konnte.
Endlich, nach einer weiteren halben Stunde brachen die zwei auf. Ich wartete, bis sich die Tür hinter ihnen geschlossen hatte, dann stürzte ich mich auf Kathi. „Was ist mit Carmen? Warum ist sie so daneben?"
Sie hatte mich anscheinend echt nicht bemerkt, denn sie zuckte erschreckt zusammen, als ich sie so überfiel. „Ach, Richie, du bist es. Carmen? Du, ich weiß auch nicht, was passiert ist, sie wollte gestern Abend nicht mit der Sprache heraus. Geht es ihr immer noch nicht besser?"
Erst nach mehrmaligem Nachfragen hatte ich die ganze Geschichte verstanden – und war ehrlich gesagt nicht schlauer als vorher. „Und du hast wirklich keinerlei Anhaltspunkte, wo sie gewesen sein könnte?", vergewisserte ich mich.
„Nein, überhaupt nicht. Ich glaube, sie wollte auch nicht mit mir darüber reden, was passiert ist. Sie hat sich gleich mit den Kindern nach oben verzogen", Kathi kratzte sich nachdenklich am Kopf. „Und am nächsten Morgen ist immer wenigstens ein Kind bei ihr gewesen, sodass ich schlecht nachfragen konnte. Wobei es mir auch da so vorkam, als wäre sie eher froh darüber."
„Aber du bist dir hundertprozentig sicher, dass sie erst nach diesem Ausflug so komisch war?"
„Eindeutig."
„Ruf sie an! Sprich mit ihr! Ich muss wissen, was da vorgefallen ist!"
„Richie!" Kathi schüttelte energisch den Kopf. „Sie wird es mir nicht sagen."
„Aber es muss etwas wirklich Schlimmes sein. Sie ist nicht mehr sie selbst. Sie hat eben sogar den Kleinen angefahren, das macht sie sonst nie. – Und sie sieht richtig krank aus", setzte ich hinzu, „krank vor Sorge."
Kathi seufzte tief. „Ich würde dir und ihr gerne helfen, glaube mir. Nur, sie wird nicht mit mir sprechen wollen. Wir können nur abwarten, bis sie von sich aus kommt."

„Das macht sie nicht." Ich hätte schreien können vor Enttäuschung. Wenn ich doch nur selbst mit ihr hätte reden können. Mir würde sie alles erzählen, da war ich mir sicher.
„Vergiss es", sagte Kathi, meine Gedanken erratend.
„Aber Kathi!"
„Nein, das ist der falsche Weg. – Hat sie denn keine Freundin, der sie es mitteilen könnte?"
„Nicht, dass ich wüsste …" Ich brach ab, weil mir ein Gedanke gekommen war. „Eva. Die ist für sie wie eine Mutter. Nee, eher sogar besser als die eigene. Ihr vertraut sie so ziemlich alles an, Margret dagegen kaum etwas."
„Na, dann husch, zurück." Kathi wedelte auffordernd mit den Händen. „Alles andere können wir später besprechen."
Carmen sagte den Kindern gerade Gute Nacht. Sie hatte sich wieder gefangen und nur jemand, der sie so gut wie ich kannte, sah die Sorge, die sie niederdrückte.
Sie verließ das Kinderzimmer und steuerte die Küche an, wo sie planlos begann, aufzuräumen. Immer wieder hielt sie dabei inne und starrte auf die Dinge, die sie in den Händen hielt, als wüsste sie nicht, wie diese dorthin gekommen waren, stellte den Zucker in den Kühlschrank und das Brot in den Ofen, die Kinder hätten sich schiefgelacht, wenn sie sie so gesehen hätten.
Mir dagegen verkrampfte sich das Herz bei ihrem Leid. Ach, Carmen, was war bloß passiert?
Jetzt begann sie sogar zu weinen, lautlos liefen dicke Tränen über ihr Gesicht. Sie setzte sich an den Tisch und barg den Kopf in den Händen. Lange Zeit war nur ihr leises Schluchzen zu hören.
Vor lauter Hilflosigkeit begann ich, laut auf Kathi zu schimpfen. Hier saß meine Frau und quälte sich, nur weil diese sich weigerte, eine Verbindung zwischen uns herzustellen. Das war doch zum auf die Palme gehen!
Es dauerte sehr, sehr lange, bis Carmen sich wieder beruhigte und auch dann sah ich ihr an, dass ihr Problem nach wie vor existent war und sie quälte. Meine Güte, warum besprach sie sich nicht mit Eva!
Die letzte Lebensgefährtin meines Vaters war immer für uns da gewesen. Und an Carmen hatte sie von Anfang an einen Narren gefressen. Gegen den Willen des alten Herrn war sie alle zwei Wochen zu uns zu Besuch gekommen, meist nur für einen Tag oder ein paar Stunden, trotzdem gehörte sie bald fest zur Familie und die Kinder liebten sie. Nach dem Tod des Alten war unser Verhältnis noch enger geworden und sie war es auch,

die nach meiner Beerdigung Carmen mit Rat und Tat zur Seite stand, ihr bei ihrem Umzug half, ihr Mut machte, wenn es mal schwierig wurde und ihr die Kinder abnahm, wenn sie Freiraum brauchte.

Margret und Bruno dagegen wollten immer noch über sie bestimmen, wussten alles besser und mischten sich pausenlos in die Erziehung der Kinder ein. Für die waren Carmens Probleme meist hausgemacht und nicht der Rede wert.

Nee, wenn einer hier helfen konnte, dann Eva. Warum rief sie sie nicht an, verdammt!

48

Katharina

„Weil sie krank ist", sagte ich in seine Tirade hinein. „Deshalb hatte Carmen mir ja die Kinder zum Aufpassen gebracht."
Richie war gleich nach dem Frühstück erschienen, überschäumend vor Erregung und wild entschlossen, endlich etwas zu unternehmen. Aber ich konnte nicht eingreifen, Carmen und ich waren noch nicht einmal gute Bekannte, mir würde sie sich bestimmt nicht anvertrauen. Und wenn ich insistierte, würde ich eher das bisschen Zutrauen, das sie zu mir gewonnen hatte, verspielen. Das musste er doch verstehen.
„Wie war das ganz genau?", verlangte er nun zu wissen.
„Sie rief mich an und fragte, ob ich die Kinder am nächsten Tag um drei nehmen könnte", wiederholte ich nochmals meine Worte vom Tag zuvor. „Sie brachte sie nur bis zur Tür und stieg in ihr Auto. Erst da fiel mir auf, dass sie nicht gesagt hatte, wie lange die beiden bleiben würden. Aber da war es zu spät. Sie kam erst nach sieben zurück und sah aus, als hätte sie ein Gespenst gesehen, sodass ich ihr zur Beruhigung einen Schnaps einschenkte." Ich seufzte. „Das habe ich dir alles schon erzählt. Ich habe nichts vergessen, mehr war da nicht."
„Warum hast du nicht intensiver auf sie eingewirkt."
Jetzt reichte es mir wirklich. „Richie! So kommen wir nicht weiter. Bleib halt den ganzen Tag an Carmen dran und beobachte sie. Irgendwann wirst du herausfinden, was sie bedrückt."
„Sie ist auf der Arbeit", erwiderte er mürrisch. „Und sie will heute sogar die Zeit, die sie am Mittwoch eher gegangen ist, nachholen. Vor vier brauche ich nicht zu erscheinen."
Das Klingeln des Telefons erlöste mich aus der Situation. „Kathi, hast du einen Moment?", drang die Stimme meiner Schwiegermutter aus dem Hörer.
„Sicher, ich wollte dich sowieso heute anrufen und fragen, ob du Lust auf einen Spaziergang hättest." Im Trubel der letzten Tage war Elisabeth eindeutig zu kurz gekommen. Manfred hatte sie zwar an beiden Ostertagen zu uns geholt, trotzdem hatte ich ein schlechtes Gewissen. Ich war schon lange nicht mehr mit ihr allein unterwegs gewesen, obwohl ich wusste, wie sehr sie unsere Spaziergänge liebte. Und nach ihr erkundigt hatte ich mich in dieser Woche auch noch nicht.
„Ach, wie lieb von dir."

Mein schlechtes Gewissen wuchs noch mehr. „Naja, das Wetter ist seit heute wieder besser, da dachte ich, das müssen wir beide ausnutzen."
„Morgen, das würde mir gut passen. Kommst du um vier, wie immer?"
„Elisabeth, du wolltest mir noch etwas sagen", erinnerte ich sie.
„Ach ja", sie lachte. „Hätte ich tatsächlich beinahe vergessen. Du", sie wurde ernst. „Ich habe da eine Bekannte, eine ehemalige Kollegin von mir, du kennst sie nicht, das war vor deiner Zeit. Wir haben uns durch Zufall bei Facebook wiedergefunden und chatten regelmäßig. Die hat mir gestern unter dem Siegel der Verschwiegenheit eine total wilde Geschichte erzählt."
Die sie mir sofort weitergeben wollte. So viel zu ihrer Diskretion. Aber halt, ich war unfair, sie wusste schließlich, dass sie sich auf mich verlassen konnte. Weder sie noch ich hatten jemals Geheimnisse der anderen ausgeplaudert.
„Also, sie hat eine Tochter, so um die fünfzig", fuhr Elisabeth fort. „Die ist Richterin."
Oh, nein, ich wusste, was jetzt kommen würde.
„Die ist am Mittwoch zu ihrem üblichen Kegelabend gegangen. Nicht üblich dagegen war, dass ihr Mann sie abgeholt hat. Und das war ihr Glück. Es sieht so aus, als hätte er eine Entführung verhindert."
Ha, es war daneben gegangen. Zum ersten Mal, soweit ich wusste.
„Und das wirklich Seltsame ist", Elisabeth machte eine bedeutsame Pause. „Dieser weiße Lieferwagen, den Manfred erwähnte, spielte hier ebenfalls eine Rolle. Es muss derselbe gewesen sein, der Mann beschrieb genau denselben dicken Kratzer am vorderen Kotflügel. Nur das Kennzeichen war anders, es fing mit AA an statt mit KR, wie in dem anderen Fall."
„Und wie ist dieser Überfall abgelaufen?", wiederholte ich die Frage, die Richie mir souffliert hatte.
„Sie ist aus dem Lokal gekommen und zum Parkplatz dahinter gelaufen. Noch bevor sie ihr Auto erreicht hatte, ist ein Mann von hinten gekommen und hat versucht, sie niederzuschlagen."
„Versucht?"
„Ja, der Ehemann hat in genau diesem Moment seine Scheinwerfer aufleuchten lassen und gehupt. Da ist der Täter in den weißen Lieferwagen gesprungen und abgebraust."
„Hat man ihn erwischt?"
„Nein, der Ehemann hat sich erst um seine Frau gekümmert, die gestürzt war, und anschließend die Polizei gerufen. Die Fahndung nach dem Wagen

verlief aber wohl im Sande, zumindest hat man der Tochter diese Auskunft gegeben."

„Wieso war der Kerl denn überhaupt da?", wollte Richie wissen. Auch diese Frage gab ich weiter, nur in etwas netterer Form.

„Er hatte eine geschäftliche Verabredung in der Nähe, die sich hinzog. Sein Heimweg führte ihn an der Gaststätte vorbei. Er war noch ein Stück die Straße runter, als er meinte, seine Frau auf den Parkplatz einbiegen zu sehen. Eigentlich wollte er an der Ausfahrt auf sie warten, fuhr also langsamer und sah, wie der Kerl hinter ihr herschlich. Sie hat unheimliches Glück gehabt."

„Das sehe ich genauso."

„Erst Bruno, jetzt die Nadine. Hat es da jemand speziell auf Richter abgesehen oder ist das Zufall?"

„Sag ihr, du bist echt überrascht", verlangte Richie.

„Müsste die Antwort nicht eher von der Polizei kommen?", fragte ich stattdessen. „Was sagt die denn?"

„Angeblich sehen sie keinen Zusammenhang." Elisabeth schnaubte. „Dabei war es nicht nur derselbe Wagen, sondern auch die gleiche Vorgehensweise. Ich habe meine Freundin gleich darauf aufmerksam gemacht und deren Tochter hat mit dem zuständigen Beamten gesprochen. Bei ihrem anschließenden Rückruf war diese jedoch vom Gegenteil überzeugt. Angeblich wären die Fälle zwar ähnlich, aber es gäbe einige Unterschiede."

„Wirklich seltsam", bestätigte ich.

„Meinst du, ich sollte vielleicht einmal eine Anfrage dazu auf meine Facebook-Seite stellen?"

„Du willst tatsächlich fragen, ob dir jemand Auskunft über weitere Verbrechen geben kann?" Ich lachte. „Wenn die Polizei mauern sollte, bringt dir das gar nichts. Im schlimmsten Fall handelst du dir noch Ärger mit den ermittelnden Beamten ein. Lass es lieber."

„Du verkennst die Lage." Elisabeth war gekränkt. „Ich möchte damit Verbindungen herleiten, die vielleicht noch nicht gesehen wurden."

„Im Zeitalter der Computer ist das so gut wie unmöglich", argumentierte ich. „Außerdem könnte es sein, dass du dadurch die Untersuchung der Polizei behinderst. Vielleicht ist es ja so, dass sie deine Bekannte nur aus ermittlungstaktischen Gründen im Unklaren lassen wollten und tatsächlich intensiv nachforschen. Vielleicht weiß auch die Tochter mehr, als sie der Mutter sagen konnte. Nein, misch dich lieber nicht ein."

„Ich habe, bevor ich dich anrief, meinen Hinweis auf den weißen Lieferwagen noch einmal erneuert", gestand sie kleinlaut.

„Hoffentlich gibt das keinen Ärger." Ich winkte Richie energisch zu, doch entweder wollte oder konnte er mich nicht verstehen, er blieb neben mir.
„Ja, und dann wollte ich dich noch fragen, ob du schon mit Christina gesprochen hast." Elisabeth schien nicht gewillt, sich meine Vorwürfe anzuhören. „Ihr habt doch bestimmt auch die Sendung gesehen. Ich muss sagen, ich war ..."
„Du, entschuldige", unterbrach ich sie hastig. „Bei mir hat es geklingelt. Lass uns morgen ausführlich darüber reden, ja?"
„Das war nicht sehr nett von dir", sagte Richie, kaum dass ich aufgelegt hatte.
„Ich möchte, dass du dich schleunigst ins Präsidium begibst", erklärte ich ihm. „Wir müssen wissen, was sich tut."
„Zumindest können wir deine Freundin wohl endgültig ausschließen." Er ließ sich nicht aus der Ruhe bringen. „Ich bin ihr in den letzten Tagen nicht von der Seite gewichen, sie hat keine dementsprechenden Anrufe erhalten. Und das müsste sie doch, meinst du nicht auch?"
„Jaja." Ich war mit meinen Gedanken ganz woanders. Hans-Peter würde doch wohl nicht wieder bei mir anrufen und mich für Elisabeths Threads verantwortlich machen, oder? Vorsichtshalber würde ich zumindest heute auf die Anruferkennung schauen, bevor ich den Hörer abnahm. Und für Bella und Manfred musste ich mir eine Ausrede einfallen lassen, falls diese zuerst am Telefon waren. Andererseits hatte es ...
„Kathi!" Anscheinend hatte Richie einfach weitergesprochen und nun gemerkt, dass ich ihm gar nicht zuhörte.
„Du musst rauskriegen, was unsere Freunde und Helfer wissen", wiederholte ich. „Alles andere ist erst mal unwichtig."
„Carmen ist nicht unwichtig", begehrte er auf.
Oh, Gott! „Nein, natürlich nicht", beeilte ich mich zu versichern. „Aber sie ist momentan auf der Arbeit. Du wirst also frühestens im Nachmittagsbereich Neuigkeiten erfahren können."
„Na gut", willigte er ein. „Ich melde mich dann."
„Jederzeit", rief ich hinter ihm her. „Und wenn ich dir helfen kann ..."

49

Richard

Ha, ha! Wie denn? Hatte sie nicht gerade noch behauptet, nicht eingreifen zu können?

Auf dem Weg zum Präsidium zerbrach ich mir den Kopf, wie ich Kathi vom Gegenteil überzeugen konnte. Carmen war so fertig, sie würde sich ihr bestimmt anvertrauen, wenn sie es nur geschickt genug anstellte. Verdammt noch mal! Warum konnte ich nicht selbst mit ihr sprechen!

Peter Zwolle saß allein in seinem Zimmer und tippte auf der Computertastatur. Mit einem Blick hatte ich mich davon überzeugt, dass es sich nicht um unseren Fall handelte. Auch die Papiere auf seinem Schreibtisch gaben nicht das geringste her. Hier würde ich bestimmt nichts Neues erfahren. Die Geschichte war am Mittwochabend passiert. Wenn, dann hatten sie den gestrigen Tag mit Recherchen verbracht. Heute jedenfalls herrschte wieder Normalität.

Trotzdem beschloss ich, eine Weile zu bleiben. Kathi hatte ja recht. Bei Carmen würde ich im Moment nichts erreichen, und wo ich über die Möglichkeit nachdachte, wie ich Kathi doch noch geschickt ins Spiel bringen konnte, war schließlich egal.

So vergingen die nächsten zwei Stunden. Zwolle arbeitete ununterbrochen am Bildschirm und ich verwarf eine Idee nach der anderen. Es war zum auswachsen.

Kurz vor Mittag kam endlich Bewegung in unseren Fall, und zwar in Form von Sven, dem rothaarigen Arbeitskollegen. Der platzte plötzlich ins Zimmer, so plötzlich, dass Zwolle und ich gleichermaßen erschraken.

„Wir haben einen vielversprechenden Tipp!", rief er schon beim Eintreten. „Die Kollegen in Meschede sind schon unterwegs."

„Was?" Stirnrunzelnd sah Zwolle von seiner Arbeit auf.

„Die Richtersache! Endlich tut sich was." Grinsend ließ Sven sich in seinen Drehstuhl fallen. „Erinnerst du dich an die Alte mit ihrem Facebook-Artikel? Heute Morgen hat sie noch einen auf ihre Seite gestellt und seitdem steht das Telefon wieder nicht still. Und jetzt halt dich fest. Da hat sich ein Mann gemeldet, dem der weiße Lieferwagen aufgefallen ist. Er behauptet, dass der in einer Scheune am Stadtrand von Meschede abgestellt ist."

„Ein glaubwürdiger Zeuge?"

„Den Kollegen nach ja. Ein ehemaliger Lehrer, wohnt selber in dem Kaff. War bis gestern verreist, deshalb hat er den Artikel erst heute gelesen."

„Und er ist sich sicher?"
Sven grinste noch breiter. „Er ist ein Vogelfreund, der mit Fernglas und Fotoapparat bewaffnet auf die Pirsch geht. Und die Scheune, in der der Lieferwagen abgestellt sein soll, befindet sich genau in seinem bevorzugten Spähgebiet. Er hat mehrfach zwei Männer gesehen, die mit dem Auto dort vorgefahren sind. Kennen tut er die leider nicht und gesehen, was sie dort machten, hat er auch nicht."
„Habt ihr den Besitzer der Scheune schon ermittelt?"
„Klaro. Die Adresse, die der Mieter angegeben hat, ist aber leider falsch. Beschreiben kann er ihn auch nicht, er ist halb blind und hat den Mann nur einmal kurz gesehen, das Auto überhaupt nicht."
„Wollen die Kollegen rein oder nur überwachen?"
„Was denkst du wohl?" Im Grinsen schlug der Mann sämtliche Rekorde. Selten hatte ich eine derartig dämliche Grimasse gesehen. Und was sollte diese Antwort nun aussagen?
Im Gegensatz zu mir wusste Zwolle sie zu deuten. Zumindest nickte er und meint gleichmütig: „Gut, warten wir also ab. Ich hoffe nur, die kriegen die Überwachung nicht spitz."
„Vielleicht finden sich im Innern Anhaltspunkte", zuckte Sven die Schultern. „Das zumindest erfahren wir heute noch."
Aha, also würden die Polizisten doch dort eindringen. Das hieße für mich, ich müsste eigentlich hier auf die Resultate warten. Mist, Mist, Mist. Wie lange würde sich das wohl hinziehen? Carmen hatte gegen vier frei, würde anschließend die Kinder abholen und wahrscheinlich mit ihnen gemeinsam einkaufen, zumindest machte sie das sonst jeden Freitag so. Aber ob sie dieses Ritual in ihrem heutigen Zustand durchziehen würde? Vielleicht fuhr sie ja auch gleich zu Eva, wenn es der besser ging.
Mist und nochmals Mist. Eigentlich hatte ich mich über deren Zustand informieren wollen. War sie immer noch sehr krank, könnte Carmen nicht mit ihr sprechen, dann würde sich Kathi geradezu anbieten.
Oder ob sie zu ihren Eltern fahren würde? Nee, denen teilte sie schon lange nicht mehr mit, was sie bewegte.
Ach, Mensch, selbst wenn es Eva wieder besser ging, mit den Kindern im Schlepptau konnte sie doch nicht reden. Und wo sollte sie die so lange lassen?
Nun gut, bis vier hatte ich Zeit. Länger würden die beiden Pfeifen bestimmt auch nicht arbeiten. Und sollte sich der Durchbruch bis dahin ergeben, würde ich eben neu entscheiden müssen, wie ich meine Prioritäten setzte.

Direkt nach dem Mittagessen kam der ersehnte Anruf. Ich hatte schon mitgehört, brauchte also nicht mehr zu warten, bis Sven seinem Partner die Neuigkeit erzählte, und konnte mich daher gleich verabschieden.

Bevor ich zu Kathi düste, um ihr Bericht zu erstatten, machte ich einen Abstecher zu Evas Wohnung. Die Arme lag im Bett und hustete und schnaufte, dass es eine Pracht war. Heute würde Carmen in ihr garantiert noch keinen Ansprechpartner für ihre Probleme finden. Blieb also nur noch Kathi. Du meine Güte, hoffentlich kam die nicht auf die Idee, mich nach Meschede auf Beobachtungsposten zu schicken!

„Und eindringen in die Scheune können die nicht, dafür liegt diese zu ungeschützt. Die haben Angst, dass einer der Täter sie dabei sehen könnte, den anderen warnt und beide verduften", schloss ich meinen Bericht. Bei meinem Eintreffen hatte ich Kathi oben in ihrem Schlafzimmer beim Lesen ertappt, war wohl nichts mit Mittagsschlaf. Natürlich behauptete sie, sie habe auf mich gewartet, aber ich denke, sie machte das öfter, um ihre Ruhe zu haben. Und außerdem brauchten ältere Leute ja gar nicht mehr so viel Schlaf.

Ich konnte fast sehen, wie in ihrem Kopf die kleinen, grauen Zellen ratterten. „Das Beste wird sein, du beobachtest vor Ort", sagte sie schließlich, genau, wie ich befürchtet hatte. „Du kannst in die Scheune hinein, ohne gesehen zu werden. Vielleicht findest du Hinweise, die Rückschlüsse auf die Täter geben."

„Nicht bevor ich weiß, was mit Carmen los ist", protestierte ich.

„Und wie willst du das anstellen?"

„Wenn es so schlimm ist, wie ich vermute, wird sie sich jemandem anvertrauen. Ich glaube nicht, dass sie allein damit fertig wird. Und da bietet sich nur Eva an."

„Ich dachte, die ist krank?"

„Ist sie auch. Aber irgendwann geht es ihr wieder besser. Ich muss also nur abwarten, bis es so weit ist."

„Und wie lange schätzt du, wird das dauern?"

Ui, Kathi war echt sauer. Tja, jetzt sah sie mal selbst, wie es war, wenn der andere nicht so spurte, wie man wollte. „Keine Ahnung. Sie liegt im Bett und scheint ziemlich stark erkältet zu sein. Andererseits - sie ist nicht todkrank, sie würde wahrscheinlich gleich heute mit Carmen reden, wenn diese sie darum bittet."

„Soll das jetzt die Retourkutsche sein, weil ich nicht mit ihr sprechen will?"

„Kathi, also ehrlich!" Kannte sie mich wohl doch nicht so gut, wie sie dachte, wenn sie mir das unterstellte. „Carmen ist für mich immer noch das Wichtigste auf der Welt", versuchte ich zu erklären. „Und ich bin mir sicher, dass etwas richtig Schlimmes passiert sein muss. Du bist viel zu sehr Außenstehende, um das Ausmaß von dem, was da geschehen sein muss, einschätzen zu können, ich dagegen schon. Glaube mir, Carmen verliert nicht so schnell die Fassung. Nein, es muss ein richtiger Hammer dahinter stecken."

„Und genau deshalb wird sie sich mir nicht anvertrauen", unterstrich Kathi. „Ich bin für sie eine Außenstehende."

„Ja, ich denke mittlerweile auch, Eva ist die, an die sie sich wenden will. Nur wann, weiß ich eben nicht."

Wieder blieb Kathi eine Weile still. „Du könntest trotzdem heute Abend kurz nach Meschede", sagte sie dann. „Wenn die Kinder im Bett sind, wird Carmen nichts mehr unternehmen. Du bist früh genug zurück, um deine Überwachung fortzuführen."

„Und wenn sie anruft, sobald die beiden eingeschlafen sind?"

„Das hätte sie gestern schon tun können. Hat sie aber nicht." Kathi schüttelte den Kopf. „Nein, eine richtig ernste Angelegenheit handelt man nicht am Telefon ab. Man will den Gegenüber sehen können."

Hm, eigentlich hatte sie recht. Aber ganz überzeugt war ich noch nicht. „Und wenn es so sehr drückt, dass man nicht mehr warten kann?"

„Würde sie in genau dem Moment telefonieren, wo sie sicher ist, dass die Kinder nichts mehr mitbekommen", ergänzte Kathi. „Du brauchst nur kurz abzuwarten und könntest danach immer noch aufbrechen."

„Na gut", gab ich mich geschlagen. „Rührt Carmen sich nicht, melde ich mich erst morgen irgendwann wieder."

Der Wecker auf dem Nachtschränkchen begann zu piepen. Mist, es war schon halb vier, höchste Zeit für mich abzuhauen.

Dass auch Kathi direkt aus dem Bett sprang, bekam ich nur am Rande mit. Ich war schon auf dem Weg nach draußen.

50

Katharina

Wenn, dann passierte wirklich alles auf einmal. Ich musste mich beeilen, gleich würden Christina und Tante Bruni zum Kaffee erscheinen.

Mittlerweile hatten wir eine groß angelegte Verschwörung angezettelt, um Anna zu helfen. Bella und Basti waren heute Mittag zusammen mit Kirsten zur Tierpension gegangen, um dort auf Anna zu warten. Bella hatte sich in den Kopf gesetzt, dass Kirsten und Anna schließlich auch Freundinnen werden könnten, in erster Linie, damit letztere eine Ansprechpartnerin hatte, wenn sie und Basti nicht mehr zur Verfügung standen. Kirsten wiederum hatte einen relativ großen Bekanntenkreis, in den sie Anna nach und nach integrieren sollte. So lautete zumindest Bellas Plan.

Mit Tante Bruni hatten die beiden schon gesprochen und ihr auch die Einladung zum heutigen Treffen übermittelt, sodass diese von Christinas Erfahrungen profitieren konnte. Ihr hatte die Fernseh-Reportage sehr gut gefallen und sie brannte mittlerweile darauf, sich Wissen, wie sie Anna zu helfen vermochte, anzueignen. Auch das war Bellas Verdienst. Das Gespräch mit der Tante, das Richie mir fast wörtlich wiedergegeben hatte – Bella übrigens einen Tag später auch – hatte das Eis zwischen den beiden nachhaltig gebrochen. Ab dem Moment waren sie wie zwei Verschwörer, die nur ein Ziel kannten: Anna zu helfen.

Bastian war mittlerweile ebenfalls in ihre Mitte aufgenommen worden. Meist gingen die beiden Liebenden schon am späten Morgen zur Tante, so hatten sie die Möglichkeit, allein mit ihr Pläne zu schmieden, ohne dass Anna davon etwas mitbekam. Diese schien tatsächlich vollkommen ahnungslos zu sein, was sich über ihrem Kopf zusammenbraute. Sie freute sich einfach, dass es nun zwei Menschen gab, mit denen sie ihre Freizeit verbringen konnte.

Tante Brunhilde, nennen Sie mich bitte Bruni, und Christina verstanden sich auf Anhieb. Auch mir war sie sofort sympathisch. Das lag aber wohl hauptsächlich daran, dass Bella schon die Vorarbeit geleistet hatte, denn die Tante war weder zurückhaltend noch bärbeißig, machte aus ihrem Problem mit Anna keinen Hehl und war mir dankbar, dass ich dieses Treffen arrangiert hatte.

Schon nach gut einer Stunde hatten wir einen Konsens gefunden. Christina würde gleich Anfang der nächsten Woche mit ihrer Freundin Ruth in der Tierpension erscheinen, um Anna zu begutachten. Als eigentlicher Grund dieses Besuches diente offiziell Lotti, die demnächst zwei Wochen als Gast dort verbringen sollte, angeblich, weil man mir ihre Pflege nicht für diese lange Zeit zumuten konnte. Alles Weitere würde Ruth dann direkt vor Ort entscheiden.

Brunhilde verabschiedete sich gegen sechs, Christina blieb noch eine halbe Stunde länger, um mir ausführlich von ihrem Fernsehauftritt zu erzählen. Ich nutze die Gelegenheit und fragte vorsichtig nach, ob ihr unter den Mitgliedern der verschiedenen Selbsthilfegruppen einzelne als recht aggressiv aufgefallen waren.

„Natürlich, es sind vornehmlich Männer, die damit ihre Hilflosigkeit überspielen wollen", gab sie zurück. „Frauen gehen das Problem eher direkt an und versuchen zu helfen."

„Und die, die selbst vergewaltigt wurden?"

„Sind eher labil und ängstlich. Warum fragst du?"

Tja, was sagte ich jetzt am besten? „Ach, ich habe mich letztens mit Manfred darüber unterhalten, wie wir uns wohl fühlen würden, wären wir betroffen, und wie wir reagieren würden", fabulierte ich drauflos. „Er meinte, er könne hinsichtlich des Täters für nichts garantieren. Dabei ist er doch die Seele in Person. Und da dachte ich mir, wenn es ihm schon so geht …"

„Das ist das, was ich eingangs erwähnte, diese Ohnmacht, dass sie, die Beschützer von Frau und Kind, die Tat nicht haben verhindern können", Christina lachte. „Dieses Mittelalterdenken existiert immer noch in vielen Männerköpfen. Ja, und dazu kommt noch ihre Unsicherheit als Tröster, in dieser Rolle sind sie überfordert, die meisten wissen nicht, wie sie richtig damit umgehen sollen."

„Also meinst du, dieses Gehabe ist nicht Ernst zu nehmen?"

„Liest du etwa oft davon, dass ein Kinderschänder oder ein Vergewaltiger von einem Angehörigen des Opfers umgebracht worden ist?"

„Nein."

„Bis die Täter entlassen werden, haben sich die Gemüter wieder beruhigt. Anders sähe es wahrscheinlich aus, sollte ein Angehöriger vor der Polizei auf diesen treffen. Selbst für Burkhard oder mich hätte ich in diesem Augenblick nicht die Hand ins Feuer legen können."

„Und die Urteile?", fragte ich ganz direkt. „Du hast im Fernsehen angesprochen, dass du mit vielen ziemlich unzufrieden bist."

„Da bin ich wirklich nicht die Einzige", nickte Christina. „Das wird unsere nächste Kampagne. Wir wollen versuchen, dass dadurch, dass wir die Leiden der Opfer in der Öffentlichkeit aufzeigen, ein Umdenken in der Bevölkerung stattfindet. Der Druck auf die Gesetzgebung muss so stark werden, dass es zu Änderungen des Strafmaßes kommt."

„Wäre es nicht ausreichend, wenn die zuständigen Richter das ihnen gegebene besser ausnutzen?"
„Teilweise schon", musste sie zugeben.
„Ja, denk nur an unseren Bruno Stegemann", soufflierte ich. „Freunde von mir haben erzählt, er wäre bekannt für seine Nachsicht den Tätern gegenüber. Wie schlimm muss das für die Opfer sein."
„Auch das ließe sich mit härteren Strafen ändern." Christina schüttelte den Kopf. „Wir müssen ganz oben ansetzen, nur dort können wir tiefer greifende Reformen durchsetzen. Sind die Regelungen insgesamt härter, trifft es jeden."
„Hm." Eigentlich konnte ich ihr nur zustimmen. Dieser Weg schien wesentlich vielversprechender als der, den unsere unbekannten Täter genommen hatten. Chris war wirklich über jeden Verdacht erhaben, mit so jemandem würde sie definitiv nicht zusammenarbeiten.
Christina sprang auf. „So, ich muss los. Burkhard bringt heute Abend Gäste mit."
„Und ich halte dich noch auf!"
„Nein", sie blieb an der Tür stehen und umarmte mich. „Kathi, wir sollten uns wieder regelmäßiger sehen, es tut nämlich wirklich gut, so eine Freundin wie dich zu haben."
„Ja", sagte ich aus vollstem Herzen. „Sollten wir."
„Nun?", ertönte Manfreds Stimme hinter mir, kaum dass sich die Tür geschlossen hatte. „Wie war das noch mit unserem Gespräch? Komisch, ich kann mich gar nicht daran erinnern."
Das klingelnde Telefon enthob mich zum Glück einer Antwort. „Klingenberg?", meldete ich mich knapp.
Bei der kurzen Pause, die folgte, setzte mein Herz kurz aus. Ich hatte total vergessen, erst auf die Anruferkennung zu schauen. Wenn das jetzt Hans-Peter war!
Der Sorge wurde ich schnell enthoben. „Kathi?", fragte ein dünnes Stimmchen, das ich zunächst nicht einordnen konnte.
„Ja?", sagte ich deshalb nur abwartend.
„Hier ist Annika. Ich und mein Bruder, wir möchten gern noch einmal zu den Tieren. Geht das morgen?"
„Wann wollt ihr denn kommen?", fragte ich zurück.
„Moment." Ihre Stimme wurde leiser. „Mama, sie fragt, wann wir kommen?" Dann, nach einer kurzen Pause wieder zu mir gewandt. „Mama ist das egal, sie sagt, sie bringt uns dann, wenn es euch passt."

Eigentlich wusste ich gar nicht genau, wann Bella und Bastian sich morgen mit Anna trafen und was sie unternehmen wollten. Ach, im Notfall würde ich mit den beiden zu Bruni gehen. „Um drei?" Kaum hatte ich die Worte ausgesprochen, fiel mir siedend heiß meine Verabredung mit Elisabeth ein. „Super", jubelte Annika. „Tschüss."
Lachend legte ich den Hörer zurück in die Station.
„Was war das denn?", fragte Manfred stirnrunzelnd.
„Das war Annika. Sie und ihr Bruder möchten morgen noch einmal mit Bella und Bastian die Tierpension besuchen."
„Hättest du die beiden nicht erst fragen müssen?"
„Im Notfall gehe ich mit den beiden. Und Elisabeth nehme ich auch mit", spann ich den Gedanken weiter, der mir gerade gekommen war. „Sie und Bruni würden sich bestimmt gut verstehen."
„Ach, du gehst morgen mit meiner Mutter aus?"
„Aus nicht gerade, sie will bestimmt wieder auf den Friedhof."
„Naja, anscheinend erfahre ich hier nur noch das Nötigste."
Ich konnte nicht erkennen, ob er tatsächlich beleidigt war oder es nur spielte. „Ich habe mich die ganze Woche nicht um Elisabeth gekümmert", verteidigte ich mich. „Und das mit den beiden Kleinen habe ich gerade erst bei dem Telefongespräch erfahren."
„Und was war mit Christina? Ich wusste gar nicht, dass sie heute kommen sollte?"
Meine Güte, er war wirklich beleidigt. „Es hat sich ganz kurzfristig ergeben. Sie und ihre Bekannte wollen bei Anna helfen."
„Ich hätte euch auch jemanden empfehlen können."
Aha, er fühlte sich also ausgeschlossen. „Die Tante hat Christina in Stern TV gesehen und war ganz begeistert", versuchte ich zu erklären. „Bella und ich haben doch gestern Abend noch davon gesprochen, du warst dabei."
„Ich wollte eigentlich morgen mit dir in die Stadt", gestand er kleinlaut. „Ich muss mir endlich einen neuen Anzug kaufen – und neue schwarze Schuhe."
Beinahe hätte ich laut los geprustet. „Wir könnten gleich um zehn fahren. Dann sind wir bis zum Mittagessen wieder zurück."
„Ja", seine Miene hellte sich auf. „Das machen wir."
In gewohnter Eintracht begaben wir uns in die Küche, um zu Abend zu essen. Seine anfängliche Frage schien er Gott sei Dank vergessen zu haben.

51

Richard

Ich kam gerade rechtzeitig, um mit Carmen zusammen die Kinder abzuholen. Anschließend fuhr sie wie gewohnt einkaufen, schwenkte aber, bevor sie in ihre Straße abbog, ab und hielt vor Evas Haus. Alle drei stapften die Treppen hinauf und wurden von der immer noch stark erkälteten Oma eingelassen.

Benjamin und Annika zogen sie auf die Couch im Wohnzimmer und breiteten ihre in der Kita gebastelten Schätze vor ihr aus. Carmen ging in die Küche, kochte Kaffee und wusch gleichzeitig das benutzte Geschirr vom Vortag ab. Sie deckte den kleinen Tisch und stellte die Platte mit Kuchen vom Bäcker dazu, die sie mitgebracht hatte.

Während des Mahls plapperten eigentlich nur die Kinder und sowohl Eva als auch Carmen taten, als hörten sie interessiert zu. Doch meiner Frau war anzusehen, dass sie sich nur mit Mühe zusammenriss. Sie wirkte immer noch sehr verstört, was sogar Eva in ihrem Zustand auffiel. Mehrmals musterte sie ihr Gegenüber prüfend, sagte aber nichts, was auch besser war, sonst wäre Carmen wahrscheinlich vor den Kleinen in Tränen ausgebrochen.

Eva begann, kaum dass sie ihr Stück Kuchen gegessen hatte, zu schwächeln. Sie wurde kalkweiß und ihre Hände zitterten. Sofort sprang Carmen auf und brachte sie zurück ins Bett. Benjamin und Annika, die folgen wollten, wurden ins Wohnzimmer verbannt, wo sie sich vor den Fernseher setzten. Meine Frau stellte ihnen eine von diesen hohlen, aber harmlosen Sendungen auf Super-RTL ein, mahnte sie, leise zu sein und verschwand wieder im Schlafzimmer. Aha, jetzt wurde es spannend.

„Kindchen, was ist denn mit dir los?", fragte Eva auch prompt. Sie sah schon wieder etwas besser aus.

„Nicht jetzt." Carmen schüttelte abwehrend den Kopf. „Wenn ich einmal anfange, wird es heftig."

„So schlimm?"

„Noch schlimmer." Sie biss die Zähne zusammen, um die Tränen zurückzuhalten, was ihr deutlich schwerfiel. „Ich muss unbedingt allein mit dir reden."

„Ich fahre mit zu dir. Wenn die Kinder im Bett sind, können wir reden." Eva war schon dabei, aus dem Bett zu krabbeln.

„Nein." Mit sanfter Gewalt drückte Carmen sie nieder. „Du bist noch zu geschwächt. Ich will nicht riskieren, dass du einen Rückfall bekommst. Wir könnten …"
Sie wurde von Annika unterbrochen, die von der Tür her leise „Mama" rief. „Was ist?" Doch meine Frau war eine gute Mutter, sie unterdrückte ihr eigenes Elend und war sofort ansprechbar.
„Ich, und Benjamin auch, wir möchten", sie betonte das Wort möchten, damit Carmen sah, wie lernfähig sie war, „also wir möchten Bella und die Tiere besuchen. Dürfen wir?"
Ich konnte fast sehen, wie es in Carmens Kopf zu arbeiten begann. „Da musst du selbst nachfragen", sagte sie schließlich. „Weißt du was, ich suche eben die Telefonnummer heraus und du kannst dann selbst anrufen und nachfragen. Heute ist es allerdings schon zu spät, wir fahren gleich nach Hause, dann geht es in die Badewanne und ins Bett."
Annika zog einen Flunsch, besann sich gerade noch rechtzeitig und nickte. „Kann ich jetzt sofort anrufen?"
Carmen folgte ihr in die Diele, griff nach dem Telefonbuch und diktierte ihr die Nummer. Sie blieb auch während des Gesprächs neben ihr stehen. „Morgen um drei", strahle Annika. Sie hatte bereits den Hörer zurück in die Ladestation gelegt und umarmte Carmen nun ungestüm. „Micky und Harras werden sich sooo freuen!"
„Wir müssen los." Meine Frau befreite sich aus der Umklammerung und gab Annika einen leichten Klaps. „Hol Benjamin und verabschiedet euch von der Oma. Ich räume in der Zwischenzeit schnell die Küche auf."
„Viel Spaß morgen", wünschte Eva und nickte Carmen bedeutungsvoll zu. Wir sehen uns dann, hieß das. Ich würde zur Stelle sein.
Gut, konnte ich mich unbesorgt auf den Weg machen, ich würde im Moment nichts verpassen.
Eine Mitfahrgelegenheit zu finden, war relativ einfach, nach dreimaligem Umsteigen landete ich in der Innenstadt von Meschede. Nur, wo sollte ich anfangen? Am Rande der Stadt hatte der Sven gesagt, das war nicht gerade eine präzise Wegbeschreibung. Ich konnte mich totsuchen und trotzdem nichts finden. Also beschloss ich, bei der nächstgelegenen Polizeidienststelle zu beginnen.
Ich irrte eine Weile herum, bis ich auf einen Streifenwagen stieß, dessen Besatzung gerade einen Verkehrsunfall aufgenommen hatte. „Zurück zum Revier", sagte der Fahrer, das war mein Stichwort, ich glitt in ihn hinein.

Es dauerte eine Weile, bis in der Zentrale endlich etwas zu unserem Fall kam. „Übernehmen die Observierung, bisher hat sich nichts getan. Müller und Barsch machen dann Feierabend."
Toll, nun wusste ich immer noch nicht, wo ich hin musste. „Wo genau steht ihr?", fragte der Beamte.
„Im Seitenweg zur Buschstraße, wir sind schließlich nicht blöd", kam es leicht genervt zurück.
„Bitte denkt daran, ruft sofort Verstärkung, wenn sich jemand der Scheune nähert! Die Täter sind bewaffnet und äußerst gewaltbereit. Macht bloß keinen Alleingang!"
Ich stürzte mich bereits auf die große Karte, die an der Wand hing und sämtliche Verkehrswege von Meschede zeigte. Die Buschstraße war ein Zufahrtsweg zu einer kleinen Ansammlung von Häusern, sah ziemlich einsam aus das Ganze. Ich versuchte, mich zu orientieren: Auf der Hauptstraße geradeaus bis zur dritten Kreuzung, dann zweimal hintereinander links abbiegen, ungefähr einen Kilometer der Straße folgen, wieder links und ich hatte mein Ziel erreicht.
Ganz so einfach war es dann doch nicht. Entweder hatte ich mich verguckt, oder ich war mehr als einmal falsch abgebogen, auf jeden Fall irrte ich eine ganze Weile in der Gegend herum, bis ich endlich mein Ziel erreichte. Eigentlich war ich nur aufmerksam geworden, weil ich jemanden sprechen hörte und beschloss, nachzusehen. Es war nämlich so dunkel, dass selbst ich, der ich mich in die Höhe geschraubt hatte, nicht viel erkennen konnte. Den Streifenwagen entdeckte ich erst, als ich der Stimme folgte. Das waren vielleicht zwei Pfeifen. Da hatten sie sich super hinter einem mächtigen Gehölz versteckt und verrieten sich durch eine Unterhaltung. Wussten die denn nicht, dass Gespräche auf freiem Feld weit tragen? Ich verschwendete keinen weiteren Gedanken an die beiden, denn ich hatte die Scheune entdeckt, die ungefähr vierhundert Meter vor mir aufragte. Sven hatte recht gehabt, sie lag so einsam, dass man sich ihr nicht unbemerkt nähern konnte – man, ich natürlich schon,
Durch einen Spalt im hinteren Fenster schlüpfte ich hinein und versuchte in der alles umfassenden Schwärze, etwas zu erkennen. Vergebens, mehr als die Umrisse des Wagens konnte ich nicht ausmachen. Nun gut, ich hatte genug Zeit.
Im ersten Morgengrauen löste ich mich aus meiner Starre und begann damit, die Gegend auszukundschaften. Die Scheune lag wirklich allein auf weiter Flur, die nächste Häuseransammlung war ungefähr drei Kilometer Luftlinie entfernt, ringsum gab es nur Wiesen und Felder, die jetzt im

Frühjahr noch öde und kahl wirkten. Klar, im ersten Moment dachte ich auch, dass die Täter reichlich blöd waren, eine Scheune wie auf dem Präsentierteller anzumieten, doch bald erkannte ich, wie geschickt das Versteck für den Wagen gewählt war. Der Weg, der zur Scheune führte, war nur ein Pfad für die Trecker, die auf die umliegenden Felder wollten, hier würde sich kein Auto her verirren. Und die Häuser lagen in einer Senke, kein Mensch konnte von dort aus etwas erkennen.

Die Scheune selbst war für das darin parkende Auto viel zu riesig. An den Wänden stapelte sich jede Menge Müll, leere Kartons, altes, wahrscheinlich landwirtschaftliches Zubehör, ich kannte mich damit nicht aus, drei Traktor- und vier Autoreifen und zwei ausgeschlachtete Fahrradskelette – nichts, was offensichtlich den Tätern gehörte.

Die Sonne war mittlerweile hervorgekommen und tauchte den Innenraum in ein zumindest dämmriges Licht, das durch die dreckverschmierten Dachluken fiel, ausreichend genug, mir den Wagen vorzunehmen. Der Fahrer- und Beifahrerbereich war geradezu klinisch sauber, nichts auf der Ablage, nichts im Handschuhfach, nichts in den Seitentaschen der Türen. Auf der Lieferfläche befand sich eine große Plane, die sich hoch über die Wände zog und mit schwarzem Klebeband befestigt war. Im hinteren Teil reichte eine Haltestange vom Boden bis zur Decke, an ihr hing ein Paar Handschellen.

Ein einziger Blick reichte mir, der Wagen war gesäubert und schon für einen neuen Überfall präpariert worden. Es gab nichts mehr, was auf das letzte Opfer hindeutete, zumindest nichts, was man mit bloßem Auge erkennen konnte. Nun gut, dass Einzige, was wir nun definitiv wussten, war, dass es sich hier tatsächlich um das Auto unserer Täter handelte, nur weitergekommen waren wir mit deren Identifizierung nicht. Diese Aufgabe mussten wir wohl oder übel der Polizei überlassen. Ich konnte nur hoffen, dass die das Ganze nicht vermasselten. Wenn ich da an die beiden Pfeifen dachte …

Die waren mittlerweile von zwei professioneller wirkenden Gestalten abgelöst worden, die ohne zu sprechen nebeneinandersaßen, der eine starrte auf das Überwachungsobjekt, der andere spielte auf einem Nintendo-DS, allerdings ohne Ton. Ich verbrachte noch zwei total uninformative Stunden in ihrem Dunstkreis, die bekamen echt die Zähne nicht auseinander. Naja, zumindest konnten sie so nicht entdeckt werden, auch ein Vorteil.

Ich machte mich wieder auf den Rückweg, die Zeit würde noch reichen, erst einmal bei Kathi vorbeizuschauen und ihr Rückmeldung zu geben. Außerdem schlug ich damit zwei Fliegen mit einer Klappe. Wenn Carmen

die Kinder dort ablieferte, würde ich mich an sie dranhängen und gemeinsam mit ihr bei Eva auftauchen.
Ich kam prompt ins Grübeln. Was konnte derart schlimm sein, dass meine Frau fertiger war, als ich sie jemals zuvor gesehen hatte? Selbst die schlimme Trennung von ihren Eltern hatte sie nicht so mitgenommen.
Krebs! Sie musste unheilbar krank sein und hatte das Ergebnis gerade vom Arzt erfahren! Und nun wusste sie nicht, wie es weitergehen sollte!
Nein, beruhigte ich mich nach einer ausgiebigen Schrecksekunde selbst, darüber hätte sie auch mit Kathi sprechen können – oder am nächsten Tag mit ihren Eltern. Nein, es musste etwas ähnlich Schreckliches sein, das aber zudem nicht jeder erfahren durfte. Was konnte das nur sein?

52

Katharina
„Du wirst es ja gleich wissen." Ich streckte stöhnend meinen Rücken. Die milden Temperaturen hatten mich trotz bedecktem Himmel nach draußen in den Garten getrieben, wo ich gerade dabei war, die letzten Laubhaufen zusammenzukehren, als Richie hinter mir aufgetaucht und sofort mit der Frage herausgeplatzt war, was ich denn glauben würde, worum es bei Carmens Problem ginge. „Ich habe wirklich nicht die geringste Ahnung", fügte ich hinzu, bevor ich fragte: „Und? Gibt es keine Neuigkeiten aus Meschede."
„Totaler Reinfall, die sitzen da rum und warten auf die Täter."
„Ist es denn der richtige Lieferwagen?" Ich hasste es, ihm jedes Wort einzeln aus der Nase ziehen zu müssen.
„Das war doch schon klar."
„Mir nicht. Nun erzähl mal, ich muss gleich rein, mich ums Mittagessen kümmern."
Endlich erhielt ich einen zusammenhängenden Bericht. Viel war es wirklich nicht, was er mitzuteilen hatte, aber trotzdem hatte sich der Ausflug in meinen Augen gelohnt. „Jetzt wissen wir definitiv, dass es sich um das Tatfahrzeug handelt und ich wette, dass die Polizei die Täter bald schnappen wird. Stellt sich allerdings immer noch die Frage nach den Hintermännern."
„Die Typen werden die Namen bestimmt ausspucken." Richie klang reichlich mürrisch. War das, weil wir bei dem Fall nun doch aus dem Spiel waren und die Polizisten den Lohn ihrer Mühen einheimsen konnten, oder drehten sich seine Gedanken um Carmens Problem, sodass er für nichts anderes mehr Interesse aufbringen konnte?
Ich hütete mich, ihm diese Frage zu stellen, stattdessen sammelte ich meine Gartengeräte ein und verkündete, ins Haus gehen zu wollen. Er folgte mir stumm, sah mir bei den Essensvorbereitungen zu, hing während der Mahlzeit über mir an der Decke und folgte mir anschließend zurück in die Küche, immer noch ohne ein Wort zu sprechen.
Daher war ich richtig froh, als es um kurz vor drei klingelte. Ich war noch vor Bella an der Tür und ließ die beiden Kleinen ein. „Wann willst du sie wieder abholen?", fragte ich Carmen, die abwinkte, als ich sie hereinbat.
„Tja", unschlüssig sah diese an mir vorbei. „Wann seid ihr denn wieder zurück?"
„So gegen sieben?" Bella stand schon direkt hinter mir.

„Gut, bis dann. Und vielen Dank auch", fügte Carmen noch hinzu, bevor sie sich umdrehte und zu ihrem Auto hastete. Meine Güte, die hatte es richtig eilig.

Benjamin und Annika allerdings auch. Sie hingen bereits an Bellas Armen und versuchten, sie Richtung Tür zu ziehen. Lachend wehrte sie die beiden ab und schickte sie die Treppe hinauf, Bastian holen.

„Und du bist sicher, dass du dir das allein antun willst?", fragte ich sie, mittlerweile zum dritten oder vierten Mal. Ich hatte ein schlechtes Gewissen, weil ich über ihren Kopf hinweg die Einladung ausgesprochen hatte.

„Allein? Basti kommt doch mit", erklärte sie empört. „Außerdem sind die beiden total lieb. Und Bruni freut sich schon."

Prompt fühlte ich mich noch schlechter. Die Tante hatte ich schließlich auch mit der Einladung überfahren. „Dann nimm wenigstens den Kuchen mit, den ich gebacken habe." Ohne ihre Antwort abzuwarten, drückte ich ihr das Blech mit dem Apfelkuchen aus dem noch warmen Ofen in die Hand.

„Und Papa?"

„Für den schneide ich einen Streifen ab. Ein Stück heute, ein Stück morgen, das muss reichen. Er sollte sowieso lieber etwas fasten."

Bella kicherte. „Hat er doch, vor Ostern."

„Haha." Manfred hatte sein eigenes Fastenprogramm: Kein Alkohol, keine Süßigkeiten, lautete sein Motto. Dafür schlug er dann eben bei den anderen Dingen doppelt zu. Zumindest hatte er seit Weihnachten kein Gramm abgenommen.

„Basti und Benjamin sind schon draußen", vermeldete Annika von der Tür.

„Ich komme." Bella schnitt einen großzügigen Streifen vom Kuchen ab und nahm das Blech auf.

„Moment, lass es mich eben abdecken."

„Nicht nötig, da passiert schon nichts." Etwas unkonventionell, unsere Tochter, aber dafür herzensgut.

Kaum waren die beiden verschwunden, erschien Manfred. „Oh, Kuchen, da werde ich mir gleich ein Stück gönnen."

„Nichts da", ich schnappte den Teller vor seiner zugreifenden Hand und stellte ihn in den Kühlschrank. „Erst, wenn du die Terrasse abgeschrubbt hast."

„Heute!" Er sah mich entsetzt an.

„Warum nicht? Es ist trocken, nicht zu warm – und du hast nichts vor, oder?"

„Äh, ich dachte, ich …", er runzelte angestrengt die Stirn im Bestreben, sich schnell etwas Wichtiges einfallen zu lassen.

Leider hatte ich ihn längst durchschaut. „Gut, wir können auch tauschen. Du fährst mit Elisabeth auf den Friedhof und ich kärchere." Wir hatten letztes Jahr extra einen Terrassenreiniger gekauft, einfach und ohne Muskelaufwand zu bedienen. Damit brauchte man nicht mal eine Stunde reine Arbeitszeit. Das Einzige, was meinen Mann störte, war die Tatsache, erst alles herbeischleppen zu müssen, das Gerät, den Schlauch, das Verlängerungskabel für den Strom und nicht zu vergessen den Absperrhahn für das noch abgedrehte Wasser zu öffnen, der sich blöderweise in einer Grube neben dem Kellerabgang befand und wozu man sich tief hinunter bücken musste.

„Nein, nein, geh du ruhig spazieren. Du hast für heute genug getan."

Na, da musste ich ja richtig dankbar sein. Nur wusste ich ganz genau, dass er das Geplapper seiner Mutter freiwillig nicht lange ertrug. Er liebte sie, ohne Frage, und war bereit, so ziemlich alles für sie zu tun, allerdings konnte er mit der Art ihrer Gespräche und deren Inhalt nicht viel anfangen. Deshalb war ja auch ich diejenige, die sich regelmäßig mit ihr auf ein Plauderstündchen traf.

„Ich habe genug alte Damen in meiner Gemeinde", pflegte Manfred zu sagen, wenn ich ihn zu einem kurzen Besuch ohne zwingenden Grund überreden wollte, „die mich kaum weglassen wollen. Mutter kennt mich, sie nimmt mir meine Gesprächsfaulheit nicht übel."

Nein, sie hatte ja mich. Obwohl, das war nun ungerecht ihr gegenüber. Immerhin war sie mir in all den Jahren eine gute Freundin gewesen, hatte mich mit den Kindern unterstützt und eigentlich kam ich super mit ihr klar. Und im Gegensatz zu Manfred unterhielt ich mich gern mit ihr. Er sollte nur nicht immer so tun, als wäre es für mich ein reines Freizeitvergnügen, dafür fanden diese Treffen zu oft statt. Denn ich fühlte mich verpflichtet, mich ihr einmal in der Woche ganz zu widmen, eindeutig mehr, als ich rein aus Freundschaft tun würde.

Ja, und dazu kamen ihre Fixierung auf die Politik und unsere Politiker. Langsam war ich das ewige Geschimpfe leid. Wir konnten das, was die verbrachen, schließlich nicht ändern, höchstens beim nächsten Mal die Gegenpartei wählen, doch dadurch wurde ja auch nichts besser.

Genau das sagte ich ihr auch, als sie, kaum im Auto, wieder mit diesem Thema anfing. „Schreib doch ein Buch über deine Thesen", schlug ich ihr vor. Heute war sie mit der Idee herausgerückt, es würde reichen, in jeder Stadt nur ein Gremium aus jeweils einem Vertreter einer Partei einzuberu-

fen, deren Stimmen dann je nach Prozentzahl der letzten Wahl gewichtet würden. „Die müssen doch sowieso im Sinne ihrer Partei abstimmen", hatte sie erklärt, „da reicht ein Einzelner völlig aus. Und überlege mal, wie viel Geld man damit sparen könnte – vor allem, wenn man mit den Abgeordneten in Berlin und im Landtag so ähnlich verfahren würde."
Stolz hatte sie mich von der Seite angeblickt und wahrscheinlich auf ein Lob von mir gewartet. Mit der von mir gegebenen Antwort war sie sichtlich unzufrieden. „Wer würde das schon lesen?"
„Alle, die genauso unzufrieden sind wie du?"
„Ja, wenn ich berühmt wäre, könnte ich auf diesem Weg etwas erreichen, aber als Newcomer? Wahrscheinlich würde ich nicht einmal einen Verlag dafür interessieren können." Trotzdem schien sie sich langsam für diesen Vorschlag zu erwärmen. „Ich könnte versuchen, das Ganze kapitelweise nach Facebook zu stellen", überlegte sie laut. „Dann natürlich nicht so, wie bei der Suche nach dem Auto. Nein, ich müsste es von Anfang an richtig groß aufziehen, so, dass alle auf die Artikel zugreifen können."
„Sprichst du von der Sache mit dem weißen Lieferwagen?"
Sie sah mich an, als wäre ich einer ihrer begriffsstutzigen Schüler. „Wovon sonst."
„Und was war da anders?"
Wieder traf mich erst ein kopfschüttelnder Seitenblick. „Ich habe diese Suche selbstredend auf einen kleinen Kreis beschränkt. Schließlich wollte ich nicht, dass die Täter Wind davon bekommen."
„Kleiner Kreis?", ächzte ich, den Vorwurf Hans-Peters im Ohr, wir hätten eine Lawine losgetreten.
„Selbstverständlich, ich bin doch nicht blöd." Sie sah sehr zufrieden aus. „Nur Personen meiner Altersstufe hatten Zugriff, das heißt, alle, die ich kenne. Dadurch konnte ich die Gefahr, dass einer der Täter davon erfuhr, erheblich minimieren."
Elisabeth überraschte mich doch immer wieder aufs Neue.
„Und es hat funktioniert", betonte sie das letzte Wort zufrieden lächelnd.
„Tatsächlich?" Ich stellte mich ahnungslos.
„Tatsächlich. Ich habe gestern eine Rückmeldung von ‚Daktari' bekommen. Er meint, die Täter hätten eine Scheune in der Nähe seines Hauses angemietet. Die Polizei überwacht das Gebäude bereits."
„Wer weiß sonst noch davon?" Nicht, dass mittlerweile all ihre Freunde informiert waren.
„Niemand, ich habe eine persönliche Nachricht bekommen." Sie schüttelte entnervt den Kopf. „Was du immer denkst."

Ich dachte inzwischen ernsthaft darüber nach, ob nicht sie die bessere Ansprechpartnerin für Richie gewesen wäre. Sie hatte es echt drauf, wie er sagen würde, war scharfsinnig und jederzeit bereit, mit ihrem Wissen Unterstützung zu geben, zudem kam sie auf Ideen, die mir nicht im Traum eingefallen wären. Ich fühlte mich plötzlich neben ihr ziemlich klein.

53

Richard

Meine Frau fuhr schnurstracks zu Eva. Sie umarmten sich zur Begrüßung stumm, dann setzten sie sich im Wohnzimmer einander gegenüber und Carmen kam sofort zur Sache.

„Meine Mutter ist schuld an Richards Tod", platzte sie heraus.

„Was?" Eva fuhr halb im Sessel hoch. Ihr Gesicht, das bis gerade noch sanft gerötet gewesen war, wurde bleich. Mir ging es ähnlich. Nur dachte ich noch, ich hätte sie falsch verstanden, beziehungsweise, sie würde da auf irgendwelchen alten Sachen rumreiten wollen.

„Ja." Schon wieder liefen die Tränen, dass sie kaum noch sprechen konnte. „Sie hat diesem ... diesem Typen den Auftrag gegeben, ihn totzufahren. Er hat es mir selbst gesagt."

Was?! Margret hatte meinen Tod geordert? Ich ..., ich ... verdammt, mir war auf einmal richtig komisch, ich hatte das Gefühl, als würde ich mich auflösen vor lauter Wut. Mühsam versuchte ich, mich zu beruhigen. Das konnte alles nicht stimmen. Bestimmt hatte Carmen da was falsch verstanden, Margret war viel zu kleinkariert, zu sehr mit sich und ihrer Krankheit beschäftigt, um auf derartige Ideen zu kommen. Mal hören, was Eva dazu sagte.

Die hatte zum Glück auch eine relativ lange Schrecksekunde gehabt. „Unmöglich, du musst dich irren", meinte sie gerade. „Nicht Margret."

„Oh doch." Carmen hatte sich mittlerweile wieder etwas beruhigt. Mit hochrotem Kopf und geballten Fäusten hielt es sie kaum noch in ihrem Sessel. „Ich wusste schon lange, dass sie der eigentliche Chef im Haus ist, aber dass sie so weit gehen würde! Meine eigene Mutter hat den Tod meines Mannes verursacht und damit mich zur Witwe und ihre Enkel zu Halbwaisen gemacht, kannst du dir das vorstellen? Das ist doch ..." Sie suchte nach Worten, gab es dann jedoch mit einem Kopfschütteln auf.

Eva war wie vor den Kopf geschlagen und mir ging es nicht anders. Ich meine, es hatte echt ziemlich lange gedauert, bis ich mein Ableben einigermaßen verkraftete, immerhin war ich wirklich buchstäblich aus dem Leben gerissen worden - und nun das.

„Erzähl einmal alles ganz von Anfang an", riss mich Evas Stimme aus meinem Schockzustand. Ja, ich stand geradezu unter Schock, mein Blickfeld war rot verfärbt und das, was noch von mir übrig war, waberte hin und her, dass ich kaum klar denken konnte.

„Als mein Vater im Krankenhaus lag, bat er mich, drei anfallende Überweisungen zu erledigen", begann Carmen mit zittriger Stimme. „Weil Mutter doch beim Pastor untergebracht war und es nicht selbst regeln konnte. Dafür gab er mir die Passwörter zu seinem und ihrem Konto. Du musst wissen, er hat ihr schon vor langer Zeit ein eigenes eingerichtet, damit sie über ihr Geld selbst verfügen kann." Sie schnaubte. „Einen Teil seines Gehaltes also, das er ihr jeden Monat zukommen lässt. Aber das ist im Moment egal, darum geht es nicht. Für sie musste ich eine Überweisung über fünfhundert Euro ausfüllen, als Empfänger war eine mir unbekannte Frau angegeben." Sie hielt inne und holte tief Luft.
„Wieso Frau?", fragte Eva in die Stille hinein.
„Das fragte ich mich auch", verstand Carmen die Frage wohl absichtlich falsch. „Vor allem, nachdem ich festgestellt hatte, dass diese Überweisungen regelmäßig einmal im Monat stattfanden. Als ich meinen Vater das nächste Mal im Krankenhaus besuchte, sprach ich ihn darauf an. Mama unterstütze eine arme Verwandte, erklärte er mir, die unverschuldet in Not geraten sei."
„Deine Mutter?", entfuhr es Eva.
„Genau das dachte ich ebenfalls", nickte Carmen. „Die, die sich immer nur für sich selbst interessiert, deren eigene Bedürfnisse es gar nicht zulassen, die der anderen zu sehen, die, die meiner Meinung nach ein Herz aus Stein hat, sollte auf einmal die Mildtätigkeit entdeckt haben?" Sie schüttelte energisch den Kopf. „Niemals."
„Aber wieso eine Frau?", wiederholte Eva.
„Das Geld ging an die Lebensgefährtin des Unfallfahrers, das war für mich nicht schwer herauszufinden. Die hatten einen Deal mit meiner Mutter gemacht, nur deshalb kam diese Geschichte vor Gericht nicht zur Sprache. Sie musste sich verpflichten, drei Jahre lang zu zahlen, damit erkaufte sie sich deren Schweigen."
„Und wie bist du dahinter gekommen? Ich meine, das hat die Frau dir doch nicht freiwillig erzählt."
„Ich habe ihnen Geld gegeben", Carmen verzog das Gesicht. „Für zehntausend Euro waren sie bereit, mir alles zu erzählen."
„Ja Kind, bist du denn verrückt?" Eva griff sich tatsächlich ans Herz. Ich dagegen konnte meine Frau verstehen. Wenn ich einen dementsprechenden Verdacht gehabt hätte, wäre ich auch bereit gewesen, einiges für die Wahrheit zu opfern.
„Es war ein Teil des Geldes aus Richards Lebensversicherung. Ich denke, es war in seinem Sinn."

Genau, hätte ich umgekehrt für dich auch gemacht, Carmen. Nur dass das Geld, das ich dir hinterlassen habe, nicht aus einer Lebensversicherung stammt, sondern mein Diebesgut aus der Zeit vor dir ist, was du aber dank Eva nie erfahren wirst.

„Ich verstehe immer noch nicht ganz. Wie bist du an ihre Adresse gekommen und wie hast du die richtige Verbindung hergestellt?", fragte diese gerade.

Ja, das würde mich auch interessieren.

„Eine ehemalige Schulfreundin von mir arbeitet bei der Bank." Carmen grinste schief. „Der habe ich erzählt, ich hätte die Kontodaten in den Hinterlassenschaften meines verstorbenen Mannes gefunden und wüsste damit absolut nichts anzufangen. Es könne sein, dass es sich dabei um die von ihm einmal erwähnte Halbschwester handeln würde, zu der ich gern Kontakt aufnehmen wolle."

„Und sie hat dir die Anschrift gegeben?"

„Sie war mir noch was schuldig."

„Und was hast du dann gemacht?"

„Ich habe dort angerufen und hatte gleich den Typen an der Strippe, der Richard damals umgefahren hat. Der war nämlich mittlerweile schon wieder draußen. Ich habe so getan, als sei ich meine Mutter und ihn um ein Treffen gebeten. Wir haben uns in einem kleinen Café am Bahnhof getroffen – das war, als du auf die Kinder aufgepasst hast – und danach einige Tage später noch einmal zur Geld- und Namensübergabe."

„Aber Kindchen, der Mann ist ein Verbrecher, wie willst du wissen, ob er dir die Wahrheit gesagt hat."

„Er hatte keinen Grund zu lügen. Der Deal mit meiner Mutter ist hinfällig, seitdem er wieder draußen ist. Er wurde damals zu drei Jahren Gefängnis verurteilt, sie verpflichtete sich zu zahlen, bis er entlassen wurde. Er ist Anfang des Monats rausgekommen, sie wird es bald erfahren und ihre Zahlungen einstellen."

„Trotzdem", beharrte Eva. „Ich kann es mir nicht vorstellen, warum sollte deine Mutter so etwas tun?"

„Na, weil sie dadurch wieder Zugriff auf mich und ihre Enkel hatte." Carmens Augen funkelten wütend. Bravo, so gefiel sie mir viel besser.

„Es war damals Mutters Idee, mich unter Druck zu setzen, damit ich Richard verließe. Nur dass dieser Schuss leider nach hinten losging. Sie hat nie verwunden, dass ich mich von Vater und ihr losgesagt habe, andererseits war sie viel zu stolz, als dass sie von sich aus wieder angekommen wäre. Und sie hasste Richard von Anfang an."

„Aber deswegen gleich einen Mord begehen?" Eva schüttelte verständnislos den Kopf.

„Du kennst sie nicht, keiner kennt sie richtig – außer meinem Vater vielleicht. Doch den hat die Liebe blind gemacht." Carmen atmete tief durch. „Sie hat das Ruder fest in der Hand, alles wird gemacht, wie sie es will. Außenstehende können das natürlich nicht sehen, weil sie immer ihn vorschiebt. Für alle sieht es so aus, als treffe er die Entscheidungen, dabei steht sie direkt hinter ihm und gibt die Direktiven. Stets muss alles so laufen, wie sie es will – und sie hasst Niederlagen jeglicher Art."

Auch Eva holte tief Luft, bevor sie fragte. „Gut, nehmen wir an, die Geschichte stimmt, was willst du jetzt tun?"

Schlagartig traten wieder Tränen in Carmens Augen. „Ich weiß es nicht. Am liebsten würde ich sie umbringen."

Ja, ich auch. Halt, das wäre doch die Idee. Margret war alt, krank und schwach, ich musste ihr nur genügend Energie entziehen und ...

„Dann wärst du nicht besser als sie", sagte Eva in meine Mordgelüste hinein.

„Was sonst? Ich kann nicht einfach so tun, als wäre nichts passiert."

Das sah ich genauso. Sollte sie etwa mit diesem Mord durchkommen?

„Kindchen, sie ist deine Mutter – und dazu sehr krank. Selbst wenn du beweisen kannst, dass sie die Anstifterin dieser Tat war, willst du das wirklich tun?" Eva sah sie ernst an. „Im Endeffekt schaffst du nur böses Blut; dein Vater wäre am Boden zerstört und wüsste vor lauter Selbstvorwürfen nicht, wie er dir jemals wieder in die Augen schauen könnte, für die Leute im Ort wäre es ein gefundenes Fressen, sodass du und deine Kinder auf ziemlich lange Zeit immer wieder daran erinnert würdet, und deine Mutter? Wahrscheinlich bekäme sie Haftverschonung und du hättest nichts anderes erreicht, als dass du allen anderen das Leben zur Hölle gemacht hättest. Willst du das wirklich?"

54

Katharina
„Und, was hat sie geantwortet?"
Es war spät geworden, bis Richie mit seinem Bericht, was Carmen herausgefunden hatte, fertig war. Die erste halbe Stunde hatte er nur getobt und sich an all den schrecklichen Dingen ergötzt, die er Margret am liebsten antun würde.
Er war zusammen mit Carmen erschienen, und schon während sich Annika und Benjamin von uns verabschiedeten, war mir sein seltsames Verhalten aufgefallen. Wie ein Irrwisch hatte er uns alle umkreist, seine sonst relativ ausgeglichen ovale Form – er erinnerte mich immer an ein kleines UFO – zerfaserte ständig, dass es aussah, als würde sie gleich völlig zerfließen, sein sonst eher hellgelbes Glühen war einem grellen Orange gewichen, es erstaunte mich wirklich, dass außer mir kein Mensch ihn zu bemerken schien. Für mich jedenfalls war seine Präsenz derart stark, dass ich seine Wut und seinen Hass fast als meine eigenen spüren konnte.
Kaum waren die drei verschwunden, fing er schon an zu toben, ohne Rücksicht auf meinen Mann und Bella und Bastian, die mir, in der Hoffnung auf ein frühes Abendbrot, in die Küche gefolgt waren. In dem Bewusstsein, dass er mich dringend brauchte, griff ich zu einer Notlüge. „Oh, nein!" Ich kniff die Augen zusammen und rieb mir die Stirn. „Tut mir leid, ihr Lieben. Ich fühle eine heftige Migräne kommen. Es flimmert, dass ich kaum noch etwas sehen kann. Seid mir nicht böse, ich muss mich sofort hinlegen."
„Migräne?", echote Manfred.
Klar, darunter hatte ich bisher nie gelitten. Aber mir war auf die Schnelle nichts Besseres eingefallen.
„Du Arme", sagte dagegen Bella. „Komm, nimm zwei Ibuprofen, die helfen dir."
Gut, dass ich so einiges durch Elisabeths Migräneanfälle gelernt hatte.
„Nein, mir ist fürchterlich schlecht, dann muss ich mich nur übergeben. Ein dunkler Raum und Ruhe sind das einzige, was ich brauche."
„Nimm dir einen Eimer mit, für alle Fälle", rief Manfred hinter mir her, der das Spielchen zu genüge von seiner Mutter her kannte. Ach, Männer sind ja so mitfühlend!
„So, jetzt noch einmal von vorn", versuchte ich zu Richie durchzudringen, kaum dass ich die Schlafzimmertür hinter mir geschlossen hatte. Bisher hatte ich nur mitbekommen, dass er gedachte Margret umzubringen, be-

ziehungsweise seine Frau diese anzeigen wollte - warum und weshalb war mir allerdings völlig unklar, er schrie, stammelte und weinte und das alles durcheinander, ich verstand nur ungefähr jedes dritte Wort.
Er bemühte sich wirklich, trotzdem dauerte es geraume Zeit, bis ich im Bilde war. „Wie will Carmen denn nun vorgehen?", fragte ich also, nachdem ich die ganze, grausame Geschichte erfahren hatte. Auch in mir pochte mittlerweile die Wut. Was für ein infames Biest Margret doch war!
„Sie ist noch zu keinem Entschluss gekommen", musste Richie zugeben. „Zwar hat Eva es geschafft, sie von einer Anzeige abzubringen, aber irgendetwas will sie, muss sie tun. Sie sagt, sie wolle nicht, dass Margret völlig ungeschoren davon kommt."
Und wieder ging es los, er fluchte, er schrie, es schien, als sei er dabei, völlig durchzudrehen, in ihm war nur noch Wut, Wut und nochmals Wut.
Ich ließ ihn toben, irgendwie konnte ich ihn ja auch verstehen. Zu wissen, dass seine Schwiegermutter ihn derart hasste, dass sie ihn umbringen ließ, war schon sehr schwer zu verkraften.
„Nein, du siehst es völlig falsch", widersprach er mir, als er endlich wieder fähig war, zu denken.
Ich hatte ihm mit meinen Worten eigentlich Trost zusprechen wollen, stattdessen regte er sich erneut auf.
„Sie hat mich töten lassen, weil sie sich erhoffte, dass Carmen sich in ihrer Trauer auf ihre Eltern besinnen würde, so, wie es dann ja auch gelaufen ist. Verstehst du nicht? Es war Margret, die durch Bruno mit ihrer Tochter gebrochen hat, und sie war viel zu stolz, um diesen Bruch von sich aus rückgängig zu machen. Nur deshalb musste ich sterben."
„Begreife ich nicht", gab ich ehrlich zu. „Hasste sie dich nun oder nicht?"
„Natürlich hasste sie mich, von Anfang an. Deshalb hat sie Bruno befohlen, Carmen vor die Wahl zu stellen. Dass diese daraufhin mit mir abhauen würde, damit hatte sie wohl nicht gerechnet."
Langsam begann ich zu begreifen. „Und weil Margret so stur ist, konnte sie nicht einlenken?"
„Genau. Nur ist Carmen genauso starrköpfig und hätte von sich aus den Kontakt auch nicht wieder aufleben lassen. Vor allem, da sie sich ohne die ständige Kontrolle durch ihre Mutter eher befreit fühlte. Sie war viel glücklicher und zufriedener ohne sie."
„Und als die Kinder kamen? Fiel ihr die Entscheidung, sie ihren Eltern vorzuenthalten, nicht schwer?"
„Wieso, zu ihrem Vater hatte sie doch längst wieder Kontakt. Der kam ein- bis zweimal im Monat heimlich vorbei", Richie kicherte. „Der Drachen

wusste bis zuletzt nichts davon. Ich allerdings auch nicht. Naja, Carmen war ja bekannt, wie ich über ihn dachte."
„Wann hast du es erfahren?"
„Erst nach meinem Tod. Das hat meinen Hass auf ihn noch verstärkt. Wegen ihm hatte meine Frau Geheimnisse vor mir." Er seufzte: „Nur wegen ihm ist sie nach meinem Tod zurückgegangen. Margrets Zustand hatte sich ziemlich verschlechtert, sie wollte ihm helfen."
„Doch sie kam immer noch nicht gut genug mit ihrer Mutter aus, sodass sie sich eine eigene Wohnung suchte?"
„Und das war auch der Grund, warum sie die Kinder am Wochenende meist nur vorbeibrachte und selbst nicht blieb", bestätigte Richie. „Sie wollte weiterhin so wenig wie möglich mit ihrer Mutter zu tun haben."
Naja, ob er sich da nicht selbst etwas vormachte. Ich erinnerte mich nur zu gut, dass sie meist die freie Zeit nutzte, um sich mit einem ihrer Verehrer zu treffen. Andererseits, als alleinerziehende Mutter hatte man es schwer genug, ich gönnte ihr diese freie Zeit.
„Aber dass Margret sich nicht rührte, als sie von ihrem ersten Enkelkind hörte, verstehe ich immer noch nicht."
„Natürlich wurmte es sie", erwiderte Richie heftig. „Nur konnte ihre Majestät nicht von ihrem Sockel steigen, stattdessen schmiedete sie ihren infamen Plan."
„Das ist wohl etwas zu weit hergeholt." Ich schüttelte den Kopf. „Annika war sechs, Benjamin zwei, als du starbst."
„Nee, der Plan stand bestimmt schon länger. Wahrscheinlich dauerte es nur eine Weile, bis sie die nötigen Kontakte gesammelt hatte."
„Ja, wie ist sie eigentlich an den Täter gekommen?", fiel es mir ein.
„Sie hat ihn aus der Akte. Erinnerst du dich an den Tag, als Carmen uns im Haus überrascht hat und du geflüchtet bist? Da hat meine Frau doch selbst nachgeschaut."
Haha, geflüchtet war gut. Wie hätte ich denn sonst reagieren sollen? Außerdem würde ich es eher einen geordneten Rückzug nennen. „Du willst mir also erzählen, Margret hätte sich einfach einen der Ganoven herausgepickt und sich als Auftraggeberin vorgestellt?"
„Es war eher Erpressung, hat er Carmen gegenüber zugegeben. Margret hatte den Typen beschatten lassen und dieser Detektiv, der den Auftrag übernahm, filmte mehrere Einbrüche, an denen er beteiligt war. Margret drohte damit, die Aufnahmen der Polizei zu übergeben, wenn er nicht das tun würde, was sie verlangte."

„Lass mich raten. Dann war es bestimmt auch Margret, die auf die Idee mit dem Auto kam."

„Sie hat gesagt, wenn er es geschickt anstellt, wird er gar nicht gefasst", bestätigte Richie. „Und sollte ihn jemand sehen, könne er sich immer noch auf einen Unfall heraus reden. Was er ja auch tat. Und hätte Bruno nicht ins Krankenhaus gemusst ..."

„... und wäre Carmen nicht so aufmerksam gewesen", ergänzte ich, als mir noch etwas einfiel. „Aber wie hat Carmen denn die Verbindung gezogen, dass es sich um deinen Fall handelt?"

„Weiß ich echt nicht", musste er gestehen. „Das hat Eva ganz vergessen zu fragen. Ich denke, sie hatte einfach einen Verdacht und hat in die entsprechenden Akten geschaut, um diesen zu bestätigen. Der Name des Unfallfahrers war ihr ja bekannt. So hat sie auch die Adresse rausbekommen."

Ich hatte eine Erleuchtung. „Also gibt es die Freundin bei der Bank nicht."

„Nein, das hätte ich mitbekommen. Carmen wollte wohl Eva nichts von dem Safe und seinem Inhalt erzählen."

„Und dann hat sie diese Lebensgefährtin einfach angerufen?"

„So hat sie es zumindest Eva erzählt. Als sie den Typen gleich selbst an der Strippe hatte, hat sie so getan, als sei sie ihre Mutter und ihn überredet, sich mit ihr zu treffen, angeblich um ihm das belastende Material zu geben, das sie in der Hand hatte." Richie lachte auf. „Das wäre beinahe in die Hose gegangen. Margret hatte der Freundin die Filme direkt nach der Tat zusammen mit einem Batzen Geld übergeben. Also schwindelte Carmen ihm vor, es gäbe noch eine Kopie. Ganz schön clever, was?"

„Aber war es nicht ziemlich leichtsinnig von deiner Schwiegermutter, das Geld zu überweisen? Musste sie nicht damit rechnen, dass Bruno den Namen erkennt?"

„Nee, die Zahlungen gingen ja an die Lebensgefährtin des Typen. Die hatte nämlich Margret erpresst, nachdem der gefasst worden war."

„Alle Achtung, diese Kombinationsgabe ist bemerkenswert", konnte ich mir nicht verkneifen zu sagen. „Da findet Carmen eine ihr unbekannte Geldempfängerin und vermutet gleich eine Beteiligung ihrer Mutter an einem Mordkomplott gegen dich."

„Meine Güte!" Richies Geduld war am Ende. „So war es bestimmt nicht. Und überhaupt, ist doch auch egal, wie sie darauf gekommen ist. Das Endergebnis zählt!"

Er hatte recht, so wichtig war das Ganze auch wieder nicht. Obwohl – mich hätte schon interessiert, wie sie die richtigen Schlüsse gezogen hatte.

Nur war Richie schon genervt genug. Ihm ging es in erster Linie um Rache. Also musste ich sehen, wie ich ihm helfen konnte.

55

Richard

Es war mir unverständlich, dass Kathi jede kleinste Kleinigkeit erfahren wollte. Viel wichtiger war doch, wie wir jetzt Carmen helfen konnten, das war unser größtes Problem. Sie musste erfahren, dass sie mit ihrem Wissen nicht allein dastand und dass es Menschen gab, die ihr beistanden – und die sie unterstützen, um Rache zu nehmen.

Ich hatte mich mittlerweile beruhigt, auch mir war klar, dass ich Margret nicht einfach so umbringen konnte. Dann wäre ich schließlich nicht besser als sie. Aber irgendwie leiden sollte sie schon, ich wollte auch nicht, dass sie völlig ungeschoren davon kam.

„Ich muss eine Nacht darüber schlafen", sagte Kathi gerade, „und mir dabei sämtliche Optionen, die wir haben, durch den Kopf gehen lassen. Im Moment sind wir beide viel zu aufgewühlt, um vernünftige Entscheidungen treffen zu können."

Das ging mir gehörig gegen den Strich. Meine arme Carmen plagte sich seit drei Tagen mit dem Wissen herum, sie benötigte dringend Unterstützung.

„Welche Optionen?", fragte ich bissig.

„Bisher sehe ich noch keine. Aber mir fallen bestimmt welche ein", fügte sie rasch hinzu.

„Du bist wie Eva." Ich konnte nicht anders, ich musste meinem Groll Luft machen. „Brich nichts übers Knie, Kindchen, was du hinterher bereust", äffte ich sie nach. „Das muss gut überlegt werden."

Kathi nickte auch noch beifällig. Ich hätte es mir denken können. „So schlimm es ist, wir müssen nun erst einmal darüber nachdenken, was wir Carmen raten können. Ach ja, und dann stellt sich noch die Frage, wie wir ihr unsere Tipps mitteilen. Du siehst, ganz einfach ist es nicht."

„Ich werde mich ihr zu erkennen geben."

Sie seufzte. „Richie, sei kein Kindskopf. Darüber haben wir oft genug gesprochen."

„Aber das ist ein Notfall."

„Sie muss ihr Leben ohne dich leben!" Sie funkelte mich an. „Und damit auch diese Krise ohne dich bewältigen. Und ich werde dir mit Sicherheit nicht helfen, Kontakt zu ihr aufzunehmen!"

„Ich gehe!" Diese verdammte Wut loderte wieder in mir hoch. Ich wartete nicht mehr auf ihre Antwort, sondern zischte durch das gekippte Fenster nach draußen. Weg, bloß weg.

Es dauerte lange, bis ich mich beruhigt hatte, ehrlich gesagt, hielt ich irgendwann erschöpft inne, weil ich am Ende meines Energiepegels angekommen war und mich nun orientieren musste, wo ich mich überhaupt befand, da ich in meinem Zorn wie ein Irrwisch durch die Stadt gerast war. Aber ich fühlte mich besser, der Hass loderte nur noch auf kleiner Flamme, sodass ich wieder in der Lage war, klar zu denken.
Dieses Ding mit dem Auspowern hatte Carmen mir beigebracht. Zu Lebzeiten schickte sie mich immer zum Joggen, wenn ich geladen war. Mit der Zeit hatte ich gelernt, es von mir aus zu tun – es hatte tatsächlich geholfen. In den letzten Jahren, seit die Kinder da waren, hatte ich mir sogar angewöhnt, regelmäßig zu laufen, damit es gar nicht erst so weit kam, und ich muss zugeben, ich hatte mich immer besser im Griff.
Hm, vielleicht war an der Sache mit dem Überschlafen ja doch was dran. Immerhin waren Eva und Carmen zu derselben Ansicht gelangt. Und wenn wir alle gemeinsam nachdachten, würden wir bestimmt eine Lösung finden.
Trotz meiner guten Vorsätze kam ich in dieser Nacht nicht zur Ruhe, meine Gedanken kreisten ständig um den einen Punkt: Wie konnte man Margret diese Gemeinheit nur heimzahlen.
Im Morgengrauen tankte ich Energie, dann zog es mich zu Carmen und den Kindern. Heute sah sie schon wieder etwas besser aus, nicht mehr ganz so blass und abgespannt. Vor allem aber ließ sie sich vor den Kindern nicht das geringste anmerken, war fröhlich, wenn auch noch recht verhalten, und geduldig wie immer, selbst als Benjamin wieder anfing, mit seinem Wunsch nach einem Kätzchen zu nerven.
Nach dem Frühstück packte sie die beiden ins Auto und fuhr mit ihnen auf den Ketteler Hof. Ich hatte die drei schon oft zu diesem Ausflugsziel begleitet, denn Carmen gönnte ihnen diesen kleinen Freizeitpark mindestens zwei Mal im Jahr, oft genug, dass sie Spaß haben konnten, aber nicht zu oft, damit sie ihn weiterhin als besonderes Erlebnis betrachteten.
Trotzdem blieb ich den ganzen Tag bei ihnen. Ihr fröhlicher Anblick lenkte mich so weit ab, dass ich nicht gleich wieder in Raserei verfiel. Zum Nachdenken kam ich allerdings nicht, ich ließ mich immer wieder ganz bewusst von den Kindern zerstreuen.
Nun, ich war sowieso nicht der große Problemwälzer, da verließ ich mich besser auf Kathi. Ich war mir sicher, dass sie eine Lösung finden würde.
Ich begleitete Carmen bis fast vor die Haustür, dann machte ich einen Abstecher zum Pastorenhaus. Ich hatte Glück. Kathi saß allein im Wohnzimmer auf der Couch und las in einem Buch.

„Na, Richie! Wieder beruhig?", empfing sie mich lächelnd.
Die hatte Nerven. „Ich möchte dich mal erleben, wenn dir so was passieren würde", ging ich gleich in die Luft. „Ich glaube nicht, dass du ruhig bleiben könntest."
„Ich bekäme davon gar nichts mehr mit, weil ich nicht hier auf der Erde verharren würde", belehrte sie mich.
„Ach, jetzt bin ich auch noch selbst schuld, was? Du … du …", vor lauter Aufregung kam ich ins Stottern.
„Tschuldigung, Richie, ich bin heute etwas daneben." Kathi errötete. „Ich habe den ganzen Tag damit verbracht, über diese Angelegenheit zu grübeln."
„Und? Bist du zu einem Ergebnis gekommen?" Mein Zorn verschwand so schnell, wie er gekommen war. Eigentlich musste ich Kathi ja dankbar sein, dass sie meine Angelegenheiten zu den ihren machte. Ohne sie wäre ich völlig hilflos.
„Tja", sie zuckte mit den Schultern. „Das einzige, was Carmen meiner Meinung nach tun könnte, wäre, sich erneut von ihrer Mutter loszusagen. Ich denke …"
„So billig soll Margret davon kommen?"
„Lass mich ausreden!" Kathi runzelte erbost die Stirn. „Stunde um Stunde beschäftige ich mich mit deinen Problemen, da wirst du doch wohl die Güte haben, mir ein paar Sätze lang zuzuhören."
Oh, oh. Wenn Kathi in einer derartigen Stimmung war, gab ich mich besser zerknirscht. „Erzähl, bitte!"
„Also, ich stelle mir das so vor", fuhr sie fort. „Carmen geht allein zu ihren Eltern und konfrontiert beide gleichzeitig mit ihrem Wissen. Anschließend verkündet sie, dass sie und die Kinder von nun an keinen Kontakt mehr zu Margret haben werden, dass der Großvater dagegen seine Enkel weiterhin sehen darf, nur natürlich nicht mehr in diesem Haus."
Sie hörte auf zu sprechen und ich wartete höflich auf weitere Einzelheiten. Erst nach einer ganzen Weile wagte ich zu fragen: „Ist das alles?"
„Ja, was hattest du denn erwartet?" Sie klang beleidigt.
„Irgendwie mehr", gestand ich. „Mehr Strafe für Margret, und eher so was wie Paukenschlag und Feuerwerk."
Sie musste lachen, was ich auch beabsichtigt hatte. „Was Besseres ist mir leider nicht eingefallen. Schau, Carmen kann nicht zur Polizei gehen, oder?"

„Nein, das hat sie mit Eva schon durchgekaut. Dieser Typ will sich schließlich nicht selbst belasten. Und es gibt keinerlei Beweise dafür, dass Margret ihn angeheuert hatte."
„Was ist mit diesem Privatdetektiv?"
„Das war irgendein Abschaum, oder glaubst du, dass ein echter Detektiv sich auf dieses Räuberpistölchen eingelassen hätte?"
Kathi hob die Achseln. „Keine Ahnung."
„Ist auch völlig egal, Carmen will sowieso nicht, dass ihre Mutter vor Gericht gestellt wird, das habe ich dir doch schon gesagt. Das kann sie ihrem Vater und auch den Kindern nicht antun, meint sie."
„Siehst du, dann bleibt nur die Lösung, die ich gefunden habe." Kathi nickte bekräftigend. „Von einem Mord würde ich nämlich lieber Abstand nehmen an Carmens Stelle. Ich glaube, ihre Mutter leidet viel mehr, wenn sie begreift, dass ihre ganzen Intrigen umsonst waren. Zudem verliert sie gleichzeitig die Achtung ihres Mannes. Was meinst du, wird er überhaupt bei ihr bleiben?"
„Bestimmt, dafür hat er zu viel Ehrgefühl. Alleine wäre sie ja hilflos." Ein anderer Gedanke beschäftigte mich, ehrlich gesagt mehr. „Wie willst du dich denn einmischen? Ich meine, offiziell weißt du doch von nichts."
Jetzt lachte Kathi. „Zuerst werden wir abwarten, ob Carmen zu einer Entscheidung kommt, ich möchte ihr schließlich nicht vorgreifen. Findet sie in den nächsten, ich würde mal sagen, drei Tagen keine Lösung, gehe ich zu Eva und spreche mit ihr."
„Willst du ihr von mir erzählen?"
„Nein, zumindest nicht direkt." Sie lächelte verschmitzt. „Lass mich ruhig machen. Ich habe da eine geniale Idee."
„Und?"
„Warte es ab. Du kannst ja mit mir mit kommen, dann wirst du es hören."

56

Katharina
Richie wäre es selbstverständlich lieber gewesen, ich hätte mich auf seinen Vorschlag eingelassen. Er wollte nämlich einen ‚Brief aus dem Jenseits' schreiben, was ich als kompletten Unsinn ansah. Denn auf diese Weise wäre Carmen nie von ihm losgekommen. Es erforderte eine ganze Menge Diplomatie von meiner Seite, ihm begreiflich zu machen, dass mein Vorschlag der bessere war. Auch mit der Wartezeit von drei Tagen hatte er seine Probleme, aber ich blieb hart. Ich wollte Carmen nicht unbedingt vorgreifen.
Ich hatte ihn dazu vergattert, seine Zeit zwischen dem Präsidium und seiner Frau aufzuteilen. Nur widerwillig war er darauf eingegangen. Im Moment stand Carmen für ihn eindeutig im Vordergrund. Mich dagegen interessierten beide Fälle. Und vor allem wollte ich das baldige Ende im Richterfall nicht verpassen, was meines Erachtens nach nur noch eine Frage der Zeit war. Die Täter würden der Polizei bestimmt ins Netz gehen. Nur, ob die Zeitungen davon erfuhren, stand auf einem ganz anderen Blatt. Wahrscheinlicher war, dass dies ebenso totgeschwiegen wurde wie die gesamte Vergewaltigungsgeschichte.
Die neue Woche begann mit der Abreise von Bella und Bastian, die zurück nach Berlin fuhren. Am Abend vorher hatten sie tränenreich von Anna und Tante Bruni Abschied genommen, mit dem festen Versprechen, weiter in Kontakt zu bleiben. Beide waren ebenfalls zur Hochzeit im Sommer eingeladen worden, bis dahin musste man sich eben mit Telefonaten und Mails begnügen. Außerdem gab es ja noch Kirsten, die versprochen hatte, sich regelmäßig um Anna zu kümmern und ihrer Schwester berichten würde.
Es wurde ruhig bei uns nach dem Trubel der letzten Wochen, für meine Verhältnisse zu ruhig. Bella und Bastian waren zwar viel unterwegs gewesen, aber zumindest hatte fröhliches Leben im Haus geherrscht, an dem sich auch Paolo und Kirsten gern beteiligt hatten. Jetzt begann für die zwei ebenso wie für uns wieder der Alltag. Meine Tochter schrieb an ihrer Masterarbeit und verbrachte Stunde um Stunde auf ihrem Zimmer, unser Sohn, der ebenfalls kurz vor dem Abschluss stand, hatte sich für sein letztes Semester ein anspruchsvolles Programm zusammengestellt und sämtliche noch ausstehenden Kurse und Seminare darin untergebracht. Ich sah ihn kaum.

Dafür konnte ich nun wieder regelmäßig in der Kirche mithelfen, für meine Klavierschüler waren die Ferien ebenfalls vorbei und im Garten hatte ich für die nächsten Wochen auch genug Arbeit, die erledigt werden musste. Trotzdem – ich liebte es nun mal, ein volles Haus zu haben, mir war regelrecht langweilig.

Auch von Richie kam nichts Neues. Die Polizei in Meschede observierte immer noch die Scheune, Carmen und Eva telefonierten jeden Abend, nachdem die Kinder ins Bett gebracht worden waren und kamen zu keinem Ergebnis. Jeden Tag drängte er auf mein Eingreifen, aber ich blieb hart. Bis Mittwoch würde ich abwarten.

Donnerstagmorgen war er noch vor mir in der Küche, nur gut, dass Manfred wie immer nicht aus den Federn gekommen war und mich gebeten hatte, ihn erst in einer Stunde zu wecken.

„Sie haben sich auf nichts einigen können", kam er sofort zur Sache. „Eva ist so ziemlich unserer Meinung. Carmen soll hingehen und mit beiden Eltern reden. Die fühlt sich jedoch dazu nicht in der Lage. Sie würde wohl nur rumschreien, meint sie. Dafür wäre alles zu frisch."

„Und was will sie tun?"

„Nichts, das ist es ja gerade. Sie geht einfach nicht ans Telefon, wenn einer von beiden anruft, und meldet sich selbst auch nicht bei ihnen."

„Also die ‚ich stecke den Kopf in den Sand' Thematik", stellte ich fest. „Das wird in diesem Fall nicht lange gut gehen. Irgendwann muss sie Stellung beziehen."

„Je eher, desto besser", gab Richie mir recht. „Die Kinder fragen auch schon, wann sie das nächste Mal zu Oma und Opa können."

„Gut, damit ist die Idee, zu Eva zu gehen, allerdings gestorben." Ich kratzte mich nachdenklich am Kopf.

„Gestorben?", echote Richie. „Wieso?"

„Na, die ist eh schon auf unserer Seite. Deshalb hatte ich dich ja gebeten, abzuwarten. Mit ein bisschen gesundem Menschenverstand blieb eigentlich nur die Lösung, die ich dir am Sonntag vorgestellt habe. Ich dachte mir schon, dass eine von beiden ebenfalls da drauf kommt."

„Danke." Er war eingeschnappt. „Den habe ich dann wohl nicht."

„Ach, komm, dafür hast du viele gute Ideen, die mir nicht im Traum eingefallen wären, wir beide ergänzen uns eben."

Er lenkte ein. „Was machen wir nun?"

Ah, es ging doch nichts über ein paar Egostreicheleinheiten. „Auf jeden Fall ist es sinnlos, mit Eva zu sprechen. Es war dazu gedacht gewesen, sie in die richtige Richtung zu schubsen, wenn die beiden selbst kein vernünf-

tiges Ergebnis finden. Jetzt mit denselben Argumenten aufzutrumpfen, bringt nichts."
„Doch, vielleicht überzeugt es Carmen."
Ich seufzte. „Die hätte gar nicht von mir erfahren sollen. Ich hatte gedacht, dass Eva es ihr dann schon klarmachen würde."
„Jetzt klär mich endlich auf. Was hattest du vor?"
„Eigentlich tut es gar nichts mehr zur Sache, aber bitte, wenn du es unbedingt wissen willst: Ich hatte vor, zu ihr zu gehen und sie wissen zu lassen, dass ich über diese Geschichte genau informiert bin und ihr dann meine Meinung dazu zu sagen."
„Und was hättest du gesagt, woher du davon weißt?"
Ich grinste frech. „Es gibt Dinge zwischen Himmel und Erde, die man einfach nicht erklären kann", zitierte ich Manfred. „Diese Erkenntnis, die mich getroffen hat, kam plötzlich und unerwartet über mich und so machte ich mich gleich auf den Weg, um mit der Vertrauten deiner Frau zu sprechen und ihr zu helfen, eine Lösung zu finden."
„Na, ob das funktioniert hätte", er klang ziemlich skeptisch.
„Diese Idee können wir sowieso verwerfen", erklärte ich. „Lass mich nachdenken, was wir stattdessen tun können."
Das wichtigste war erst einmal ein gutes Frühstück, mit leerem Bauch konnte ich nicht denken.
Richie schwieg tatsächlich, bis ich aufgegessen hatte. „Und?", fragte er, nachdem ich mich erhoben hatte, um Manfred zu wecken.
„Ich denke, wir müssen nun doch einen Brief schreiben." Mit diesen Worten ließ ich ihn stehen und ging die Treppe ins Obergeschoss hinauf. Natürlich war das ein bisschen gemein von mir, ihn nun noch länger schmoren zu lassen, aber meine Güte! Dafür musste ich immer einen Großteil des Denkens übernehmen.
Kaum war ich wieder unten, winkte ich ihm, mir zu folgen. „Manfred hat gleich einen Termin im Kindergarten. Wir sind also ungestört."
„Wieso jetzt doch einen Brief?", fragte er völlig entgeistert.
„Weil mir nichts anderes einfällt", gab ich zu. „Wenn es dir lieber ist, können wir auch ganz auf irgendeine Einmischung verzichten und es Carmen überlassen, wie sie das Ganze löst." Das wäre mir auf jeden Fall lieber gewesen. Ich hasste es, mich in das Leben anderer einzumischen. – Naja, ab und zu gab es selbstverständlich schon Notfälle, wo man einfach helfen musste. Aber in diesem speziellen Fall hätte ich eigentlich lieber Carmen die Entscheidung überlassen. Andererseits fühlte ich mich Richie verpflich-

tet. Nur deshalb hatte ich diesen Vorschlag gemacht. Er konnte ihn immer noch ablehnen.
Das tat er jedoch nicht. Im Gegenteil, er schien hocherfreut. „Was schreiben wir?"
„Du willst also wirklich?"
„Unbedingt."
Mist! Nun gut, ich hatte es versprochen. „Zuerst einmal bräuchten wir ein Indiz, dass dieser Brief tatsächlich von dir ist. Gibt es irgendetwas, was nur ihr beide voneinander wisst."
„Ein Brief? Von mir?", jubelte er. „Ist das dein Ernst?"
Nein, hätte ich am Liebsten gesagt. Doch ich hatte nun mal versprochen, einzugreifen. „Was ist also? Gibt es da was?"
„Jaaa", kam es gedehnt zurück.
„Und?"
„Naja, wir hatten da so Koseworte, die keiner kennt."
„Das ist doch ideal", befand ich. „Komm, lass uns anfangen."
Es dauerte eine geschlagene Stunde, bis wir die paar Zeilen zustande gebracht hatten, nicht nur weil er sich zierte, bis er die Namen endlich nannte – und ich mir mit Mühe einen Lachanfall verbeißen musste – nein, auch über den Inhalt des Briefes diskutierten wir Zeile für Zeile. Dafür waren wir aber dann beide mit dem Ergebnis zufrieden. Er lautete:

Liebe Carmen,
Ich habe von der Geschichte mit deiner Mutter erfahren und die Erlaubnis bekommen, dir meine Meinung zu schreiben. Dies ist eine ganz besondere Ausnahme und wird sich nicht wiederholen.
Ich kann verstehen, dass du totsauer bist. Trotzdem solltest du mit einem klärenden Gespräch nicht länger warten, erstens, weil das deinem Vater gegenüber unfair wäre und zweitens, weil diese Geschichte endlich abgeschlossen werden muss, so oder so.
Ich an deiner Stelle würde jeglichen Kontakt zu meiner Mutter einstellen, ich könnte ihre Nähe nicht mehr ertragen. Wahrscheinlich siehst du es ebenso, nur musst du auch an das Wohl von Annika und Benjamin denken. Seltsamerweise ist Margret ganz vernarrt in sie und die beiden sind gern bei ihr. Willst du ihnen das nehmen?
Mir geht es hier in erster Linie um die Kinder, nicht um deine Mutter, das kannst du dir sicher denken. Als ich von ihrer Tat erfuhr, hätte ich die alte Kuh am liebsten umgebracht!
Ach, Püpschen, es ist fürchterlich, dass du dich mit dieser Geschichte ganz allein rumschlagen musst.

Mein Vorschlag wäre, sprich mit Margret und Bruno, er soll ruhig von dem, was sie getan hat, erfahren. Brich den Kontakt zu deiner Mutter ab, aber lass die Kinder weiter zu ihr. Ich bin der Meinung, sie sollten nie erfahren, was sich zugetragen hat.
Damit könnten alle leben, denke ich.
Noch mal, ich werde, ich darf, mich nie wieder in dein Leben einmischen, du wirst nichts mehr von mir hören. Deshalb sieh zu, dass du mich langsam vergisst. Richte dir ein neues Leben ein, mit einem neuen Papa für die Kinder. Ihr habt es verdient, glücklich zu sein.
In Liebe
Dein Schnuffelbärchen
P.S. Du darfst niemandem von dieser Nachricht erzählen!!!

57

Richard
Eigentlich hatte ich Carmen noch viel mehr zu sagen, doch Kathi beharrte darauf, den Brief kurz zu halten, damit er authentischer wäre.
„Glaubst du, die würden dir im Jenseits erlauben, eine ellenlange Nachricht zu verfassen?", meinte Kathi auf meine Beschwerde nur. Sie musste sich halt immer durchsetzen. Und da ich auf sie angewiesen war, konnte ich nicht viel daran ändern. Außerdem war meine Botschaft zumindest klar formuliert, besser, als ich es je hätte machen können.
„Willst du ihr eine Mail schicken?"
„Mit unserer Adresse daran?" Kathi schaute mich geradezu mitleidig an.
„Es gibt Möglichkeiten, diese zu unterdrücken", belehrte ich sie.
„Das kann ich nicht", wehrte sie ab.
„Ich schon." Natürlich versuchte ich, den Triumph in meiner Stimme zu unterdrücken, aber so ganz gelang es mir wohl nicht. Kathi jedenfalls zuckte beleidigt mit den Schultern und ließ ihre Finger wieder über der Tastatur schweben. „Dann erklär mal!"
Hinterher, nachdem wir die Mail verschickt hatten, wurde sie versöhnlicher. „Die Idee ist wirklich gut. So wirkt das Ganze noch glaubwürdiger."
Ich sauste bereits gen Ausgang, schließlich wusste ich nicht, wann Carmen ihr privates Mailpostfach checken würde. Ab jetzt konnte ich sie keinen Moment mehr aus den Augen lassen.
Im Büro war viel zu tun, alle Mitarbeiter waren bis zum Mittag ununterbrochen beschäftigt. Um eins leerte sich der Raum, außer Carmen verschwanden alle zu einer längeren Pause. Sie war nämlich die Einzige, die sich Butterbrote von zu Hause mitbrachte.
Sie setzte sich mit einer der Zeitschriften aus dem Wartebereich in den kleinen Aufenthaltsraum, kochte sich einen frischen Kaffee und wickelte ihre Sandwiches aus. Langsam und genüsslich begann sie zu kauen, blätterte Seite auf Seite um und trank schlückchenweise ihren Kaffee, fast eine halbe Stunde brauchte sie dafür.
Allmählich wurde ich unruhig, in spätestens fünfzehn Minuten kamen die anderen Angestellten zurück, wie lange wollte sie denn noch hier sitzen?
„Du musst unbedingt deine Mails checken", befahl ich, um ihren Kopf herumschwirrend, den Satz immer und immer wieder wiederholend. Vielleicht gelang es mir ja doch, sie irgendwie zu erreichen. Leider zog sie statt aufzustehen ihr Handy heraus und wählte die Nummer ihres Vaters. „Hallo Papa, ich wollte mich kurz melden. – Ja, ich habe im Moment sehr viel

zu tun. Und Eva war krank, ich musste mich um sie kümmern. – Nein, weiß ich noch nicht, wir telefonieren am Samstag noch einmal. – Ja, bis dann, tschüs."

Ob Bruno wohl aufgefallen war, dass Carmen keine Grüße an ihre Mutter bestellt hatte? Und ziemlich kurz war das Gespräch gewesen. Mich hätte sie damit nicht täuschen können, mir wäre schon aufgefallen, dass sie verändert klang.

Wie als Antwort auf meine Mutmaßungen begann das Handy zu klingeln. Und es war tatsächlich Bruno. Carmen schüttelte abwehrend den Kopf und ließ den Anrufbeantworter rangehen. Ach, Mensch, quäl dich nicht länger, lies meine Mail!

Stattdessen goss sie sich eine weitere Tasse Kaffee ein und nahm sich eine neue Zeitschrift.

Auch abends dachte Carmen gar nicht daran, sich auf ihrem Postfach einzuloggen. Obwohl sie den Computer hochfuhr, um bei eBay nach Kinderkleidung zu suchen!

Deshalb stand ich Freitagfrüh wieder bei Kathi auf der Matte. „Du musst was tun! Ich halte diese Warterei nicht aus! Schick ihr irgendeine wichtige Nachricht und ruf sie dann an, damit sie sie öffnet!"

„Du bist gut", Kathi schüttelte den Kopf. „Die könnte ich ihr ebenso gut am Telefon mitteilen. Aber ich habe eine Idee. Gestern hat Manfred ein Paket bekommen, da waren jede Menge Gutscheine für die verschiedensten Geschäfte drin. Wir können sie sowieso nicht gebrauchen. Für Carmen wären sie bestimmt ideal. Die, die für Internetgeschäfte gedacht sind, scanne ich ein, bei denen benötigt sie nur die Zugangscodes."

„Genial!" Auf Kathi war wie immer Verlass. „Und was sagst du deinem Mann?"

„Dass ich sie an jemanden Bedürftigen verschenkt habe. Du weißt doch, wie er ist."

Ich blieb, bis sie die Gutscheine eingescannt hatte. „Gib mir fünf Minuten, dann rufst du sie an."

„Halt!", hielt sie mich zurück. „Und was sage ich, woher ich ihre Mailadresse habe?"

„Ach, sie fragt schon nicht." Dass Frauen immer alles so verkomplizieren mussten. „Sonst rufst du sie eben erst an und bittest sie darum. Es wird schon funktionieren."

Ich machte, dass ich wegkam. Carmen würde bestimmt gleich nachschauen, was Kathi ihr geschickt hatte – und dann sah sie auch meinen Brief!

In dem Moment, als ich das Büro erreicht hatte, klingelte das Telefon. Carmen zierte sich eine Weile und bedankte sich schließlich. Doch statt ihre Mails aufzurufen, wandte sie sich wieder ihrer Arbeit zu. Missgelaunt wartete ich bis zur Mittagspause. Jetzt musste sie doch endlich reagieren!
Weit gefehlt, Carmen verließ mit allen anderen zusammen das Büro und wandte sich Richtung Innenstadt. Ich folgte ihr von Geschäft zu Geschäft, wo sie unschlüssig ihre Runden drehte. Meine Güte, was suchte sie eigentlich?
Schließlich betrat sie einen kleinen Laden, in dem es lauter Schnickschnack zu kaufen gab. Hier entschied sie sich relativ schnell für eine kleine Windmühle aus Holz und ließ sie als Geschenk einpacken. Wen kannte sie denn, der so etwas in seinem Garten aufstellen würde?
Kathi! Klar! Die hatte morgen Geburtstag, das war mir in der Aufregung völlig entfallen.
Dass ich mit meiner Ahnung richtig lag, konnte ich schon zehn Minuten später sehen. Kaum im Büro zurück beschrieb Carmen eine Geburtskarte, in der sie und die Kinder ihr alles Gute für die nächsten Jahre wünschten. Deshalb also hatte Bruno sie auf dem Handy angerufen.
Und Kathi hatte mit keinem Wort erwähnt, dass morgen ihr Ehrentag bevorstand! Das wäre echt peinlich gewesen, wenn ich es vergessen hätte, in den letzten zwei Jahren war nämlich immer ich derjenige gewesen, der sie mit einem Ständchen geweckt hatte. Sie war jedes Mal so gerührt gewesen.
Carmen widmete sich nun ihrer Büroarbeit, und da ich sie kannte, wusste ich, dass ich nun ruhig die nächsten Stunden für meine anderweitigen Nachforschungen nutzen konnte, sie würde nicht vor heute Abend auf ihre Mails zugreifen.
Bei Zwolle herrschte emsige Betriebsamkeit. Er und sein rothaariger Partner telefonierten fast ununterbrochen. Doch leider ging es um einen ganz anderen Fall, irgendwas mit organisiertem Verbrechen, ich hörte, ehrlich gesagt, nur mit halbem Ohr zu, das, was ich mir zurzeit aufgehalst hatte, reichte völlig.
Erst kurz vor Dienstschluss, ich stand schon in den Startlöchern, erfuhr ich, dass es noch nichts Neues gab. Die Scheune wurde immer noch observiert, eine weitere Vergewaltigung hatte es in der Zwischenzeit nicht gegeben. Doch rechneten alle mit dem Fall Beschäftigten damit, dass es bald zu einem Zugriff kommen würde.
Auf meinem Weg zurück zu Carmen war ich hin- und hergerissen. Natürlich war mir meine Frau wichtiger, andererseits wäre es zu schade, wenn

wir den Showdown verpassten. Ich musste einen Weg finden, beides zu vereinbaren.

Während ich mit Carmen und den Kindern einkaufte, durchzuckte es mich wie ein Blitz. Du Trottel, schimpfte ich mit mir, die Vergewaltigungen geschehen immer in den späten Abendstunden, es wäre ein Leichtes für dich gewesen, in jeder Nacht dort Stellung zu beziehen. Nur gut, dass noch alles offen war.

Kaum waren die Kinder im Bett, setzte sich Carmen an den Computer. Ich rückte ganz dicht an sie heran, um ja keine ihrer Reaktionen zu verpassen. Anfangs machte sie jedoch keinerlei Anstalten, die unbekannte Mail zu öffnen. Stattdessen vertrieb sie sich die Zeit damit, die Angebote der Firmen, von denen sie die Gutscheine erhalten hatte, zu durchblättern. Es war fast halb zehn und damit Schlafenszeit, Carmen ging immer früh ins Bett, als sie endlich fast zögerlich, die unbekannte Mail anklickte.

Still las sie einmal, zweimal meinen Text, schüttelte den Kopf, las noch einmal. Dann, als hätte jemand die Schleusen geöffnet, begann sie zu weinen und weinte und weinte, als könne sie nie wieder aufhören. Mir wurde schon ganz mulmig, was hatte ich da nur angerichtet. Statt sich zu freuen, dass ich ihr bei dieser schwierigen Entscheidung half, hatte ich sie anscheinend in die Trauerzeit direkt nach meinem Tod zurückgeworfen. Zumindest hörte sie sich damals genauso an.

Ich verfluchte mich, ich verfluchte Kathi, dass sie mir von dieser Idee nicht abgeraten, sondern mich noch dabei unterstützt hatte, es half alles nicht. Carmen weinte und weinte ohne Unterlass, selbst im Bett schluchzte sie sich in den Schlaf.

Ich kam mir vor wie der letzte Arsch. Dabei hatte ich es doch nur gut gemeint.

Um die zweite Geschichte nicht auch noch zu vergeigen, machte ich mich erneut auf den Weg. Ab jetzt würde ich jede Nacht in Meschede wachen.

58

Katharina

„Happy Birthday to you!" Der etwas schräge Gesang riss mich aus meinen Träumen. Richie, er hatte an mich gedacht, wie süß.
Vorsichtig, um meinen Mann nicht zu wecken, setzte ich mich auf und sah mich nach ihm um.
„Du brauchst nicht leise zu sein. Manfred ist in der Küche und bereitet dein Frühstück vor", tönte Richie.
Ja, das tat mein Mann jedes Jahr, schmückte den Tisch mit einer Vase voll Blümchen, was ich gar nicht mochte - ich hasste Schnittblumen, freute mich aber dafür umso mehr über Pflanzen für den Garten, was er leider immer noch nicht kapiert hatte - und backte frische Waffeln nach seinem Geheimrezept, was ich liebte, denn ich kam nur selten in deren Genuss.
„Er hat aber gerade erst angefangen, wir haben Zeit genug für meine Neuigkeiten", beruhigte er mich, die ich schon halb aus dem Bett geklettert war. Gehorsam ließ ich mich in die Kissen zurücksinken. „Neuigkeiten?", wiederholte ich.
„Die Vergewaltiger sind immer noch nicht aufgetaucht", berichtete er. „Ich habe mir gedacht, ich bin ab jetzt jeden Abend dort, damit wir das Ende der Geschichte nicht verpassen."
Ich war richtig stolz auf ihn. Dass er bei all der Aufregung daran gedacht hatte. Und das sagte ich ihm auch.
„Naja", antwortete er abwehrend, „wir haben so viel Zeit in diese Geschichte investiert, da wollen wir das Ende wohl kaum verpassen."
„Trotzdem, ich finde das toll. Und, was ist mit Carmen? Hat sie unsere Mail gelesen?"
„Ja, gestern Abend. Aber es ging ihr danach richtig schlecht. Sie hat nur noch geweint. Ich glaube, unsere Idee war echt blöd."
„Was hattest du denn erwartet." Ich schüttelte den Kopf über so viel Unverständnis. „Das war doch klar. Plötzlich, nachdem sie sich endlich mit deinem Tod abgefunden hat, meldest du dich wieder. Verständlich, dass sie dann völlig fertig ist. Deshalb war ich am Anfang so strikt dagegen."
„Wir haben ihr bestimmt mehr geschadet als geholfen", klagte er.
Ich verdrehte die Augen. „Sie ist nicht aus Zucker, sie wird es packen."
„Du bist viel zu hart."
„Nein, eher realistisch", grinste ich. „Du unterschätzt sie, wie immer. Carmen ist härter, als du denkst. Und sie brauchte diesen Anschub in die richtige Richtung."

„Meinst du wirklich?"
„Es war nicht nett, aber nötig. Du wirst sehen, heute ist sie wieder sie selbst."
Genug der tröstenden Worte, ich musste mich langsam fertigmachen. Kaum hatte ich die Bettdecke zurückgeschlagen, verschwand Richie fluchtartig, allerdings nicht ohne mir noch einen schönen Tag zu wünschen.
Den würde ich haben, für den Nachmittag hatten sich Elisabeth, Brunhild und Christina angekündigt, abends würden sich Kirsten und Paolo zu uns gesellen. Die restlichen Kinder kamen normalerweise nur zu den runden Geburtstagen vorbei, vor allem dieses Mal, da wir uns ja gerade alle erst gesehen hatten. Doch sie meldeten sich mit Sicherheit telefonisch, wie alle anderen Freunde und Bekannten, das Telefon würde keinen Moment stillstehen.
Elisabeth und Bruni verstanden sich von Anfang an prächtig. Als dann noch Christina begann, von der gemeinsamen Anstrengung, Anna zu helfen, zu erzählen, war sie endgültig hin und weg. Meine Schwiegermutter liebte emotionale Verwicklungen mit Happy End.
„Anna hat in eine Behandlung eingewilligt", berichtete Bruni. „Sie wird schon ab nächste Woche zwei Mal in der Woche zu Ruth gehen."
„Fantastisch", freute sich Christina. „Sie ist so ein liebes Mädchen, es ist wirklich wichtig, dass sie endlich gesundet."
„Wie habt ihr das geschafft?", fragte ich neugierig.
„Ach, das war ganz einfach." Bruni strahlte mich an. „Zumindest was Ruths Einwilligung in das Projekt betraf. Sie hat Anna sofort in ein Gespräch verwickelt, als Christina und sie vorbeigekommen sind, um sich angeblich die Tierpension wegen Lotti anzusehen. Ich habe deine Freundin herumgeführt und sie ist bei Anna stehengeblieben und hat sich mit ihr unterhalten. Dabei hat sie wohl gleich den Entschluss gefasst, Anna zu helfen, denn anschließend, als wir uns alle bei Kaffee und Kuchen zusammengesetzt haben, ist Ruth dann damit herausgerückt, was sie beruflich macht. Anna war ziemlich geschockt."
„Und hat sofort Reißaus genommen", vermutete ich.
„Genau", Christina grinste. „Und ward an diesem Tag nicht mehr gesehen."
„Aber ich habe die Sache nicht auf sich beruhen lassen und auf sie eingeredet, dass dieses Zusammentreffen doch wie ein Geschenk gewesen sei", fuhr Bruni fort. „Den ganzen Abend habe ich sie damit genervt." Sie

seufzte. „Das Einzige, was ich erreichte, war, dass Anna Türen schlagend in ihrem Zimmer verschwand."
„Es ist Bella zu verdanken, dass die Kleine schließlich einwilligte", nickte Christina. „Ich hatte ganz vergessen, dass sie Ruth früher öfter bei mir getroffen hat. Auf jeden Fall konnte sie sich noch gut an sie erinnern, als ich sie verabredungsgemäß nach unserem Besuch in der Tierpension anrief. Sie mag sie sehr und machte Anna richtig die Hölle heiß, dass sie diesen unglaublichen Zufall nicht genutzt habe, die Therapeutin auf ihr Dilemma anzusprechen. Sie meldete sich dann auch am nächsten und am übernächsten Tag und drängte Anna, sie anzurufen und einen Termin zu machen."
„Und Ruth nimmt sie sofort, einfach so?", fragte ich verwundert. Gerade hatte ich erst in der Zeitung gelesen, dass die Psychologen total überlaufen und Wartezeiten von einem halben Jahr normal wären.
„Beziehungen sind das halbe Leben", grinste Christina, wurde aber schnell wieder ernst. „Nein, es ist so, dass …"
Was sie erzählen wollte, blieb ungesagt, da nun Annika und Benjamin auf die Terrasse, wo wir uns niedergelassen hatten, gestürmt kamen. Beide hatten ein kleines Wiesensträußchen in der Hand und steuerten auf mich zu – allerdings nur so lange, bis sie Bruni entdeckten. Mit einem Freudenschrei stürzten sie sich auf sie, ich war vergessen.
Dafür gratulierte mir Carmen, die in Begleitung meines Mannes herauskam, ganz herzlich und überreichte mir ein eingepacktes Etwas. „Dies ist ein Dankeschön von mir und den Kindern", sagte sie, „für alles, was Sie für uns getan haben." Sie winkte Annika und Benjamin zu sich und ich bekam zwei feuchte Küsschen und die etwas zerknautschten Blumen.
Das Geschenk stellte sich als wunderschöne Holzwindmühle heraus, die perfekt neben mein Blumenbeet passte. „Vielen, vielen Dank." Ich umarmte alle drei. „Kommt, setzt euch zu uns und esst ein Stückchen Kuchen."
Während Carmen meinem Vorschlag folgte, blieben die beiden Kleinen abwartend stehen. „Wo ist denn Bella?", fragte Annika.
„Wir wollen zu den Katzen und Hunden", verdeutlichte Benjamin.
„Bella ist nicht mehr hier. Sie ist nach Hause …"
„Aber Anna könnte euch abholen. Die kennt ihr doch auch", fiel Bruni mir ins Wort, worauf sich die bedenklich verzogenen Mienen der Kleinen wieder aufhellten. Unter deren begeisterten Rufen zückte sie ihr Handy und beorderte Anna umgehend zu uns.

Da alle Blicke auf mein Gegenüber gerichtet waren, nutzte ich die Gelegenheit, um Carmen zu mustern. Gut sah sie nicht gerade aus, jedoch nicht so schlecht, wie ich vermutet hatte. Und sie strömte eine innere Ruhe aus, die mich vermuten ließ, dass sie ihren Weg mittlerweile gefunden hatte.
Ich war schon jetzt gespannt darauf, was Richie mir erzählen würde.

59

Richard

Carmen sah richtig elend aus, das Gesicht gerötet, die Augen verquollen, sogar Annika fragte beim Frühstück nach, ob die Mama krank sei. „Nur ein ganz kleines bisschen", schwindelte diese. „Wir können trotzdem ins Kinderparadies gehen. Und Omi nehmen wir auch mit."

Das Kinderparadies war ein riesiger Spielplatz mit Innen- und Außenbereich und daher für jedes Wetter geeignet. Für die Kleinen gab es extra abgetrennte Bereiche, sodass die Eltern beruhigt auf den Bänken in der Nähe sitzenbleiben und ihren Kindern beim Spielen zuschauen konnten, der ideale Ort also für ein vertrauliches Gespräch mit Eva.

Anfangs hatte ich befürchtet, dass sie der schon alles am Telefon erzählt hatte – ich war erst dazugekommen,, als sie das Gespräch gerade beendete - glücklicherweise bestätigte sich diese Vermutung nicht. „Du hast so geheimnisvoll getan", begann diese das Gespräch, kaum dass die beiden allein waren.

„Ich konnte nicht reden, Annika war ständig in Hörweite", antwortete Carmen und winkte ihrer Tochter zu, die auf die höchste Rutsche geklettert war. „Ich bin endlich zu einem Entschluss gekommen, wie ich vorgehen will."

„Da bin ich gespannt." Oh, Eva kannte Carmen nur zu gut und wusste, dass diese sich schwer tat, Entscheidungen zu treffen.

Meine Frau lachte über diese Aussage. „Doch, ich habe mich endlich durchgerungen, etwas zu unternehmen. Gleich morgen will ich zu meinen Eltern gehen und mit ihnen sprechen. Könntest du Benjamin und Annika nehmen? Ich habe ihnen schon erzählt, Oma und Opa wären krank, deshalb könnten sie nicht mitkommen."

„Selbstverständlich, bring sie, wenn es dir passt."

„Ich hatte gedacht, so gegen halb vier, dann hat meine Mutter ihren Mittagsschlaf beendet, wenn ich komme."

„Und was willst du ihnen sagen?"

„Die Wahrheit. Ich finde, Papa hat ein Recht darauf zu wissen, was vor sich geht." Carmen biss sich auf die Unterlippe. „Und außerdem muss ich ihm erklären, warum ich Mama nicht mehr sehen will."

„Du brichst mit ihr? Endgültig?"

„Ja, ich will sie nie wieder sehen, nach dem, was sie mir angetan hat." In Carmens Augen sammelten sich schon wieder die Tränen.

„Ach, Kindchen", sagte Eva hilflos und drückte ihre Hand.

Mit Mühe blinzelte Carmen die Tränen weg. „Die Kinder lasse ich allerdings nicht darunter leiden", fuhr sie fort. „Sie würden es nicht verstehen, wenn sie nicht mehr zu Oma und Opa dürften. Und die Wahrheit sagen, werde ich ihnen nicht. Das müssen sie nicht wissen. Es ist ja eh nicht mehr zu ändern." Jetzt rollten die Tränen doch.
Eva wartete eine ganze Weile, bis sie erwiderte: „Ich finde, du hast eine kluge Entscheidung getroffen. Eine bessere Lösung wäre mir auch nicht eingefallen. Annika und Benjamin hängen an Margret, und seltsamerweise ist sie bei ihnen anders, überhaupt nicht ichbezogen, sondern wirklich bemüht. Ja, die beiden würde es sehr treffen, wenn sie ihre Oma nicht mehr sehen. Und für die Wahrheit sind sie zu klein."
„Ich werde es ihnen nie sagen." Carmen holte tief Luft. „Warum sollte ich ihnen das antun?"
„Kindchen", Eva drückte fest ihre Hand, „das ist wirklich am besten so. Obwohl du natürlich mit diesem Wissen eine schwere Last auf den Schultern trägst."
„Deshalb kann ich ihr auch nicht mehr gegenübertreten. Ich hasse sie, und daran wird sich für den Rest ihres Lebens nichts mehr ändern."
Ich hatte genug gehört – und war unsagbar stolz auf meine Frau. Besser hätte ich diese verfahrene Situation nicht lösen können. Trotzdem wollte ich morgen bei dem Gespräch dabei sein. Ich war echt neugierig, wie Margret und vor allen Dingen Bruno auf die Anschuldigungen reagieren würden. Vielleicht war er ja doch nicht der Schweinehund, für den ich ihn bisher gehalten hatte.
Da Carmen und die Kinder nachmittags zu Kathis Geburtstagsfeier wollten, machte ich mich auf nach Meschede, wo ich gemeinsam mit den observierenden Polizisten zig untätige, langweilige Stunden verbrachte. Bis zum Morgen, als ich aufbrach, hatte sich nichts getan. Und da die Täter bisher nie tagsüber in Erscheinung getreten waren, zog ich leichten Herzens ab.
Ich begleitete Carmen und die Kinder zu Eva und fuhr anschließend mit ihr zusammen zu ihren Eltern.
Bruno öffnete die Tür, bevor sie klingeln konnte. „Du kommst allein?"
„Ich muss etwas Wichtiges mit euch besprechen", erklärte Carmen nur. Ihre Stimme klang belegt, ich merkte, dass sie vor Aufregung – oder war es unterdrückte Wut? – zitterte.
„Da bin ich aber gespannt", lächelte Bruno. „Komm, Mama wartet im Wohnzimmer."

Dir wird das Lachen gleich vergehen, dachte ich genüsslich. So schnell konnte ich nun mal nicht in meinen Gefühlen umschalten. Für mich war er weiterhin der alte Schweinehund.

„Carmen, wo hast du die Kinder gelassen?", begrüßte ihre Mutter sie mit vorwurfsvollem Unterton. „Ihr habt euch so lange nicht blicken lassen und jetzt kommst du allein."

„Ich glaube nicht, dass du die beiden bei diesem Gespräch dabei haben möchtest", erwiderte Carmen steif und ließ sich in den Sessel ihrer Mutter gegenüber fallen.

„Dann erzähl!", forderte Bruno seine Tochter auf, nachdem er sich ebenfalls gesetzt hatte.

Carmen kam ohne Umschweife zur Sache. „Du hattest mich beauftragt, mich um die finanziellen Angelegenheiten zu kümmern, Papa", begann sie. „Dabei fielen mir Überweisungen von Mama an jemanden auf, dessen Name mir bekannt vorkam. Ich forschte nach und stellte fest, dass sie der Freundin des Mannes, der Richard überfahren hat, regelmäßig Geld überwies."

„Wie konntest du mir hinterher schnüffeln." Margret funkelte sie wütend an.

Carmen ließ sich nicht aus der Ruhe bringen. „Gut, dass ich das tat, Mutter. So bin ich hinter diese ganze, scheußliche Sache gekommen." Sie wandte sich direkt an Bruno. „Meine Mutter hat diesen Mann angeheuert, um Richard zu töten. Ich ..."

„Nein!", kreischte Margret dazwischen. „Sie lügt!"

„Ich habe Beweise", trumpfte Carmen auf.

Aber Margret kreischte nur noch lauter: „Wie kannst du ..."

„Ruhe!", donnerte Bruno. Er war leichenblass geworden, kehrte nun aber den gelassenen Richter heraus. „Carmen, das sind schwere Anschuldigungen. Halt, Margret, lass mich ausreden. Geh aus dem Zimmer, wenn dir dieses Gespräch nicht passt."

Oha, diese Töne war ich von ihm gar nicht gewohnt. Margret und Carmen allerdings auch nicht. Die Erstere begann mitleidserregend zu weinen, die Zweite lehnte sich in ihrem Sessel zurück und entspannte sich wieder.

„Was für Beweise hast du?", fragte Bruno nun.

„Eine Aufzeichnung von dem Gespräch mit dem Täter", erwiderte Carmen und an ihre Mutter gewandt. „Er ist zwischenzeitlich aus dem Gefängnis entlassen worden. Ich habe ihn aufgesucht und mit ihm gesprochen."

„Das ist Verleumdung!", kreischte Margret. „Bruno, unsere Tochter ist verrückt geworden. Verbiete ihr, so mit uns zu sprechen."
„Nein, ich möchte diese Geschichte hören, in allen Einzelheiten. Carmen, das …"
„Ich gehe!" Margret erhob sich mühsam. „Ich höre mir diese Ungeheuerlichkeiten nicht länger an. Überlege dir genau, was du sagst, Fräulein", sie funkelte ihre Tochter böse an. „Einmal habe ich dir verziehen und dich wieder aufgenommen, ein zweites Mal werde ich mich wohl nicht dazu überwinden können."
„Ist auch nicht nötig, Mutter", gab Carmen eisig zurück. „Heute siehst du mich zum letzten Mal. Glaubst du etwa, ich möchte mit der Mörderin meines Mannes weiter Kontakt haben?"
Margret wurde kalkweiß, biss sich auf die Lippe und verließ stumm das Wohnzimmer, natürlich besonders langsam und mühsam, dass auch nicht einer übersah, wie schlecht es ihr ging.
Doch weder Carmen noch Bruno gönnten ihr einen zweiten Blick.

60

Katharina

„Bruno war echt erschüttert, nachdem er die ganze Geschichte erfahren hat", erzählte Richie.
Es war Montagmorgen, Manfred hatte früh das Haus verlassen und ich stand, mit den Vorbereitungen für das Mittagessen beschäftigt - ich hatte gleich wieder Kirchendienst, in der Küche. Eigentlich hatte ich ihn schon gestern erwartet, schließlich war ich auch gespannt, wie das Gespräch gelaufen war, aber er war direkt danach wieder nach Meschede gedüst, um den Showdown nicht zu verpassen, der jedoch leider wieder nicht stattgefunden hatte.
„Er hat ihr geglaubt?", fragte ich.
„Es blieb ihm nichts anderes übrig, nachdem sie ihm alle Fakten vorgelegt und zusätzlich noch das Gespräch, das sich auf dem Handyspeicher befand, vorgespielt hatte."
Schade, dass Richie nicht mehr körperlich anwesend war, sonst hätte er bestimmt an dieser Stelle seines Berichts selbstgefällig gegrinst.
„Der alte Schweinehund hat sich zu einer echt noblen Geste aufgeschwungen. Er ist vor Carmen auf die Knie gesunken und hat sie um Verzeihung gebeten. Das Geld, das sie dem Scheißkerl gezahlt hat, bekommt sie ebenfalls von Bruno zurück."
„Ja, und wie geht es jetzt weiter?", fragte ich genervt. Bisher hatte er mir das Ergebnis des Gesprächs vorenthalten, stattdessen die ganze Zeit in den entsetzten Kommentaren seines Schwiegervaters geschwelgt. Ich kannte mittlerweile jeden einzelnen seiner um Fassung ringenden Aussprüche.
„Bruno hat vollstes Verständnis dafür, dass Carmen ihre Mutter nie wieder sehen will. Er ist ihr sogar dankbar, dass sie nichts weiter unternimmt. Er hat ihr ein ums andere Mal für ihre Großzügigkeit gedankt."
Ja, das hatten wir so ähnlich auch schon. „Nein, ich meinte, ist der Kontakt nun ganz eingefroren oder trifft Carmen sich weiterhin mit ihrem Vater?"
„Ups, stimmt, wir haben uns ja seit deinem Geburtstagsständchen nicht mehr gesehen. Nee, Carmen hat sich dafür entschieden, dass die Kleinen von alldem nichts erfahren und weiterhin Oma und Opa besuchen. Nur sie geht nicht mehr hin. Dafür kommt Bruno dann eben zu ihr oder begleitet sie bei den Ausflügen mit den Kindern."
„Unternehmen will er nichts?"
„Kathi, ich bitte dich, doch nicht gegen seine eigene Frau."

„Also haben wir die Lage sehr richtig eingeschätzt", sagte ich zufrieden. „Und Carmen ist nach deinem Gusto verfahren."
„Unserem", verbesserte er mich. „Ohne dich hätte ich das Ganze nicht händeln können, dafür bin ich noch zu sauer."
Nun, das würde auch noch einige Zeit brauchen, bis er seinen Hass auf Margret begraben konnte. Bis dahin war sie wahrscheinlich schon tot. Aber mehr als das, was wir getan hatten, war nicht machbar und andere Möglichkeiten Margret zu bestrafen, gab es nicht, dazu war die Geschichte viel zu verfahren.
„Ruth, die Bekannte von Christina, wird sich um Anna kümmern", wechselte ich das Thema. „Sie haben für diese Woche den ersten Termin gemacht. Auch diese Angelegenheit ist für uns damit erledigt. Bleibt noch die Vergewaltigungssache. Ich bin gespannt, wann sich endlich etwas tut."
„Ich mache mich gleich auf den Weg."
Oft empfand ich die abrupten Abschiede von Richie nervig. Heute dagegen konnte ich ihn verstehen, er war einfach zu aufgewühlt von dem Geschehen der letzten Tage, als dass ein normales Gespräch über Belanglosigkeiten mit ihm möglich gewesen wäre.
„Melde dich!", rief ich deshalb nur hinter ihm her.
Das tat er auch an jedem Morgen, der Dienstag, Mittwoch und Donnerstag verging ohne eine Erfolgsmeldung. Auch am Freitag hatte er nichts Neues zu berichten. Samstags jedoch wartete ich vergeblich auf ihn. Das konnte nur eines bedeuten, es war endlich etwas passiert.

61

Richard
Ich hatte schon fast die Hoffnung aufgegeben und eine weitere, öde Nacht erwartet, als plötzlich gegen zehn Uhr zwei Scheinwerfer das Dunkel der Nacht durchbrachen und auf die besagte Scheune zusteuerten.
Im Wagen neben mir setzte Hektik ein. Dietmar, sorry, ich kannte die Nachnamen nicht, die duzten sich alle, fuhr so vehement hoch, dass er mit dem Kopf an die Decke stieß und leise zu fluchen begann, Günter forderte flüsternd Verstärkung an und hob anschließend sein Nachtsichtgerät vor die Augen, um das Tun der Verdächtigen zu beobachten.
Mich hielt nichts länger vom Ort des Geschehens ab. Ich nutzte den aufkommenden Wind und ließ mich direkt zu der Scheune treiben. Einer der beiden war ausgestiegen und öffnete gerade die kleine Seitentür, der andere lenkte den Wagen geschickt davor. Der erste, ein fast Zweimetermann, öffnete den Kofferraum und begann die darin verstauten Utensilien hineinzutragen.
Anfangs war ich völlig verblüfft, was die zusammengerollten Papierstreifen, die er neben dem Fahrzeug ablegte, wohl zu bedeuten hatten. Erst als der Mann damit begann, einen davon auszurollen, wusste ich Bescheid. Die beiden versuchten, das Aussehen des Lieferwagens zu verändern. Ein neuer Angriff musste unmittelbar bevorstehen.
Verstehen, was die Männer sagten, konnte ich leider nicht, es handelte sich um eine für mich unverständliche Sprache, in der sie sich unterhielten. Und auch vom Aussehen her waren sie mir völlig unbekannt. Naja, sah so aus, als hätte Kathi recht behalten. Bei den Typen schien es sich wirklich um gedungene Täter zu handeln.
Mensch, wo blieben eigentlich die Bullen? Mittlerweile war genug Zeit vergangen, dass sie eine ganze Hundertschaft hätten zusammentrommeln können. Die beiden Ganoven waren mit ihrer Arbeit fast fertig. Die vorderen Kotflügel zierten jetzt dezente Rallyestreifen und auf den Schiebetüren an den Seiten warben zwei große Plakate, die die Flex-Teppichreinigung anpriesen: sauber, schnell und preiswert. Der eine der Männer füllte gerade Sprit aus mitgebrachten Kanistern in den Tank, der andere griff nach den zwei geleerten, um sie rauszubringen, als eine laute, durch ein Megafon verzerrte Stimme ertönte. „Polizei! Kommen Sie mit erhobenen Händen raus!"
Der Große verschüttete vor Schreck den Diesel, der Kleine ließ die leeren Kanister fallen und zog eine Pistole aus der Jacke. Mit einem Satz war er an

der nur angelehnten Seitentür, zog sie einen Spalt auf und lugte hinaus. Wieder verstand ich nicht, was er sagte, aber es war so eindeutig ein Fluch, dass sich die Übersetzung erübrigte.

Auch der andere hatte mittlerweile eine Waffe gezogen und stand abwartend mitten im Raum. Nun setzte ein längerer Dialog ein, ich verstand immerhin so viel, dass sie nicht daran dachten, sich zu stellen. Als erneut die Megafonstimme ertönte, gab der Kleine drei ungezielte Schüsse ab, knalle die Tür zu und verriegelte sie. Der Große hatte damit begonnen, den Diesel auf den Boden zu schütten, wobei er den gesamten vorderen Bereich einnässte. Sein Partner rannte zur Rückseite der Scheune und begann hektisch zu winken, während er schon dabei war, vorsichtig mehrere Bretter zu lösen.

Aha, die beiden hatten sich vorsichtshalber einen Fluchtweg angelegt. Aufgeregt wischte ich nach draußen, um die Absperrmaßnahmen der Polizei zu überprüfen. Sie würden doch wohl hoffentlich das gesamte Gebäude umstellt haben, mit ausreichend Personal, dass ein Entkommen unmöglich wäre.

Allein fünf Mann befanden sich auf der Rückseite, knieten im Gras, ihre Waffen schussbereit auf die Wand gerichtet.

Eine laute Detonation ertönte, in genau diesem Moment schob sich der erste der Täter aus dem Spalt, wild um sich schießend. Die Polizisten erwiderte sofort das Feuer, jedenfalls vier von ihnen, einer sank getroffen zu Boden. Der Kleine rannte geduckt los, immer noch ohne Unterlass feuernd und entfernte sich weiter und weiter von den Kauernden.

Von der Seite lösten sich zwei Gestalten aus dem Schatten der Scheune und nahmen die Verfolgung auf, während das Gebäude in einem großen Feuerball explodierte.

Einer der Polizisten kniete nieder, schoss und der Kleine brach zusammen. Im Nu war er von mehreren Beamten umzingelt.

Suchend sah ich mich nach dem Großen um. War er etwa in dem allgemeinen Wirrwarr nach der Explosion entkommen?

Die Scheune brannte mittlerweile lichterloh. Ich sah zwei dunkle Uniformierte, die sich über ein zusammengekrümmtes Bündel beugten, das sich nicht mehr regte. Mir wurde ehrlich gesagt richtig schwummerig, als ich im Näherkommen die furchtbaren Verbrennungen, die er erlitten hatte, erblickte. Der Große war nicht mehr rechtzeitig weggekommen, mit blicklosen Augen starrte er in den Himmel.

62

Katharina
Samstagmittag tauchte Richie endlich auf. Ich hatte nicht geschlafen, sondern gelesen und mir fiel vor Schreck beinahe das Buch aus der Hand, als er wie eine Rakete ins Zimmer gezischt kam.
„Entschuldige, dass ich so spät komme", platzte er gleich heraus. „Aber ich bin dort geblieben, bis alle Fakten vorlagen. Wenn, dann will ich dich richtig informieren."
„Ja und?", fragte ich, da er eine Kunstpause einlegte.
„Also, die beiden Typen sind gestern Abend gekommen. So kurz vor neun", begann er umständlich. „Und dann ging es richtig zur Sache."
„Was! Wie?" Meine Güte, musste er mich immer so hinhalten?
Seine nun folgende Schilderung der Ereignisse ließ allerdings nichts zu wünschen übrig. Ich fieberte mit, als wäre ich dabei gewesen und atmete fast erleichtert auf, nachdem die Polizei die Täter gefasst hatte. „Weißt du eigentlich, was du für ein Glück gehabt hast, dass du rechtzeitig aus der Scheune gewischt bist? Wie leicht hätte es dich ebenfalls treffen können?"
„Wieso? Ich bin längst tot, schon vergessen?", witzelte Richie.
„Und was wäre mit deinem Ektoplasma, oder wie immer man deine Form nennt, passiert, wenn du mit explodiert wärest?", fragte ich zurück.
„Ja, nun", jetzt wurde er doch nachdenklich. „Keine Ahnung", gab er schließlich zu. „Ist ja auch egal, mir ist nichts passiert."
Typisch Richie! Bloß keine Vorhaltungen von mir! Ist schließlich alles gut gegangen, was muss man da noch das Geschehene hinterfragen. „Hat der zweite Mann noch was gesagt, bevor er gestorben ist?", lenkte ich das Gespräch in eine andere Richtung. Er hatte mir bereits erzählt, dass dieser im Krankenhaus seiner Schussverletzung erlegen war.
„Nee, leider nicht. Deshalb musste ich ja auch so lange dableiben, bis die Bullen die Geschichte einigermaßen auf der Reihe hatten." Wenn er aufgeregt war, fiel er ziemlich oft in seinen alten Slang zurück.
„Und, was meinen sie?"
„Du wirst es nicht glauben, die sind so blöd, dass es schon wehtut. Für die ist die Sache erledigt, obwohl das Ganze überhaupt keinen Sinn ergibt." Er schnaubte. „Zwei illegal aus Rumänien eingereiste Typen beschließen, haufenweise Richter zu überfallen und misshandeln sie aufs Übelste, ohne dass sich ein plausibler Grund dafür findet. Aber sie wurden eindeutig als Täter überführt. Und da beide tot sind, war's das."
„Wie überführt?", fragte ich nach.

„Naja, noch nicht hundertprozentig", gab er zu. „Sie arbeiten noch daran. Die beiden hatten ja nicht viel bei sich, im Auto vor der Scheune fanden sich gefälschte Führerscheine und Ausweise. Die mussten die Typen über ihre Fingerabdrücke identifizieren. Ach, ja, und jeder hatte ein nagelneues Handy in der Tasche, ohne irgendwelche eingespeicherten Nummern natürlich. Das ist nicht unbedingt aussagekräftig, trotzdem sind sich alle sicher, dass der Spuk jetzt vorbei ist."

„Fragt sich nur für wie lange", murmelte ich leicht abgelenkt. Mir war nämlich plötzlich eine Idee gekommen. „Richie, was waren das für Typen? Ich meine, waren das unbescholtene Bürger oder ..."

„Nee, eher schon Ganoven, sonst hätten die deren Identität nicht so schnell rausgekriegt", ergänzte er meine Frage. „Beide sind vorbestraft, der eine wegen Diebstahl und Körperverletzung, der andere hat nur eine Verurteilung, dabei ging es aber um versuchten Mord."

„Und weiß man, womit sie in letzter Zeit ihr Geld verdient haben?"

„Naja, einer geregelten Arbeit sind sie zumindest nicht nachgegangen. Der Leiter der Ermittlungsgruppe hat gleich heute Morgen mit einem Kollegen in Rumänien gesprochen. Die hatten die Typen schon länger im Visier, konnten denen bisher nur nichts beweisen."

„Und was vermuteten sie?"

„Zum einen gibt es den Verdacht auf Geiselnahme mit Lösegelderpressung in zwei Fällen, wo die beiden zumindest dran beteiligt gewesen sein sollen, zum anderen gibt es noch das Gerücht, die Typen würden gegen genug Knete jeden umlegen", das Grinsen in seiner Stimme war nun nicht mehr zu überhören. „Hübsch, nicht? Würde genau zu unserer Theorie passen."

„Beweise gibt es keine?"

„Kathi! Dann wären die längst hinter Gittern gewesen."

„Hm." Meine Gedanken ratterten. „Also mal angenommen unsere Überlegungen sind richtig, in diesem Fall wären die Täter nur die ausführenden Organe gewesen, die Drahtzieher dagegen sind weiterhin unbekannt und ..."

„Genau", unterbrach mich Richie triumphierend. „Die haben sich üble Gestalten organisiert, die für sie die Drecksarbeit erledigen."

„Und wer sind die?", warf ich ein.

„Willst du damit sagen, wir sind überhaupt nicht weiter?"

„Doch, ich glaube schon", sagte ich langsam. „Denn irgendwer muss schließlich das Ausspähen der Opfer übernommen haben. Und das werden nicht die Täter gewesen sein. Irgendjemand hätte sich sonst an sie erinnert."

„Das hast du schon mal vermutet. Meinst du, wir haben so eine Chance, an die Auftraggeber heranzukommen?"

Ich nickte und sprang aus dem Bett. „Und ich glaube, ich kenne einen von ihnen. Ich muss nur eben Manfred noch einmal fragen, ob …"

„Wer ist es?"

„Gleich, vielleicht habe ich ihn damals auch falsch verstanden, ich will mich erst vergewissern." Bei diesen Worten öffnete ich bereits die Tür. Richie blieb völlig verwirrt zurück.

63

Richard

So nicht! Wofür war ich unsichtbar! Ich folgte ihr auf dem Fuße bis ins Arbeitszimmer zu Manfred, um das Gesprochene live mitzubekommen. Kathi immer mit ihrer Heimlichtuerei!

„Hör mal", begann sie und rubbelte sich nervös durch die Haare. „Bei eurem letzten Stammtischtreffen habe ich das richtig in Erinnerung, dass Burkhard mit dabei war?"

Was? Der Mann von Christina? Ja, wie kam sie denn jetzt auf den? Oder war das noch gar nicht die wichtige Frage, die sie stellen wollte?

„Hm?", ziemlich perplex blickte Manfred über seine Lesebrille. „Wieso?"

„Ich meine, mich erinnern zu können, dass er dich nach Hause gefahren hat", ging Kathi gar nicht auf seine Frage ein.

„Wir haben uns ein Taxi geteilt," kam die kopfschüttelnde Antwort. „Warum willst du das wissen?"

„Gehört er jetzt auch zu eurer Runde?"

„Nein, der war zufällig da. Ist eigentlich nur auf ein Glas nach Feierabend gekommen und dann mit uns versackt." Das Schöne an Manfred war, dass er nie neugierig wurde, aber brav alle von ihm verlangten Auskünfte gab. Also ich hätte anders reagiert.

„Ist er nicht ziemlich spät gekommen?", forschte Kathi weiter. Mensch, wusste sie jetzt was, oder fischte sie nur im Trüben?

„Keine Ahnung, auf jeden Fall nach uns."

„Gut, ich will dich nicht länger stören, bis später."

Jetzt sah Manfred noch verblüffter aus, als am Anfang. „Kathi!", rief er hinter ihr her, aber sie eilte weiter in die Küche. Selbst ich hätte nicht sagen können, ob sie ihn ignorierte oder tatsächlich nicht gehört hatte.

Bevor ich mich bemerkbar machen konnte, hatte sie schon den Telefonhörer in der Hand und die Nummer eingetippt. Schweigend warteten wir, bis am anderen Ende abgenommen wurde.

„Hallo, Chris, hier ist Kathi. Du, ich müsste ganz dringend mit dir und deinem Mann sprechen. Wann könnte ich vorbeikommen?"

Die Antwort verstand ich leider nicht, Kathi presste den Hörer dicht an ihr Ohr. Anscheinend wollte Christina wissen, worum es ging, denn Kathi antwortete: „Nein, das kann ich dir wirklich nicht am Telefon sagen, es ist sehr persönlich."

Wieder schwieg sie kurz, um dann erleichtert aufzuatmen und zu bestätigen. „Gut, ich bin gleich da. Danke."

„Komm", wandte sie sich an mich. „Ich erkläre dir alles im Auto."
„Wieso Burkhard?", fragte ich, kaum dass sie den Motor gestartet hatte. „Verdächtigst du jetzt echt ihn?"
„Überleg mal", gab sie zurück. „Gerade bei Bruno war es überdeutlich. Irgendjemand muss den Tätern ein Zeichen gegeben haben, wann sie losschlagen können. Erinnere dich, er ist wesentlich eher gegangen als sonst. Ich kann mir nicht vorstellen, dass der Lieferwagen stundenlang vor der Tür gewartet hätte, um Bruno abzufangen. Das wäre viel zu riskant gewesen."
„Du meinst also, das Ausspionieren ist doch jeweils von dem übernommen worden, der den Richter bestrafen wollte, richtig?"
Mittlerweile hatten wir die Garageneinfahrt verlassen und Kathi hätte Gas geben müssen. Stattdessen steuerte sie kurzentschlossen den Straßenrand außer Sichtweise des Hauses an. Anscheinend brannte sie genauso darauf, mir ihre Schlussfolgerungen mitzuteilen, wie ich, diese zu erfahren. „Nein, Burkhard hat mit Bruno nichts zu tun. Ich denke, dass es genauso ist, wie wir vermutet haben, dass es sich bei den Auftraggebern um eine ganze Gruppe handelt und derjenige, der am nächsten vor Ort ist, sich um die genaue Planung kümmert."
„Dann könnte es doch jeder gewesen sein", wandte ich ein. „Da waren doch sicher an dem Abend noch viele andere in der Kneipe."
„Eben nicht", triumphierte Kathi. „Manfred erzählte mir gleich am nächsten Morgen, dass außer den Mitgliedern des Stammtisches nur fünf weitere Personen anwesend waren, was sehr seltsam für einen Freitagabend gewesen sei. Die alten Wiemers können wir ausschließen, sie haben keine Kinder und das Schlimmste, was ihnen passiert ist, war ein Einbruch vor drei Jahren. Von Tim und Lasse kenne ich die Familiengeschichten, sie passen auch nicht ins Profil, bleibt nur Burkhard übrig."
„Und die Leute vom Stammtisch?"
Kathi lachte laut auf. „Gehören zu den Leuten, denen bisher rein gar nichts zugestoßen ist, zumindest nichts, was in Richtung Verbrechen geht."
„Bist du sicher?", fragte ich nach. Das waren nicht unbedingt Dinge, die man jedem erzählte.
„Hundertprozentig", nickte sie. „Burkhard ist der Einzige, der infrage kommt."
„Aber er war doch derjenige, der sich so vehement gegen das Engagement seiner Frau stellte", wandte ich ein. „Sie muss endlich damit abschließen, nur so kann sie ein neues Leben beginnen, das waren genau seine Worte."

„Ja und? Gibt es eine bessere Tarnung. Warte es ab. Du wirst sehen, es ist genauso, wie ich es mir dachte."

64

Katharina
Christina öffnete die Tür und sah mich besorgt an. „Was für ein dringendes Problem gibt es denn?"
Ich quetschte mich an ihr vorbei und antwortete mit einer Gegenfrage. „Ist Burkhard da?"
„Sitzt bereits im Wohnzimmer."
Er sprang auf, als wir den Raum betraten. „Kathi, was ist los?"
„Setzt euch erst einmal", befahl ich und legte dann sofort los. „Euer Spiel ist aus, Burkhard. Die Polizei hat heute Nacht die Vergewaltiger geschnappt. Ich bin gekommen, um dich zu warnen. Sie haben alles konfisziert, Handys, Computer, Papiere. Ich weiß nicht genau, ob sie schon etwas gegen euch ausgegraben haben, aber irgendeine Kleinigkeit findet sich immer."
Er war bei meinen Worten blass geworden, leugnete jedoch, wie ich es auch nicht anders erwartet hatte. „Kathi, ich weiß nicht, wovon du redest."
„Vergewaltigung? Und ausgerechnet Burkhard", fiel Christina ein. „Kathi, du spinnst wohl!"
„Manfred hat gesehen, wie du die Nachricht weitergegeben hast", schwindelte ich und an Chris gewandt: „In den letzten Monaten sind etliche Richter missbraucht worden, sowohl männliche als auch weibliche. Seltsamerweise wiesen alle bestimmte Eigenschaften auf, sie waren bekannt für ihre verhältnismäßig milden Urteile."
Ich machte eine Pause und wartete auf einen weiteren Kommentar von ihr. Als dieser ausblieb, fuhr ich fort: „Die ganze Geschichte ist nie an die Presse gegeben worden. Die Polizei hat sie erfolgreich unter Verschluss gehalten, dabei gibt es mittlerweile acht", ich blickte in Richtung Burkhard, „ja, ich glaube, acht Vergewaltigungsfälle und ein Versuch sind es insgesamt. Ich denke, der Polizei ging es dabei um zwei Dinge, erstens weiß ich nicht, inwieweit ein Richter als befangen erklärt werden kann, wenn er eine Straftat am eigenen Leib erfahren hat, und zweitens vermute ich, wollte man auch eine allgemeine Debatte vermeiden. Wahrscheinlich hatten sie auch Angst vor Nachahmern, wenn diese Geschichte bekannt geworden wäre. Zumindest hätte es eine gewaltige Diskussion um Strafmaß und Sicherungsverwahrung ausgelöst."
„Du spinnst", wiederholte Christina. „Ausgeschlossen, dass Burkhard etwas damit zu tun hat."

„Manfred war Zeuge", gab ich zurück und ließ dabei Burkhard nicht aus den Augen. „Bisher hat er allerdings mit niemandem außer mir darüber gesprochen." Ich lehnte mich zurück und ließ meine Worte wirken.
„Ich weiß wirklich nicht, was sie von mir will", tat Burkhard immer noch unwissend. „Wobei soll Manfred Zeuge gewesen sein?"
„Er hat dich an dem Abend in der Kneipe beobachtet", gab ich knapp zurück.
„An dem Abend, als der Richter beraubt wurde?"
Ich hatte genug: „An dem Abend, als dieser aufs Übelste missbraucht wurde", fauchte ich ihn an. „Er hat fast zwei Wochen im Krankenhaus gelegen."
„Und woher weißt du davon, wenn es doch unter Verschluss gehalten wird?" Burkhard gab sich zynisch.
„Schluss damit!" Mir platzte endgültig der Kragen. Ich zückte mein Handy. „Wir können gerne einen der zuständigen Beamten zu diesem Gespräch dazu bitten."
„Kathi! Nein! Warte!" Eine leichenblasse Christina nahm mir das Telefon aus der Hand. „Burkhard, bitte", wandte sie sich an ihren Mann. „Hast du etwas damit zu tun?"
Ich hörte die Sorge aus ihrer Stimme heraus. Gerade erst hatten die beiden eine neue Basis gefunden, jetzt wurde diese schon wieder infrage gestellt.
Der sah hinunter auf seine Hände: „Ich war zwar am besagten Abend in der Kneipe, habe sie jedoch nicht verlassen."
„Du hast die Nachricht per Handy rausgeschickt. Und Manfred hat dich dabei beobachtet. Er war sich damals nur nicht bewusst, was er da gesehen hat."
„Klar", er lachte spöttisch auf. „Kathi, die Superdetektivin zählt eins und eins zusammen. Wundere dich bloß nicht, wenn als Ergebnis drei rauskommt."
„Ich würde der Polizei den Tipp geben nachzuschauen, ob nicht jedes Mal ein Mitglied eurer Gruppe in der Nähe war", erwiderte ich kühl. „Wenn man weiß, wohin man schauen muss, finden sich die Beweise schnell."
„Burkhard!", beschwor Chris ihren Mann. „Bitte, sag uns die Wahrheit."
„Ich will dich nicht anzeigen, nicht, wenn es sich vermeiden lässt", versicherte ich ihm. „Deshalb bin ich zu euch gekommen. Ich kann dich verstehen, du …"
„Mich verstehen?", unterbrach er mich und schüttelte vehement den Kopf. „Nein, das kannst du nicht. Niemand, der nicht selbst betroffen ist, kann das nachvollziehen, die Verzweiflung am Anfang, die dich nichts anderes

spüren lässt als den Verlust, die Schuldgefühle, hättest du sie abgeholt an diesem einen Tag, wäre sie noch am Leben, die Trauer und die innere Leere, die bis heute nicht ganz gewichen sind. Dein Leben ist zerstört, für immer."

Er sprang auf und begann wütend auf und ab zu marschieren. „Und im Gegenzug der Täter, der mit Samthandschuhen angefasst wird, der mildernde Umstände für jede Kleinigkeit zugesprochen, der in erster Linie Hilfe und keine Bestrafung bekommt. Ist das etwa gerecht?"

„Er ist verurteilt worden", versuchte ich einzuwenden.

Er schnaubte verächtlich. „Zu einer Jugendstrafe in einer besonderen Einrichtung, die aus ihm ein nützliches Mitglied unserer Gesellschaft machen sollte. Doch leider ist der unartige Junge dort rückfällig geworden und hat eine der Psychologinnen vergewaltigt. Erst danach ist er in einen echten Knast gewandert, nein, warte, er ist ja sogar in der Forensik gelandet. Und trotzdem, irgendwann wird er garantiert wieder auf die Menschheit losgelassen und kann sein Glück ein drittes Mal versuchen. Hört man ja oft genug. Ist das in deinen Augen gerecht?"

65

Richard

Oh, weh, das war genau der Punkt, den Kathi vergessen hatte, in Erfahrung zu bringen. Wenn wir Burkhard schon eher so reden gehört hätten, wären uns die Zusammenhänge vermutlich längst bewusst gewesen. Naja, egal, immerhin konnte er sich nun nicht mehr herausreden. Los, Kathi, weiter so!

Doch die wusste offensichtlich nicht, was sie ihm antworten sollte. Christina war es, die einsprang. „Genau deshalb engagiere ich mich. Weil ich das Ganze ähnlich wie du sehe. Nur bin ich der Meinung, dass mein Weg der bessere, der richtige ist. Wenn du wirklich etwas bewegen willst, musst du erreichen, dass die Gesetze geändert werden, dass von vornherein kein so großer Spielraum mehr gegeben ist. Die Richter sind nicht die echten Übeltäter, wir müssen die Politiker erreichen."

„Wenn ich die Urteile sehe, bin ich mir da nicht so sicher", blieb Burkhard hartnäckig. „Für manche Richter scheint so ein Vergehen eine harmlose Kleinigkeit. Nein, sie müssen am eigenen Leib erfahren, was es heißt, vergewaltigt zu werden. Das ist der einzige Weg, es zu verstehen."

Aha, endlich kamen wir zum Thema. „Hak nach!", forderte ich Kathi auf.

Aber das war gar nicht mehr nötig. Als hätte das alles schon zu lange auf ihm gelastet, sprach Burkhard weiter. „Damals, als Christina zusammengebrochen ist, bin ich zu dieser Selbsthilfegruppe gegangen, um zu schauen, ob diese Menschen nicht eine Hilfe für sie sein könnten. Seltsamerweise fand ich dann selbst Trost in diesen Treffen."

„Mareike!", entfuhr es Christina. „Die hat dich auf diese Idee gebracht. Die war schon damals so hasserfüllt."

Burkhard biss sich auf die Lippe und schwieg.

„Hab ich nicht recht? Komm, sprich mit uns!", forderte Christina ihn auf.

„Sie ist sogar noch einen Schritt weitergegangen", sagte er so leise, dass man ihn kaum verstehen konnte. „Sie hat den Kerl an dem Tag umlegen lassen, als er das Gefängnis wieder verließ."

Wieder schwieg er eine ganze Weile, bis er fortfuhr: „Ich muss gestehen, dass ich Ähnliches geplant hatte. Leider bekam unser Vergewaltiger beim zweiten Mal eine wesentlich höhere Strafe, er sitzt immer noch."

„Weiter, weiter", forderte ich Kathi auf. „Frag ihn, wie diese Idee mit der Bestrafung der Richter entstanden ist? Und wieso jetzt auf einmal. Ich meine, Rebecca ist schon lange tot."

Brav wiederholte Kathi meine Fragen.

Burkhard gab sich endlich geschlagen. „Zuerst dachte ich nur an direkte Vergeltung. Doch dann begann es bei jedem weiteren Fall, der meiner Meinung nach viel zu lasch bestraft wurde, in mir zu brodeln. Mareike ging es ähnlich. Wir beschlossen, zu handeln. Zunächst dauerte es eine Weile, bis wir uns als Gruppe gefunden hatten." Er sah Kathi und Chris nacheinander um Verständnis heischend an. „Du kannst ja nicht mit jedem über deine Idee offen sprechen. Du musst dich langsam vortasten, dir Gleichgesinnte suchen."
Und statt mit deiner Frau über deine Gefühle zu sprechen, hast du dich von ihr abgewandt, du Trottel, dachte ich. Andererseits konnte ich ihn irgendwie auch verstehen. Wenn ich mir vorstellte, dass sich so ein Typ an meinen Kindern vergreifen würde, ich liefe Amok, ganz bestimmt.
„Ich muss gestehen, die Idee, wie es ablaufen sollte, stammt von mir", erzählte Burkhard weiter. „Mareike ist mit einem Rumänen verheiratet. Der hatte über seinen Bruder entsprechende Kontakte. So kam sie auch an den Typen, der den Mörder ihrer Tochter erschoss. Als nun unser Plan reifte, suchte ihr Mann wiederum Hilfe bei seinem Bruder. Dieser vermittelte uns diese beiden Männer, die für uns die Taten durchführten."
„Das heißt, die Idee zu dieser Bestrafungsaktion kam dir erst, nachdem Rebeccas Vergewaltiger erneut verurteilt worden war?", fragte Kathi nach. Burkhard nickte. „Ich wollte etwas tun, diese Richter sollten am eigenen Leibe erfahren, wie sich eine derartige Tat anfühlt. Nur so konnten sie verstehen – und gerecht urteilen." Er unterbrach seine Wanderung und kniete vor seiner Frau nieder. „Chris, ich war so vehement gegen dein Engagement, weil ich dachte, es bringt nichts. Wer nicht nachvollziehen kann, was für ein Leid durch eine Vergewaltigung entsteht, der sollte nicht darüber richten dürfen."
„Und? Bist du immer noch der Meinung, du hättest richtig gehandelt." Christinas Stimme klang ziemlich dünn, allem Anschein nach hatte sie mit den Tränen zu kämpfen. Eine echt toughe Frau, erinnerte mich an meine eigene.
„Ehrlich gesagt, ja." Er blickte trotzig von einer zur anderen. „Die neun werden in ihren Urteilen härter, glaubt es mir." Er seufzte. „Leider hat die Polizei nichts durchsickern lassen, das war nicht in unserem Sinne. Wir hatten selbstverständlich auch darauf gehofft, dass durch unsere Taten eine Diskussion zu genau diesem Punkt entstünde." Er grinste leicht. „Beim letzten Angriff hatten wir schon geplant, anonym eine Meldung an die Presse zu geben, damit diese zuerst vor Ort wäre. Doch der ging ja leider schief."

Nun entstand ein ellenlanger Disput, der sich eigentlich nur im Kreis drehte. Jeder brachte seine Argumente vor, keiner rückte von seiner Meinung ab.

„Schluss!", herrschte ich schließlich Kathi an. „Kommt mal langsam zum Ende. Wie soll es jetzt weiter gehen?"

Genau diese Frage stellte sie brav in den Raum und es wurde still. Keiner der drei wagte eine Antwort.

„Nun, die Polizei wird bald hier sein." Burkhard zuckte bemüht lässig die Achseln. „Ich muss zu dem stehen, was ich getan habe."

„Die Kripo glaubt, der Fall wäre erledigt", gestand Kathi und lief rot an. „Die Täter sind beide tot, es fanden sich keinerlei Beweise, die auf irgendwelche Hintermänner hindeuten würden."

„Kathi!" Chris wurde schon wieder leichenblass und legte die Hand auf ihr Herz.

„Es muss aufhören", verteidigte diese sich. „Dieser Weg ist keine Lösung."

„Du … du hast einfach nur geraten?", ächzte Burkhard, der anscheinend eine längere Leitung hatte. „Du hattest überhaupt keine Beweise gegen mich?"

„Manfred hat wirklich gesehen, wie du die SMS geschrieben hast. Nur wie gesagt, es hat etwas länger gedauert, bis mir klar wurde, was das zu bedeuten hatte."

„Trotzdem", Burkhard war völlig fassungslos. „Im Endeffekt hattest du nichts in der Hand stimmt's?" Er lachte laut auf. „Ich Trottel habe mich selbst entlarvt."

„Nein, für mich stand fest, dass du zu den Tätern gehörst", erwiderte Kathi und sah ihm in die Augen. „Hättest du nicht eingelenkt, wäre ich zur Polizei gegangen. Und die hätten bestimmt irgendwelche Beweise in eurem näheren Umfeld gefunden. So gut könnt ihr gar nicht sein."

„Also bist du nur zu uns gekommen, weil …" Christina sprach den Satz nicht zu Ende, sondern sah sie fragend an.

„Weil ich zuerst hören wollte, was dein Mann zu dieser Geschichte zu sagen hat", ergänzte Kathi. „Und weil ich versuchen wollte, ihn zu stoppen."

„Was ist mit deinem Mann, weiß er auch davon?", fragte Burkhard.

„Nein." Kathi schüttelte nachdrücklich den Kopf. „Er hat nach wie vor keine Ahnung. – Und so soll es auch bleiben, wenn wir uns einigen können", setzte sie nach einer kurzen Pause bedeutungsvoll hinzu.

„Was verlangst du?" Burkhard schien skeptisch.

„Dass eure Gruppe sich auflöst, natürlich."

„Sag ihm, er soll den anderen mitteilen, du lässt alles auffliegen, wenn sie nicht spuren", soufflierte ich Kathi.

Nach dieser Drohung wurde Chris echt energisch. „Sie gibt dir eine Wahnsinnschance!", fuhr sie ihren Mann an, als der nicht gleich antwortete. „Sei froh, dass du so glimpflich davonkommst!"

Endlich nickte Burkhard. „Ich werde versuchen, sie zu überzeugen, dass wir uns Chris anschließen. Je größer die Anzahl ihrer Mitstreiter, umso mehr können wir erreichen." Er grinste schief. „Du bist wirklich mit allen Wassern gewaschen, Katharina Klingenberg."

66

Katharina
Gut, den Rest konnte er mit seiner Frau allein abklären. „Ich muss los, sonst denkt Manfred noch, mir wäre etwas passiert."
Chris sprang gleichzeitig mit mir auf. „Ich bringe dich noch zur Tür."
„Danke", flüsterte sie, kaum dass wir außer Hörweite waren. „Ich kann dir gar nicht sagen, wie dankbar ich dir bin. Er ist ein guter Kerl, ich werde dafür sorgen, dass dieses Treiben wirklich aufhört." Sie war immer noch völlig fassungslos. „Also, als du mit dieser Anklage rausrücktest, ich hätte nie gedacht, dass das stimmen kann. Ich war völlig fertig, das kannst du mir glauben."
Ich umarmte sie. „Ich bin froh, dass wir einen gemeinsamen Konsens gefunden haben."
„Danke, danke, danke." Sie konnte sich gar nicht beruhigen.
„Du, ich muss wirklich los." Im Hintergrund hörte ich Richie grummeln. Er schien ebenfalls weiteren Gesprächsbedarf zu haben.
„Wir telefonieren." Sie rang sich ein zittriges Lächeln ab.
„Morgen", nickte ich und drängte mich an ihr vorbei. Tief atmend sog ich die kühle, frische Luft ein. Ganz, ganz langsam begann ich mich zu entspannen. Das Treffen hatte mich doch mehr mitgenommen, als ich gedacht hatte. Und jetzt musste ich mich wahrscheinlich noch mit Richie auseinandersetzen. Irgendwie schien er mit meiner Entscheidung nicht einverstanden zu sein, zumindest hatte er mehrfach gebrummt und gezischt, ohne jedoch mit irgendwelchen vernünftigen Einwänden aufzuwarten. Die würden bestimmt bald kommen.
Kaum saß ich im Auto, legte er los. „Bist du sicher, dass dein Weg der richtige ist? Sie haben immerhin acht Leute vergewaltigen lassen. Und das auf ziemlich brutale Art und Weise."
„Ich habe mir diese Entscheidung bestimmt nicht leicht gemacht", erklärte ich ruhig, fuhr aber doch vorsichtshalber wieder an den Straßenrand, um mich mit ihm auszusprechen. Bei meinem rasanten Start hatte ich ihn sowieso schon an die Heckscheibe gedrückt. Während ich zu meiner Begründung ansetzte, kam er zu mir nach vorn geschwebt. „Weißt du, ich musste immerzu an meine eigenen Kinder denken, wie ich reagiert hätte, wenn es eines von meinen getroffen hätte. Ich kann seine Einstellung leider nur zu gut nachvollziehen."
„Ich auch", gab Richie zu. „Wenn ich mir vorstelle, dass Benjamin oder Annika …"

Er sprach nicht weiter. Daher fuhr ich fort: „Ich weiß, dass Unrecht nicht durch Unrecht aufgewogen werden kann und ich bin mir sicher, dass die betroffenen Richter nur weitere Opfer waren, dass diese Strategie eigentlich niemandem geholfen hat. Aber was bitte würde ich mit einer Anzeige erreichen? Dass noch mehr Opfer entstehen? Denk doch an die betroffenen Familien, die schon die eine Tat kaum verkraftet haben. Es entstünde nur noch mehr Leid."

„Aber trotzdem ..." Richie verstummte.

Ich schwieg ebenfalls. Ich hatte meine Meinung dargelegt, so gut ich es konnte. Mehr gab es dazu nicht mehr zu sagen.

Es dauerte eine ganze Weile, bis er sich wieder meldete. „Ich hoffe, dass ich niemals in Burkhards Lage kommen werde." Er räusperte sich umständlich. „Ich gebe zu, anfangs war ich entsetzt, dass du ihn so einfach davonkommen lassen wolltest. Es erschien mir irgendwie nicht richtig. Aber eigentlich, wenn ich nun noch einmal darüber nachdenke - ja, ich glaube, du hast die richtige Entscheidung getroffen. Ich jedenfalls kann damit leben. – Was man halt so leben nennt."

Wir lachten beide, wurden aber schnell wieder ernst. Der Fall war gelöst, ein schaler Beigeschmack blieb, denn es gab keinen Gewinner, sondern im Grunde genommen nur Verlierer.